L'Anneau d'Atlantide

La liste des ouvrages
du même auteur
figure en fin de volume

Juliette Benzoni

L'Anneau d'Atlantide

Plon
www.plon.fr

ISBN : 978-2-259-21006-5

PREMIÈRE PARTIE

UNE RUE À VENISE

1

Un cri dans la nuit

En sortant de chez son notaire où il venait de dîner, Aldo Morosini releva le col de son manteau, alluma une cigarette, exhala la première bouffée dont il respira l'odeur avec délices en homme privé depuis plus de deux heures de sa drogue préférée pour ménager les voies respiratoires de son hôte, puis enfonça ses mains dans ses poches et entreprit de réintégrer ses pénates. Maître Massaria habitait au Rialto, sur la riva del Vin, une jolie maison ancienne, voisine du palais Barbarigo et jouissant du privilège, rare à Venise, d'ouvrir sur le large quai où l'on déchargeait jadis les tonneaux venus de tous les ports de la Méditerranée, au lieu, la porte franchie, de se retrouver les pieds dans l'eau du Grand Canal. Le vieil homme appréciait de pouvoir aller s'asseoir, quand cela lui chantait, à la terrasse de l'une ou l'autre des trattorias qui avaient remplacé les anciens entrepôts, afin d'y boire un verre de vin au soleil.

C'était, en effet, un épicurien raffiné goûtant la bonne chère aussi bien que les bons crus et être invité chez lui était un plaisir qu'il réservait à quelques amis éprouvés partageant les mêmes goûts et d'un âge approchant le sien. Aldo Morosini, beaucoup plus jeune, était une exception, le vieux notaire – son étude restait la plus importante de la ville – lui vouait une affection quasi paternelle en mémoire de sa mère, la princesse Isabelle, dont il était tombé respectueusement amoureux à vingt ans sans qu'aucune autre femme ait pu réussir à prendre sa place. Ce qui l'avait condamné à un célibat dont il s'était toujours parfaitement accommodé.

On avait discrètement évoqué son souvenir au cours du dîner, entre la langouste grillée et le risotto aux truffes blanches. Maître Massaria avait une façon bien à lui de dire « notre chère princesse Isabelle » – elle était française – ou « votre chère maman » sur une sorte de soupir qui amusait et attendrissait Aldo. Il s'émerveillait d'ailleurs de ce rare talent qu'Isabelle avait eu de s'attirer des amours incorruptibles. Le notaire vénitien n'était pas le seul homme à lui avoir voué son cœur. Il y en avait un second, écossais celui-ci, lord Killrenan, coureur des mers impénitent, qui avait passé son existence à sillonner le monde sur son yacht, le *Robert Bruce*. Lui non plus ne s'était jamais marié et, après la mort du père d'Aldo, il jetait l'ancre régulièrement dans le bassin de San Marco pour apporter à sa bien-aimée un énorme bouquet de fleurs et de menus présents, mais surtout pour savoir si, princesse Morosini, elle n'était toujours pas disposée à devenir lady Killrenan. Indéfectiblement fidèle, jamais découragé, il avait fini assassiné à son bord au cours d'une escale à Port-Saïd, victime d'un joyau historique comme Isabelle. Mais de ce roman, Maître Massaria n'en avait pas eu connaissance. Cela lui permettait de se croire unique en son genre.

Il n'était pas tard. Onze heures sonnaient au campanile de San Silvestro quand Aldo quitta le quai pour s'enfoncer dans le lacis des étroites rues de la Venise sèche et rejoindre l'entrée arrière de son palais. Son vieil ami était d'un âge où l'on n'aime guère veiller, il n'en avait pas moins apprécié cet intermède chaleureux passé en compagnie d'un homme intégré depuis si longtemps à l'histoire de sa famille et, depuis sa naissance, à la sienne propre. Cela lui avait fait du bien.

Le moral, en effet, n'était pas au zénith. D'abord il était seul chez lui et son palais-magasin d'antiquités lui semblait vide en l'absence de sa femme Lisa et des enfants : les jumeaux Antonio et Amalia, cinq ans, deux têtes brunes habitées par un égal esprit d'entreprise, et Marco, le petit dernier, bébé rouquin, ravissant, autoritaire et braillard, à qui Aldo reprochait de trop accaparer une jeune mère dont il ne cessait d'être très amoureux.

On avait passé les fêtes de fin d'année à Vienne, chez la comtesse Valérie von Adlerstein, grand-mère de Lisa, et l'on aurait dû rentrer après l'Epiphanie mais, la vieille dame ayant dû subir une intervention chirurgicale d'urgence, Lisa avait, tout naturellement, prolongé son séjour, laissant Aldo rentrer sans elle à Venise. Solitude relative d'ailleurs, puisque vivaient à demeure au palais Morosini le discret et charmant Guy Buteau, jadis précepteur d'Aldo et à présent son fondé de pouvoir et son meilleur conseiller, Zaccharia, son vieux maître d'hôtel, Livia, la cuisinière, élève surdouée de la regrettée Cecina, défunte épouse de Zaccharia morte au champ d'honneur de son dévouement aux Morosini, Prisca, première femme de chambre, et Zian, le gondolier-chauffeur. Angelo Pisani, le secrétaire d'Aldo, et les autres satellites logeaient en ville.

En principe, Guy Buteau était lui aussi invité chez le notaire, mais il avait pris un bain de pieds involontaire en ratant une marche de l'entrée principale et, fragile des bronches, se trouvait confiné à l'intérieur depuis déjà une semaine. C'est donc seul qu'Aldo suivit le chemin du retour à travers les rues d'une Venise hivernale désertée par les touristes, ce qui n'était pas pour lui déplaire... Il aimait en effet marcher dans « sa » ville dont il connaissait chaque ruelle, chaque recoin, chaque demeure. Il pouvait mettre un nom sur chaque façade. Venise était pour lui un grand livre ouvert dont il ne se lassait jamais de tourner les pages.

Ce soir, pourtant, il se sentait moins sensible à la magie habituelle, justement à cause de cette humeur morose qu'il traînait derrière lui depuis qu'il avait quitté Vienne. Non qu'il se plût particulièrement au palais Adlerstein, vaste et sombre résidence gardée par des atlantes de pierre aux muscles athlétiques sur laquelle régnait Joachim, l'irritant majordome de Grand-Maman auquel le liait une aversion largement partagée, mais si les affaires toujours importantes de sa maison de prestigieuses antiquités occupaient largement son temps et celui de Guy Buteau, il n'y trouvait plus le plaisir coutumier et, se connaissant bien, il s'avouait, avec un rien de honte, qu'il lui manquait le piment de l'aventure, celle-ci courût-elle sur le fil du rasoir entre deux précipices comme cela s'était produit à plusieurs reprises.

Certes, il aimait toujours autant son métier : acheter de beaux objets ou de belles pierres, les revendre à qui saurait les apprécier. Parfois il les gardait pour sa collection personnelle, mais les joyaux historiques se faisaient rares, surtout ceux auxquels s'attachait une légende. Ses plus violentes émotions, il les avait cependant connues dans la chasse au trésor – le plus souvent maléfique d'ailleurs – en compagnie d'Adalbert Vidal-Pellicorne, le « plus que frère » ! selon Lisa et Tante Amélie, alors que la vie de l'un, de l'autre ou des deux était menacée. Le jeu passionnant prenait alors un air de roulette russe particulièrement excitant, même si on sortait de l'aventure à moitié mort en se jurant de ne jamais, au grand jamais, se laisser emporter à nouveau par quelque mirage que ce soit ! Aujourd'hui où son existence se déroulait sans surprises, où il se mouvait dans un calme olympien, Aldo découvrait qu'il s'était agi de serments d'ivrogne. Quoi de mieux pour fouetter le sang qu'un joyau rare, chargé d'histoire, pour faire battre le cœur sur un rythme accéléré… et se sentir pleinement vivant ! Un point de vue qu'il jugeait plus sage de garder pour lui et que Lisa partageait de moins en moins.

En ce mois de janvier, ceux qu'elle appelait « son gang » étaient dispersés. Adalbert, en bon égyptologue, devait être quelque part dans la vallée du Nil ou dans les monts de Nubie. La marquise de Sommières – Tante Amélie – nantie de son fidèle bedeau, Marie-Angéline du Plan-Crépin, sa cousine et lectrice à tout faire, respirait le soleil d'un pays méditerranéen comme il convenait à une octogénaire, en pleine forme sans doute mais soucieuse de se protéger des rhumatismes. On aurait une carte postale un de ces jours, griffonnée mélancoliquement par ladite Marie-Angéline qui – Aldo en était persuadé ! – regrettait au moins autant que lui ces mêmes aventures auxquelles elle se mêlait non sans talent et qu'elle estimait essentiellement vivifiantes.

Venise était étrangement silencieuse ce soir sous le croissant de lune plaqué sur un ciel sans nuages. Pour chasser ses idées lugubres, Aldo s'ébroua comme un chien au sortir de l'eau et alluma une seconde cigarette, repris par le charme de sa ville bien-aimée. Le temps s'était effacé avec le bruit de la civilisation. Seul, le miaulement indigné d'un chat noctambule trouvant porte close vint rappeler à Aldo qu'il ne se mouvait pas dans un monde de pierre et d'eau figé dans sa splendeur. Et puis soudain, aigu, désespéré, il y eut un cri suivi presque aussitôt d'un râle affreux – mais déjà Aldo courait dans sa direction. La lune déversait suffisamment de lumière pour qu'il aperçût trois hommes en train d'en malmener un autre. A pleins poumons, il hurla :

— Tenez bon ! J'arrive !

Simultanément, il tirait d'une poche le revolver plat qui ne le quittait plus guère lorsqu'il sortait la nuit, tira deux coups en l'air dans l'espoir d'attirer l'attention des gens dans ce quartier trop silencieux. Un juron lui répondit aussitôt, suivi d'un bruit de galopade et, en arrivant sur place, il constata que les malandrins s'étaient enfuis, abandonnant à terre un homme inanimé qui, curieusement, ne portait sur lui que sa chemise et ses sous-vêtements.

Un instant, il le crut mort à la vue du sang coulant de sa poitrine, mais le pouls battait encore faiblement. Aldo hésita, sa demeure n'était pas loin et l'homme, âgé, ne devait pas peser lourd... Le silence était toujours aussi accablant : les cris qui l'avaient alerté n'avaient attiré personne et il ne put retenir une grimace de mépris. Depuis que le *Fascio* de Mussolini régnait sur l'Italie, un de ses tentacules s'était enroulé autour de l'ancienne Sérénissime République où l'on avait appris à redouter ces hommes en chemise noire, déambulant par deux, espions sans cesse à l'affût qui ne cherchaient surtout pas à dissimuler ce qu'ils faisaient. C'était à pleurer !

Prenant son parti, il se pencha pour soulever le blessé et l'emporter. Ses muscles régulièrement entraînés devaient le lui permettre, mais quand il voulut le redresser, l'homme se raidit :

— *No !... Too late*[1] ! souffla-t-il.

— Vous n'en savez rien ! Et je veux seulement vous transporter chez moi ! J'habite à deux pas · le palais Morosini.

1. Non. Trop tard.

Parce que c'était la langue que l'on employait chez lui dans la vie quotidienne, Aldo avait parlé français. L'œil fermé du blessé se rouvrit, cependant qu'il cherchait un souffle en train de le fuir :

— Moro... sini ! Loué soit... Dieu... ! Cherchez... Là ! ajouta-t-il en s'efforçant de tendre une main tremblante en direction de son pied gauche dont on avait aussi enlevé la chaussure.

— Votre jambe ? La chaussette ? demanda Aldo en se penchant sur l'endroit indiqué revêtu de soie noire qu'il tâta et d'où il tira un petit sachet de daim, noir également.

Sans l'ouvrir, il voulut le placer dans la main de l'homme, mais celui-ci le repoussa :

— Ga... gardez ! Très... impor... tant... ! Et partez !

Le souffle s'épuisait et il était évident que le blessé allait mourir. Aldo s'apprêtait à explorer sa trouvaille où il sentit quelque chose de dur, mais le mourant, s'accrochant à sa main au prix d'un effort terrible, parvint à murmurer :

— As... souan... ! Sanctu... aire... la Reine... Inconnue... ! Ibrahim...

Ce fut tout. La pression de la main céda tandis que l'homme à demi redressé se laissait aller sur les pavés. Aldo accompagna son mouvement puis se releva. Il lui fallait du secours. Immédiatement ! Or, autour de lui, c'était toujours le silence d'une ville morte. Furieux, il hurla :

— Réveillez-vous, bon sang ! A l'aide ! Appelez la police !

Il achevait tout juste sa phrase que celle-ci se matérialisait sous les apparences, efficaces en général mais plutôt débonnaires, du commissaire Salviati, ce dont il fut grandement soulagé. Grâce à Dieu, ce n'était pas un séide du *Fascio* mais un honnête policier à l'ancienne mode qu'il connaissait bien pour l'avoir rencontré à la suite du cambriolage chez sa cousine Orseolo.

— C'est vraiment le Ciel qui vous envoie ! s'exclama Morosini. Je commençais à croire que j'avais changé de planète ! Bonsoir, commissaire !

— Bonsoir, prince ! Le Ciel n'y est pour rien. C'est le teinturier de San Polo qui nous a alertés.

— Il aurait pu venir me donner un coup de main !

— Vous devriez savoir qu'aux temps où nous vivons, on n'est jamais trop prudent. Que s'est-il passé exactement ?

Aldo le lui expliqua en termes aussi brefs que possible et Salviati l'écouta sans l'interrompre, après quoi il souleva le bord de son chapeau pour se gratter la tête :

— Drôle d'histoire ! Si je comprends bien, on a tué cet homme pour le délester de ses vêtements ? C'est plutôt inhabituel, non ?

— Je suppose que les agresseurs cherchaient quelque chose et qu'ils étaient pressés. Alors ils l'ont d'abord frappé et ensuite dépouillé avant de prendre la fuite… Il est mort peu après.

— C'est aussi mon avis, opina le médecin légiste arrivé en même temps que le commissaire et qui, agenouillé près du cadavre, l'examinait à la lueur d'une lampe électrique tenue par un agent en tenue. Si ce n'est immédiatement, la mort ne s'est pas fait attendre. Quelques instants tout au plus... Il n'a rien dit ?

— Non, mentit Aldo sans hésiter. Je me demande qui il peut être ?

Le pinceau de lumière blanche éclairait un visage barbu d'environ soixante ans dont les traits burinés gardaient l'empreinte de l'ultime angoisse mais qui, au repos, avait dû être beau. Le corps à qui l'on avait laissé son maillot de corps et son caleçon annonçait plus de vigueur que la figure.

— Ce que je voudrais savoir, moi, s'interrogea Salviati, c'est ce qu'il faisait dans les ruelles à cette heure de la nuit ? Il n'est pas d'ici. Je pencherais pour... un Libanais, un Syrien... ou un Egyptien ?

— Jadis on en voyait beaucoup dans le secteur, soupira le Dr Doriano. Il va falloir montrer sa photographie dans les hôtels puisqu'on l'a abandonné sans plus de papiers qu'à sa naissance...

— S'il vous plaît, docteur, faites votre boulot et laissez-moi faire le mien, coupa le commissaire, agacé. J'aimerais avoir les résultats de l'autopsie...

— Pour avant-hier, je sais ! bougonna l'autre en se relevant. N'importe comment, elle ne nous en apprendra pas davantage ! Vous pouvez le faire emporter ! Et vous avez un tas de gens à interroger...

La présence de la police avait dû produire un effet rassurant car l'angle des rues si désert un moment auparavant s'était peuplé comme par enchantement. Ce que voyant, Aldo, qui avait remarqué la fatigue sur le visage du commissaire, proposa :

— Vos hommes devraient y suffire. Voulez-vous venir prendre un café chez moi ? Nous sommes à deux pas !

— Merci, mais pas pendant le service. Si vous voulez bien faire un tour au bureau demain matin pour signer votre déposition ? Vers onze heures ?

— J'y serai.

Les deux hommes se serrèrent la main et Aldo, après avoir salué le légiste, regagna enfin son logis par l'entrée arrière sur le seuil de laquelle il trouva Guy Buteau en robe de chambre et en pantoufles, un cache-nez de laine autour du cou et s'apprêtant à sortir :

— Ah, Aldo ! Vous voilà ! Mais que se passe-t-il ? J'ai entendu un cri, du bruit, et j'allais à votre recherche...

— Comme ça ? Et pourquoi pas en maillot de bain ? Vous devez « garder la chambre », souvenez-vous ?

— C'est plutôt elle qui me garde et je m'y ennuie à périr ! Et je suis maintenant dans une forme éblouissante ! assura-t-il en resserrant avec décision la ceinture de son vêtement. Racontez-moi !

— Allons à la cuisine nous faire un café ! Cela nous réchauffera tous les deux !

La vaste pièce au décor immuable de cuivres étincelants, de faïences anciennes, de beaux meubles de chêne patiné par le temps et aux senteurs d'herbes séchées, était vide à cette heure tardive, Aldo interdisant à ses serviteurs de l'attendre lorsqu'il s'absentait le soir. Il s'empara du moulin à café tandis que Guy faisait chauffer de l'eau et préparait les tasses, après quoi ils s'installèrent de part et d'autre de la table centrale, assez longue pour un réfectoire de monastère.

Aldo qui, tout en s'activant, avait relaté sa soirée chez Maître Massaria et le meurtre brutal auquel il venait d'être mêlé, se décida enfin à extirper de sa poche le petit sachet pris dans la chaussette du mort : il adorait jouer avec la curiosité toujours en éveil de son ancien précepteur, sans compter la sienne.

— Voyons ce qu'il m'a confié ! fit-il en renversant le sachet sur la table.

Une bague en sortit. Un simple anneau façonné d'un métal plus clair que l'or dans lequel des formes géométriques composées de turquoises taillées étaient serties. Un instant, tous deux le contemplèrent, perplexes, car il ne ressemblait à rien de connu, puis Guy le prit du bout d'un index un peu tremblant :

— Incroyable ! s'exclama-t-il. Savez-vous ce qu'est ce métal ?

— Ne l'ayant jamais rencontré, j'avoue mon ignorance. Cela ressemble à de l'or.

— C'est de l'orichalque, mon ami ! Et c'est infiniment précieux ! Ce qui signifie que cet anneau nous arrive de la nuit des temps ! De l'Atlantide !

— L'Atlantide ? Le continent englouti ? Il aurait réellement existé ?

Les sourcils se froncèrent au-dessus des vifs yeux bruns éclairant le fin visage presque sans rides sous les épais cheveux blanc, Guy observa :

— Au temps où je vous enseignais, je croyais pourtant vous avoir parlé de Platon et du *Critias*. Je n'ai pas l'impression de vous avoir beaucoup marqué !

— Vous n'y avez pas manqué, mais c'était selon moi à ranger parmi les légendes... et vous m'avez appris tellement de choses passionnantes sur d'étincelantes réalités ! Comment pouvez-vous être certain de la provenance... quasi miraculeuse, de cet anneau ? Vous n'avez pas hésité une minute sur l'origine de ce métal qui m'est totalement inconnu ?

— A l'époque de ma jeunesse, j'ai vu au British Museum de Londres un objet de cette matière. Une croix ansée égyptienne...

— Et l'étiquette collée dessous citait l'Atlantide ?

— Disons que, fidèles à leur prudence habituelle, les Anglais annonçaient « possibilité atlante » pour cette croix trouvée aux abords de la deuxième cataracte du Nil et datant d'environ sept mille ans avant notre ère... J'avoue qu'au fil des ans, j'en étais venu à l'oublier.

— La deuxième cataracte ? fit Aldo, songeur. Le mourant a fait allusion à Assouan qui est proche de la première. Mais, enfin, le fameux continent englouti n'a jamais rien eu à voir avec l'Egypte ?

— D'après certaines traditions et quelques rares auteurs, l'Egypte des pharaons aurait été colonisée par ces gens dont la civilisation était extrêmement développée et d'où elle aurait tiré les bases de son énorme potentiel scientifique. Vous avez d'ailleurs un interlocuteur de choix en la personne de votre ami Vidal-Pellicorne.

— Vous plaisantez ? Il va me rire au nez ! Surtout si je mentionne la « Reine Inconnue » ? Il va me renvoyer à Antinea, l'héroïne du bouquin de Pierre Benoit qui a eu tant de succès après la guerre... et m'assener d'un ton cassant qu'on ne badine pas avec l'Egypte antique !

— Si j'étais vous, j'essaierais quand même... et je vous rappelle qu'à deux pas d'ici un homme est mort ! conclut-il, un rien sévère.

— C'est vrai, admit Aldo. J'avoue que je l'oubliais. Quant à Adalbert, Dieu seul sait où il se trouve ! En Egypte sans doute, mais c'est vaste, l'Egypte, et comme il ne donne jamais de ses nouvelles...

— Téléphonez à Paris ! Son valet Théobald vous renseignera peut-être ?

Aldo regarda son ancien précepteur avec curiosité :

— Ma parole, elle vous tracasse, cette histoire ?

— Je l'avoue, et je pense qu'elle vous tracasserait également si, au lieu d'être un simple anneau orné de turquoises, il s'agissait d'un somptueux rubis ou de mystérieuses émeraudes, mais...

— Je n'ai pas la passion des bijoux égyptiens qui manquent d'éclat, à l'exception des perles. Selon moi, les placards d'or de Tout-Ank-Amon ne sont rien en comparaison du Régent ou du Koh-I-Noor. Ce qui ne veut pas dire cependant que l'affaire de cette nuit ne m'intéresse pas. J'espère en apprendre un peu plus en fin de matinée. Salviati m'attend à onze heures pour signer ma déposition.

Il allait se resservir du café, mais Guy l'en empêcha :

— Tâchez donc de dormir une heure ou deux ! Cela serait plus raisonnable !

— Comme toujours, vous avez raison.

Il partit se coucher mais ne dormit pas pour autant. Cette mort étrange, le visage douloureux de la victime le hantaient, surtout lorsque lui revenait à l'esprit le bizarre sentiment de frustration qu'il avait éprouvé en parcourant les rues nocturnes de sa chère ville. La relativement modeste bague d'orichalque et de turquoises appartiendrait-elle à la redoutable confrérie des joyaux « rouges » ? Ceux qui traînent derrière eux le sang de leurs victimes ? En ce cas, ce pourrait être la réponse du destin à un désir informulé... et il était préférable que Lisa ne fût pas dans les parages. Elle aurait tôt fait de le convaincre de remettre l'inquiétant objet entre les mains du commissaire. Parce que les aventures, elle commençait à les détester franchement !

Mais Lisa était à des kilomètres et, en replaçant l'anneau dans sa poche après avoir eu avec lui un long tête-à-tête, Aldo se trouva tout à coup beaucoup plus serein. Après tout, c'était à lui que l'homme s'était confié en prononçant le mot « Gardez ! ». C'était... oui, c'était une question d'honneur ! Et quand il en fut à ce stade, il se releva, enfila sa robe de chambre et ses pantoufles avant de descendre dans son cabinet de travail où trônait un imposant – et assez rare ! – coffre médiéval, scellé dans les dalles pour pallier toute tentative d'enlèvement et nanti à l'intérieur d'un système perfectionné qui en faisait le plus inviolable des gardiens. Il y enferma le petit sachet noir puis s'en retourna dans son lit en sifflotant une ariette de Mozart.

— Nous n'avons pas eu à chercher loin pour en savoir davantage sur notre inconnu, dit le commissaire en serrant la main de son visiteur. Il était descendu au Danieli...

— Comment avez-vous eu l'idée d'aller les questionner ?

— Le linge qu'on lui avait laissé était de belle qualité. En outre, c'était visiblement un homme soigné. Ils n'ont fait aucune difficulté quand nous leur avons présenté sa photo.

— Et il s'appelait ?

— Gamal El-Kouari, diplomate venant de Londres et se rendant au Caire où nous avons son adresse. Vous savez que les hôtels sont tenus de conserver les papiers d'identité de leurs clients de passage jusqu'à leur départ.

— Je sais. C'est même l'un des « charmes » de notre pays...

— Remarquez, cela ne dérange guère les truands. Ils ont généralement deux ou trois passeports à leur disposition. Mais je ne crois pas que celui-là appartienne à la corporation. Son passeport indique qu'il voyageait beaucoup. Peut-être un de ces attachés d'ambassade plus ou moins itinérants qui ressemblent comme des frères à des agents secrets.

— Cela ne nous apprend pas ce qu'il faisait la nuit dernière dans les ruelles près du Campo San Polo ?

Le sourire en coin étirant d'un côté les lèvres minces de Salviati fit regretter à Aldo ce qu'il venait de dire. En particulier lorsqu'il entendit :

— Pourquoi pas ce que vous y faisiez vous-même : rentrer de dîner chez des amis ?

Aldo sortit son étui à cigarettes de sa poche, en prit une qu'il tapota sur la brillante surface d'or gravée à ses armes, se donna le temps de l'allumer avant de faire observer :

— Moi, j'étais à deux pas de chez moi, ce qui n'était pas son cas et, pour regagner le Danieli depuis San Polo, une embarcation empruntant les canaux secondaires eût été plus confortable... et plus sûre. A fortiori pour un homme qui n'était plus de la première jeunesse.

— Sans doute mais chacun voit midi à sa porte. Il ne vous a vraiment rien dit avant de mourir ?

« Est-ce que par hasard les méthodes du *Fascio* commenceraient à déteindre sur ce bon Salviati ? » pensa Aldo. Après s'être accordé quelques secondes de réflexion supplémentaires, il fit la moue :

— N... on ! Vraiment non ! J'admets qu'il a essayé. J'ai perçu un souffle et deux ou trois sons incompréhensibles... de l'arabe peut-être, mais c'est tout. Son assassin ne l'avait pas raté. Surtout qu'après l'avoir poignardé, on l'a déshabillé... sans ménagements.

— C'est ce que je ne comprends pas. On peut dépouiller un corps rapidement sans le dénuder.

— Sauf si ce que l'on cherche est de taille réduite, cousu dans une doublure par exemple.

— Vous pensez à quoi ?

— Je ne sais pas... une pellicule de film ?

A ce moment, un coup bref fut frappé à la porte et un policier entra, portant un paquet de vêtements noirs qu'il déposa sur une chaise :

— On vient de trouver ces frusques dans une gondole devant le palais Foscari, annonça-t-il. Elles pourraient bien appartenir au mort de cette nuit ?

— Elles ne peuvent même appartenir qu'à lui, fit Salviati en déployant un élégant pardessus de vigogne noire. Et vous avez raison, prince, ajouta-t-il aussitôt, les doublures sont décousues et les ourlets aussi. Le pauvre type ne sera guère élégant pour son dernier voyage !

— Vous dénicherez peut-être une bonne âme pour arranger ça. Vous comptez le renvoyer dans ses foyers ?

— Si c'est réellement un diplomate, le gouvernement prendra contact avec la chancellerie du roi Fouad et il sera rapatrié. On n'a déjà pas trop de place pour nos morts à nous ! conclut-il, se référant au cimetière San Michele.

Morosini prit congé là-dessus et rentra chez lui.

Comme il s'y attendait, Guy Buteau se tenait dans la bibliothèque, assis sur l'un des escabeaux coulissants, à mi-chemin du plafond, un livre ouvert sur les genoux et deux ou trois autres sur les degrés voisins :

— Je parie pour Platon ! lui lança-t-il.

— Justement, non ! Je le connais suffisamment mais je me suis souvenu que nous avions là l'ouvrage du Pr Leo Frobenius – un Allemand ! – et du Français Paul Lecour qui apportent leur contribution à la thèse soutenant que l'Egypte fut sans doute colonisée par les Atlantes et que les traces rémanentes y sont profondes. Ne fût-ce que la momification des défunts. Un rite particulier que l'on retrouve de l'autre côté de l'océan Atlantique dans les nécropoles du Nouveau Monde : Mexique ou Amérique centrale...

— Voilà mon précepteur revenu ! constata Aldo en riant. Je ne demande pas mieux que de vous croire, mon cher Guy, mais je préférerais savoir ce que cet étrange anneau faisait dans la chaussette de ce malheureux diplomate. A ce propos, on sait qui il est et où il allait. Vraisemblablement, il regagnait Le Caire venant de Londres. Ce qu'il faudrait connaître, c'est si un paquebot pour l'Egypte part prochainement d'ici, ajouta-t-il en décrochant le téléphone pour appeler le port du Lido.

Il y en avait un, en effet, partant le surlendemain pour Port-Saïd, et M. El-Kouari avait retenu sa place avant que la police ne l'annule.

— Voilà au moins une certitude ! se réjouit Morosini. Reste la question à laquelle personne n'a de réponse : d'où venait-il quand il s'est fait assassiner derrière chez nous en pleine nuit ?

— Nous ne le saurons sans doute jamais ! soupira Guy en descendant de son perchoir. En revanche, j'aimerais bien revoir l'anneau.

— Rien de plus facile.

On se rendit dans le bureau d'Aldo où, toutes portes closes, celui-ci enclencha le mécanisme compliqué de son coffre, sortit le sachet de daim et en fit glisser le contenu sur le dessus de cuir de son bureau, puis alluma la puissante lampe sous les feux de laquelle il examinait les joyaux qu'on lui apportait. Le métal couleur d'or pâle venu du fond des âges prit des reflets soyeux, comme s'il était recouvert d'une mousseline, faisant ressortir la teinte parfaite des turquoises. Penchés au-dessus, ils contemplèrent l'anneau sans y toucher pendant de longues minutes, comme s'il exerçait sur eux une fascination – et c'était le cas. Quelle signification donner à ces formes géométriques – baguettes droites ou triangles – serties dans l'orichalque ? Guy tendit la main vers le bijou, hésita et la retira :

— Il vous fait peur ? demanda Aldo.

— Oui et non... je ne sais pas trop ! J'éprouve une curieuse impression. Il m'attire et cependant...

— Vous pensez au sang qui a coulé cette nuit pour sa possession... et qui ne doit pas être le premier !

— Pourtant je ne ressens pas devant lui la sensation de répulsion que me donnaient les pierres du Pectoral. Surtout le rubis de Jeanne la Folle.

— Avouez qu'il y avait de quoi ! Peu de pierres ont suscité autant de drames et nous avions dû violer une tombe pour le retrouver.

— Ce n'est pas le cas en ce qui concerne cet anneau. Il a quelque chose... de rassurant.

— Alors pourquoi avez-vous hésité à le prendre ? reprocha Aldo en s'emparant de la bague et en la mirant sous la lampe avant de la passer tour à tour à son annulaire droit, trop mince, au majeur, *idem*, et enfin au pouce, approuvé par Guy.

— Ce qui nous démontre que c'est une bague sacrée. Un ornement de Grand Prêtre ou quelque chose d'approchant.

Aldo ne répondit pas, attentif à l'étrange impression qui montait en lui. Pas désagréable, au contraire. Une sensation de force et de plénitude l'envahissait, merveilleusement vivifiante. Il eut soudain la certitude que tout lui devenait possible et qu'aucun obstacle ne saurait l'arrêter sur le chemin choisi.

— Eh bien ? demanda Buteau.

Non sans difficulté, Aldo ôta l'anneau et le tendit à son vieil ami :

— Essayez vous-même !

Ce qui fut fait et, sous les yeux d'Aldo, l'affable visage du vieux monsieur s'illumina :

— Incroyable ! On dirait qu'il décuple les forces… Que l'on pourrait déplacer les montagnes ! En ce cas, pourquoi l'homme qui le détenait a-t-il été assassiné ?

— Sans doute parce qu'un peu de soie noire tendue par un fixe-chaussettes n'est pas le lieu idoine pour développer les manifestations transcendantales ! Et s'il était poursuivi, comme les faits le laissent à penser, il avait choisi la plus sûre cachette. Une chose est certaine : cet anneau n'est pas maléfique – ce qui est déjà énorme ! – mais il ne protège pas contre une agression.

— Qu'allez-vous en faire ?

— Je ne sais pas. J'hésite !

— Entre quoi et quoi ? En mourant, ne vous a-t-il pas demandé de le garder ?

— En effet, mais il y a ses ultimes paroles : Assouan... la Reine Inconnue et Ibrahim..

Il s'interrompit en entendant dans le vestibule la voix de son secrétaire, Angelo Pisani, qui discutait avec Zaccharia, et se hâta de ranger sachet et bague dans le coffre puis de le refermer en déclarant :

— Si quelqu'un peut éclairer notre lanterne là-dessus, c'est bien Adalbert. Je vais téléphoner à son appartement de Paris. Théobald me dira où il est au juste !

— Sage décision !

Peut-être pas si facile à réaliser qu'il n'y paraissait !

Quand, après trois longues heures d'attente, la voix distinguée de Théobald, le fidèle serviteur de Vidal-Pellicorne, se fit entendre, agréablement modulée comme d'habitude, elle se déclara ravie d'avoir des nouvelles de Monsieur le prince mais désolée de ne pouvoir lui passer son maître :

— En cette saison, Votre Excellence devrait se douter qu'il n'est pas à Paris.

— Je suppose qu'il est en Egypte ?

— Monsieur le prince suppose à merveille !

— Oui mais où, en Egypte ? C'est grand...

— Et c'est ce que je ne sais pas. Il faut comprendre, Monsieur fouille !

— Belle nouvelle ! Que fait-il d'autre quand il est là-bas ? Il est égyptologue, que diable !

— Certes, certes, mais les choses sont légèrement différentes cette fois. Monsieur aurait fait une découverte... importante peut-être et, tant qu'il n'a pas acquis de certitude, il ne veut pas en parler. Monsieur le prince sait combien, dans la profession. les confrères des autres pays sont aux aguets.

— Soit... mais au cas où vous auriez à le joindre en urgence ?

— Ce n'est guère probable ! Je dois alors écrire sous double enveloppe à l'hôtel Shepheard's, au Caire. On lui garde son courrier et... je n'en sais pas davantage !

— Mais enfin, c'est ridicule ! Il a en vous une confiance aveugle ! Je vous vois mal vous précipiter à l'Académie des sciences ou à la rédaction de je ne sais quel journal pour leur confier sur quelle rive du Nil votre maître est en train de manier la pelle et la pioche ?

— Peut-être, Excellence, et je dois dire que c'est la première fois, mais Monsieur s'est clairement expliqué. Sa confiance en moi est absolue, cependant...

— ... il craint les courants d'air ? Il faut en effet que sa trouvaille soit exceptionnelle ! Eh bien, Théobald, il me reste à lui envoyer un mot en espérant qu'il ne tardera pas trop à venir le chercher.

— Monsieur le prince a des problèmes ?

— Disons des questions à poser, mais cela peut attendre. Merci, Théobald, portez-vous bien !

— Et voilà ! soupira Aldo en reposant le combiné. Aucun renseignement à attendre de ce côté avant un moment. Adalbert gratte la terre quelque part en Egypte mais personne ne sait où.

— Conclusion ?

— On garde soigneusement au chaud ce précieux et séduisant objet, et, moi, je pars pour Florence.

La vente Serbelloni a lieu demain et les améthystes du Cardinal m'intéressent. Elles auraient appartenu à Giulia Farnèse, la maîtresse du pape Alexandre VI.

— Le Borgia ? Je conçois qu'elles vous captivent.

— Oh, pas pour la légende noire de la famille. Des souvenirs leur ayant appartenu, on en trouve en Italie presque autant que de reliques de saints à Byzance autrefois, mais le catalogue leur consacre quelques lignes dithyrambiques et je veux les examiner de près. Donc, j'y vais !

Le collier assorti de pendants d'oreilles était superbe. Aldo n'eut aucune peine à imaginer l'effet qu'il devait produire sur la gorge lumineuse de la belle rousse qu'avaient peinte de fort grands artistes et reçut un véritable coup au cœur : la teinte rare des pierres et l'orient légèrement rosé des perles l'enchantèrent, et il enchérit joyeusement jusqu'à la victoire, avec la ferme intention de conserver l'ensemble dans sa collection privée au cas où Lisa refuserait de le porter. Il soulignerait admirablement la splendeur de ses cheveux fauves et le satin pâle de sa peau !

Il était, de ce fait, d'excellente humeur quand la gondole pilotée par Zian qui était venu le chercher à la gare le déposa aux marches mouillées de son palais, mais cette heureuse disposition fut de courte durée : dans le grand vestibule décoré de tapisseries anciennes et de quatre lanternes de galère en bronze doré, Guy Buteau discutait avec un personnage qui n'eût pas produit une impression particulière sur Aldo s'il n'avait été accompagné, deux pas en arrière, d'un officier du *Fascio*. Qui d'ailleurs ne prenait aucune part à l'entretien, occupé qu'il était à examiner ses ongles. Ce qui ne voulait pas dire qu'il n'écoutait pas. L'autre était un individu sans couleur distinctive, si ce n'était celle de sa jaquette officielle : taille moyenne, âge moyen, visage arrogant, cheveux gris fer et teint gris-vert. Quant à Guy, il en arrivait à l'exaspération. Au moment où Aldo posait le pied sur les dalles de marbre blanc, il entendit :

— Je ne peux pourtant pas le faire sortir des murs ! En quelle langue faut-il vous dire que le prince Morosini est absent ?

— Je l'étais mais je ne le suis plus, mon cher Guy ! intervint Aldo en lançant à Zaccharia le trench-coat qu'il portait sur le bras. Que désire ce monsieur ?

L'inconnu eut un soupir de soulagement mais ce fut le milicien qui répondit, sans pour autant perdre ses ongles de vue :

— Nous venons de Rome. J'ai été chargé par le Duce d'escorter M. El-Kouari, détaché de l'ambassade d'Egypte.

— J'apprécierais, capitaine, que vous me regardiez lorsque vous me parlez, mais si ce petit travail de manucure vous paraît urgent, je peux faire appeler une femme de chambre ?

Le ton était insolent. L'officier rougit et laissa retomber ses mains. Aldo cependant continuait :

— Pourquoi M... El-Kouari – c'est bien ça ? – a-t-il besoin d'escorte pour venir jusqu'ici ?

— Son frère a été assassiné voici trois jours et il...

— ... redoute de subir le même sort ? Aurions-nous, sans le savoir, déclaré la guerre à une famille égyptienne par ailleurs fort honorable, j'imagine ? Eh bien, Monsieur, nous allons voir ce que je peux pour vous ! Comme vous le voyez, j'arrive de voyage et...

— Où étiez-vous ? questionna l'homme en noir.

— Je ne pense pas que cela vous regarde, riposta Morosini qui ne pouvait supporter l'ingérence perpétuelle de ces gens dans la vie privée de ses compatriotes. Mon cher Guy, si vous avez l'obligeance de conduire notre visiteur dans mon cabinet, je me lave les mains et je vous rejoins...

Constatant que le séide du *Fascio* s'apprêtait à suivre son protégé, Aldo précisa :

— L'invitation ne vous concerne pas, capitaine. Mon maître d'hôtel va vous installer dans un salon où l'on vous offrira du café pour vous faire patienter.

— Le Duce s'intéresse à cette triste affaire. J'ai ordre de ne pas quitter M. El-Kouari !

— Ce n'est pas le quitter que d'attendre à dix mètres de lui. Et il vous racontera ! Sinon vous pouvez le remmener. Je ne reçois personne dans ces conditions !

Ne pouvant plus qu'obtempérer aux volontés du maître de céans, le fasciste suivit Zaccharia et, quelques minutes plus tard, Aldo prenait place derrière son bureau – un Mazarin de la grande époque ! – en face de son visiteur, tandis que Guy se retirait. Aldo ouvrait déjà la bouche pour le prier de rester mais, à son sourire, il comprit qu'il avait l'intention d'aller surveiller discrètement le capitaine.

Après avoir offert, tour à tour, un cigare et une cigarette à son visiteur, Aldo se carra dans son fauteuil, joignit ses mains par le bout des doigts et s'enquit :

— Vous avez souhaité me voir, Monsieur, et me voici ! Que puis-je pour vous ? Ce malheureux, assassiné l'autre nuit par des malandrins, était donc votre frère ?

Il y avait une note dubitative dans sa voix et l'Egyptien le ressentit :

— Nous ne nous ressemblions guère, j'en conviens, mais c'est fréquent chez les musulmans et il était plus âgé que moi. Nous étions de mères différentes. N'en demeure pas moins le sang paternel et, si j'ai désiré vous rendre visite, c'est avant tout pour vous remercier de l'aide que vous lui avez apportée.

— N'importe qui en aurait fait autant. Mon seul regret est d'être arrivé quelques secondes trop tard. Vous voyez qu'un déplacement depuis Rome ne s'imposait pas. Surtout avec une escorte... officielle !

— Pourtant si ! Croyez-moi lorsque je vous assure que l'escorte en question n'est pas inutile. Gamal, mon frère, avait été chargé par notre souverain, le roi Fouad, de négocier l'achat – ou plutôt le rachat ! – d'un objet ancien d'une importance extrême pour... je dirai l'équilibre du pays. Sa tâche accomplie – il nous l'avait fait savoir –, il avait jugé plus prudent... et plus rapide de prendre le rail de préférence à un paquebot où il se fût retrouvé à la merci de ses ennemis sans pouvoir bouger...

— Il fallait pourtant qu'il en vienne là à un moment ou à un autre ?

— Evidemment, mais il avait choisi Venise parce que le trajet est bien moins long et parce qu'il avait ici un ami sûr qui pouvait lui retenir discrètement son passage. Je suppose qu'il devait revenir de chez cet ami – que nous ne connaissons pas – lorsqu'il a été attaqué. Apparemment ses agresseurs étaient mieux renseignés que nous, puisque mon frère a été assassiné et dépouillé.

Décidément Aldo n'aimait pas cet homme. Son histoire sonnait faux tant elle était invraisemblable. Ainsi cet homme déjà âgé se serait embarqué pour l'Angleterre, y aurait récupéré un « objet » dangereux et serait revenu en sautant d'un train dans un autre puis dans un bateau, et tout cela sans la moindre protection, alors qu'on avait jugé hautement nécessaire de faire escorter ce type – nettement plus costaud ! – par un aide de Mussolini pour le seul trajet de Rome à Venise et retour ? C'était difficile à avaler !

— Je ne vois toujours pas ce que je viens faire là-dedans, soupira-t-il après un bref coup d'œil à sa montre en homme dont le temps est précieux. Et d'abord, me direz-vous ce qu'était cet objet ?

El-Kouari II – vrai ou faux ! – hésita un instant, se racla la gorge et finalement se décida :

— Un anneau. Un anneau d'or garni de quelques turquoises. Insignifiant en apparence. Et, bien sûr, j'ai interrogé le commissaire Salviati qui m'a remis les vêtements de mon frère mais n'en savait pas plus.

— Et vous pensez que je pourrais, moi, vous en apprendre davantage.

— Votre réputation est grande, prince, et c'est une opinion que je partage. Que vous n'ayez rien dit à la police se conçoit aisément, mais je ne peux m'empêcher de penser que Gamal n'est pas mort sans se confier à vous. En particulier si, par hasard, il vous avait reconnu...

— Il aurait fallu pour cela qu'il me connaisse ?

— Vous êtes célèbre et votre visage s'est souvent retrouvé à la une des journaux. Moi-même, je vous aurais identifié n'importe où...

— En pleine nuit, au coin d'une rue et un couteau planté dans le cœur ? Cela tiendrait du miracle.

— Mon frère était un homme extraordinaire, une force de la nature, et je n'arrive pas à me persuader qu'à l'instant suprême, conscient d'être secouru, il n'ait pas réussi à vous révéler... le policier m'a parlé d'un souffle... un mot arabe sans doute...

Aldo se promit de dire deux mots à Salviati. Il avait dû trouver le bonhomme collant et s'en était débarrassé sur lui !

Son œil bleu, qui avait tendance à virer au vert à l'approche de la colère, prit une curieuse teinte bâtarde tandis qu'il se levait pour indiquer que l'entretien était clos.

— Allah !... Ça vous convient ? Cela me paraît normal quand un vrai croyant se sent mourir ? Croyez que je regrette que vous ayez fait ce chemin pour en apprendre si peu, mais vous pouvez faire confiance au commissaire Salviati. C'est un policier émérite assurément capable de mettre la main sur les assassins...

Force fut à son interlocuteur de se préparer à partir. Il était évident qu'il n'en avait pas la moindre envie bien qu'il eût quitté son siège. Son regard balayait la pièce somptueuse aux tentures jaunes harmonisées autour d'une fresque de Tiepolo, englobant le tapis chatoyant et les meubles précieux. Il s'attarda cependant sur le coffre ancien, dévoré visiblement par l'envie d'apprendre ce qu'il pouvait contenir.

— ... quand il les tiendra, poursuivait Aldo, vous retrouverez du même coup l'anneau que vous recherchez et tout rentrera dans l'ordre !

Une nouvelle hésitation, et l'homme hasarda :

— Ne pourriez-vous le rechercher pour nous ? Mon gouvernement saurait se montrer généreux et vous avez à votre tableau de chasse nombre de succès spectaculaires.

« Nous y voilà ! pensa Morosini. J'aurais dû me douter qu'on en viendrait à quelque chose d'approchant ! » Il pouvait s'amuser un instant !

— D'abord, vous ne m'avez pas confié le pourquoi de la rareté de cet objet ?

— Vraiment ? Je vous l'ai dit : il s'agit d'un anneau, un banal anneau d'or serti de turquoises mais d'une ancienneté... incalculable...

Aldo fit la moue :

— Cela me semble maigre. Je suis spécialiste en joyaux, Monsieur. Ce qui signifie des pièces de haute qualité, voire exceptionnelles. Cette bague ne m'intéresse pas. Vous pourriez commencer par faire confiance à notre police, sans oublier celle de Rome, puisque vous y avez des accointances. Je vous répète que le commissaire Salviati est un excellent policier. Il n'aura de cesse de débusquer les assassins... donc les voleurs !

— Ils s'en seront déjà défaits ! Ces gens-là travaillent sûrement sur commande.

— C'est possible, mais je ne peux accéder à votre désir. J'ai trop d'affaires en cours. Et puis, je regrette de vous redire que ce genre de bijou ne m'intéresse pas. De l'or... des turquoises, même ayant appartenu à Mathusalem, ne sont pas de mon ressort.

— Vous vous êtes montré moins difficile vis-à-vis du Pectoral du Grand Prêtre !

Le ton recelait une vague menace.

— J'étais aussi moins occupé. En outre, vous avez perdu de vue qu'il fallait retrouver un saphir, un rubis, un diamant et une opale. Des pierres précieuses ô combien... et non semi-précieuses ! Fiez-vous à moi ! Prenez un peu patience et attendez le résultat de l'enquête.

Sa voix était courtoise mais définitive. El-Kouari le comprit et se leva enfin :

— Croyez que je le regrette ! Merci de votre accueil !

Un instant plus tard il était parti, toujours escorté de son chien de garde, et Aldo rejoignait Guy. Celui-ci ne cacha pas sa méfiance :

— Drôle d'histoire, n'est-ce pas ? Et plus curieux personnage encore ! Je me demande s'il est réellement le frère de la victime ? Ils n'ont peut-être même aucun lien de parenté. Vous pensez l'avoir convaincu ?

— Non, mais c'est sans importance, il n'a récolté que ce qu'il mérite : s'il avait montré plus de confiance, avoué la provenance de l'anneau, j'aurais pu réagir différemment, mais une bague d'or, quelconque, garnie de turquoises, voulez-vous me dire à quoi ça ressemble ?

— Sans doute ! Espérons que nous n'en entendrons plus parler.

— On verra bien ! En attendant, vous devriez me dénicher quelques bouquins au sujet de l'Atlantide. Je me sens l'envie de dépoussiérer mes souvenirs !

Le visage soucieux de l'ancien précepteur s'éclaira :

— Voilà comme j'aime vous entendre parler.

Et il regrimpa sur son échelle.

2

La dame du Caire

La lettre arriva quinze jours plus tard, au courrier du soir.

Frappé sur l'épais vélin bleuté, le monogramme arabe couronné était des plus impressionnants. En termes quasi officiels, le texte priait le prince Morosini de vouloir bien se rendre au Caire afin de traiter une affaire très importante pour laquelle la plus grande discrétion était requise. S'il voulait choisir le jour de son arrivée, un appartement lui serait réservé à l'hôtel Shepheard's. Le tout signé « Selim Karem, secrétaire de Son Altesse »...

En la présentant ouverte à son patron, Angelo Pisani, qui remplissait les mêmes fonctions auprès de Morosini, n'était pas sans inquiétude. Depuis le courrier du matin, l'aimable prince-antiquaire était d'une humeur de dogue à cause d'une autre missive en provenance de Vienne. Son épouse que le jeune Pisani vénérait en silence – il avait déjà vénéré la première détentrice du titre, ce qui ne lui avait pas réussi – non seulement ne lui annonçait pas son retour, mais, après lui avoir appris que « Grand-Mère » allait mieux, ajoutait que, sur le conseil de ses médecins, elle poursuivrait sa convalescence en montagne, dans sa propriété de Rudolfskrone à Ischl, et que, naturellement, Lisa et les enfants lui tiendraient compagnie quelque temps. L'air vif du Salzkammergut serait meilleur pour les petits que la grisaille humide enveloppant Venise au début de l'année. « En outre, expliquait la jeune femme, cela évitera un nouveau départ en février, si février ramène l'*aqua alta*[1], comme cela arrive de plus en plus souvent... »

A la suite de quoi, le « patron » s'était précipité dans le bureau de M. Buteau, en brandissant l'épître d'une main et en vociférant :

— Lisa exagère, en vérité ! Avant notre mariage, elle ne rêvait que de vivre ici, maintenant on dirait qu'elle ne rate pas une occasion pour en filer dès qu'il se met à pleuvoir ou que la mer monte...

Le secrétaire n'en avait pas entendu davantage parce que, de sa main libre, Aldo avait claqué la porte, mais le plaidoyer auquel M. Guy avait eu recours n'avait pas dû être efficace, si l'on en jugeait d'après l'œil orageux et la mine sombre qu'il affichait à la sortie.

Le dialogue commença mal :

— Qu'est-ce que c'est encore que ça ?

— Une invitation à vous rendre au Caire, Monsieur. Je... je pense que ce pourrait être intéressant...

— Ah oui ?

1. L'eau haute, l'inondation.

Lecture faite, le résultat fut exactement identique à celui du matin. Morosini sauta de son fauteuil et se rua chez M. Buteau en s'exclamant :

— Regardez ça, Guy !

La porte claqua de nouveau et Angelo réintégra ses propres quartiers en soupirant, mais sans être vraiment inquiet. Selon lui, un peu d'orage par-ci par-là était nécessaire dans le ciel bleu d'un ménage...

Cependant, Aldo demandait à son fondé de pouvoir :

— Eh bien ? Qu'en pensez-vous ?

Le vieux monsieur se carra dans son fauteuil sans lâcher le papier qu'il contemplait d'un air pensif :

— A vrai dire, je n'en sais trop rien. S'il n'y avait pas eu l'affaire de l'anneau, je vous conseillerais de prendre le bateau. D'ailleurs, vous ne m'auriez même pas demandé mon avis. Mais une invitation en Egypte si tôt après m'incite à penser qu'il conviendrait peut-être de se méfier.

— C'est un peu mon sentiment, encore que je ne connaisse pas grand monde dans le coin. La princesse... Shakiar, ça vous dit quelque chose ?

Pour son information, en effet, M. Buteau tenait à jour, autant que faire se pouvait, les généalogies des familles royales, princières, encore régnantes ou détrônées, sans compter les décès, à seule fin de savoir où migraient les joyaux de famille. Cette activité se révélait d'une certaine utilité pour la maison. Il n'eut donc aucun mal à fournir le renseignement désiré après avoir consulté l'un de ses dossiers :

— La princesse Shakiar, à ce jour avant-dernière épouse du roi Fouad, répudiée en raison de ses folles dépenses en bijoux bien qu'elle soit très riche mais aussi bréhaigne, comme on disait au Moyen Age. Très belle au temps de la couronne, elle doit tourner autour de la cinquantaine. Elle occupe habituellement un petit palais dans l'île de Gesireh où elle reçoit sans discontinuer... une coterie très internationale.

— Remariée ?

— Je ne crois pas mais, finalement, je n'en sais rien.

— Des amants ?

— Ayez la bonté de ne pas m'en demander trop ! J'épluche quantité de journaux, surtout anglais, français ou américains, mais il ne faudrait pas exagérer. Si vous allez là-bas, vous n'aurez aucune peine à vous renseigner. Elle est connue pour être assez excentrique et n'être pas femme à tenir sa lumière sous le boisseau. J'ajouterai pour conclure qu'elle donne des fêtes somptueuses. Alors, que décidez-vous ?

— Que feriez-vous à ma place ?

— Toujours cette manie de répondre à une question par une autre ! C'est moi qui vous ai appris le truc, mais il n'est pas loyal de vous en servir contre moi. Cependant je vais vous répondre : si j'étais vous, j'irais ! De plus, vous en mourez d'envie !

C'était vrai. Depuis que l'Anneau atlante était entré dans sa maison, Aldo avait senti se réveiller en lui tous les démons de l'aventure. En outre – et il ne l'avoua pas ! –, il éprouvait un malin plaisir en pensant à la lettre qu'il allait écrire à sa femme. Et pour finir, la chance lui sourirait peut-être en lui faisant retrouver Adalbert, puisque celui-ci faisait garder son courrier précisément à l'hôtel où Aldo devait descendre...

Aussi envoya-t-il sans délai Pisani lui retenir une place sur le premier bateau partant pour Port-Saïd ou Alexandrie, après quoi il ferait connaître à la princesse la date de son arrivée. Pendant ce temps, il allait écrire à Lisa. Non sans une certaine jubilation !

Cinq jours plus tard, il embarquait à bord de l'*Ismaïlia* par un temps épouvantable et la jubilation avait baissé d'un cran. Le ciel s'était arrangé pour donner raison à sa femme : il pleuvait, la mer était grise et... l'*aqua alta* de retour. Les Vénitiens barbotaient ou parcouraient d'un pas résigné les ponts de planches traversant la place Saint-Marc en plusieurs sens. Accoudé au bastingage, Aldo regarda disparaître dans les brumes les ors ternis du dôme de San Marco, la tour du Campanile, les flèches des églises, les toits des palais, puis regagna l'une des quatre cabines, plutôt confortables, permettant à ce cargo transporteur d'agrumes de prendre à son bord quelques passagers. Ce soir, il n'y en aurait qu'un autre : un professeur de lettres anciennes qui rejoignait son poste à Suez et ne devait pas être un fanatique de la conversation, si l'on en croyait la froideur du salut dont il avait gratifié

Morosini en montant à bord. Il trimballait un paquet de livres susceptibles de l'occuper même s'il allait jusqu'en Chine.

Rentré chez lui, Aldo s'allongea sur sa couchette après avoir pris dans sa valise la paire de chaussettes roulée en boule dans laquelle il avait caché l'Anneau. C'était une vieille habitude lorsqu'il devait emporter un joyau de petite taille ou une pierre non montée. C'est pourquoi le stratagème d'El-Kouari ne l'avait pas surpris. Il l'avait même trouvé tellement judicieux qu'il avait décidé de le faire sien quand il sortirait, dans le but de ne pas laisser le bijou à la merci d'un fouilleur particulièrement minutieux. Cette fois, il le réchauffa longuement entre ses mains afin de revivre l'extraordinaire sensation de force et de certitude qu'il dégageait. Pour rien au monde il ne l'aurait laissé à Venise. D'abord parce que le ramener sur sa terre d'origine et si possible à son propriétaire lui semblait important, ensuite parce qu'il éprouvait le bizarre sentiment qu'il lui était interdit de s'en séparer.

Tout enfant, il lui était arrivé de rêver d'un talisman capable de décupler ses forces humaines et de lui ouvrir les portes du merveilleux. Cela entrait dans sa passion des pierres même si, jusqu'à présent, il lui avait été donné le plus souvent de tenir entre ses mains de redoutables géniteurs de malchance ou de catastrophes. Evidemment, il avait trop d'honnêteté pour ne pas savoir qu'il le rendrait sans hésiter s'il retrouvait son légitime propriétaire mais, en attendant, il se considérait comme l'héritier de l'homme auquel il avait tenté de porter secours...

La cloche du dîner interrompit sa rêverie mais, au lieu de réintégrer les chaussettes, l'Anneau se retrouva dans la poche intérieure de son veston, le plus près possible du cœur.

Quelques jours après, Morosini, reposé comme il ne l'avait jamais été, débarquait du train-paquebot en provenance de Port-Saïd au milieu du tohu-bohu permanent qu'offrait la gare du Caire. Elle ressemblait vaguement à celle de Victoria à Londres, mais la population différait singulièrement. Une foule grouillante encombrait les quais et il était difficile de distinguer ceux qui arrivaient de ceux qui partaient au milieu d'une véritable colonie de porteurs glapissants. L'un d'eux empoigna les valises d'Aldo à la recherche de la sortie et brailla :

— Tout droit ! Tout droit ! As pas peur ! Moi n° 32.

Il fallut bien se lancer dans son sillage en refusant les services d'un employé de l'agence Cook qui, justement, se proposait.

— J'en ai un ! clama-t-il dans le vent de la course. J'espère seulement pouvoir le retrouver...

Mais l'homme était là, près d'une calèche qu'il avait déjà retenue et souriant de toutes ses dents blanches, à l'exception de celles qui manquaient à l'appel :

— Ti vois, ti pouvais me faire confiance. Ti vas où ? Hôtel Shepheard's ?

— Comment le sais-tu ?

— Ti as une tête à ça ! répondit-il en riant.

Il transmit l'information au cocher d'un air important, attrapa au vol la pièce d'argent que son client lui lançait et la calèche démarra au milieu d'un déluge de bénédictions. Morosini, mettant de côté ses soucis, s'abandonna à l'un de ses plaisirs favoris : découvrir, seul, une ville qu'il n'avait jamais vue dans un pays quasi fabuleux qu'il ne connaissait pas, si étrange que cela paraisse, si l'on songe que son meilleur ami lui avait voué sa vie. Leurs aventures communes ne leur avaient pas encore donné l'occasion d'agir à l'ombre des Pyramides.

Pourtant, jadis, adolescent monté en graine, il écoutait avec passion, les pieds accrochés aux barreaux de sa chaise, les cours magistraux que lui délivrait M. Buteau dont l'Egypte était l'un des sujets de prédilection, débordant largement l'époque des pharaons pour rejoindre celle des croisades autour du fantôme de Saladin, le « sultan chevalier » dont la ville ancienne était l'œuvre. Al-Qahira, « la Victorieuse », la cité des sultans et des khédives, c'était à lui qu'elle devait éclat et renommée ! Cette lacune était plus bizarre encore si l'on considérait que la chère Tante Amélie et son inusable « Plan-Crépin » choisissaient souvent de passer un ou deux mois d'hiver au soleil dans l'un des trois ou quatre palaces implantés dans le pays. Aldo pensa soudain qu'elles y séjournaient peut-être au moment où il débarquait et se promit, l'affaire avec la princesse réglée, d'en faire le tour dans l'espoir de leur offrir une bonne surprise, sachant qu'entre Le Caire, Louqsor et Assouan qu'elles privilégiaient, il y avait quelques centaines de kilomètres... De toute façon, Abou El-Kouari avait mentionné Assouan et il faudrait probablement aller jusque-là.

La ville s'étendait sur plusieurs hectares et donnait l'impression de vivre un perpétuel carnaval où se mêlaient la pourpre des tarbouchs, le blanc des turbans, le voile noir des femmes, le beige d'un casque oriental et la variété des chapeaux européens. Tout cela bougeait, parlait, criait dans le vacarme des klaxons de voitures, des implorations des mendiants, des appels de toutes sortes. L'odeur de l'essence s'y mélangeait à celles du crottin de cheval, des parfums musqués, d'une vague senteur d'encens et, en approchant du fleuve, d'un faible relent de vase.

Au cœur d'une place ouverte sur le Nil, la vaste terrasse du Shepheard's offrait une vue sur les deux îles, Roda et Gesireh. Toujours pleine, elle était l'un des lieux favoris où se retrouvaient les touristes riches, la gentry britannique. Au pied de cette terrasse surélevée abritée d'un vélum et ornée de plantes variées, se bousculaient guides et drogmans avides de s'assurer les clients les plus intéressants, sans oublier les petits cireurs de bottes aux crânes crépus que repoussait régulièrement le voiturier en uniforme rouge.

Dans l'immense hall aux colonnes égyptiennes, un réceptionniste suisse déférent accueillit Morosini en déployant l'onction nécessaire, lui apprit que son appartement l'attendait, puis lui remit une enveloppe bleutée et armoriée qui devait contenir quelques mots de sa cliente et qu'il fourra dans sa poche. Avant de suivre le groom chargé de le conduire à son logis, il posa la question qui lui tenait à cœur :

— C'est vous, je crois, qui gardez le courrier de M. Vidal-Pellicorne, l'éminent archéologue ?

Le rose mais solennel visage du Suisse se teinta de mélancolie :

— Jusqu'à hier, en effet, Excellence...

— Et plus maintenant ? Pourquoi ?

— Mais... parce que M. Vidal-Pellicorne nous honore de sa présence !

— Eh bien, dites-moi, cela n'a pas l'air de vous combler de joie !

— D'habitude... c'est un si bon client, mais... Puis-je me permettre de demander ce qu'il est pour Monsieur le prince ? Une simple relation ou un ami ?

— Un ami, voyons ! Et le meilleur qui soit ! Qu'est-ce qui lui arrive ?

— Alors j'oserais conseiller une visite au bar.

— Il y est ?

— J'irais jusqu'à dire qu'il l'occupe. Hier soir, il y est resté jusqu'à la fermeture et aujourd'hui...

— N'en dites pas plus, j'y vais ! Faites monter mes bagages, ajouta-t-il en glissant un billet dans la main du groom.

Il se dirigea vers la longue pièce dont il pouvait apercevoir le comptoir d'acajou orné de têtes pharaoniques en bronze. En y pénétrant, il vit avec satisfaction que la pièce était pratiquement déserte et n'eut donc aucune peine à repérer son ami. Adalbert était assis – effondré serait plus juste ! – dans un fauteuil de velours jaune devant une table basse et un verre de whisky à moitié plein ou à moitié vide, selon l'état d'âme avec lequel on le considérait. Ce n'était certainement pas le premier. Un coup d'œil suffisait pour constater que l'archéologue était plus qu'à moitié ivre.

Aldo se dirigeait à sa rencontre, quand Adalbert, prostré apparemment dans une profonde réflexion, prit son verre, le vida, puis, le brandissant à bout de bras, exigea :

— Un autre, barman !

— Je dirais plutôt un café... et corsé ! corrigea Aldo en se laissant tomber dans le fauteuil voisin.

Adalbert releva le menton et fixa l'arrivant d'un regard tellement trouble qu'il ne devait pas lui permettre de distinguer grand-chose. D'ailleurs, il ne le reconnut pas.

— De... de quoi j'me mêle ? Moi, j'veux boire...

— Si tu ne sais même plus qui je suis, c'est que tu as déjà beaucoup trop bu ! Il vient, ce café, barman ?

— Si Monsieur le permet, j'oserai avancer que le résultat va être désastreux. Nous risquons des... des nausées.

Aldo se mit à rire :

— Et vous craignez pour votre velours bouton d'or et vos tapis ? Après tout, vous avez peut-être raison. Trouvez-moi deux valets solides et faites suivre non pas un café mais une pleine cafetière. Nous allons le remonter chez lui...

— Tout de suite ! fit l'homme en s'élançant. Je vais devoir à Monsieur une grande reconnaissance...

— Ne me dites pas que c'est votre premier poivrot ? Avec ce qui défile ici d'officiers anglais ne carburant qu'au whisky ?

Deux minutes plus tard, le renfort demandé répondait à l'appel. On emporta Vidal-Pellicorne qui n'offrit qu'une faible résistance. Il n'en était fort heureusement qu'à la période bénigne de l'ivresse, celle où l'on a tendance à parer le monde entier des couleurs les plus tendres. Les yeux mi-clos, il souriait avec aménité aux deux colosses nubiens qui l'étayaient dans l'ascenseur et se laissa conduire dans la salle de bains sans opposer de résistance, mais se mit à beugler quand l'eau froide de la douche sous laquelle on le poussait s'abattit sur sa tête. Imperturbables, les trois hommes l'y maintinrent le temps nécessaire en dépit de ses vociférations, après quoi, on le bouchonna comme un cheval de course, on le déshabilla et on l'introduisit dans un pyjama, mais ce fut seulement quand on l'installa dans son lit qu'il parut revenir à la conscience claire. Et passa sans transition de l'amabilité à la colère :

— Mais qu'est-ce qui vous a pris de me tremper de la sorte ? Vous n'êtes pas un peu malades ? Sortez ! Vous m'entendez ? Sortez de chez moi !

— Ils vont sortir, le calma Aldo en s'inscrivant dans son champ de vision, une tasse de café à la main. Mais moi, je reste ! Comment te sens-tu ?

Cette fois, on l'avait reconnu :

— Toi ? Mais qu'est-ce que tu fais ici ?

— Bois ça ! On causera après !

Adalbert avala docilement le liquide et même en redemanda. Pendant ce temps, les Nubiens remettaient de l'ordre avant de disparaître, nantis d'un généreux pourboire. Assis sur le bras d'un fauteuil, une cigarette entre les doigts, Aldo attendait.

Quand Adalbert en eut fini et se laissa aller sur ses oreillers en exhalant un soupir de satisfaction, il entama le dialogue :

— Si tu me disais où tu en es ? J'arrive ici avec l'espoir – bien mince puisque apparemment tu te cachais ! – d'avoir de tes nouvelles et, au lieu d'apprendre que tu étais en train de manier fébrilement la pioche et la pelle, appâté par la trouvaille de ta vie, je te retrouve aux prises avec une cuite monumentale dans un bar d'hôtel. Alors je te le demande : que t'est-il arrivé ?

Récupérant ses soucis en même temps que sa lucidité, l'œil bleu de l'archéologue s'assombrit :

— Je me suis fait avoir comme un bleu !

— Comment cela ? J'ai téléphoné chez toi il y a quelques jours et Théobald m'a confié que tu avais fait une « trouvaille » tellement importante que tu refusais d'en révéler l'endroit même à lui et que tu te faisais envoyer ton courrier au Shepheard's.

— Tu avais besoin de moi ?

— Réponds d'abord ! On parlera de moi après !

— C'est vrai, concéda Adalbert tristement. J'étais persuadé d'avoir fait une découverte aussi sensationnelle que ce fichu Tout-Ank-Amon bien qu'il ne s'agisse que d'une femme, une des quatre reines-pharaons – en dehors de Cléopâtre – qui ont vraiment régné sur l'Egypte : Nitocris, Sebeknefrou,

Hatchepsout et Taousert. Il s'agit de la deuxième, Sebeknefrou, qui a clos la XIIe dynastie. Elle est très mal connue et n'a occupé le trône que pendant trois ans, mais c'est un de plus que la vedette de ces dernières années...

— Ce pauvre Tout-Ank-Amon ! Tu ne l'as jamais digéré, celui-là ? le taquina Aldo.

— Non, tu as raison. Il m'a donné de l'eczéma ! Mais ces fichus Anglais ont trop de chance, aussi ! Alors que nous autres, impécunieux Français, sommes à la portion congrue, eux roulent sur l'or... et tu connais le résultat !

— Et la suite : de tous ceux qui ont travaillé sur le site, il ne reste pas pléthore...

— La fameuse malédiction inscrite à l'entrée du tombeau et qui menaçait de frapper quiconque troublerait le sommeil de Pharaon ? Il est évident qu'il y a eu des coïncidences troublantes, que lord Carnarvon n'a pas joui longtemps de son triomphe, mais Carter, lui, l'initiateur, est toujours bien vivant !

— Revenons-en à ta reine Sebe...

— Sebeknefrou ! Pauvre petite ! Elle m'a donné l'émotion de ma vie quand, après avoir déblayé des tonnes de terre et de pierraille, pour dégager quelques marches, j'ai pu lire son cartouche intact sur une pierre derrière laquelle j'ai supposé aussitôt qu'il y avait un couloir. C'était d'ailleurs dans un endroit impossible, comme pour Tout-Ank-Amon coincé par la tombe de Ramsès VI.

— Alors tu es allé explorer ?

— Non. Le temps qui m'était imparti pour mes fouilles prenait fin. C'était il y a quinze jours et je suis revenu ici me faire prolonger, après avoir refermé soigneusement l'accès que j'avais mis au jour.

— Et on t'a refusé la prolongation ?

— Non ! Un fonctionnaire pourvu d'une collection de dents en or m'a accordé ce que je demandais et je suis reparti. Mais quand je suis arrivé sur les lieux, mon équipe avait disparu, le passage était béant et un confrère fumait paisiblement sa pipe devant des tentes fraîchement implantées.

— Un confrère ? Tu avais ce qu'il fallait pour le faire déguerpir !

— Justement non. J'ai omis de spécifier : un confrère britannique, ce qui changeait la donne ! A ma modeste autorisation administrative, il en a opposé une délivrée par un haut fonctionnaire du British Museum. Il ne me restait plus qu'à plier bagage, couvert de honte vis-à-vis de ces gens du pays qui avaient œuvré avec moi...

— Insensé ! Mais c'était qui, ce type ?

— L'honorable Freddy Duckworth, sixième ou septième rejeton d'un pair d'Angleterre, plus ou moins parachuté dans l'archéologie parce qu'on ne savait pas trop qu'en faire...

— Attends un peu ! L'archéologie n'est pas un truc dans lequel on peut entrer sans passeport. Il faut suivre des études et...

— Oh, il en a suivi... Négligemment mais suffisamment pour devenir l'enfant chéri du vieux Wharbutnot, le grand patron des Antiquités égyptiennes au British. Remarque, il a une technique savamment mise au point : il fait surveiller un confrère étranger et, quand l'innocent approche d'un résultat, il fait réclamer la concession comme sienne et nettement antérieure. Il paraît qu'il a déjà opéré ainsi envers deux jeunots : le Belge Niemans et l'Italien Belarmi. Je ne pensais pas qu'il oserait s'attaquer à moi...

— Et tu ne lui as pas flanqué la raclée qu'il mérite ? Si je m'en réfère à la façon dont tu as traité jadis La Tronchère...

— Evidemment, mais ça n'a rien arrangé. Si mon ambassadeur n'était pas intervenu, je n'y coupais pas de la prison...

Aldo lui offrit une cigarette, en prit une, alluma les deux et déclara finalement :

— Bon, j'admets que ce soit dur à avaler, mais ne me dis pas que c'est une raison pour prendre la cuite de ta vie ?

Adalbert se gratta le cuir chevelu, renifla puis, après un silence, se décida à lâcher :

— Il y a une autre raison mais, si tu permets, je la garderai pour moi... du moins pour un temps !

Connaissant son Adalbert, Morosini pencha pour une histoire de cœur et n'insista pas.

— Comme tu voudras !

— Merci ! Mais si on parlait de toi ? Qu'est-ce que tu viens faire au Caire ?

— Une dame de l'entourage du roi m'a prié de lui rendre visite. Je viens d'arriver par le train-paquebot.

— C'est intéressant ?

— Je l'espère, sinon je ne serais pas là, mais je saurai ce soir de quoi il retourne... Comment te sens-tu ?

— Vaseux !

— Le contraire serait étonnant. Ecoute, ajouta Aldo en jetant un coup d'œil à sa montre, ce que tu as de mieux à faire pour le moment, c'est de dormir. J'ai ce qu'il faut pour t'y aider en cas de besoin...

— Non... Ça devrait aller !

— Bien. Moi, je vais me récurer, manger un morceau et filer à mon rendez-vous. En rentrant, je viendrai voir comment tu vas et on se retrouve demain matin... mais n'essaie pas de te faire monter du whisky ou de me filer entre les doigts ! J'ai peut-être quelque chose à te raconter...

— Quoi ? émit Adalbert.

— Pas question d'expliquer avant demain ! D'abord, je n'ai pas le temps ! Oh, et puis, après tout, conclut-il devant l'expression soudain frondeuse de son ami, je reviens t'apporter du Seconal... Je serai plus tranquille !

A peine eut-il disparu qu'Adalbert se leva, courut à la porte qu'il ferma à clef avant de regagner son lit avec la mine satisfaite d'un gamin qui fait une bonne blague à son précepteur. Mal lui en prit, deux minutes ne s'étaient pas écoulées qu'Aldo reparaissait... par la fenêtre :

— Pas de chance ! On partage le même balcon. Suffit d'enjamber !

— Tu ne peux pas me laisser tranquille ? grogna Adalbert.

— Mais je ne demande que cela : que tu restes tranquille !

Un moment plus tard, Adalbert dormait à poings fermés et Aldo repartait par où il était venu, mais cette fois il souriait. Chaque chose en son temps ! Avoir retrouvé Adalbert était déjà un cadeau du Ciel !

Dans l'île de Gesireh, la villa de la princesse Shakiar – le petit palais serait plus juste ! – était voisine du terrain de polo du Sporting Club. Deux heures après avoir neutralisé son ami, Morosini en smoking traversait un jardin ombré de tamaris d'où s'élevaient de grands palmiers dont l'élan répondait à celui des jets d'eau jaillissant des bassins en mosaïques bleues et or. La douceur de la nuit et l'odeur de terre mouillée – on avait dû arroser en fin de journée – composaient avec la maison aux blanches colonnettes un cadre à la fois paisible et raffiné comme il les aimait.

Un serviteur noir habillé de rouge et chamarré d'or s'inclina devant lui au bas des marches de marbre et le précéda dans le salon mauresque, essentiellement meublé de divans de velours noir sous une multitude de coussins de brocart aux couleurs vives et de tables basses en ébène incrusté d'ivoire, où il l'abandonna sur un nouveau salut en l'informant que sa maîtresse venait tout de suite.

Elle parut presque aussitôt et ce fut au tour d'Aldo de s'incliner sur une main parfaite, ornée de rubis, qu'on lui offrait en souriant :

— Que c'est aimable à vous, prince, d'avoir répondu aussi vite à mon invitation ! Je sais – la rumeur me l'a appris – à quel point vous êtes absorbé par vos affaires et je suis d'autant plus touchée de votre – dirai-je empressement ? – à venir jusqu'ici !

Grande et svelte dans une sorte de caftan de soie noire brodée d'or, elle était un exemple admirable de la beauté égyptienne, telle qu'on pouvait encore la contempler dans les musées, sans atteindre toutefois la perfection d'une Néfertiti, et bien qu'approchant de la cinquantaine, comme le prétendait Guy Buteau, elle le cachait remarquablement... Sa peau mate était sans défauts et si une ride légère marquait le coin de ses profonds yeux noirs, elle était due à la mobilité du visage plus qu'à l'âge.

Ses cheveux lisses couleur d'ébène érigeaient sur sa tête un chignon à la grecque fixé par de minces palmettes d'or qui rendait pleine justice à un profil d'une pureté toute hellénique Des girandoles de rubis tremblaient le long de son cou.

Elle indiqua un divan à son visiteur, s'assit de l'autre côté d'une des tables basses, puis frappa dans ses mains un coup bref qui fit apparaître un plateau de café porté par un nouveau serviteur noir, celui-ci vêtu d'une galabieh blanche.

On sacrifia à l'incontournable rite de l'hospitalité égyptienne en échangeant des propos anodins sur la beauté d'un pays qu'Aldo ne connaissait pas et qu'on l'engagea vivement à découvrir, en particulier en une saison où il se présentait sous son meilleur aspect. Enfin on en vint au principal. La princesse prit, parmi les coussins entassés près d'elle, un coffret d'or qu'elle garda sur ses genoux :

— Ce n'est pas sans de nombreuses hésitations que je me suis résolue à vous prier de venir jusqu'à moi, mais votre réputation d'expert infaillible et d'homme discret a emporté ma décision. Je me trouve dans une situation dont je vous ferai grâce et qui me contraint à... certains sacrifices.

— Sacrifices ? sourit Aldo. Quel mot pour une aussi grande dame dont je sais qu'elle possède d'admirables parures...

— ... auxquelles je tiens ! En revanche, il me sera moins douloureux de me séparer de ceci, fit-elle en caressant le couvercle ciselé. Vous n'ignorez pas que je fus l'épouse du roi Fouad, et ce fut l'un de ses présents : des perles d'une valeur inestimable dont on ne saurait confier la vente à n'importe qui, vente dont il est préférable qu'elle se réalise dans le secret et, surtout, dans un pays éloigné. Je suis certaine que, parmi vos clients milliardaires, vous n'aurez aucune peine à en obtenir le juste prix.

Ce petit discours achevé, elle tendit à Aldo le coffret, très ancien, dont il commença par admirer la facture :

— Magnifique ! apprécia-t-il en caressant le métal réchauffé par les mains de son hôtesse. Douze ou treizième siècle, je suppose ?

— Vous supposez bien !

Le couvercle soulevé révéla sur un lit de velours sept grosses perles en poire réunies par de fines chaînettes d'or. Elles étaient toutes identiques, mesurant quatre ou cinq centimètres et d'un incomparable orient légèrement doré. L'admiration le tint muet quelques instants, comme chaque fois qu'il découvrait un joyau exceptionnel. Il le prit entre ses mains afin de mieux jouir de leur contact soyeux et de les examiner de plus près. Certes, il préférait les pierres précieuses à ces fabuleuses sécrétions marines, et son dernier contact avec l'une des plus importantes lui avait laissé un souvenir aussi impérissable que peu agréable, mais il admettait volontiers que celles-ci étaient d'une extraordinaire beauté. En face de lui, la princesse retenait son souffle.

Il les détaillait au moyen de la petite mais puissante loupe de joaillier dont il n'avait garde de se séparer, quand un déclic se fit dans sa tête. Il n'était peut-être jamais venu en Egypte mais ne méconnaissait pas pour autant certains de ses trésors liés à l'Histoire.

Calmement, il rangea sa loupe, recoucha les perles dans leur coffret qu'il referma avant de le rendre à sa propriétaire dont il se demandait maintenant si elle l'était vraiment :

— Croyez que je suis désolé, princesse, mais il m'est impossible de me charger d'une telle vente...

— Comment ?

— A moins que vous ne puissiez me remettre une autorisation écrite de Sa Majesté le roi Fouad pour les sortir d'Egypte. Elles font partie de ce que j'appellerais les joyaux de la Couronne...

— Mais elles m'appartiennent, à présent ! Il me les a offertes lorsque j'étais son épouse !

— En ce cas, il a eu tort car je ne pense pas qu'il en ait le droit. Pas plus que le roi d'Angleterre, s'il lui prenait fantaisie de vendre ou d'offrir le Koh-I-Noor. Ce sont les perles de Saladin, connues dans les milieux de la haute joaillerie et des musées.

— Mais je me tue à vous dire qu'il m'en a fait cadeau ?

— Je n'en doute pas. C'est pourquoi l'autorisation ne devrait pas poser de problèmes...

— Ne vous ai-je pas prévenu qu'il s'agissait d'une tractation secrète, afin que ces perles soient vendues dans la plus totale discrétion ? Le roi ne doit rien savoir. Il me les a offertes parce que je porte en moi quelques gouttes du sang de Saladin... Oh, je devrais plutôt dire qu'il m'en a donné la jouissance ma vie durant jusqu'à sa mort. Elles font en effet partie du trésor royal mais c'est sans importance !

— Comment cela, sans importance ? On pourrait vous les réclamer au moins au décès du roi ? Son héritier...

— Farouk ? Il ne sera pas le meilleur de nos souverains. A douze ans, il ne pense déjà qu'à ses plaisirs. D'ailleurs, il n'est pas d'une intelligence folle mais il se plaît en ma compagnie. Je l'amuse... Il aime les chevaux, les femmes...

— Eh bien ! Il est précoce !

— Oh, oui ! Ajoutez le jeu, l'argent...

— Les joyaux ?

— Aussi, pour leur éclat. Mais il n'y connaît rien !

— Soit ! Tenons-nous-en au roi. Que se passerait-il s'il voulait vous les reprendre ?

— Ce ne serait pas une catastrophe : j'ai fait réaliser des copies !

— Copiées, des perles de cette taille ?

— Pourquoi non ? Il y a dans ce pays des artistes de talent qui ne connaissent pas leur propre valeur.

— Et le coffret ?

— Une imitation, lui aussi. Cela a été plus facile, d'ailleurs. Faites-moi confiance, je n'ai rien laissé au hasard.

— Je m'en aperçois, Altesse, mais essayez de comprendre que je ne peux considérer cette histoire dans la même optique que vous. Si haute dame que vous soyez, vous ne m'en demandez pas moins de me faire le complice d'un vol manifeste !

Shakiar prit une « lattaquieh » dans une boîte en malachite, la plaça au bout d'un long fume-cigarette et permit à Aldo de la lui allumer. Puis elle tira quelques bouffées avant de secouer la cendre en faisant montre d'un agacement visible :

— Au rang que j'occupe – et vous venez d'y faire allusion ! –, ce mot-là est malsonnant. En outre, vous ne me ferez pas croire qu'aucun des joyaux qui passent entre vos mains n'a jamais été dérobé... ou pis encore !

— Vous voulez dire qu'on a tué pour eux ? Sans nul doute, mais cela s'inscrit dans le bruit lointain du temps ! Pour ma part, je me refuse au rôle de receleur. Je tiens essentiellement à ma réputation, qui me vaut d'être devant vous ce soir ! Elle serait en miettes si, d'aventure, on me trouvait en possession de ces bijoux qui sont, que vous le vouliez ou non, un trésor national. Un banal contrôle douanier suffirait.

— Cela n'arrivera pas. Je peux vous le certifier. Vous quitterez l'Egypte sur le yacht d'un ami sûr. Pour la suite, ne me dites pas qu'il n'existe pas parmi vos client un milliardaire capable de payer ces perles à leur juste valeur et de se taire ? Votre beau-père, par exemple ?

L'évocation de Moritz Kledermann, le richissime banquier zurichois père de Lisa, arracha une grimace à Morosini. Il n'aimait pas mêler sa famille à ses affaires :

— Votre exemple est mal choisi, Madame. C'est l'homme le plus scrupuleusement honnête que je connaisse, même s'il se double d'un collectionneur passionné. De plus, sa santé n'est pas des meilleures depuis quelque temps et il n'achète plus rien.

— Lui ou un autre, peu importe ! Vous ne me convaincrez pas que vous ne connaissez pas, au-delà de l'Atlantique, un ou deux Américains qui ne s'encombrent pas de scrupules pour assouvir leur passion ? Alors, foin de ces détails d'un autre âge. J'ai un urgent, très urgent besoin d'argent !

Elle s'énervait. Une rougeur diffuse montait à ses joues tandis qu'elle laissait tomber son mégot pour prendre une seconde cigarette... qu'il lui alluma aussitôt.

— Si je considère ces rubis, Altesse, vous pourriez réaliser une belle fortune.

— Mais je ne veux pas m'en dessaisir ! Ce sont « mes » bijoux. J'y tiens, alors que ceux-là appartiennent au trésor national. Et puis, je n'aime pas les perles. Elles portent malheur ! Voyez, je ne vous cache rien, pas même ma détresse. Vous ne pouvez pas m'abandonner.

Les larmes à présent envahissaient ses yeux noirs. Aldo sentit augmenter son malaise. Il détestait ce rôle qu'on lui faisait jouer. D'autant que l'illogisme de la dame le surprenait. Si elle n'aimait pas les perles, pourquoi diable s'être fait donner celles-ci ? A moins qu'elle n'eût mijoté son affaire de longue main ?

D'un mouchoir délicat, elle sécha ses paupières avant que le mascara ne coule, eut un discret reniflement et finalement réussit à sourire :

— Pardonnez-moi ! Il n'est pas dans mes habitudes de me laisser aller aux émotions mais je ne vais pas vous expliquer : vous ne pourriez pas comprendre...

— Altesse, je...

— Non ! Ne dites rien ! Ecoutez plutôt ! Voici ce que je vous propose. Quittons-nous pour ce soir et donnons-nous l'un à l'autre le temps de la réflexion. Vous pouvez bien m'accorder quelques jours, tout de même ? Ce serait trop dommage de ne pas visiter Le Caire ?

— Certes, admit-il, songeant à Adalbert qui allait peut-être le retenir un moment !

— A la bonne heure ! De mon côté, je vais voir s'il est possible d'obtenir un document officiel vous mettant à l'abri de ce que vous redoutez. Mais vous, songez que je ne cède pas à mon égoïsme en voulant tant d'argent. C'est pour aller au secours d'une œuvre dont je vous parlerai une prochaine fois ! Je suis si heureuse que vous soyez venu ! ajouta-t-elle en lui tendant une main sur laquelle il n'avait plus qu'à s'incliner.

On ne pouvait avec plus de grâce clore un entretien sans fermer les portes de l'avenir.

— Nous nous reverrons bientôt ! promit-elle tandis qu'il se retirait.

Aldo rejoignit la voiture qui l'avait amené et qui l'attendait au bout du jardin d'eau. Sous le péristyle, il s'arrêta pour allumer une cigarette. A cet instant, il entendit une voix masculine, dans le vestibule, s'adresser à un serviteur. Il se retourna machinalement : l'homme qui s'était présenté à Venise en se prétendant le frère d'El-Kouari venait de sortir d'une pièce latérale et donnait sans doute un ordre car le domestique s'inclina et s'éclipsa, tandis que l'autre entrait dans la pièce où Aldo venait d'être reçu. Exactement comme s'il était chez lui...

Ayant éprouvé le besoin d'une promenade nocturne pour se remettre les idées en place, il était plus de minuit quand Aldo rentra au Shepheard's, mais il n'avait toujours pas sommeil. Trop de pensées se bousculaient dans sa tête et il alla droit au bar, d'abord pour s'assurer qu'Adalbert n'y était pas revenu et ensuite pour y boire un whisky. Ses goûts le portaient plutôt vers une fine à l'eau mais, outre qu'il se défiait un peu de l'eau égyptienne, il éprouvait la nécessité d'une boisson plus robuste. Le barman l'accueillit en vieux client et ils échangèrent quelques mots mais, les points d'interrogation continuant de fourmiller dans son cerveau, il avala d'un trait le contenu de son verre et déclara qu'il montait se coucher... En fait, il avait surtout envie de bavarder un moment avec Adalbert qui restait souvent éveillé jusqu'à une heure avancée de la nuit. Il alla donc frapper à sa porte, à plusieurs reprises même, sans obtenir de réponse. Ce qui l'agaça. D'habitude, Adalbert avait le sommeil plus léger. Il est vrai qu'après la cuite qu'il avait prise ! En outre, il s'était peut-être décidé à avaler son comprimé de Seconal ?

Pour s'en assurer, Aldo décida de le rejoindre par les fenêtres, sortit sur son balcon, enjamba les bacs de fleurs de séparation pour s'apercevoir que la fenêtre était aussi hermétiquement fermée que la porte. Mieux encore : les rideaux intérieurs étaient tirés. Et ça, ce n'était pas habituel ! Eté comme hiver, Adalbert laissait toujours ses fenêtres entrouvertes, disant que sans cela il ne pouvait respirer. Or la nuit était douce et quand, tout à l'heure, on l'avait mis au lit, il avait même refusé que l'on déploie la moustiquaire :

— De l'air, de l'air ! avait-il exigé. Tu sais bien que je ne peux pas m'en passer !

Aldo alla s'asseoir dans l'un des fauteuils de la terrasse privative, luttant contre l'envie de briser une vitre, mais l'opération ferait un boucan de tous les diables. Il ne possédait pas, lui, les petits talents particuliers de son ami qui lui permettaient d'entrer où il voulait et quand il voulait sans faire le moindre bruit. Or, s'il existait de par le monde nombre de palaces où il était connu et où il aurait pu se permettre cet... enfantillage, c'était la première fois qu'il venait dans celui-ci et c'eût été stupide de risquer sa réputation pour un délai de quelques heures. Il se décida finalement à regagner sa chambre et à se coucher. Il aurait évidemment pu téléphoner à la réception et demander que l'on sonne chez son ami pour l'avertir qu'il voulait le voir, mais cela aurait fait beaucoup de tintouin pour pas grand-chose. Surtout si Adalbert avait ingurgité son comprimé !

Bien que fatigué, Morosini dormit mal. Il n'avait pas aimé son entretien avec la princesse, moins encore la présence chez elle d'Abou El-Kouari qui lui avait tellement déplu. Cette invitation à lui confier un bijou trop illustre pour n'être pas dangereux sentait le piège. Restait à savoir ce qu'on attendait de lui, au juste ! Conclusion : s'il n'y avait eu Adalbert, il eût vraisemblablement, le matin venu, repris le chemin de la gare et le premier train à destination de Port-Saïd ou d'Alexandrie. Seulement il y avait Adalbert, et un Adalbert aux prises avec des problèmes inhabituels, et il était hors de question de l'abandonner ! Le sommeil finit tout de même par venir.

Le breakfast qu'il avait commandé pour huit heures le réveilla mais il eut la surprise de voir le réceptionniste entrer à la suite du serveur. Il tenait une lettre à la main :

— M. Vidal-Pellicorne m'a chargé de remettre moi-même et en main propre ce message à Votre Excellence, dit-il, c'est pourquoi je me suis permis d'accompagner le petit déjeuner.

— Il m'écrit ? Alors qu'il occupe la chambre voisine ?

— Il ne l'occupe plus. Elle fait le bonheur d'une célèbre cantatrice victime d'un accident de la route et qui n'avait pas prévenu..., expliqua le Suisse avec un bon sourire. J'espère que son arrivée ne dérange pas Monsieur le prince ? Elle est assez bruyante de nature !

Aldo prit un couteau sur la table et ouvrit la lettre :

— J'étais sorti : je n'ai rien entendu. Ce qui signifie que M. Vidal-Pellicorne est parti ?

— Par le train de minuit pour Louqsor. Il semblait très agité !

— Et moi qui le croyais endormi. Voyons ce qu'il dit.

C'était plutôt bref :

« Obligé de repartir ! Si tu es libre, prends demain le train de vingt-deux heures. On déjeunera ensemble au Winter Palace où je te retiens une chambre. Si tu ne peux pas, télégraphie et à bientôt ! Adalbert. »

Ayant fini de disposer le couvert, le garçon d'étage repartait mais le réceptionniste, lui, restait, attendant ce qui ne pouvait être le bakchich qu'il avait déjà reçu. Il sourit :

— Dois-je retenir un sleeping ?

— Il n'y a pas de train de jour ?

— Si, mais il vient de partir. En revanche, il y a quatre trains de nuit. La chaleur, n'est-ce pas ?

— Elle n'est pas accablante, en hiver ?

— En effet, mais c'est ainsi et il n'y a guère de raisons de changer. Le voyage dure onze heures !

— Bon. Je prendrai celui de vingt-deux heures !

— C'est entendu. Bon appétit, Excellence !

En s'attablant devant son petit déjeuner simplifié – s'il aimait les œufs au bacon, les toasts, les buns et la marmelade d'oranges amères, il détestait les harengs, saucisses, porridge et autres aliments indispensables à tout estomac britannique pour bien commencer la journée ! –, il sentit s'envoler sa mauvaise humeur. L'idée de rejoindre son ami lui souriait d'autant plus que la princesse Shakiar l'avait prié de s'accorder un temps de réflexion sans en préciser la durée et que, s'il aimait le tourisme, encore fallait-il que cela ne dure pas une éternité. Et puis pour garder le contact avec Adalbert, il aurait fait n'importe quoi... poussé autant par l'amitié que par ce petit démon de l'aventure qui s'était réveillé en lui à la suite de son dîner chez Maître Massaria. Enfin, cela lui laissait la journée libre pour visiter Le Caire. Pas la ville entière, évidemment : elle était immense et recelait des trésors. Plus encore la périphérie où se tenaient les Pyramides, le Sphinx et les autres sites archéologiques, mais il pourrait peut-être compléter sa visite quand il reviendrait.

En attendant, il procéda à sa toilette et refit ses bagages. Il se rasait dans la salle de bains quand les vitres se mirent à trembler. Dans la chambre voisine une voix puissante entonnait :

L'amour est un oiseau rebelle
Que nul ne peut a-apprivoiser
Et c'est bien en vain qu'on l'appelle
S'il lui convient de-e refuser...

Il se mit à rire tout seul. La cantatrice qui, dans la nuit, avait pris la place d'Adalbert ! Il l'avait oubliée, celle-là, et, à entendre l'énergie qu'elle déployait en lançant les premières notes de la Habanera de *Carmen*, ce devait être une femme de poids comme, selon lui, c'était un peu trop souvent le cas des *prime donne*. Partant de cette hypothèse, on pouvait se demander quelle aurait été sa réaction s'il avait cassé un carreau pour s'introduire dans sa chambre. Un bon point pour elle, cependant, sa voix était magnifique et comme la surprise lui avait valu une estafilade, il s'interrompit et retourna dans sa chambre pour mieux l'écouter. Sans doute venait-elle donner un concert ou jouer à l'Opéra et il regretta un instant que son départ l'empêche d'aller l'entendre. Peut-être se produirait-elle un soir à la Fenice de Venise...

En descendant, il voulut s'enquérir de son nom auprès du réceptionniste, mais celui-ci s'était absenté et il alla demander une calèche au voiturier.

D'habitude, il préférait se promener à pied afin d'essayer de s'imprégner de l'âme de la ville inconnue en se mêlant à la foule, mais le temps lui étant compté, il choisit de se faire conduire à la Citadelle. De ce promontoire, il aurait une vue d'ensemble du Caire et de son site.

— Ti as raison, approuva le cocher en galabieh bleue à pompons rouges. Si ti viens pour la première fois, vaut mieux voir de là-haut. Après ti choisiras.

Et, faisant tournoyer son fouet en se gardant bien de toucher son cheval, il s'enfonça dans une rue grouillante d'un monde bariolé et singulièrement odoriférant. L'impression de plonger dans une fourmilière parmi laquelle son attelage se déplaçait avec une nonchalance bon enfant.

Bâtie par Saladin au XIIe siècle sur un éperon rocheux, la Citadelle surgissait de ce grouillement, s'enlevant vigoureusement sur le ciel bleu, rappel farouche d'un autrefois guerrier rendant à « la Victorieuse » sa signification. Elle résumait l'empire qu'avait conquis le Grand Sultan, hautaine et formidable comme l'avaient été les puissants châteaux des Croisés. La dominant, un dôme au dessin pur que dorait le soleil du matin, encadré des quatre aiguilles des minarets, semblait s'accrocher au ciel : la mosquée Muhammad Ali d'où s'élevait le bourdonnement d'une prière. On ne visitait pas. D'ailleurs on ne visitait rien, ni le château, ni les mosquées secondaires, ni le palais où veillaient des gardes, ni les bâtiments qui faisaient de cette citadelle une ville dominant la grande, mais Aldo n'en avait pas l'intention : ce qu'il voulait, c'était embrasser d'un seul coup d'œil la capitale égyptienne et son prodigieux décor. Aussi, descendu de sa voiture, se contenta-t-il de s'approcher au bord de la vaste terrasse sans rien vouloir entendre des explications en sabir anglo-arabe que son cocher prétendait déverser sur lui : le spectacle se suffisait à lui-même.

Le Caire, couleur de sable piqué de verdure, coupé par le large cordon bleuté du Nil, s'étendait tel un tapis jusqu'à un horizon que marquaient, d'une part, les Pyramides et le Sphinx de Gizeh et, de l'autre, les montagnes éventrées que les siècles avaient transformées en carrières pour des bâtisseurs inspirés...

Les déclics d'appareils photo maniés par un groupe de touristes américains sur fond d'exclamations nasales mais enthousiastes le chassèrent vers le côté opposé de la terrasse. Il ne se tenait là qu'une jeune femme ou plutôt une jeune fille, si l'on considérait la minceur de la taille habillée de toile blanche sous l'auréole d'une capeline de paille posée en arrière de la tête. Elle aussi contemplait le paysage. Tournant le dos au soleil, elle avait ôté ses lunettes noires dont elle mordillait l'une des branches. Craignant de la déranger comme lui-même venait de l'être, il n'approcha pas. Pourtant elle se tourna vers lui, montrant un visage mince et brun, sur lequel tranchaient des yeux d'un bleu tellement clair qu'ils semblaient transparents. Sous le nimbe de paille, les cheveux étaient d'un noir profond. Une Egyptienne peut-être, dont une aïeule aurait eu des bontés pour un Viking ? En tout cas elle était très belle, mais Aldo n'eut pas le temps de s'en assurer. Après un froncement de sourcils, elle rechaussa ses verres fumés, tourna les talons et prit d'un pas d'altesse le chemin de la voûte sombre de la sortie. Bien qu'il n'eût rien fait pour cela puisqu'il n'avait pas bougé, il importunait...

Dans l'innocence de sa conscience – il n'avait à se reprocher qu'un sourire, machinal de sa part quand quelque chose ou quelqu'un lui plaisait ! – il se sentit vexé, pensa un instant à la suivre mais maîtrisa cette impulsion et s'obligea à rester immobile en face de ce panorama qui lui semblait à présent moins intéressant... Finalement, il quitta le lieu à son tour et rejoignit sa calèche. On l'emmena admirer encore la belle mosquée Ibn Tulun et la célèbre université Al-Azar qui fut la première de l'Islam. Après quoi, il rentra déjeuner à l'hôtel.

Il y trouva une lettre de la princesse Shakiar l'invitant à dîner le soir même avec quelques amis afin de « faire plus ample connaissance ». On n'était pas plus gracieuse !

Après le déjeuner, il répondit à l'invitation par la négative et un remerciement courtois, alléguant qu'il quittait Le Caire tôt dans la soirée mais ne manquerait pas d'aller la saluer de nouveau à son retour, fit accompagner son message d'un panier de fleurs et partit visiter le fantastique mais décourageant Musée égyptien où les trésors de la terre des pharaons s'entassaient à un point tel que l'admiration ne parvenait pas à se fixer. Seul Tout-Ank-Amon que, par solidarité avec Adalbert, il commençait à trouver envahissant, jouissait d'une salle lui étant entièrement consacrée, et l'honnêteté obligea Aldo à admirer sincèrement la beauté de certains objets. Sans compter l'incroyable accumulation d'or.

Il en sortait, l'œil encore ébloui, quand il vit soudain la jeune fille de la Citadelle. A deux mètres de lui, elle examinait le contenu d'une vitrine. La rencontre l'amusa mais, craignant qu'elle ne s'imagine qu'elle n'était pas fortuite, il s'apprêtait à changer de direction quand elle abandonna sa contemplation et vint droit à lui.

— Vous êtes le prince Morosini, n'est-ce pas ? demanda-t-elle d'une voix à la fois douce et ferme.

— En effet. Comment le savez-vous ? Si l'on nous avait présentés, je m'en souviendrais...

— Ne cherchez pas ! C'est votre hôtel qui m'a renseignée. Ce matin, à la Citadelle, je me suis souvenue d'une photo de journal. J'ai voulu m'en assurer et je vous ai suivi jusqu'au Shepheard's.

Il sourit, amusé :

— C'est bien la première fois qu'une jolie femme me suit et c'est très flatteur !

— Oh, ne croyez pas cela. Je veux seulement savoir si vous avez vu Vidal-Pellicorne ?

— Oui, mais...

— Par conséquent, il est ici ?

— Il y était...

— Allez-vous le revoir ?

Le ton tranchant de cette espèce d'interrogatoire eut le don d'irriter Aldo. Cette inconnue était indubitablement séduisante, mais ce n'était pas une raison pour s'arroger le droit de le maltraiter.

— Madame... ou Mademoiselle...

— Mademoiselle !

— Bravo ! Sachez donc, Mademoiselle, que je n'ai pas pour habitude de répondre aux questions d'une inconnue, surtout formulées sur un certain ton.

— Veuillez m'excuser ! Je suis toujours de mauvaise humeur quand je suis soucieuse... Alors, je suppose que vous allez le revoir ?

Il y avait une prière, presque une angoisse dans les yeux si clairs, et Aldo n'avait pas envie qu'ils disparaissent si vite :

— Demain, si tout va bien, mais j'aimerais...

— Il revient ou vous allez le rejoindre ?

C'était le comble ! Ravissant ou pas, ce paquet d'épines commençait à lui porter prodigieusement sur les nerfs ! Il s'apprêtait à l'envoyer promener, quand elle reprit :

— Je vous prie de me pardonner ! Si donc vous le rejoignez... où que ce soit... veuillez lui dire que je n'ai jamais voulu le trahir. Que c'est la force des événements qui a déterminé mon comportement et que j'espère sincèrement qu'il ne m'en tiendra pas rigueur. Je dois assumer la mission que je me suis donnée jusqu'au bout. Vous vous en souviendrez ?

— Je m'en souviendrais mieux encore si vous consentiez à me confier votre nom...

— C'est inutile. Il vous le dira lui-même si ça lui chante !

Il n'eut même pas le temps d'ouvrir la bouche qu'elle avait disparu derrière l'un des nombreux sarcophages qui s'empilaient à cet endroit sous une grande verrière obscurcie, çà et là, par des plaques de sable, et il n'essaya pas de la suivre. Sa silhouette annonçait des jambes de gazelle et elle devait connaître ce précieux capharnaüm comme sa poche. Et puis leur rapide entrevue – presque une passe d'armes ! – lui donnait à penser. Cette splendide Egyptienne si résolument moderne ne constituait-elle pas cet élément plus ou moins traumatisant dont Adalbert, remontant des profondeurs de l'ivresse, lui avait dit qu'il lui en parlerait plus tard ? Elle ne manquait incontestablement pas de classe et avait ce qu'il fallait pour enflammer l'amadou perpétuellement prêt à prendre feu de son ami, en dépit des déboires que lui avaient occasionnés ses dernières expériences amoureuses. Et celle-ci avait mentionné une trahison ? C'était plus qu'il n'en fallait pour justifier la biture monumentale du « plus que frère » !

Morosini quitta le musée, fit un tour dans les ruelles populeuses de la vieille ville, s'installa pour boire un café dans l'une de ces échoppes où il n'y avait que des hommes, assis placidement par groupes de trois ou quatre ou même seuls, regardant passer le temps en égrenant d'une main un chapelet d'ambre, cependant que l'autre maniait paresseusement un chasse-mouches. Quelle que soit la saison, ces dernières sévissaient au Caire où elles trouvaient de quoi s'occuper aux nombreux étals de fruits, de pâtisseries dégoulinantes, de fleurs, d'épices et autres denrées appétissantes.

L'ensemble était plein de pittoresque, cependant il ne s'y attarda pas, attentif à se soustraire aux bandes de gamins toujours prêts à fondre comme un essaim d'abeilles sur l'étranger bien habillé aventuré sur leur terrain. Aldo leur abandonna toute sa monnaie et rentra à l'hôtel boucler ses bagages.

Le soir venu, il prenait le train pour Louqsor…

3

La maison sous les Palmes

Les wagons-lits égyptiens n'avaient que de lointains rapports avec ceux de l'Orient-Express ou du Train Bleu, mais ils offraient tout de même un honnête confort et Aldo, après avoir déposé ses soucis dans le porte-bagages, y dormit comme un enfant jusqu'à ce que la cloche du préposé l'appelle au petit déjeuner qu'il prit en ayant l'impression inattendue d'être en vacances. Le train remontait un Nil étincelant, bleu sous le soleil matinal entre ses berges d'un joli vert tendre d'où jaillissaient des villages blancs, de grands palmiers chevelus, des norias chargées d'apporter l'eau jusqu'aux cultures, toute une population d'hommes, en blanc pour la plupart, de femmes voilées de noir, d'enfants multicolores, de bœufs beiges et d'attendrissants ânes gris. Parfois surgissait un cavalier lançant son cheval dans une course contre la longue chenille de bois et d'acier pour s'arrêter un peu plus loin en adressant des gestes de triomphe et un sourire vainqueur. Sur le fleuve s'égrenaient de petits ports, des barges lourdement chargées, des lavandières, des pêcheurs et des barques. On vit aussi deux de ces bateaux de croisière transportant voyageurs et touristes nonchalants depuis le Delta jusqu'à Assouan, relayés ensuite, franchies les cataractes, vers Khartoum et le Soudan.

La majorité de ces paisibles promeneurs partaient de Louqsor pour emmener les touristes à Assouan en trois jours... alors que le chemin de fer s'y rendait en trois heures... mais il y avait tant à voir !

Arrivé à destination, Aldo se jeta dans une calèche et se fit conduire au Winter Palace dont le bâtiment blanc étalait ses jardins sur une corniche dominant le fleuve entre le temple de Louqsor et celui de Karnak, les merveilleux vestiges de Thèbes aux cent portes qui fut capitale d'un empire. Alors qu'au Caire la civilisation de l'islam primait, là, les pharaons reprenaient le pouvoir. Plus de pyramides cependant, la clef de leur éternité se cherchait dans les proches Vallées des Rois et des Reines et le culte de leurs dieux dans les temples, sans doute en ruine mais encore capables d'écraser le mortel sous leur majesté.

Quand sa voiture le déposa devant l'hôtel où s'affairaient déjà grooms et bagagistes, Aldo vit accourir le directeur – du moins supposa-t-il que c'était lui en voyant qu'il portait jaquette noire et pantalon rayé –, un Anglais à l'œil bleu et au cheveu rare qui semblait étrangement ému en se précipitant à sa rencontre :

— Prince Morosini, je présume ?

— Vous présumez bien et vous êtes ?

— Falconer, je dirige cet établissement et je vous attendais avec impatience. Oh, Excellence, c'est le Ciel qui vous envoie... Venez ! Venez vite !

— Ce serait plutôt M. Vidal-Pellicorne, mais que se passe-t-il ?

— Nous sommes au bord de la catastrophe ! Je redoute grandement que ces gentlemen ne s'entretuent ici... dans ma maison !

Aldo ne tergiversa pas à demander de qui il s'agissait. L'un desdits gentlemen ne pouvait manquer d'être Adalbert, en train de régler une fois encore un compte épineux. D'ailleurs, à mesure que l'on se rapprochait de l'hôtel, on reconnaissait nettement sa voix formidable dominant une sorte de glapissement d'où surgissait par intermittence un son strident. La scène du drame se tenait au salon, prolongeant le bar où, sous l'œil de quelques clients, intéressés par cet épisode pugilistique plus courant dans un bouge à matelots que dans un palace, Adalbert, le visage congestionné, en proie à une fureur sacrée, tentait d'étrangler un inconnu, garçon longiligne et rousseau qui, en actionnant maladroitement bras et jambes, essayait de se débarrasser de lui :

— Tu vas parler, salopard ! Que tu m'aies volé, ridiculisé, passe encore mais, elle, tu vas me dire ce que tu en as fait...

Aldo jugea qu'il était, en effet, grand temps d'intervenir. Il se lança dans la mêlée pour tenter de libérer la victime :

— Lâche-le ! Comment veux-tu qu'il parle si tu l'étrangles ?

— Laisse-moi régler ça ! gronda l'archéologue. Ce bougre de salaud a dépassé les bornes... Tu parles, toi ? Où est-elle ?

Le cou coincé entre les doigts d'Adalbert, la victime esquissa un geste d'impuissance, à la limite de l'évanouissement...

— Tu vas l'occire, sacrebleu ! Tu veux être pendu ?

— Occupe-toi de tes oignons !

— Dans ces conditions...

Aldo prit un léger recul, puis son poing droit partit comme une catapulte en direction du menton d'Adalbert qu'il ne mit pas groggy mais fit vaciller suffisamment pour permettre de lui arracher une proie pantelante qui s'étala sur le tapis en essayant de reprendre son souffle.

— Aidez-le, vous autres ! lança Morosini au groupe de curieux. Vous ne pouviez pas intervenir au lieu de rester là à compter les coups !

— *No !* s'écria un vieux gentleman typiquement britannique au teint de brique, cheveux blancs et yeux bleu faïence. Quand deux gentlemen règlent leurs comptes, on ne doit pas s'en mêler. Seulement veiller à ce que le combat soit correct !

— Correct ? Les règles du marquis de Queensbury ont bien changé, dans ce cas ! Je n'imaginais pas qu'il fût permis de tordre le cou à son adversaire comme celui d'un poulet ? Maintenant, permettez ? J'ai à faire !

Le directeur, lui, n'avait pas perdu de temps. Aidé du barman, il emportait l'ennemi dans un coin plus tranquille afin de lui prodiguer les soins nécessaires. Vidal-Pellicorne, de son côté, reprenait lentement ses esprits dans le fauteuil de rotin où une bourrade l'avait poussé quand il s'était mis à chanceler, l'œil soudain vague. Aldo lui tapota les joues. Il allait s'élancer vers le bar pour chercher un remontant mais stoppa net en voyant à son côté le vieux gentleman armé d'un verre de whisky qu'il lui tendait sans un mot. Aldo sourit :

— Oh, merci, Sir ! C'est juste ce qu'il lui faut !

L'autre, cependant, se présentait en claquant les talons :

— Colonel John Sargent ! En retraite du 17e Gurkas !

Aldo abandonna Adalbert pour une brève inclinaison :

— Prince Aldo Morosini, de Venise. Antiquaire. Excusez-moi si j'ai été un peu vif !

On se serra la main puis on revint à Adalbert qui, sous l'effet de l'alcool, remontait à la surface sous le regard attentif des deux autres. Finalement, il se redressa :

— Où est-il ? grogna-t-il.

— Ah, non ! protesta Aldo. Tu ne vas pas recommencer !

— Parti ! annonça le colonel. On vient d'emmener l'honorable Freddy Duckworth à la voiture qui l'attendait...

L'égyptologue regarda autour de lui et fixa Aldo :

— Mais dis donc ? Tu m'as frappé ? Toi ?

— Ben oui ! C'était la seule façon de te calmer. Et ne me demande pas ce que je fais là. Tu m'as donné rendez-vous ici et tu m'as même invité à déjeuner.

— C'est vrai, mais on verra ça plus tard ! En attendant, il faut à tout prix que je retrouve ce concentré de vipère..

Il essayait de se relever mais Aldo le renvoya dans son fauteuil du bout de l'index :

— Tu ne feras rien du tout ! Tu as entendu le colonel Sargent ? Il t'a dit qu'il est parti dans une voiture !

— Je sais qu'il partait puisque je l'ai attrapé au vol, mais où allait-il ?

— Au diable, si ça lui chante ! Tu ne crois pas qu'il a suffisamment occupé le devant de la scène ?

— Moi aussi, messieurs ! intervint le colonel Sargent. J'aperçois lady Clementine, mon épouse, qui me cherche. A bientôt, j'espère ?

— Ce sera avec plaisir ! répondit Aldo. Maintenant, j'aimerais prendre, dans l'ordre : possession de ma chambre, une douche et des vêtements frais. Tu peux m'accompagner, si tu veux ?

— Non. Je préfère aller fumer une pipe au jardin !

Il boudait visiblement. Aldo sentit un léger parfum de moutarde lui monter au nez :

— Tu es bien sûr que je t'y retrouverai ? Parce que si c'est pour filer je ne sais où sur la trace de ce pauvre type, il vaudrait peut-être mieux que je retourne à la gare ?

— Non, mais ce pauvre type comme tu dis...

— Ça suffit ! Et, à ce propos, qui est donc cette « elle » qui jouait le rôle de pomme de discorde ?

— On en parlera plus tard...

— Ce ne serait pas une jeune fille d'environ vingt ans, très brune et aux yeux d'aigue-marine ?

Adalbert se pétrifia, telle la femme de Loth victime de sa désobéissance :

— Tu... tu la connais ?

— Absolument pas ! Je ne sais même pas son nom. Simplement, j'ai rencontré hier la personne en question. Et je me permets d'ajouter que j'ai tout lieu de croire qu'il s'agit d'elle parce qu'elle m'a chargé d'un message oral pour toi !

— Dis vite !

— Nenni ! Tu m'en as assez fait voir pour ce matin. Tu attendras le déjeuner ! Sinon, tu es capable de filer prendre le premier train. A tout à l'heure !

L'éminent archéologue, membre de l'Institut, ressemblait à un gamin attendant le Père Noël quand Aldo le rejoignit dans l'élégante salle à manger aux larges baies ouvertes sur le jardin et le fleuve. Il lui laissa à peine le temps de s'asseoir en face de lui :

— Alors ? s'impatienta-t-il.

Pour seule réponse et jugeant que le supplice avait assez duré, Aldo lui tendit la feuille de calepin sur laquelle, avant de quitter le musée, il avait noté les paroles de l'inconnue. Adalbert les dévora avidement.

— C'est tout ? fit-il en retournant la page recto verso plusieurs fois.

— Que te faut-il de plus ? Elle dit qu'elle ne t'a pas trahi et, si l'excuse est peut-être vague, elle me paraît suffisante ? A présent, j'aimerais en apprendre davantage. Et d'abord son nom.

— Salima Hayoun. C'est une jeune archéologue débutante. Je l'ai rencontrée au Caire quand, à mon arrivée, je suis allé chercher mon autorisation de fouiller certain endroit que j'avais plus ou moins repéré l'an passé. Elle s'est présentée et m'a demandé de l'inclure dans ma mission afin d'étudier sur place les méthodes d'approche d'un site. Elle avait suivi les cours de l'Ecole du Louvre et, comme elle est plutôt agréable à regarder, je l'ai embauchée sans rechigner.

— Je veux bien te croire.

— Nous avons donc travaillé côte à côte pendant quelques semaines, jusqu'à ce que je découvre le cartouche. Et je dois dire qu'elle ne ménageait pas sa peine. Puis je suis revenu au Caire pour ma prolongation en la laissant sur place en compagnie d'Ali Rachid, mon chef de travaux... Tu sais déjà ce que j'ai trouvé à mon retour : Freddy Duckworth installé, secondé par une partie de mes travailleurs – sauf Ali Rachid – mais Salima, elle, était toujours là. Quand elle m'a aperçu, elle s'est hâtée de plonger dans les entrailles de la terre et, lorsque j'ai voulu la rejoindre, on m'en a empêché. Sur ce, j'ai boxé Duckworth, mais il avait prévu ça aussi en s'adjoignant quatre types de la police qui m'ont arrêté et coffré jusqu'à ce que notre consul me tire de ce guêpier... Admets que c'était dur à avaler !

— Sans aucun doute ! Et tu as entrepris de noyer ces désagréments dans le whisky ?

— Il fallait bien passer le temps ? Je connais son adresse au Caire et j'étais décidé à patienter jusqu'à ce qu'elle revienne.

— Je comprends mieux, mais maintenant je veux savoir pourquoi, alors que je te croyais occupé à récupérer tranquillement à l'hôtel, tu as filé à la gare attraper le premier train ?

— J'ai reçu un télégramme d'Ali Rachid – un véritable ami, celui-là ! Il faisait surveiller Duckworth par un de ses hommes et s'est dépêché de me prévenir quand mon voleur a reçu la punition qu'il méritait ! Le camouflage de la tombe avait été assez habilement reconstitué pour tromper le vieux dur à cuire que je suis. Mais quand il est arrivé à la chambre mortuaire, il n'y avait plus rien. Les pilleurs l'avaient déjà visitée, et ça ne datait pas d'hier. On a trouvé la momie démaillotée et abandonnée dans un coin. En revanche, le sarcophage, que l'on n'avait pas pris la peine de refermer, contenait le cadavre d'un Egyptien poignardé dont la mort devait remonter à une trentaine d'années. C'est ce qu'Ali m'a invité à venir constater, et tu penses bien que je n'ai pas perdu une minute. Ali et moi étions sur le site hier après-midi. Il n'y avait plus âme qui vive et tout avait été refermé. Sans trop de soin du reste. Freddy s'est contenté de faire reboucher à la va-vite et a déguerpi sans tambours ni trompettes. Pas loin, puisqu'il est revenu ici comme si de rien n'était... Et une déception d'archéologue de plus ! Salima, elle, s'était évaporée... C'est pourquoi, en voyant que ce cochon était ici, j'ai entrepris de le cuisiner à ma façon ! Grâce à Dieu, tu es intervenu à temps pour m'éviter un meurtre. A présent, qu'il aille se faire pendre ailleurs ! Et je vais pouvoir rentrer au Caire avec toi... puisqu'elle y est ! conclut Adalbert, un sourire épanoui aux lèvres, en avalant d'un trait son verre de vin.

Aldo, lui, garda le silence en regardant son ami attaquer vigoureusement son roast-beef. Un verre à la main, il en dégustait le contenu à petites gorgées – la cuisine du palace était médiocre mais sa cave excellente. Enfin il émit :

— Qu'est-elle exactement pour toi, cette Salima ?

Adalbert acheva de mâcher tranquillement sa viande, mais il avait rougi et son expression disait clairement qu'il n'aimait pas la question :

— Qu'est-ce que tu vas encore imaginer ? C'est une élève ! La meilleure que j'aie jamais eue...

— Ah, parce que tu en as déjà eu ? Tu ne m'as jamais dit que tu officiais à l'Ecole du Louvre ?

— J'y ai donné des conférences. Quant à Salima, elle ne demandait qu'à apprendre et, durant le temps où nous avons travaillé ensemble, j'ai pu constater la rapidité de ses progrès. En outre, elle sait poser les bonnes questions. Tu verras quand tu la connaîtras mieux ! Bon ! Cela posé, on prend le café et on va faire une petite sieste. Je vais prier le portier de nous retenir des places sur le train de...

— Ah, non ! protesta Morosini. Tu ne vas pas me faire passer une deuxième nuit dans le train ? Je n'ai pas traversé la moitié de l'Egypte pour le seul plaisir de te contempler dans un de tes numéros favoris et de déjeuner avec toi. C'est la première fois que je viens dans ce pays et j'ai envie d'autre chose que d'admirer ton coup de soleil sur le nez ! L'endroit me plaît... et j'y reste !

— Je croyais que tu étais venu traiter une affaire ? Elle est déjà conclue ?

— Non. Disons... suspendue pendant quelques jours. Je les dépenserai plus agréablement au bord du Nil qu'à tourner en rond dans une chambre du Shepheard's. J'ajoute que j'osais espérer que tu te ferais mon cicérone. Et au fond, je ne vois pas pourquoi tu m'as fait rappliquer d'urgence ?

— Mais... pour qu'on soit ensemble ! Cela me semblait naturel ?

— C'est entendu, mais tu n'as pas besoin de moi pour courir après une fille ?

— Je ne cours pas après une fille. J'estime seulement avoir droit à des explications plus détaillées que ce que tu m'as apporté ! D'un autre côté, tu n'as pas entièrement tort. Reste ici, repose-toi ! Je vais dire à Ali Rachid de te servir de guide ! Quant à moi, je monte au Caire, je m'explique avec Salima et je reviens te tenir compagnie. Peut-être reviendrons-nous ensemble, elle et moi ? Tu verras ! C'est une fille fantastique ? Ça marche comme ça ?

— D'accord ! Mais ne traîne pas trop longtemps : je n'ai pas non plus l'intention de rester six mois...

— De toute façon, il y a le téléphone ! Tu peux toujours m'appeler au Shepheard's !

— Je sais ! consentit Aldo du ton exagérément patient du monsieur excédé. Va faire ton somme...

— Dans ce cas, ce n'est pas la peine : je dormirai dans le train et si tu veux, avant, je vais te montrer le grand temple d'Amon à Karnak !

Comment refuser ? Il était dégoulinant de bonne volonté tant il était heureux d'aller rejoindre sa belle... Il fallait seulement espérer que leurs relations ne tourneraient pas au drame, comme cela avait été le cas avec Alice Astor, l'Américaine qui se prenait pour une princesse égyptienne[1].

Il fallait tout de même lui reconnaître un goût très sûr. Ses coups de cœur ne s'adressaient jamais à des laiderons. Ça se terminait mal la plupart du temps mais, l'orage passé, Adalbert se retrouvait bien installé dans sa peau de célibataire riche, heureux de vivre et sans regrets ni remords. Evidemment, Aldo ne savait pas tout de sa vie puisque leur solide amitié remontait à une douzaine d'années, mais, des deux aventures sentimentales sérieuses dont il avait pu être le témoin, la première avait eu pour objet une voleuse internationale qui avait failli les envoyer chez leurs ancêtres tous les deux et la seconde une milliardaire américaine qui s'était crue victime d'un vol et avait expédié le pauvre Adalbert en prison. Celle dont il s'agissait maintenant se présentait mal puisqu'il était question de trahison, mais qui pouvait dire comment l'aventure finirait ? Que la belle eût des yeux transparents ne signifiait pas qu'un abîme de rouerie ne s'y cachât pas...

On alla donc arpenter le gigantesque Karnak, quelque cent hectares de ruines somptueuses où la grandeur des pharaons et la puissance d'Amon Râ se lisaient à livre ouvert. Surtout en ayant Adalbert pour guide. Aldo, ébloui, put mesurer la profondeur de sa science et son étonnante puissance d'évocation. Sous sa parole, tout reprenait vie. Il était dans

1. Voir *Les Joyaux de la sorcière*, Plon, 2004.

son élément et s'y mouvait avec une aisance d'où la poésie n'était pas absente. Aussi, comme Adalbert s'étonnait qu'il n'ait pas soufflé mot depuis une heure :

— Tu t'ennuies ?

Il répondit, sincère :

— Oh, que non ! Au contraire ! Je ne te cache pas que tu me stupéfies ! Et je ne veux plus rien visiter de ce pays sans toi. Je regrette seulement que Lisa, Tante Amélie et Plan-Crépin ne soient pas avec nous.

Le narrateur rougit comme une belle cerise et se détourna en toussotant :

— Ça fait toujours plaisir à entendre ! commenta-t-il sobrement.

Le soir venu, on dîna rapidement puis Aldo accompagna son ami à la gare, inquiet sans trop savoir pourquoi :

— Téléphone-moi demain matin ! s'entendit-il demander. Ne serait-ce que pour dire si tu as fait bon voyage !

— Entendu !

Mais la journée du lendemain ne produisit pas le moindre coup de fil et la sourde inquiétude grandit sans qu'Aldo parvienne à la raisonner en se disant que, ayant retrouvé la précieuse Salima, Adalbert l'avait complètement oublié. Il n'en passa pas moins tout ce temps dans sa chambre ou dans le jardin avec, pour seul intermède, un verre pris au bar en compagnie du colonel Sargent qu'il aurait aimé connaître davantage parce qu'il se révélait vraiment sympathique… et parlait de l'armée des

Indes en déployant autant de lyrisme qu'Adalbert envers ses temples, mais le couple s'embarquait en fin d'après-midi pour Assouan et, le soir venu, Aldo se retrouva désespérément solitaire en face du barman, qui lui apporta un soulagement inattendu.

Comme il lui demandait de faire appeler le Shepheard's par téléphone, celui-ci lui répondit qu'il y avait des problèmes sur la ligne et que Le Caire était inaccessible depuis le début de la matinée :

— Cela arrive quelquefois, lui dit cet homme en manière de consolation. Nous faisons notre maximum pour maintenir l'ordre, mais il peut y avoir des incidents...

Il ne comprit pas pourquoi ce client élégant avait tout à coup l'air si content et lui laissait un pourboire royal, se demandant même si une altesse italienne – donc appartenant à un pays sur lequel régnait un type impossible – ne pouvait avoir de lien avec un clan rebelle quelconque... Et il se promit de le surveiller.

Aldo, lui, passa une soirée détendue à fumer dans le jardin en écoutant l'orchestre de l'hôtel jouer des valses anglaises, regagna sa chambre et dormit sans problèmes. En se réveillant, il allait s'inquiéter du sort du téléphone quand, par la fenêtre ouverte, la voix d'Adalbert commandant son breakfast lui parvint et le précipita à son balcon. Aucun doute ! C'était lui ! A demi caché par les grandes ramures vertes d'un palmier mais parfaitement reconnaissable. Cinq minutes plus tard, il le rejoignait :

— Tu es déjà rentré ?

— Comme tu vois !

Le ton était morne et, sous les lunettes noires, la figure ne rayonnait pas de bonheur. Aldo s'assit de l'autre côté de la table en rotin sur laquelle un serviteur venait de déposer un plateau que l'archéologue contempla avec une sorte d'aversion et sans y toucher :

— Qu'est-il arrivé ? Tu n'as pas faim ?

— Non. Je ne sais pas pourquoi j'ai commandé ça !

— Parce que ta nature profonde te souffle que tu en as besoin. Bois au moins un peu de café ! conseilla-t-il en versant une tasse généreuse, puis il s'empara d'un toast et entreprit de le beurrer, ce qui lui évitait de regarder son ami.

— Vous vous êtes disputés ? hasarda-t-il.

— Ce serait difficile : elle s'est volatilisée !

— Comment ça, volatilisée ?

— Quand l'appartement de quelqu'un est bouclé et qu'on a rendu les clefs sans dire où faire suivre le courrier, je ne vois pas d'autre mot !

Machinalement, Adalbert prit la tartine enduite de marmelade et avala son café. Aldo respira plus librement :

— Ce n'est pas à moi de te demander si tu es allé au musée ?

— On ne l'y a pas vue depuis le jour où tu l'as rencontrée et, d'ailleurs, je me suis aperçu qu'on n'y savait pas grand-chose sur elle et moins encore sur sa famille. Personne n'a pu me donner la moindre trace. On dirait qu'elle s'est dissoute dans l'air comme le djinn des contes arabes !

Un ange passa pendant qu'Adalbert se versait une seconde tasse de café et s'occupait personnellement de se sustenter.

— C'est bizarre quand même, souffla Aldo. Il doit bien y avoir quelqu'un qui la connaisse dans ce pays ? Toi, par exemple, à l'époque où vous travailliez ensemble ? Elle ne t'a jamais rien dit ?

— C'était évasif, elle n'aimait pas parler d'elle. Orpheline élevée par son grand-père, c'est tout ce que j'ai pu savoir… Tiens, pendant que j'y pense, on m'a donné ça pour toi à l'hôtel.

Il sortit de sa veste une élégante enveloppe bleutée qu'Aldo identifia sans peine. Shakiar décidément le poursuivait. Il décacheta et lut rapidement les quelques lignes. La princesse était désolée qu'il eût manqué la soirée prévue en son honneur et comptait le revoir prochainement. Elle ajoutait qu'elle pensait avoir trouvé une solution susceptible de les satisfaire l'un et l'autre. La lettre lue, Aldo haussa les épaules et la fourra dans une de ses poches.

— N'importe quoi ! commenta-t-il et, comme Adalbert l'interrogeait du regard, il lui raconta son entrevue avec la princesse. Les perles de Saladin ! Tu t'imagines ? Un coup à me faire coincer à la première frontière et boucler en prison à vie ! Mais parlons plutôt de toi : que comptes-tu faire maintenant ?

— Que veux-tu que je fasse ? Ma trouvaille est réduite à néant et Salima s'est dissoute dans la nature. On va aller faire un tour et je te montrerai mon Egypte à moi, puis on prendra le chemin du retour ! Jusqu'à l'année prochaine, si Dieu le veut !

— En attendant, tu pourrais peut-être m'aider à débrouiller une histoire bizarre – et sanglante ! – dont j'ai été le témoin il y a environ un mois. Et je ne parviens pas à m'ôter de l'idée que l'invitation de Shakiar n'y est pas étrangère. Elle est arrivée si peu de temps après le drame...

— Le drame ? Narre-moi cela ! fit Adalbert négligemment.

A sa manière précise et sans mots inutiles, Aldo restitua l'assassinat d'El-Kouari, comment il avait tenté de le secourir, le sachet de daim noir récupéré dans sa chaussette. Tout en parlant, il observait son ami dont l'attention visiblement flottante – Salima oblige ! – commençait à se fixer. Pour s'en assurer, il suspendit son récit au moment où il allait recueillir les dernières paroles du mourant. Aussitôt Adalbert réagit :

— Alors, qu'est-ce qu'il t'a dit ?

— Ce n'était pas facile à comprendre parce qu'il n'avait plus qu'un souffle et j'avoue que j'ai cru un instant qu'il délirait, mais quand il a mentionné Assouan... et aussi une Reine Inconnue... Qu'est-ce qu'il te prend ?

Adalbert s'était dressé tel un diable de sa boîte et son regard avait doublé de volume sous le choc de l'émotion :

— Répète un peu ce que tu viens de dire !

— Assouan... une Reine Inconnue ? Après j'ai découvert que l'Anneau pouvait être atlante. Cela rappelait tellement le bouquin de Pierre Benoit que j'ai...

— Rien du tout ! Tu n'as pas idée de ce que représentent ces trois mots. Il a ajouté autre chose ?

— Deux autres mots : Sanctuaire et Ibrahim...

— Et qu'est-ce qu'il y avait dans le sachet ?

— Un Anneau d'orichalque – d'après Guy Buteau ! – incrusté de figures géométriques en turquoises.

Cette fois, Adalbert était bouleverse .

— Nom de Dieu ! Et qu'en as-tu fait ?

— Je l'ai gardé, évidemment, puisque ce malheureux me l'avait donné.

— Et où est-il ?

— Dans l'une de mes chaussettes. J'emploie le même système que ce pauvre type... Mais qu'as-tu ? Tu deviens fou, ma parole !

Adalbert, en effet, se penchait et l'empoignait aux deux bras pour l'obliger à se lever .

— Allez, rapplique ! Tu vas me montrer ça là-haut et dare-dare !

Il semblait en proie à un délire sacré qui décuplait ses forces au point qu'Aldo avait l'impression de ne plus rien peser entre ses mains.

Le grand hall fut traversé à la vitesse de l'éclair, l'ascenseur pris d'assaut et, quelques secondes plus tard, Aldo se retrouvait assis sur le lit d'Adalbert en train de se déchausser sous son œil devenu flamboyant...

— Tiens ! souffla-t-il, après quoi il se mit à la recherche de la flasque de cognac qu'Adalbert conservait auprès de lui en manière de précaution et s'en adjugea une rasade, tandis que l'égyptologue installé dans son fauteuil faisait miroiter la bague au soleil.

Sire Galaad tombant sur le Saint Graal devait avoir cette mine-là !

— Incroyable ! Miraculeux ! Et que ce soit toi qui l'aies, c'est vraiment fabuleux ! Le proverbe a raison qui dit qu'aux innocents...

— Et pourquoi pas aux demeurés ? gronda Aldo qui commençait à en avoir assez.

D'un geste vif, il récupéra l'Anneau, le glissa dans sa poche et se rassit :

— Je serais heureux si tu me faisais partager ton enthousiasme ! fit-il sèchement. Puisque tu sembles le savoir, explique-moi ce qu'est au juste cet Anneau ?

— La plus fantastique protection que puisse posséder un chercheur de trésors, celle qui permet de violer impunément n'importe quel sanctuaire. Celui qui a protégé Howard Carter quand il a ouvert la tombe de Tout-Ank-Amon. Il est le seul resté vivant après son incroyable découverte !

— On n'a pas un brin exagéré là-dessus ? Les journalistes... toi-même, il y a quelques années...

— Lord Carnarvon, le bailleur de fonds qui était tombé en syncope dans la tombe, n'a été ramené au Continental que pour y mourir. Sa sœur lady Burghclere – elle l'a même écrit dans ses mémoires – et son fils, lord Porchester, ont témoigné que ses dernières paroles avant le silence éternel ont été : « J'ai entendu l'appel de Tout-Ank-Amon, je vais le suivre... » Tu en veux d'autres ? Le Canadien Lafleur venu aider Carter a succombé quelques semaines après Carnarvon, l'Anglais Arthur Mace qui a abattu le mur de la chambre mortuaire y est passé aussi. L'Américain George Jay Gould, vieil ami de Carnarvon venu lui rendre un dernier hommage, prie Carter de lui faire visiter la tombe et, saisi d'une fièvre violente, meurt le lendemain. Le Dr White, en proie à des malaises chaque fois qu'il pénétrait dans la chambre du pharaon, fait une dépression nerveuse et se pend. Je peux citer Alfred Lucas et Douglas Derty. Tu en veux encore ?

— Non, c'est suffisant ! Mais enfin, d'autres archéologues ont ouvert des tombeaux et n'en sont pas morts ? Alors ?

— Il y aurait pas mal à dire sur le décès de certains d'entre eux. Il faut croire, cependant, que la sépulture de ce gamin couronné a été particulièrement « chargée » par les prêtres d'Amon. Il était revenu à leur culte après les délires inspirés de son prédécesseur et beau-père Akhenaton qui honorait un dieu unique. On lui devait bien ça !

— Revenons à Howard Carter ! Comment as-tu su qu'il possédait cette espèce de bouclier ? Il ne devait pas le chanter sur les toits ? Le monde le saurait ! Et il n'a pas dû te faire de confidences : un Français et un Anglais sont rarement bons amis ?

— Je ne l'ai même jamais vu. Je dois ce précieux renseignement à Théobald...

— Ton factotum ?

— Eh oui ! Quand nous sommes à Londres où je conserve mon petit appartement de Chelsea – je devrais dire « notre » puisque tu me fais la grâce de venir le partager de temps en temps et qu'on y a déjà fait pas mal de choses –, il faut bien que

Théobald se distraie. Et l'affaire Tout-Ank-Amon l'ayant tourneboulé presque autant que moi, il s'est arrangé pour lier connaissance avec le valet d'Howard Carter, son homme de confiance, qui est l'équivalent de Théobald avec moi. C'est lui qui le lui a raconté un soir où il se sentait enclin aux confidences...

— Qu'est-ce que Théobald lui avait fait boire ?

— Mon meilleur bordeaux ! Un château-pétrus à tomber par terre.

— Rien que ça ? Tu ne lui as pas tanné la peau du dos ?

— Non. Ça en valait la peine ! Carter avait trouvé l'Anneau quelques années auparavant dans la tombe d'un Grand Prêtre nommé Jua, aux environs d'Assouan. La momie le portait au doigt et, dans sa main, pris dans les bandelettes, se cachait un petit rouleau de papyrus disant que le porteur de l'Anneau d'Atlantide aborderait sans crainte les demeures sacrées des dieux – et tu sais qu'un pharaon accédait automatiquement à la divinité. La carrière de Carter n'a fait que croître et embellir jusqu'au bouquet final : l'explosion Tout-Ank-Amon. Depuis, je rêve de m'approprier l'Anneau sans jamais trouver la faille par laquelle je pourrais glisser mes doigts agiles. Il faut croire que ton bonhomme assassiné a été plus malin... ou plus heureux que moi !

— Heureux ? Le mot me paraît mal choisi... mais la Reine Inconnue, quel rôle joue-t-elle dans cette histoire ?

— Légende ou réalité, on chuchote depuis longtemps qu'au moment du cataclysme qui a englouti l'Atlantide, régnait sur ce qui n'était qu'une colonie de terre ferme une femme d'une extraordinaire beauté, d'une vaste intelligence, douée comme la Cassandre troyenne de la faculté de prédire l'avenir. Ainsi avertie du désastre qui surviendrait et qui saperait son pouvoir – il faut mentionner qu'elle ne manquait pas d'ennemis –, elle avait secrètement fait creuser dans la montagne sa « demeure d'éternité » où elle avait accumulé ses trésors les plus précieux et, une nuit, elle s'y est enfermée avec ses proches et a fait s'écrouler sur eux un pan entier de montagne. Lui ont succédé les pharaons noirs, puis tous ceux que nous avons pu découvrir grâce à ce bon Champollion.

— Et elle n'a rien laissé derrière elle ? Pas même son nom ?

— Rien qu'une légende dont pratiquement tous les archéologues ont entendu parler un jour ou l'autre parce qu'elle a la vie dure. La tombe de la Reine Inconnue, c'est, dans le pays, quelque chose comme l'Eldorado. Un Eldorado inquiétant tout de même : celui qui réussirait à la trouver serait frappé des pires malédictions. Cependant on en rêve, sans en avoir jamais découvert aucune trace... Jusqu'à ce jour ! Redonne-moi l'Anneau, s'il te plaît.

Aldo le lui offrit sur le plat de sa main :

— Mets-le à un de tes doigts ! conseilla-t-il.

— Pourquoi ?

— Tu verras. Nous avons essayé, Guy et moi. C'est une étonnante expérience !

Adalbert obéit et un silence religieux régna, cependant qu'Aldo observait le visage de son ami. Toute trace de souci s'en était effacée.

— C'est étonnant ! soupira-t-il. J'ai soudain l'impression que plus rien n'est impossible... que le monde paraît m'appartenir...

— Etrange, n'est-ce pas ? On peut seulement déplorer qu'il ne confère pas le don de double vue. Quoi qu'il en soit, il ne va pas être facile de le restituer à son propriétaire.

La béatitude s'effaça de la face tannée d'Adalbert. D'un geste vif, il recouvrit de sa main libre celle où était passé l'Anneau :

— Quel propriétaire ?

— Après ce que tu m'as raconté, j'en vois au moins deux. Carter d'abord, puisqu'il en a été le découvreur, et puis cet Ibrahim...

— Des Ibrahim, tu sais combien il en existe en Egypte ? Ce n'est pas un nom mais un prénom. A moins que... Ton mourant t'a parlé d'Assouan ?

— Oui. Pourquoi ?

— Parce que là-bas justement vit un homme pour lequel le prénom peut suffire. On l'appelle Ibrahim Bey et c'est sans doute, à mon sens, le personnage le plus fascinant de la région des cataractes. Le plus respecté aussi... Il réside à l'écart de la ville dans une antique demeure dominant le Nil, entouré de trois ou quatre serviteurs qui le servent pratiquement à genoux tant ils lui sont dévoués. J'ai eu l'honneur – et c'est un mot que je ne galvaude pas – d'être conduit chez lui par un ami et je ne l'oublierai jamais...

— Alors, c'est élémentaire : il ne faut pas chercher plus loin le maître de ce pauvre El-Kouari. Fidèle jusqu'à la mort, ça lui convient pleinement, et nous connaissons maintenant le destinataire de l'Anneau...

— Hé là ! Doucement. Je n'imagine pas Ibrahim Bey dépêchant un homme pour détrousser Howard Carter à domicile. Cela ne lui ressemble en rien !

— Pourtant...

— Laisse-moi continuer ! Il est possible qu'un de ses commensaux ait agi sans son aveu, croyant le servir au mieux, et qu'il ignore tout de ce vol. Ce qui, quoi qu'il en soit, n'en fait pas le propriétaire légitime. En ce qui concerne Carter, le fait d'être tombé dessus est une chance mais ne lui donne en aucun cas le droit de garder l'Anneau. Il aurait dû le remettre au British Museum...

— ... qui a autant de droits sur lui que sur les bas-reliefs du Parthénon fauchés par lord Elgin.

— Et ce qu'il y a au Louvre, ça t'a empêché de dormir ? Pas moi, en tout cas. Donc, si tu le permets, on laisse de côté la recherche du vrai propriétaire. Tu es soudain bien pointilleux ? Qu'avons-nous fait d'autre dans l'affaire du Pectoral que de piquer des pierres à des gens qui les considéraient comme leur propriété ? Par voie d'héritage, en plus !

— Je t'arrête tout de suite. Le saphir était dans la famille de ma mère depuis Louis XIV. En outre, on les a délivrés, lui et ses frères envolés, d'une manière de malédiction et, enfin, c'est à leur place d'origine qu'on les a remises en rapportant le Pectoral à Jérusalem. Il y a une nuance.

Adalbert eut un ricanement sarcastique. Ses yeux bleus flambaient sous la mèche blonde, un rien grisonnante, qui s'obstinait à tenter de les recouvrir.

— Tu veux qu'on cherche les descendants de ce Grand Prêtre nommé Jua chez qui Carter a déniché l'Anneau ?

— Et pourquoi donc cet Ibrahim Bey ne le serait-il pas ? Débrouiller sa généalogie nous donnerait moins de mal que les ruines de Massada quand on les fouillait tous azimuts à la recherche des Sorts Sacrés.

Les traits contractés de l'égyptologue se détendirent en un large sourire :

— Evidemment que l'on va chercher, mais après ! On ira voir d'abord Ibrahim Bey. Pas pour lui remettre l'Anneau sans plus de façon. Ce serait stupide ! S'il descend de Jua, on pourrait le lui rendre, mais plus tard.

— Qu'est-ce que tu mijotes ?

— Chercher la tombe de la Reine Inconnue ! Une pareille occasion ne se présente pas deux fois dans une vie d'archéologue. Et j'espère fortement être celui qui en franchira le seuil le premier. Et cette fois, mon bonhomme, ce n'est pas un Freddy Duckworth qui viendra me couper l'herbe sous le pied !

— Mais cela va prendre un temps fou !

— Pas certain ! Tu voulais visiter l'Egypte, oui ou non ?

— Oui, mais...

— Pas de mais ! On ne peut pas visiter ce pays sans aller à Assouan ! C'est un endroit magique, pourvu d'ailleurs d'un hôtel comme tu les aimes...

— Tandis que, toi, tu préfères les asiles de nuit ?

— Ne dis donc pas de sottises ! Tout le gratin anglo-franco-égyptien y défile, même pendant l'été !

— Ça, c'est exact. Tante Amélie et Marie-Angéline y sont allées deux ou trois fois et ne tarissent pas d'éloges. Plan-Crépin en a même des sanglots dans la voix, mais je te rappelle que je ne suis pas ici pour passer des vacances...

— A d'autres ! Tu savais pertinemment, en venant ici, que tu ne te contenterais pas d'une petite semaine ! Lisa n'est pas à Venise et ta maison marche comme une horloge entre le cher Guy et le jeune Pisani ! Combien de temps as-tu dit que tu t'absentais à ta princesse... euh...

— Shakiar ? Je n'ai pas spécifié de délai. Quelques jours au maximum, mais de toute façon, je n'ai pas l'intention de retourner la voir. Elle m'inspirerait plutôt de la méfiance. Surtout depuis qu'en sortant de chez elle j'ai vu le frère, entre guillemets, de ce malheureux El-Kouari se comporter en habitué plus que familier.

— Tu ne me l'avais pas dit.

— Non ? C'est possible. J'ai dû oublier.

— A qui le feras-tu croire ? Pas à moi. Cette histoire de perles sent le piège à quinze pas.

— Tu crois ?

— Ben voyons ! Si tu les avais prises, tu te retrouvais, comme tu l'as pensé, en prison ou ailleurs... Ils ont trop misé sur ta passion des bijoux illustres et, devant ton refus, on t'a demandé de retarder ton départ... histoire de se donner le temps de réfléchir !

— Si on avait voulu m'enlever, c'était facile. J'étais seul avec elle...

— Comme ça ? Tout de go ? Sûrement pas ! Tu es trop connu ! Mais si tu veux mon sentiment, ta princesse et son copain sont mouillés jusqu'au cou dans l'histoire de l'Anneau ! Bon ! Demain, on embarque pour Assouan. La promenade sur le fleuve en vaut la peine et ça nous détendra les nerfs à tous les deux. Dans l'immédiat, je vais dormir une paire d'heures, prendre une douche et, cet après-midi, je t'emmène voir la Vallée des Rois ! On ira prendre le thé à la menthe chez Ali Rachid !

En suivant des yeux Adalbert qui rentrait dans l'hôtel, Aldo ne put s'empêcher de rire. Il aurait fallu seulement être fou pour imaginer que, entré pratiquement en possession de ce pallium miraculeux qu'était l'Anneau, il accepterait d'un cœur joyeux de s'en séparer en allant le remettre à quelqu'un d'autre, fût-ce un homme exceptionnel comme semblait l'être cet Ibrahim Bey. Pouvoir pénétrer la tête haute dans n'importe quel lieu plus ou moins sacré sans craindre de choc en retour, n'était-ce pas le rêve d'un archéologue digne de ce nom ? Le lui reprocher serait d'une rare hypocrisie. En outre, se souvenant de sa nostalgie de l'aventure lorsqu'il revenait du dîner chez Massaria par les rues de Venise endormie, il savait qu'aucune force humaine ne pourrait le retenir de suivre Adalbert dans sa quête de la Reine Inconnue...

Ainsi livré à lui-même, Aldo pensa faire une promenade en ville, mais le bazar où s'empilaient marchands et artisans n'avait rien de très nouveau à lui offrir. Ce qu'on y vendait lui parut manquer d'authenticité. On s'y entendait surtout à piéger le touriste et il descendit en direction du port où on ne trouvait plus guère que des vendeurs ambulants proposant cartes postales ou bijoux de verroterie. Assis sur une pierre à l'ombre d'un acacia, il regarda démarrer le bac, toujours encombré, déhaler de la rive pour conduire son chargement de l'autre côté du Nil, aucun pont sacrilège n'ayant jamais été construit entre la rive des vivants et celle des morts. L'antique Thèbes aux cent portes en avait ainsi décidé jadis... D'un côté, la ville, les jardins, le commerce, les fêtes et les grands temples, sièges de l'administration royale et sacerdotale ; de l'autre, les demeures d'éternité, les temples funéraires, une plaine sans arbres et presque sans végétation, une montagne aride offrant dans ses replis le terrain idéal pour y creuser les profonds caveaux où se conservaient les corps momifiés des rois, des reines et de leurs principaux serviteurs.

Le bac avait atteint le milieu du fleuve quand un bateau venant de l'aval s'approcha et vint s'incruster au débarcadère entre ceux qui attendaient d'emmener les amateurs vers la Haute-Egypte.

Il devait venir du Caire et était vide de touristes. Un de ces bâtiments chargés de veiller à l'ordre, à la sécurité ou au transport des marchandises tout au long de cet immense fleuve.

Deux ou trois personnes aux allures de fonctionnaires en descendirent et, aussitôt, le navire repartit. Aldo ne lui avait accordé qu'une attention distraite, préférant suivre les fascinantes évolutions d'une felouque aux voiles blanches, mais soudain son regard se fixa sur le premier. Accoudé à la rambarde, un couple bavardait avec un plaisir évident. Lui était un grand garçon bien bâti en élégant costume blanc. Il avait un beau visage aux dents éclatantes et ne s'intéressait visiblement pas à l'activité du quai, son attention se concentrant sur sa compagne avec laquelle il parlait avec animation. Celle-ci l'écoutait en souriant. L'entente semblait parfaite entre eux et Aldo sentit une sournoise inquiétude se glisser en lui car, même si elle n'avait pas porté cette robe blanche et cette capeline de paille, il aurait reconnu Salima Hayoun.

Que faisait-elle sur ce bateau ? Où allait-elle ? Qui était ce jeune homme qui paraissait lui plaire ? Autant de questions sans réponses, et d'ailleurs c'était peut-être mieux ainsi. La jeune fille lui parut plus belle encore qu'à leur rencontre au Musée. C'était sans doute parce que son sourire l'illuminait comme un rayon de soleil. Et ce garçon était d'une telle beauté qu'il n'osa même pas imaginer quel effet produirait sur Adalbert la vue de ce couple trop bien assorti. Aussi, en reprenant le chemin de l'hôtel d'un pas moins nonchalant qu'auparavant, était-il fermement décidé à n'en rien dire. Avec un peu de chance, on ne reverrait plus ces deux jeunes gens.

Après le déjeuner, la voiture de louage qu'Adalbert utilisait quand il travaillait dans la région leur fit traverser le Nil et parcourir la dizaine de kilomètres séparant Louqsor du domaine des morts. Quelques cultures d'abord puis la terre aride, le sable, les rochers mais aussi les colosses de Memnon, assis non loin l'un de l'autre, leur regard de pierre immuablement fixé sur l'horizon, et aussi le joli temple de Médinet-Habou où Adalbert promit que l'on s'arrêterait au retour.

Aldo s'étonna de la rareté des habitations humaines.

— C'est un peu une survivance d'autrefois, expliqua Adalbert. Seuls pouvaient résider sur cette rive des défunts les artisans et les ouvriers employés de père en fils à la décoration et à l'aménagement des temples et des tombes. A ceux-là, il était interdit de quitter leur village. Leurs descendants, tu peux les voir aujourd'hui : ce sont les guides, les petits marchands et les tourneurs de vases en albâtre que l'on rencontre à chaque pas... aux abords des vallées.

Aldo ayant refusé de descendre dans les tombes que l'on pouvait visiter – et il n'y en avait d'ailleurs pas beaucoup ! –, on se contenta d'une promenade dans ce paysage lunaire et silencieux où s'ouvrait par endroits le rectangle noir d'une sépulture abandonnée. Adalbert montra plusieurs sites où il avait travaillé en finissant par celui qui lui avait valu une si sévère déception :

— Il n'y en a plus guère à découvrir par ici, déplora-t-il. L'idée d'y chercher la tombe de Sebeknefrou m'avait été soufflée par un vieux marchand du Caire à qui j'avais acheté quelques objets et qui m'avait pris en amitié : « Elle a régné comme un homme, elle doit donc être dans la Vallée des Rois et j'aurais été voir depuis longtemps si mes jambes étaient encore en bon état », m'a-t-il confié. Il avait dans l'idée que ce pourrait être une nouvelle sépulture à grand spectacle à l'instar de celle que nous connaissons. Et, bien sûr, il pensait en avoir sa part. Tu sais comment ça s'est terminé ! De toute façon, j'étais déjà persuadé que c'était en Haute-Egypte qu'il fallait porter mes recherches... Et c'est ce qu'on va faire. Tiens, voilà la maison d'Ali Rachid, conclut-il en s'arrêtant devant la bâtisse principale d'un village où depuis des décennies se recrutaient les ouvriers.

Ce n'était qu'un gros cube couleur de terre, mais une terrasse plantée d'un olivier l'ennoblissait. Un Arabe de taille élevée, maigre et sec comme un vieil acacia mais sans doute aussi vigoureux, vint à leur rencontre et leur souhaita la bienvenue.

Des années de fouilles lui avaient tanné le cuir et fait grisonner les cheveux mais la jeunesse s'était réfugiée dans son regard brun où pétillaient des étincelles de contentement. Il était manifestement heureux de recevoir les deux hommes et leur fit servir par sa femme du thé, des dattes et des pâtisseries au miel.

— Ali Rachid est en quelque sorte le seigneur de ces vallées, présenta Adalbert. On en a retourné ensemble une bonne partie et j'ai toujours eu confiance en lui. Au fait, Ali ! As-tu revu Miss Hayoun ?

— Pourquoi serait-elle revenue ? Elle cherchait quelque chose pour son propre compte !

— Qu'est-ce qui te fait dire ça ?

— Pourquoi sans cela serait-elle restée ? Surtout après l'arrivée de l'Anglais.

— Mais quoi ?

Ali Rachid éleva les mains en l'air :

— Allah seul le sait ! Je crois cependant qu'elle l'a trouvé.

— A moins qu'elle n'ait été déçue. Ne pensions-nous pas déterrer ces merveilles, toi et moi ?

Ali Rachid ne répondit pas, se contentant d'un geste évasif, après quoi il se hâta de demander :

— Reviendras-tu fouiller par ici ?

— Je ne pense pas. Je crois que dorénavant il faut aller plus loin, mais lorsque j'ouvrirai mon nouveau chantier, sois assuré que je te le ferai savoir. On s'entend trop bien, tous les deux !

— Je serai toujours prêt à te rejoindre. Que regardes-tu ?

— Moktar et Hassan qui viennent de ce côté, répondit Adalbert en se levant. Je vais leur serrer la main. Eux aussi sont de bons travailleurs...

Et il descendit à leur rencontre. Ali Rachid, lui, n'avait pas bougé, son regard attentif s'était posé sur Morosini et semblait l'étudier. Enfin, il demanda :

— Tu es son ami ?

— Plus que s'il était mon frère, je crois...

— Alors, veille, si vous la rencontrez de nouveau, à le tenir à distance de la femme dont il s'inquiétait il y a un instant !

— Ce ne sera pas facile... Que sais-tu à son sujet ?

— Rien de précis, mais je sais qu'elle est de celles pour qui un homme peut aller jusqu'à verser son sang en trouvant cela naturel. S'il t'est cher, veille sur lui !

DEUXIÈME PARTIE

LES GENS D'ASSOUAN

4

Au fil du Nil

Comme tous ses *sister-ships*, le vapeur *Queen Cleopatra* était entièrement conçu pour l'agrément, le confort et le délassement de ses passagers. Ouvrant sur le pont au-dessus de celui de l'embarquement, la vingtaine de cabines pourvues chacune d'une douche n'avaient qu'un lointain rapport avec celles des paquebots transatlantiques mais offraient, à défaut d'espace, un honnête confort, l'assurance de ne pas avoir le mal de mer, et la séduisante possibilité de n'avoir qu'à en franchir le seuil pour se retrouver accoudé au bastingage, même en pantoufles et robe de chambre, pour regarder couler le fleuve ou rêver aux étoiles. A l'étage supérieur se trouvait un troisième pont, couvert d'un vélum contre les ardeurs du soleil, aménagé comme la terrasse d'un palace. Le commandant Fatah était un Egyptien replet dont le large visage arborait un sourire immuable généré par un heureux caractère et sans la moindre trace d'hypocrisie. Il passait son temps à arroser ses passagers de la boisson locale, le carcadet, sorte de tisane obtenue à partir des fleurs de certains hibiscus qui, servie très fraîche, se buvait facilement. A l'avant du bateau, salon et salle à manger invitaient à la convivialité. Quant à la cuisine typiquement égyptienne à base de volailles – pigeons principalement ! –, poissons, riz, légumes et épices douces, elle était plus séduisante que l'insipide cuisine occidentale des hôtels de luxe, tournée en général vers les délices de la gastronomie britannique. Le programme des soirées était aussi invariable que familial : on causait, on lisait, on jouait au bridge ou l'on regardait couler l'eau du fleuve sous les étoiles. Tout ce qu'il fallait, en somme, pour réussir ces trois jours de détente promis par Adalbert : une lente et paisible remontée du Nil. Malheureusement, il n'en fut rien, surtout pour Aldo déjà perturbé par la vision de Salima flirtant avec un bel étranger et la mise en garde d'Ali Rachid.

Au moment où le bateau allait appareiller, un des fonctionnaires chargés de la police du port l'immobilisa d'un coup de sifflet, suivi d'un déluge de vociférations en arabe, auxquelles Fatah répondit par un autre déluge mais beaucoup plus amène et sans perdre son sourire habituel.

— Qu'est-ce qui se passe ? demanda Aldo.

— Un passager de dernière minute, traduisit Adalbert. Ou plutôt une passagère, mais qui semble être une personnalité...

— S'il y a une chose dont j'ai horreur en voyage, c'est la présence d'une « personnalité », particulièrement quand elle est en retard ! C'est généralement le comble du sans-gêne. La preuve, tiens, on ne va pas respecter l'horaire !

— Cela n'a aucune espèce d'importance ici ! D'ailleurs, la voilà ! Je me demande qui ça peut être ?

Le fourgon du Winter Palace déversait en effet plusieurs malles-cabines et un nombre impressionnant de bagages variés. Aussitôt suivi par le petit car des voyageurs. Trois personnes en descendirent. Dans l'ordre : un jeune homme chevelu orné de deux virgules en guise de moustaches, d'une lavallière noire à pois blancs et d'un costume de coutil beige. Puis une évidente femme de chambre. Enfin, drapée dans une robe de foulard imprimée de fleurs multicolores sous un chapeau couvert d'une écharpe entourant plusieurs fois son cou puissant, une dame imposante au profil romain, le nez chaussé de lunettes noires, descendit majestueusement du véhicule et se dirigea sans se presser vers le *Queen Cleopatra*, à la coupée duquel Fatah l'attendait, plié en deux sous un respect auquel elle répondit par un signe de tête hautain. Après quoi, il la précéda dans l'escalier à l'avant du bateau où elle allait occuper la cabine la plus spacieuse, qui était également la plus belle, réservée aux jeunes mariés : une demi-lune dont l'arrondi était vitré, leur permettant ainsi de se croire seuls au monde en face du fleuve-dieu, dont la perspective bleue lisérée de vert s'ouvrait largement devant eux.

— Seigneur ! soupira Adalbert. Décidément, je me demande qui cela peut être ?

— Là, je suis en mesure de te répondre, dit Aldo qui se souvenait d'avoir vu dans le hall du Shepheard's une complaisante photo qui devait dater de quelques années, la dame y étant moins opulente. C'est Carlotta Rinaldi, une cantatrice napolitaine venue chanter *Carmen* à l'Opéra du Caire. Elle a une voix superbe, entre parenthèses, et si elle consent à nous offrir un concert impromptu, on devrait passer au moins une bonne soirée !

— Comment le sais-tu ? Tu l'as déjà entendue ?

— Oui et non. Elle est arrivée en catastrophe au Shepheard's la nuit où tu as jugé bon d'aller prendre le train sans prévenir et on l'a logée dans la chambre que tu venais de quitter. Elle répétait pendant que je me rasais.

— Oh moi, l'opéra !... J'aime la musique mais j'ai du mal à m'accrocher aux personnages. Cette dondon en fringante cigarière, ça doit faire drôle ! Je préfère les danseuses !

— Iconoclaste !

— Parce que l'opéra me déçoit toujours ! Je ne comprendrai jamais pourquoi on se donne un mal de chien pour monter de beaux décors, des costumes magnifiques, une musique sublime, pour que la magie s'envole dès que tu vois surgir un ténor bedonnant ou une prima donna que l'amoureux s'évertue à enlacer de ses deux bras, sans jamais parvenir à effectuer entièrement l'opération, aux moments d'extase ! A mon avis, ça fiche tout par terre...

— Alors, tu fermes les yeux...

— Tu apportes de l'eau à mon moulin ! Quel besoin dans ce cas de dépenser des fortunes en décors et costumes ? Non, je crois que j'ai raison quand je prétends qu'à partir d'un certain âge ou d'un certain tour de taille, nos rois et nos reines du bel canto ne devraient plus chanter qu'en concert !

— Alors, réjouis-toi ! Tu n'auras à bord ni décors ni costumes ! Rien que le Nil et la nuit !

La vedette ne l'entendait pas de cette oreille. Au soir de l'embarquement, elle fit une entrée d'impératrice dans la salle à manger, drapée d'une manière de toge romaine en crêpe-satin jaune soufre, escortée de ses deux satellites, mais quand le maître d'hôtel se précipita pour la conduire à sa table, elle laissa planer sur les dîneurs un regard méprisant, tourna les talons, déclara qu'elle n'avait pas envie de manger avec ces gens-là et ordonna qu'on la serve chez elle. Comme elle s'était exprimée à haute et fort intelligible voix, un murmure scandalisé lui répondit, qu'elle n'entendit pas parce qu'elle était déjà repartie. Il est vrai que les passagers du *Queen Cleopatra* ne méritaient pas tant de dédain. Ils n'étaient pas nombreux, le bateau n'étant pas plein, mais se composaient de trois dames appartenant visiblement à la bonne société anglaise, de deux couples de Hollandais un rien bruyants voyageant ensemble, d'un groupe touristique de huit personnes nanti d'un guide, et enfin d'un homme d'une quarantaine d'années accompagné d'un livre ouvert auquel il consacrait son attention entre deux coups de fourchette. Tout ce petit monde, en tenue de soirée, comme il se devait, n'appartenait pas à l'évidence à la lie du peuple.

— Eh bien, dis donc ! Elle est charmante, ta compatriote ! commenta Adalbert. Elle a peut-être une voix d'or, mais elle est franchement odieuse !

On ne peut pas dire qu'elle s'y entende à soigner sa publicité !

— Ce doit être parce qu'elle ne t'a pas vu ! ironisa Aldo. Tu es à moitié caché par les fleurs de la table de service ! Cela dit, je rends les armes. Cette femme est impossible !

Le dîner achevé, et peu tentés par une soirée au salon entourés d'inconnus, ils montèrent fumer un cigare sur le pont supérieur. La nuit semée d'étoiles dont le reflet moirait le fleuve était sublime. Le bateau étant ancré non loin d'une bourgade, le silence n'était animé que par les bruits légers de la nature, le bêlement d'une chèvre ou l'aboiement d'un chien. Une brise discrète apportait les odeurs de la terre... mariées à la fine senteur des havanes que fumaient les deux hommes.

— On n'est pas mieux ici qu'enfermés à écouter bramer ta diva ? soupira Adalbert.

— Oublie-la, je t'en prie ! Puisqu'elle préfère rester dans sa cabine, qu'elle y reste et qu'elle aille au diable !

Il n'avait pas fini sa phrase que l'accompagnateur de la Rinaldi se matérialisait auprès d'eux :

— Veuillez me pardonner, Messieurs, mais lequel d'entre vous est le prince Morosini ? hasarda-t-il timidement.

Adalbert éclata de rire :

— Je croyais que c'était visible à l'œil nu... mais je me sens immensément flatté que l'on puisse se poser la question. C'est Monsieur qui a cet honneur !

— Qu'avez-vous à me dire ? fit Aldo.

— Pas moi mais la signora Rinaldi. Elle désire vous voir !

— Après le camouflet qu'elle vient d'infliger aux passagers de ce bateau, je ne suis pas certain d'en avoir envie. Qu'est-ce qu'elle me veut ?

— Je... je ne sais pas, balbutia le jeune homme, apparemment sur des charbons ardents. Elle m'a envoyé vous chercher et je n'ai pas l'habitude de discuter ses ordres...

— Tu devrais y aller, conseilla Adalbert. Ne serait-ce que pour ce malheureux garçon. Elle doit être capable de lui couper les oreilles avec ses dents s'il revient sans toi !

— Tu as raison. Je vous suis, ajouta-t-il en jetant son cigare à l'eau.

La cantatrice l'attendait, assise devant la coiffeuse. Elle se détourna quand la porte s'ouvrit, arborant un sourire radieux :

— Venez ! Venez vite ! Ah, cher prince, recevez toutes mes excuses ! Mais comment pouvais-je deviner que vous vous trouviez au milieu du vulgaire ! s'exclama-t-elle en tendant une main baguée à chaque doigt, à l'exception du pouce, et sur laquelle il ne put que s'incliner.

— Faut-il vraiment que vous sachiez la qualité de vos auditeurs, Madame ? Cela doit vous compliquer la vie quand vous chantez à la Scala ou à Covent Garden, au San Carlo de Naples ou à l'Opéra de Paris ?

— Ce n'est absolument pas pareil. Au théâtre, il y a le public, une masse vivante qui respire à l'unisson et où je ne détaille personne, mais quand je voyage, je distingue les individus et ne veux côtoyer que des gens d'importance.

— Et vous la mesurez au nom ? Que je sois prince ne signifie rien : je pourrais être le dernier des crétins...

— Peut-être, mais vous n'êtes pas « que » prince. Vous êtes aussi...

Elle n'avait pas prononcé l'antienne trop connue qu'Aldo l'interrompit :

— Madame, dit-il sèchement, je suis ici en vacances et refuse catégoriquement de parler profession. Or, comme tout un chacun, vous venez d'arriver sur ce bateau et vous ignorez la position sociale de nos compagnons. Moi aussi d'ailleurs, à l'exception de l'ami avec qui je voyage. Et il se trouve qu'il est au moins aussi intéressant que moi puisqu'il est un archéologue français connu !

La Rinaldi prit alors une mine de petite fille grondée qui lui allait comme un gant à un tramway !

— Oh ! Vous êtes fâché ?

— On le serait à moins, Madame. Je me suis senti insulté pareillement aux autres.

— Mais je ne savais pas et...

— C'est ce que je vous reproche. Aussi ne vois-je aucune raison de recevoir des excuses particulières...

— Mais si, voyons ! Nous devrions même être déjà des amis. La princesse Shakiar m'avait invitée à dîner avec vous parce qu'elle aurait aimé que nous fassions connaissance. Ne sommes-nous pas compatriotes ?

— Eloignés ! Vous êtes napolitaine et moi vénitien. Le Nord et le Sud en quelque sorte. Ainsi, vous la connaissez ?

— Beaucoup ! Nous sommes de v... des amies de longue date et elle a été tellement déçue...

— A cause de ce dîner manqué ? J'en suis navré, mais l'invitation était un brin tardive. J'ai eu le regret de m'en excuser : je partais au moment où son message m'est parvenu.

— Vous ne pouvez savoir à quel point elle a déploré votre absence ! Juste quand elle avait le plus besoin de vous... de vos compétences, veux-je dire.

— Mes compétences ? Je croyais que le sujet en était épuisé depuis la veille.

— La veille, il ne s'était encore rien passé. Tandis que lorsque je suis arrivée chez elle, je l'ai trouvée bouleversée.

— Par quoi ?

— Mais le vol ! Elle vous a écrit...

— Pour m'inviter à dîner. Il n'a jamais été question de vol.

Sans trop savoir pourquoi, Aldo sentait un désagréable pressentiment s'insinuer en lui :

— Que lui a-t-on dérobé ?

En formulant la question, il savait ce qu'on allait lui répondre et ne fut qu'à peine surpris quand il entendit :

— Des perles aussi belles que vénérables ! Son plus précieux trésor...

— Plutôt celui de l'Egypte que le sien ! Les perles de Saladin, pour leur donner leur nom. Ainsi, elle a été cambriolée ?

— Dans la nuit même. C'est incroyable, non ?

— Ce qui est incroyable, c'est qu'elle n'en ait rien dit dans sa lettre ? Une très mondaine invitation, comme j'en reçois souvent, sans plus !

— Comprenez donc qu'elle voulait garder l'affaire secrète le plus longtemps possible.

— Elle n'a pas appelé la police ?

— Pour que le roi soit informé aussitôt ainsi que les journaux ? Cela aurait pu créer des troubles, puisqu'il s'agissait d'un joyau appartenant à la Couronne dont Sa Majesté avait fait un présent d'amour ! Et vous n'imaginez pas à quel point je suis heureuse que le hasard nous ait placés sur le même chemin. Dès que nous serons à Assouan...

Aldo ne voyait pas clairement où l'on voulait en venir, mais ce qui était certain, c'est que cette histoire avait une drôle d'odeur et que les deux « vieilles » amies – il avait noté qu'elle avait buté sur le mot ! – ne lui inspiraient pas plus confiance l'une que l'autre.

— Quand nous serons à Assouan, reprit-il en se levant, vous serez sans doute très prise...

— Je dois chanter à la fête que donne le gouverneur mais...

— ... quant à moi, j'enverrai un mot à la princesse, lui disant combien je suis affligé de ce qui lui arrive et je crois que nos relations en resteront là.

Elle le regarda d'un air d'incrédulité peinée :

— Vous ne voulez pas l'aider à retrouver le joyau ?

— Je ne suis ni chercheur ni policier, Madame ! Si je devais voler au secours de quiconque se fait voler un bijou historique, je n'aurais plus qu'à fermer mon magasin !

— Ne me dites pas que vous ne pouvez lui consacrer un peu de votre temps ? Qu'allez-vous faire à Assouan ?

Cette fois, c'était de l'indiscrétion pure, ce qu'Aldo détestait. Que cette femme possédât une voix céleste, il l'admettait, mais cela ne l'excusait pas d'être insupportable. Il fallait en finir :

— Si j'étais mal élevé, Madame, je vous répondrais que cela ne vous regarde pas...

— Oh ! ! !

— Mais comme je pense être un homme courtois, je dirai que, n'ayant jamais visité l'Egypte, je m'accorde le loisir de combler cette lacune en compagnie d'un ami qui est maître en la matière ! Un touriste, si vous voulez, mais un touriste offensé. Ce qui nous ramène au début de cette conversation : les excuses que vous devriez présenter à ceux que vous venez de traiter d'une manière inqualifiable !

— Des excuses ? Certainement pas !

— Acceptez au moins de chanter pour eux un soir ? Je me charge des excuses !

— Et quoi, encore ?

— Alors bonsoir, Madame !

Il s'inclina et sortit avant qu'elle n'ait eu le temps de réagir. Sur le pont supérieur, il rejoignit Adalbert, étendu plus qu'assis dans l'un des « transatlantiques », la tête renversée pour mieux admirer les étoiles vers lesquelles il envoyait régulièrement la fumée de son cigare :

— Que te voulait la prima donna ? Te mettre le grappin dessus ?

— En quelque sorte mais pas comme tu l'entends ! Figure-toi que c'est une grande amie de la princesse Shakiar, que nous aurions dû dîner ensemble chez elle au lendemain de ma visite... et juste après que l'on eut subtilisé dans la nuit les perles de Saladin !

— Quoi ?

— Ne me fais pas répéter ! Tu as parfaitement compris ! J'ajoute que la dame se rend à Assouan donner un concert chez le gouverneur ! Et maintenant, dis-moi ce que tu en penses ?

Adalbert émis un léger sifflement et réfléchit un instant avant de répondre :

— Que je n'aime pas ça et que tu n'aurais jamais dû mettre les pieds sur le territoire de ta princesse. D'ici à ce qu'on te mette le larcin sur le dos...

— Ce serait un peu gros !

— Ici, rien n'est trop gros ! Regarde les Pyramides ! Au fait, qu'est-ce qu'elle te racontait dans la lettre que je t'ai apportée du Caire ?

— Rien de passionnant... Qu'elle voulait me revoir dès mon retour parce qu'elle avait trouvé un moyen de nous mettre d'accord. Je t'avoue que, n'ayant nulle envie d'y retourner, je n'ai pas fait tellement attention...

— Eh bien, tu as peut-être eu tort. Cette affaire de vol donne un curieux éclairage à vos relations. Dans l'immédiat, elle est loin et on a d'autres urgences en vue...

— Quoi ?

— Aller dormir, par exemple.

Non seulement la Rinaldi ne montra aucun signe de repentir les rares fois où elle daigna se montrer, mais on eût dit qu'elle prenait un malin plaisir à empoisonner le joli voyage fluvial... On ne la voyait pas, cependant on l'entendait. Et pas dans ses meilleures prestations : elle ne chantait pas, elle vocalisait à longueur de journée en égrenant inlassablement des gammes à n'importe quelle heure. De préférence pendant la sieste, les repas et l'heure magique entre toutes du coucher du soleil où chacun des passagers eût apprécié de boire un verre sur le pont-terrasse en contemplant l'astre-dieu se fondre dans une fabuleuse débauche de nuances allant de l'or clair au pourpre profond, déclinant doucement vers les teintes d'améthyste et le velours sombre de la nuit. Après, on avait enfin la paix, la cantatrice redoutant pour ses cordes vocales la brume montant du fleuve avec le soir.

— Heureusement que la croisière ne dure que trois jours ! soupira Adalbert le second soir, alors que tous les passagers étaient au bord de l'exaspération. Et dire que l'on ne peut rien faire !

Ce ne fut pas faute d'essayer. Aldo, ayant eu l'insigne honneur d'être invité à lui rendre visite, tenta de l'amener poliment à la raison. On ne le reçut même pas. On se contenta de lui crier : « Vous m'avez demandé de chanter, je chante ! » Le joyeux commandant Fatah se lança lui aussi courageusement à l'assaut de la porte si hermétiquement close. Ce fut en vain : il s'entendit signifier l'ordre de laisser travailler en paix une artiste qui était l'invitée personnelle du roi Fouad !

Une mini-rébellion des passagers n'eut pas davantage de succès. Quelqu'un proposa d'enfoncer la porte et de la jeter à l'eau, un autre de lui couper les vivres, mais le commandant, au bord des larmes, fit comprendre qu'il ne pouvait risquer d'offenser la majesté royale à travers son invitée.

Le plus à plaindre était l'accompagnateur. Le malheureux rasait littéralement les murs pour regagner sa cabine, la femme de chambre demeurant avec sa maîtresse, et ne cessait de grignoter en dehors des repas.

Les escales offraient de bienheureux moments de paix : la perturbatrice n'y participait pas. On put donc visiter en toute sérénité le superbe temple d'Edfou, le plus vaste après celui de Karnak, où régnait Horus, le dieu-faucon symbole du soleil, et aussi celui de Kom Ombo, fief de Sobek, le dieu-crocodile, mais après s'être reposé les oreilles dans le merveilleux silence des sanctuaires, il fallait bien retourner au bateau, d'où s'élevaient gammes, trilles, roulades cocottes à un rythme toujours grandissant.

— Est-il vraiment possible, fit plaintivement une passagère, qu'une voix humaine possède une telle résistance ?

— Il faut croire que oui, lui répondit son mari. Il est vrai qu'elle a ce que l'on appelle du « coffre », conclut-il, faisant allusion à la poitrine abondante de Carlotta.

— C'est quand même exagérer, majesté royale ou pas, remarqua Adalbert. On devrait tous se réunir pour aller siffler son prochain concert !

— On aurait encore tort et on finirait en prison. Le gouverneur du coin est l'un des types les plus désagréables qui soient ! Qu'il puisse aimer la musique à ce point me confond !

Enfin, on fut à Assouan.

La beauté du site coupa le souffle à tout le monde. Là le Nil butait en bouillonnant contre la première cataracte et s'élargissait en un bassin d'eau bleue d'où surgissaient des îles dont la plus grande, l'Eléphantine, portait les vestiges d'un temple et des jardins foisonnants. Les rives s'élevaient, formées d'énormes rochers de granit noir... La ville blanche s'étirait sur la rive droite, bordant une promenade dont le point d'orgue, dominant un bassin rocheux, était la longue façade rouge foncé aux fenêtres encadrées de blanc de l'hôtel Old Cataract, posé comme une couronne sur un coussin de verdure et de fleurs. A sa base voltigeait le gracieux ballet des felouques sous l'aile blanche de leur haute voile triangulaire. A cet endroit, la vallée du fleuve se resserrait, s'encaissait entre ses versants, dont celui de gauche laissait couler les sables du désert jusqu'au barrage naturel des rochers.

Les deux amis avaient débarqué les premiers, après avoir déversé quelques paroles lénitives à l'adresse du pauvre Fatah que cette croisière ratée désolait. Ils avaient hâte de gagner le refuge de cet hôtel où les grands de ce monde se devaient de passer au moins une fois. L'image victorienne d'impériale sérénité qu'il offrait les attirait comme un aimant.

— Il vaut le voyage à lui seul, assurait Adalbert qui le connaissait depuis longtemps. Il écrase tous les Ritz de la terre par la tranquillité qu'on y respire.

— Et que se passera-t-il si la Rinaldi s'y installe ?

— Rien à craindre. Elle est l'invitée du gouverneur, elle va porter ses vocalises chez lui. C'est à l'autre extrémité de la ville...

Leur soulagement ne dura que le temps relativement court du voyage en calèche entre le débarcadère et l'hôtel, où le réceptionniste leur apprit qu'il n'y avait plus de place.

— Vous auriez dû retenir, Monsieur Vidal-Pellicorne, reprocha-t-il gentiment à ce client qu'il connaissait bien. Vous savez qu'en cette saison on s'arrache nos appartements.

— Qui vous parle d'appartements ? Des chambres suffisent, à condition que ce ne soient pas celles des domestiques ! Le Winter Palace ne vous a pas annoncé notre arrivée ? s'indigna Adalbert avec une parfaite mauvaise foi parce qu'il avait oublié de le demander.

— Non !... Non, je suis navré !

— Mais enfin, Garrett, vous devriez comprendre que nous ne pouvons pas coucher dehors, le prince Morosini et moi ? gémit-il en désignant d'un geste discret Aldo qui, se désintéressant du débat, fumait une cigarette dans un fauteuil du hall.

— Croyez que j'en suis profondément conscient, Monsieur Vidal-Pellicorne ! Je vais faire mon possible pour vous dépanner... Mais, j'y pense, pourquoi ne pas demander l'hospitalité à M. Lassalle..., au moins jusqu'à ce que des chambres se libèrent ?

— Lassalle ? Il est là ?

— Il a dû arriver en fin de semaine. C'est seulement hier qu'il est venu dîner chez nous ! Voulez-vous que je téléphone ?

— Inutile ! Nous voilà sauvés ! A bientôt, Garrett ! Je vous laisse les bagages ! On les fera prendre plus tard !

— On vous les portera...

S'il y avait une chose qu'Aldo détestait, c'était de ne pas savoir où loger en arrivant quelque part. Aussi était-ce avec une certaine nervosité qu'il attendait la fin des palabres. Voyant Albert revenir vers lui, arborant un large sourire, il écrasa sa cigarette dans un cendrier et se leva :

— Tu as fait un miracle ?

— Mieux que ça. On s'en va !

Il l'avait pris par le bras pour l'entraîner mais Aldo se dégagea, il se méfiait des enthousiasmes impromptus d'Adalbert :

— Où prétends-tu m'emmener ?

— Là où on sera encore mieux qu'à l'hôtel parce qu'on n'y risquera pas de rencontres douteuses. Du moins, je l'espère...

— Tu n'en es pas sûr ?

— Oh, on ne peut jurer de rien... T'ai-je parlé d'Henri Lassalle qui était le meilleur ami de mon père ?

— Tu n'as déjà pas souvent parlé de ton père... Et ce monsieur est un archéologue, lui aussi ?

— Jamais de la vie. Ils étaient tous les deux diplomates et ils se sont connus à Rome, au palais Farnèse où ils étaient jeunes attachés. Ils ont d'ailleurs commencé par se taper dessus…

— Ils se sont battus ?

— Comme des chiffonniers pour les beaux yeux d'une fille dont ils étaient aussi amoureux l'un que l'autre mais, comme ils n'étaient pas idiots, ils ont compris qu'elle n'en valait pas la peine quand elle les a plantés là, à cause d'un boyard russe plus âgé mais riche comme un puits. Du coup, ils sont allés fêter l'événement dans un cabaret en prenant une cuite monumentale qui les a unis pour la vie.

Il s'interrompit, monta dans la calèche que le voiturier venait de leur appeler, donna l'adresse et reprit :

— Par la suite, la carrière les a séparés. Mon père a été nommé à Varsovie où il a rencontré ma mère…

— Ta mère était polonaise ?

— Où vas-tu chercher ça ? C'était la fille de l'ambassadeur.

— Fichtre ! Comment se fait-il que tu ne me le dises qu'aujourd'hui ?

— Parce que je ne porte pas mes ancêtres en bandoulière, moi, et que…

— J'ai l'impression que je devrais me sentir visé ?

— Un peu, non ? fit Adalbert, goguenard. Ce n'est pas ce que je voulais dire. Je crois que c'est parce qu'on n'en a jamais eu le loisir ! Pour en revenir à Lassalle, il n'a pas été plus loin que Londres mais il y a fait la connaissance d'une belle Egyptienne, fille d'une sorte de roi du coton et belle comme un rêve, qui est morte après un an de mariage en mettant au monde un enfant mort-né. Lassalle a failli en mourir de douleur. Il a donné sa démission aux Affaires étrangères et s'est mis d'abord à voyager. Le seul lien qui le retenait à la mère patrie, c'étaient mes parents...

— Et toi ? Je suppose qu'il est ton parrain ?

— Pourquoi ? Je ne me prénomme pas Henri ! En plus, il est devenu musulman. Les voyages n'ont d'ailleurs eu qu'un temps, celui pour lui de se prendre de passion pour l'archéologie. Egyptienne, évidemment.

— Il faisait des fouilles ?

— Non. Il est trop paresseux ! Mais comme sa femme lui avait légué une maison dans le patelin, il y est venu de plus en plus souvent, y a invité naturellement mes parents. Avec moi, bien sûr, et c'est de cette façon que je suis tombé dans la marmite. Dieu sait si, en étudiant, j'ai entendu des conférenciers de tout poil, mais jamais personne n'a parlé de l'Egypte ancienne comme lui... Tu ne peux pas savoir !

— Oh, si je sais, parce que j'en connais un autre ! Il t'a inoculé le virus, mon bon !

Adalbert ne fit aucun commentaire mais rougit comme une belle cerise, tandis que ses yeux se mettaient à briller. Ni lui ni Aldo ne maniaient le compliment facilement. Cela n'en donnait que plus de valeur à celui-là. Il toussota pour chasser l'émotion et conclut :

— Tu verras, il va te plaire !

— Là n'est pas la question. Ce serait plutôt : est-ce que, moi, je vais lui plaire ? Que tu te fasses héberger chez lui, à merveille ! Mais pour moi, c'est assez gênant de tomber chez quelqu'un qui ne me connaît ni d'Eve ni d'Adam !

— Bien sûr que si, il te connaît ! Je lui ai parlé de toi à plusieurs reprises. En outre, la maison est vaste, c'est l'homme le plus généreux de la terre... Et aussi le plus distrait. On arrive.

A la limite de la ville, la voiture venait de franchir un portail en pierre blanche où s'encastrait une splendide grille de fer forgé ouverte à double battant, à côté de laquelle un vieil Egyptien, assis sur un banc, sommeillait en maniant un chasse-mouches dont il se frappait une épaule après l'autre.

La voiture s'étant arrêtée près de lui, il ouvrit un œil cependant qu'Adalbert se dressait :

— C'est moi, Achour ! Le maître est là ?

Sans demander de plus amples explications, l'étrange cerbère sourit et fit signe de passer au moyen de son instrument puis referma ledit œil.

— C'est vraiment le gardien ? fit Aldo, suffoqué. N'importe qui peut passer ?

— Ne crois pas ça ! Si nous ne nous étions pas arrêtés, il aurait sonné ce qui ressemble à un tocsin avec une cloche dont la chaîne pend à son côté, qui aurait fait accourir avec un renfort de chiens.

— Mais tu as seulement dit : c'est moi. Et il s'en est contenté ?

— Eh oui ! Même s'il ne m'avait pas vu depuis dix ans, il me reconnaîtrait ! Regarde si c'est beau !

Couronnant un jardin en terrasses planté d'hibiscus rouges et d'une végétation luxuriante que la main du Seigneur semblait avoir semée négligemment, une belle maison arabe composée de bâtiments en arcatures supportées par des colonnettes s'ordonnait sur trois côtés d'un bassin où pleurait une fontaine. De grands palmiers ombrageaient les terrasses, d'où le nom de maison des Palmes qu'on lui donnait. L'endroit était charmant, sans la moindre lourdeur, et la vue sur le Nil magnifique.

— Tu as raison, approuva Aldo. C'est un havre de paix d'où l'on doit avoir du mal à s'éloigner...

— Pourtant, Henri n'y vit pas en permanence. Outre qu'il a retrouvé le goût des voyages, il possède une propriété à Khartoum, une villa à Monte-Carlo et une vieille bâtisse à Brive-la-Gaillarde !

— Voilà qui est inattendu !

— Pourquoi ? On est forcément né quelque part. Lui, c'est à Brive. Ah ! Voici Farid ! C'est le génie de la maison.

Un immense Egyptien en galabieh et turban blancs arrivait en effet d'un pas un rien solennel, suivi d'une demi-douzaine de serviteurs. Il n'était pas de la première jeunesse, comme l'attestait la courte barbe poivre et sel de son menton, mais sa peau brune était quasiment sans rides.

— *Salam aleikoum*, Monsieur Adalbert !

— *Aleikoum salam*, Rachid !

— Nous vous attendions.

— Ah bon ?

— L'hôtel a téléphoné. Puis-je me permettre de souhaiter la bienvenue à Votre Excellence ? ajouta-t-il en s'inclinant dans la direction d'Aldo qui remercia d'un sourire. Monsieur est dans son cabinet de travail. On portera vos bagages dès qu'ils seront arrivés.

— Qu'est-ce que je te disais ? triompha Adalbert, en allongeant une tape sur l'épaule de son ami. C'est un homme extraordinaire !

Aldo le crut volontiers quand, franchissant le seuil du « cabinet de travail » à la suite de Farid, après une succession de pièces au sol miroitant sous des tapis précieux et meublées avec élégance, il pénétra dans un incroyable capharnaüm. Des livres, des plans, des revues scientifiques souvent anciennes, il y en avait partout. En piles de préférence, autour d'un divan dont les rouleaux de papyrus occupaient déjà les trois quarts. On ne voyait rien, ou presque, du vaste bureau surchargé de papiers et de livres ouverts ponctués ici et là de pots de terre antiques d'où surgissaient des plumes – d'oie, à l'ancienne mode ! –, des crayons de couleur et des pinceaux. Pourtant, aucune odeur de poussière ne se dégageait de ce fatras où se remarquaient quelques beaux livres sortis d'une triple bibliothèque, débordante elle aussi.

Sur un gros pouf de cuir rouge posé à même le sol, un homme était assis. Vêtu d'une galabieh blanche mais sans turban pour cacher des cheveux blancs rejetés en arrière, il montrait un visage strié de rides qu'une énorme paire de lunettes ne parvenait pas à enlaidir parce que l'ossature en était parfaite. A l'entrée des deux hommes, il lisait à haute voix un papyrus dont le texte pouvait surprendre, d'autant plus qu'il était rédigé en hiéroglyphes :

« Je ne te laisserai pas passer
dit le verrou de la porte
si tu ne me dis pas mon nom »
« Ton nom est Aiguille de la balance
de la salle de la Vérité et de la Justice »
« Je ne te laisserai pas passer
Dit le battant droit de la porte
Si tu ne me dis pas mon nom »
« Ton nom est Défenseur de la Justice »
« Je ne te laisserai pas passer
Dit le battant gauche de la porte
Si tu ne me dis pas mon nom »
« Ton nom est Défenseur de la Justice du cœur »
« Je ne te laisserai pas passer
dit le seuil de la porte
si tu ne me dis pas mon nom »
« Ton nom est Pilastre de la terre »
« Je ne t'ouvrirai pas dit la serrure
si tu ne me dis pas mon nom »
« Ton nom est Corps enfanté par la Mère »
« Je ne te laisserai pas introduire la clef
dit le trou de la serrure
si tu ne me dit pas mon nom »
« Ton nom est : Œil du Crocodile de Sebek
Seigneur du Bakau... »

— Je ne connaissais pas ce texte, s'étonna Adalbert. D'où le sortez-vous ?

— C'est une formule magique destinée à provoquer l'ouverture d'une porte sur le chemin initiatique du défunt. Elle devrait émaner du *Livre des morts,* bien que je ne l'y aie jamais vue. Je l'ai dénichée chez ce vieux voleur de Youssouf Haim. Tu la connaissais, toi ?

— Non, je m'en souviendrais, mais au fond cela ne nous apprend rien sur l'importance primordiale du nom dans l'ancienne Egypte. Quiconque n'a pas de nom n'existe pas. C'est pourquoi, à la mort d'un pharaon, son successeur, s'il n'était pas d'accord avec lui, se dépêchait de faire effacer son cartouche de tous les bâtiments...

Aldo n'en croyait pas ses oreilles et songeait sérieusement à se retirer sur la pointe des pieds, quand Henri Lassalle reprit soudain contact avec la terre :

— Adalbert ! Mon petit ! Mais quelle joie inattendue de te voir débarquer aujourd'hui ! Viens, que je t'embrasse !

Dans cette perspective, il s'était levé, ce qui permit à leur témoin muet de constater qu'il avait une grosse demi-tête en moins que le « petit », mais l'accolade fut brève. Presque aussitôt, Adalbert fut repoussé :

— Et tu ne m'as pas encore présenté ton ami, malappris que tu es ? De toute façon, il y a longtemps que je vous connais, prince. On ne peut pas parler plus de dix minutes avec ce garçon sans qu'il mentionne votre nom. Et naturellement, je ne devrais pas ignorer grand-chose de vos aventures communes, si ma mémoire ne me jouait pas des tours ! L'âge, que voulez-vous ? Mais je suis extraordinairement heureux de vous accueillir ! C'est une vraie chance que cet hôtel de malheur soit bourré !

Aldo s'était demandé un instant si l'on n'allait pas l'embrasser aussi, mais on se contenta d'une solide poignée de mains. Quant au plaisir qu'éprouvait Lassalle à le voir chez lui, il était écrit dans le chaleureux sourire qui illuminait ses yeux noisette.

— Vous n'aimez pas le Old Cataract, Monsieur ?

— Si, je l'adore, mais uniquement quand il n'est occupé que par ses habitués. Malheureusement, depuis quatre ou cinq ans, il est devenu la destination obligatoire de ce qui jouit de quelque notoriété sur cette terre : chefs d'Etat, vedettes de cinéma, milliardaires américains – ceux-là sont les pires ! –, sans compter évidemment les notabilités anglaises, l'Egypte n'étant plus guère qu'une colonie à peine déguisée de la Grande-Bretagne ! Il est vrai qu'en ce moment, le raout que va nous infliger le gouverneur l'a rempli jusqu'à la gueule. Mais je bavarde, je bavarde ! Allez donc prendre possession de vos chambres. On se retrouvera au coucher du soleil pour boire un verre sur la terrasse.

— On s'habille comment ? s'inquiéta Aldo quand ils se séparèrent avant de gagner leurs salles de bains respectives. Je n'ai pas jugé bon d'acheter une djellaba, moi !

— Où te crois-tu ? Chez un marchand de tapis ? C'est un gentleman, mon vieux ! Chez lui on s'habille pour dîner. Il s'y astreint, même quand il est seul ! Ah ! Pendant que j'y pense : on va lui parler de la mort d'El-Kouari, mais en oubliant l'Anneau ! Il aurait pu avoir été dérobé par les assassins...

— Pourquoi ? Tu n'as pas confiance en lui ?

— Oh, que si ! Mais il est obsédé par la légende de la Reine Inconnue. Tu as remarqué sa passion des noms ?

— En effet.

— C'est son nom à elle qu'il recherche depuis des années. Il est persuadé que, s'il arrivait à le trouver, il réussirait à découvrir le chemin de la tombe parce que, alors, il pourrait l'appeler et elle lui répondrait !

— Il n'est pas un brin fêlé ?

— Non, il est amoureux. Ne me regarde pas comme ça, je sais ce que je dis. Au fil des années, il s'est créé une image, et, de cette image, il s'est épris passionnément. Il m'a même dit un jour l'avoir vue en rêve.

— Il ne s'est jamais remarié ?

— Ne le prends pas pour un moine : il a eu des maîtresses mais pas beaucoup et ces liaisons n'ont jamais duré. Aucune n'a pu supporter la comparaison avec son fantasme... En plus, il est devenu misogyne.

— Alors pourquoi lui en parler ?

— Parce que je veux qu'il nous emmène chez Ibrahim Bey, et c'est une sacrée chance qu'il soit ici car c'est peut-être son unique ami européen.

— Comment aurions-nous fait, s'il n'avait pas été là ?

— Comme je l'ai vu une fois, je me serais risqué à solliciter une entrevue. Avec toi bien entendu, ce qui est normal, puisque c'est toi qui as secouru son serviteur mourant... Sous l'égide d'Henri, ce sera beaucoup plus facile.

Non seulement on prit un verre sur la terrasse, mais on y dîna. La table juponnée de lin immaculé était dressée face au fabuleux paysage qu'offrait cette partie accidentée de la vallée du Nil dont la clarté de la nuit ne cachait rien. Des lumières allumaient partout des lucioles. La terre et la végétation restituaient les senteurs que le soleil avait chauffées dans la journée. Fasciné, Aldo ne prêtait guère attention à la conversation des deux compères qui « parlaient boutique ». Il se demandait pourquoi il n'avait jamais emmené Lisa dans cet endroit magique, le plus beau peut-être de toute l'Egypte, où il devait faire aussi bon rêver en couple que sous le pont des Soupirs. Ce n'était pas faute pourtant d'avoir entendu Adalbert en vanter le charme ! Ainsi d'ailleurs que Tante Amélie qui avait dû y effectuer plusieurs séjours hivernaux. Mais, au fond, il n'était pas trop tard. Assouan ne se dissoudrait pas en fumée et on pourrait, l'hiver prochain, inscrire le joli voyage au programme. Sans les enfants, évidemment. Une sorte de second voyage de noces, plus romantique à n'en pas douter que le premier[1]...

L'écho de son nom le ramena à la réalité :

— Morosini va vous raconter l'affaire mieux que moi, venait de dire Adalbert.

1. Voir *Les Emeraudes du Prophète*, Plon, 1999.

Comprenant que le moment était venu de jouer sa partition, Aldo s'exécuta, dépeignant la mort d'El-Kouari en y apportant les modifications préconisées par son ami. Naturellement, Henri Lassalle l'écouta avec une attention tellement soutenue que, lorsqu'il en fut au dernier souffle du moribond, il parut frappé par la foudre. Un profond silence régna sur la terrasse d'où les serviteurs nubiens avaient disparu.

Enfin il soupira :

— L'Anneau !... Qu'est-ce que c'était que cet Anneau et quel rapport avec la tombe de la Reine ?

— J'ai mon idée à ce sujet, répondit Adalbert. L'homme a prononcé aussi le mot de sanctuaire. Or, il revenait de Londres.

— Et alors ?

— Vous savez que, depuis des années, Tout-Ank-Amon m'empêche de dormir. Or, j'ai à Londres un appartement où, quand j'y séjourne, j'emmène naturellement Théobald. Et celui-ci s'est arrangé pour se lier d'amitié avec le valet d'Howard Carter. C'est par son truchement que j'ai appris qu'il possédait l'Anneau trouvé aux environs de votre propriété dans la tombe du Grand Prêtre Jua, lui permettant d'entrer dans n'importe quel sanctuaire, n'importe quelle sépulture royale, sans encourir la malédiction responsable de tant de victimes. J'en suis venu à supposer que ce pauvre El-Kouari, agissant pour le compte de son maître, pourrait l'avoir volé !

— Ça, sûrement pas ! protesta aussitôt Lassalle. Qu'El-Kouari ait volé pour son maître, c'est possible, mais sur l'ordre dudit maître, non ! Jamais

Ibrahim Bey ne s'abaisserait à ordonner un vol et jamais, non plus, il n'accepterait un objet suspect. Il a pour cela une trop grande spiritualité. D'ailleurs, si un vol a eu lieu chez Carter, comment se fait-il que la presse ne l'ait pas annoncé ?

— Tout bonnement parce qu'il s'est bien gardé de révéler qu'il avait en sa possession ce talisman. Justement pour éviter d'éveiller des concupiscences et de déchaîner sur lui une curiosité malsaine. Porter plainte eût obtenu le même résultat, sans compter une marée d'articles de journaux plus délirants les uns que les autres.

— Sans aucun doute, opina Aldo. Cependant, j'aimerais être reçu par Ibrahim Bey. Je dois lui apprendre la mort de son serviteur... et lui demander si El-Kouari avait un frère.

— Pas que je sache ! Pourquoi ?

— Parce qu'un homme se présentant comme tel est venu chez moi afin de m'interroger sur les circonstances de cette mort ! Il arrivait de Rome et s'était fait accompagner par un officier fasciste...

— Un quoi ?

— Un séide de Mussolini à qui, soit dit en passant, je n'ai pas permis d'assister à l'entretien. J'exècre ces gens ! En tout cas, l'Egyptien ne cachait pas sa déception en me quittant. Je l'avais un peu oublié quand je l'ai revu dans une circonstance inattendue.

— Où donc ?

— Au Caire chez un membre de la famille royale qui m'avait fait venir pour m'offrir une affaire insensée...

— Tu n'as pas à cultiver la discrétion, intervint Adalbert. C'était la princesse Shakiar et elle voulait lui vendre les perles de Saladin...

Il n'avait pas fini sa phrase que Lassalle riait aux éclats :

— La folle ? émit-il enfin. Il ne vous manquait plus qu'elle !

— L'est-elle vraiment ? s'étonna Aldo.

— Elle est très riche mais toujours prête à n'importe quoi pour le devenir encore davantage ! Et malhonnête, avec ça ! Je me souviens qu'elle avait convoqué un joaillier anglais pour lui confier un certain nombre de pierres non montées – émeraudes et diamants ! Avant qu'il n'ait repris le bateau, elle a porté plainte contre lui pour l'avoir volée ! Il a été arrêté et ça a été un chahut du diable pour le faire relâcher. Lord Allenby, qui « représentait » alors l'Angleterre, a même dû lui présenter des excuses. Et elle a obtenu des dommages et intérêts !

Aldo sentit un frisson désagréable parcourir son échine. S'il n'avait refusé aussi fermement les fameuses perles, il aurait subi le même sort, sans le moindre doute. D'ailleurs, qui pouvait dire s'il était vraiment hors d'atteinte ?

— Je me demande si je ne vais pas avoir moi aussi des problèmes ? Sur le bateau, quelqu'un m'a appris qu'elle prétendait qu'on venait de lui dérober les perles en question...

Il y eut un silence que Lassalle rompit après avoir allumé un cigare :

— Vous devriez passer vos bagages au crible. Shakiar est capable de tout !

— C'est fait. Et franchement, je ne vois pas comment on pourrait les y glisser. Je n'ai pratiquement pas quitté mes valises des yeux depuis mon départ du Caire.

— Méfiez-vous quand même : vous allez la revoir. Elle est invitée à la fête du gouverneur. Vous disiez il y a un instant que vous aviez vu le « frère » de ce malheureux chez elle ?

— Je n'ai fait que l'apercevoir depuis le jardin, mais il s'y comportait en propriétaire !

— Intéressant ! Eh bien, mes amis, je vais faire en sorte qu'Ibrahim Bey vous reçoive sans tarder. Lui seul, je pense, peut vous renseigner sur cet homme. Au fait, Adalbert, tu ne m'as pas encore parlé de tes dernières fouilles. Qu'as-tu trouvé ?

— Rien. J'avais d'immenses espoirs parce que j'avais découvert... ou cru découvrir la tombe de la Reine...

De nouveau, Aldo s'évada : il connaissait l'histoire. En revanche, ce qu'il venait d'apprendre ne le comblait pas de joie. Shakiar à Assouan, ce n'était pas pour lui la meilleure des nouvelles. Surtout si elle clamait à la cantonade cette fable de perles volées qu'elle avait sûrement l'intention de lui mettre sur le dos. Il se demanda même si la sagesse ne serait pas d'attraper le premier train en direction de Port-Saïd ou d'Alexandrie et de rentrer chez lui, mais c'était une réaction infantile : son départ serait assimilé à une fuite et il aurait tous les ennuis imaginables à domicile. Et puis il restait cet appel sournois de l'aventure auquel il était incapable de résister.

Quand le silence reprit possession de la terrasse, il se surprit à s'entendre demander où descendait la princesse lorsqu'elle venait à Assouan.

— Elle y possède une villa, je suppose ?

— Sa famille en a une, mais elle lui préfère le Cataract où il est fort rare qu'elle ne trouve pas un pigeon à plumer. Principalement quand il y a une fête chez Mahmud Pacha. On se dispute ses invitations.

— A ce point ?

— Ce n'est pas une lumière et il n'aime dans la vie que le poker et les femmes, mais il sait recevoir. Vous verrez !

— Mais nous ne sommes pas invités ?

— Moi, si, et il suffira que je fasse porter vos noms au palais... En attendant, je vais envoyer un mot à Ibrahim Bey...

Le mot fut efficace. Le lendemain, la réponse arrivait : le prince Morosini et M. Vidal-Pellicorne étaient attendus vers cinq heures du soir.

A l'heure dite, la voiture de Lassalle les menait à leur rendez-vous. On quitta Assouan et, soudain, Morosini eut l'impression de changer de siècle. Perché au-dessus des bouillonnements du fleuve au sommet d'une éminence, où ne poussaient que de rares buissons, une image du temps passé s'offrit à lui : un château de la couleur du désert avait surgi, ressuscitant, en plus réduit, les forteresses dont les croisés avaient émaillé la Terre sainte : murs sévères et sans ouvertures, resserrés autour d'une tour maîtresse, au sommet de laquelle flottait une bannière vert et or. Seuls à ce qu'on appelait le château du Fleuve manquaient les douves et le pont-levis. Une porte mauresque armée de clous et de pentures de fer donnait accès à l'intérieur. Elle était ouverte et un domestique veillait à l'entrée, guettant sans doute l'arrivée des visiteurs qui durent descendre sous le porche, avant d'accéder à un jardin intérieur pavé de dalles blanches et noires, qui ressemblait à l'herbarium d'un monastère : on n'y voyait guère que des plantes médicinales. Une galerie à colonnettes le délimitait, semblable à un cloître. Au seuil de la maison proprement dite, gardé par deux lions de pierre, un autre serviteur en galabieh bleu sombre prit les visiteurs en charge pour les guider à travers deux salles austères meublées de coffres, de tables basses et de divans, avec pour seul ornement de très belles lampes de mosquée en verre rouge gravé d'or. A l'exception du bruit des pas dans la salle, le silence était total. Enfin une porte de cèdre ouvragée s'ouvrit, tandis que le serviteur s'inclinait en livrant le passage : ils étaient dans une vaste bibliothèque presque aussi encombrée que celle d'Henri Lassalle. Assis jusqu'alors derrière une table de travail faite d'un large panneau sur pieds de fer forgé, Ibrahim Bey se leva pour venir à leur rencontre.

Grand et maigre, osseux même, il parut immense à Aldo sous le turban qui le grandissait encore. Son visage présentait des traits profondément sculptés, un nez aquilin, une bouche mince et des yeux réfugiés sous des orbites abritées d'épais sourcils. Il ne souriait pas – à voir sa gravité, on pouvait même se demander si cela lui arrivait ! –, mais son expression était sereine et sa voix rauque et douce à la fois possédait un charme indéniable quand il accueillit les deux hommes :

— Point n'était besoin de recommandation de M. Lassalle, dit-il en désignant l'un des divans placés sous l'unique fenêtre, une ogive de pierre découpant le paysage du fleuve. Je me souviens fort bien de vous, Monsieur Vidal-Pellicorne...

— Je n'osais l'espérer, Excellence !

— Ce n'est pas bon d'être trop modeste. Nous avions eu un entretien trop intéressant pour que je l'oublie. Quant à vous, prince, c'est avec plaisir que je vous reçois puisque vous êtes son ami...

Aldo s'inclina légèrement :

— Je vous remercie, Excellence... et d'autant plus que je crains d'être porteur d'une mauvaise nouvelle concernant l'un de vos serviteurs.

— Bonnes ou mauvaises, elles sont le tissu de notre vie, mais prenez place, je vous en prie !

En même temps, il frappait dans ses mains pour faire apparaître le rituel plateau à café.

— Un serviteur, dites-vous ? s'étonna-t-il après que le porteur de plateau se fut retiré. Aucun ne manque à cette maison pour le moment présent. Où l'avez-vous rencontré ?

— A Venise, où j'habite.

— Mon ami Morosini... commença Adalbert, mais son hôte l'interrompit du geste :

— Cette lettre de M. Lassalle m'apprend ce que je dois savoir ! En revanche, j'aimerais connaître le nom du serviteur en question ?

— Il s'appelait Gamal El-Kouari.

— Et que lui est-il arrivé ?

— Il a été assassiné à deux pas de chez moi, la nuit, dans une rue de Venise. Je devrais dire assassiné et dépouillé, car ses agresseurs ne lui avaient laissé que ses sous-vêtements.

Les épais sourcils blancs se relevèrent cependant qu'Ibrahim Bey détournait les yeux, peut-être pour cacher une émotion :

— Assassiné ! Pauvre Gamal ! Pauvre tête folle !

— Donc, vous le connaissiez ? avança Adalbert qui, en bon conférencier, n'aimait pas les rôles de potiche.

— En effet, mais ce n'était pas mon serviteur. Du moins au sens propre du terme. Il m'était un peu cousin. Passionné par l'histoire non seulement ancienne mais antique comme je le suis personnellement, et ne sachant que faire d'une vie moderne qui lui semblait banale, il m'avait rejoint dans mes recherches et, de cette façon, on peut dire, effectivement, qu'il s'était mis à mon service. Cependant, nous différions dans notre conception de... d'enrichir cette histoire. Ainsi, il était obsédé par la quantité de ces témoins de notre antique civilisation qui s'en allaient au-delà des mers accroître les collections du British Museum – et du musée du Louvre, ajouta-t-il en adressant l'ombre d'un sourire à Adalbert. Cette pensée le mettait hors de lui. Il voulait essayer d'endiguer ce qu'il appelait l'« hémorragie sacrilège » !

— Il n'avait quand même pas l'intention de cambrioler les deux musées ?

— Il était un peu fou, mais pas à ce point-là. Il savait que des restitutions de cette importance ne pouvaient s'effectuer que de gouvernement à gouvernement. Ce qu'il voulait, c'était préserver ce qui n'était pas encore découvert et c'est dans cet esprit qu'il était parti, il y a plus d'un an, pour l'Angleterre. En dépit de mes mises en garde, il s'obstinait à affirmer qu'il rapporterait quelque chose d'essentiel, sans vouloir préciser à quoi il pensait.

— Pour ce que j'ai cru comprendre du peu de paroles qu'il a pu exhaler en mourant : une Reine Inconnue. Les autres mots, à peine audibles, furent Assouan, Ibrahim et Sanctuaire. Voilà pourquoi j'ai tenu à vous porter ce message. Selon mon ami Vidal-Pellicorne, il ne pouvait s'agir que de vous...

— En effet, et je vous en remercie. Je devine ce qu'il est allé chercher, et si on l'a tué, c'est qu'il avait dû réussir à se le procurer, mais où ? Au Museum ? Il savait que je ne l'aurais pas admis...

— Non, fit Adalbert : chez Howard Carter, que l'Anneau a protégé de la malédiction quand il a ouvert la tombe de Tout-Ank-Amon, mais il a bel et bien été volé, même si l'on a refusé d'en informer la presse...

— C'était une faute grave et mon pauvre Gamal l'a payée de sa vie. Qu'Allah ait pitié de lui... de moi aussi, puisque j'en porte la responsabilité involontaire. Qui a veillé à ses funérailles ?

— Je m'en serais volontiers chargé, dit Aldo, mais son frère est venu réclamer sa dépouille.

Ibrahim Bey eut un haut-le-corps :

— Son frère ? Il n'en a jamais eu !

— Et pourtant, il s'est trouvé quelqu'un pour jouer ce rôle.

— Dans ce cas, ce ne peut être qu'un imposteur dont vous auriez dû vous méfier. En ce qui me concerne, je ne vois pas ce que je pourrais vous dire.

— C'est bien ce que nous pensions. Excellence, soupira Aldo, il ne me reste plus qu'à vous remercier de nous avoir reçus...

— Encore un instant, je vous prie ! Avez-vous pu obtenir des informations touchant ce personnage inattendu, donc inquiétant ?

— Oui. J'ai été appelé en Egypte par une princesse appartenant à la famille royale qui souhaitait traiter une affaire que je n'hésiterai pas à qualifier de louche. C'est chez elle que j'ai aperçu le pseudo-El-Kouari.

— Pouvez-vous me nommer cette dame ?

— La princesse Shakiar !

L'imposant et impassible visage eut une brève crispation :

— Oh, cette femme ! Si vous avez eu des réticences, je vous approuve !

— Vous la connaissez ? demanda Adalbert.

— Personnellement non, mais je connais sa réputation. Quelqu'un qui m'est proche entretient des relations avec elle et je ne crois pas que ce soit dans son intérêt... Quant à moi, je ne peux que vous exprimer ma gratitude pour avoir assisté mon pauvre Gamal à ses derniers instants. A-t-on retrouvé les assassins ?

— Pas que je sache. La version de la police est des plus élémentaires : un voyageur étranger de passage à Venise avant de repartir pour l'Egypte – il était descendu à l'hôtel Danieli avant de reprendre le bateau – a été attaqué par des malandrins qui l'ont détroussé et tué au cours d'une promenade nocturne.

— Votre police se contente de peu.

— Pourtant, le commissaire Salviati que je connais de longue date est un bon professionnel, mais il semble qu'il se soit attaché à effacer toute trace. J'ajoute que le faux frère s'était assuré la connivence des gens du Duce...

— N'en dites pas plus ! J'ai compris. Qu'Allah vous garde, Messieurs. Je suis heureux de vous avoir rencontrés.

5

Une histoire de fous

— Mis à part le fait qu'El-Kouari II n'est pas ce qu'il prétend, ton saint homme ne nous en a guère appris, grogna Aldo une fois dans la voiture qui les ramenait à la maison des Palmes.

— Qu'est-ce que tu espérais ?

— Je ne sais pas, moi ! Que vous alliez parler longuement de la Reine Inconnue. Or, vous n'avez même pas effleuré le sujet ! C'est parce que j'étais là ?

— Peut-être... et peut-être pas. C'est un homme très secret et, même si je suis un peu déçu, je ne m'attendais guère qu'il en parle.

— Il s'y intéresse tout de même ? Sinon, s'il n'a pas le moindre soupçon concernant l'emplacement de cette tombe, je ne vois pas bien pourquoi un malheureux type aurait joué sa vie pour lui procurer la protection absolue contre les maléfices. Toi non plus, d'ailleurs !

— Quoi, moi non plus ?

— As-tu seulement une notion de la région où elle est cachée, cette tombe ? C'est plutôt vaste, dans le coin ! ajouta-t-il en englobant d'un geste circulaire l'immense paysage où ils évoluaient. Alors, posséder un talisman grâce auquel on peut violer n'importe quel sanctuaire, c'est réconfortant, mais quand on ne sait pas où chercher, ça ne sert strictement à rien !

— Nous sommes d'accord... à ce détail près que c'est fichtrement utile pour tout archéologue digne de ce nom. Carter n'a jamais recherché la Reine Inconnue car il était trop positif pour s'attaquer à ce qu'il devait considérer comme une sorte de conte de fées, mais tu ne nieras pas que la tombe du Grand Prêtre Jua lui a fait un beau cadeau ? En ce qui me concerne, je suis persuadé que la Reine est dans les environs... et Ibrahim aussi, j'en jurerais ! A cette différence près qu'il doit en savoir plus...

— Alors, faisons demi-tour, va lui donner l'Anneau et traite avec lui : il apporte ce qu'il sait et vous faites part à deux !

— Tu as vu à quoi il ressemble ? Tu m'imagines allant lui proposer ton petit marché ? C'est bien une idée de commerçant, ça !

Les yeux d'Aldo prirent une curieuse teinte verte cependant que ses narines se pinçaient :

— Tandis que vous, les prospecteurs de momies, voguez exclusivement dans les sphères les plus éthérées de l'atmosphère ? C'était tellement évident, l'autre jour, quand tu administrais une si splendide raclée à ce pauvre Freddy Duckworth ? Sans oublier ton anodin règlement de compte, il y a quatre ans, avec l'ineffable La Tronchère[1] au coin de la rue de Castiglione et de la rue du Mont-Blanc...

1 Voir *La Perle de l'Empereur*, Plon, 2001.

Alors, si tu veux savoir ce qu'il va faire, le « commerçant », il va reprendre, dans l'ordre, ses valises, le train pour Alexandrie ou Port-Saïd et le premier bateau en partance afin de regagner au plus vite sa boutique et ses pantoufles ! Parce qu'il déteste perdre son temps, le commerçant !

Un silence suivit cette philippique. Adalbert, qui avait tourné la tête, un rien gêné, renifla puis concéda :

— Bon ! Excuse-moi ! Les mots ont dépassé ma pensée. Seulement...

— Mais tu les as dits !

— Ce que tu peux être susceptible ! Essaie de comprendre que cet homme m'impressionne. Comme tout le monde ici. On l'y considère comme un esprit d'une grande élévation spirituelle, un vrai croyant détaché des vulgaires contingences terrestres qui a choisi de vivre dans l'isolement et l'étude...

— Moi, il me ferait davantage penser au Vieux de la Montagne ! A cette différence près qu'il n'ordonne pas à l'un de ses serviteurs de se jeter du haut des tours de son château chaque fois qu'il lui prend l'envie de s'assurer qu'ils sont toujours aussi obéissants ! Il a un regard...

— C'est vrai pour le regard et, pour le reste, tu n'as peut-être pas entièrement tort ! Ce qui est certain, c'est qu'il n'est pas de ce siècle et c'est probablement la raison pour laquelle il m'impressionne tant...

Encore un silence, puis :

— Tu n'as pas l'intention de me laisser tomber ?

— Veux-tu me dire à quoi je te sers ?

Adalbert renifla encore un coup mais se décida à regarder son ami :

— Comme remonte moral, tu es inappréciable ! On a toujours fait une bonne équipe, non ?

— Ce n'est pas moi qui dirai le contraire.

— Alors reste encore un peu ! J'ai le sentiment que ça pourrait bouger autour de nous. Tiens ! j'y pense : on pourrait aller faire un tour à la tombe de Jua ? Henri nous obtiendra l'autorisation sans difficulté. Lui aussi, c'est une personnalité dans le coin.

— Qu'espères-tu y trouver ? Carter a dû la vider consciencieusement.

— Sans aucun doute, mais on ne sait jamais. On a déjà vu des tombes récurées à fond et qui pourtant n'avaient pas fini de receler des surprises.

— Au fond, pourquoi pas...

Henri Lassalle, lui, montra un enthousiasme réservé :

— La tombe de Jua ? Tu peux y aller à loisir. Elle est seulement fermée par une porte en fer dont on a peut-être perdu la clef parce qu'elle n'est jamais fermée. Tout ce que tu verras, ce sont les peintures murales assez bien conservées et non sans beauté mais, pour le reste, Carter et ses successeurs l'ont grattée jusqu'à l'os ! Si tu me parlais plutôt de votre visite à Ibrahim Bey. Qu'en avez-vous appris ?

— Que l'homme venu chez moi ne pouvait pas être le frère d'El-Kouari pour l'excellente raison qu'il n'en avait pas. Quant à ce pauvre type, il dit qu'il était légèrement timbré et qu'en allant voler l'Anneau chez Carter il a agi de son propre chef. En ce qui le concerne, il réprouve ce genre d'initiative...

— Cela ne m'étonne pas venant de sa part, mais aurait-il refusé l'Anneau si on avait réussi à le lui rapporter ?

— Je l'en crois capable, soupira Adalbert. Un homme tel que lui ne doit avoir nul besoin de talisman pour affronter les forces les plus obscures. Il doit traiter d'égal à égal avec l'au-delà...

— Maintenant que tu le dis, il m'a rappelé le rabbin Loew que j'ai rencontré à Prague et qui nous a permis de retrouver le rubis de Jeanne la Folle[1], reprit Aldo, soudain songeur. Les pouvoirs de ces hommes nous dépassent. Peut-être, en effet, aurait-il refusé...

— Mais vous a-t-il appris quelque chose touchant la Reine Inconnue ?

— Rien, absolument rien ! grogna Adalbert. Nous avons été reçus d'une façon extrêmement courtoise, mais l'entretien ne s'est pas prolongé.

— Pourtant, je jurerais qu'il sait quelque chose, murmura Lassalle. Si ce n'est pas tout ce qu'il y a à savoir !

— Peut-être aussi que cela ne l'intéresse pas... et sur ces fortes paroles il ne nous reste plus qu'à hisser le grand pavois pour aller danser chez le gouverneur ! conclut Adalbert en se levant.

— Pas moi, si vous le permettez ! dit Aldo. Je préfère de beaucoup rester ici.

— Tu nous fais une crise de sauvagerie ou quoi ?

1. Voir *Le Rubis de Jeanne la Folle*, Plon, 1996.

— Non, mais il y aura des gens que je n'ai pas envie de revoir !

— La princesse Shakiar ou la Rinaldi ?

— Les deux !

— Tu as tort. C'est toujours très réussi.

— Je n'en doute pas un instant mais, si vous le permettez, Monsieur Lassalle, j'aimerais mieux passer la soirée sur votre belle terrasse à fumer en regardant le ciel. Des fêtes, j'en ai vu et j'en verrai d'autres, mais ce paysage est trop beau pour ne pas l'emporter sur les mondanités...

Au sourire que lui adressa son hôte, il comprit qu'il venait de gagner une part dans son amitié.

— Ce n'est pas moi qui vous donnerai tort, acquiesça-t-il, et je vous avoue qu'il me plairait davantage de partager votre contemplation. Mais je dois y aller. Si ce qui compte plus ou moins dans Assouan ne va pas lui faire une révérence, Mahmud Pacha est capable de faire un caprice. Si tu veux rester aussi, Adalbert, je ne t'en voudrai pas !

— Ma foi, non ! Une petite sauterie me changera les idées et me fera le plus grand bien. Je vous accompagne...

Le soudain besoin de solitude de son ami n'avait pas convaincu Adalbert. Tandis qu'ils regagnaient leurs quartiers, il ne le lui cacha pas :

— Elles te font peur à ce point-là, ces deux bonnes femmes ?

— Peur, non, mais je n'ai pas envie de les revoir. Et je vais même te dire mieux : si elles pouvaient croire que je suis reparti vers ma lagune, je n'en serais que plus content.

— Comme tu voudras...

Deux heures plus tard, après avoir mis en voiture les deux hommes en grande tenue chamarrée de décorations – surtout Lassalle qui en possédait de nombreux pays tandis qu'Adalbert se contentait de la Légion d'honneur, de la médaille militaire et de la croix de guerre avec palmes –, Aldo, en smoking afin de se comporter selon les règles de la maison, allait prendre possession de la terrasse avec délectation. La table dressée l'y attendait, une paire de photophores allumés encadrant son couvert. Farid, après lui avoir proposé un whisky qu'il refusa, lui servit du « foul », le plat national qu'il avait appris à aimer, une purée mélangée de lentilles, de fèves et d'aubergines à l'huile de sésame accompagnée de jus de citron vert, un poisson inconnu – dont il ne chercha du reste pas à percer l'anonymat ! – servi avec une sauce aux herbes, un pigeon grillé garni de boulettes de sésame et d'un assortiment de légumes. En dessert, des gâteaux au miel et aux amandes dont il ne fit qu'une consommation modérée, l'ensemble arrosé de champagne. Henri Lassalle s'était peut-être converti à l'islam – en réalité il était ismaélien, relevant de l'Aga Khan comme quantité d'autres dans la région –, mais il n'avait jamais renoncé aux productions viticoles de sa chère France. La nuit était tombée, succédant à un incendie de pourpre et d'or peu à peu mué en violet profond puis en bleu indigo, tandis que la lune en son premier quartier argentait les eaux du Nil. Des lumières brillaient dans l'île Eléphantine qui posait sur le fleuve un long jardin sertissant d'admirables ruines de temple et quelques anciennes demeures. Plus haut encore, l'île d'Amoun semblait poser un bouquet de palmiers sur les eaux... Les felouques avaient replié leurs ailes et la ville baignait dans la qualité de silence que compose cette multitude de légers bruits tellement habituels que l'on n'y prête plus attention. On n'entendait même pas l'orchestre de l'hôtel Cataract. En revanche, le bâtiment brillait de toutes ses lumières, battu pour cette fois par le palais du gouverneur éclairé *a giorno*. De son observatoire, Aldo pouvait distinguer ses illuminations et aussi ses rumeurs portées sur un vague fond musical.

Son dîner achevé, il remercia Farid d'un sourire et alla s'installer dans un vaste fauteuil de rotin où il alluma un cigare dont il savoura, les yeux mi-clos, le parfum suave. Une brise caressante se levait sur la vallée, convoyant les échos plus nets du palais. Qui, soudain, se turent, cependant que s'élevait celui d'une voix admirable, sensiblement affaibli par la distance mais qui n'en prenait que plus de mystère.

La Rinaldi interprétait le grand air d'*Aïda* et, cette fois, Aldo ferma les yeux afin de mieux se laisser envahir par cet instant de beauté pure. Débarrassée de sa forme terrestre, la voix sublime lui faisait courir des frissons dans le dos et il se félicita d'avoir renoncé à se rendre au palais où le charme n'eût pas été aussi puissant en contemplant une femme dont il savait combien elle pouvait être odieuse et dont la plastique laissait à désirer. Là, elle se trouvait miséricordieusement désincarnée et c'était absolument divin... Le tonnerre d'applaudissements qui salua la fin du morceau roula jusqu'à lui.

Elle enchaîna sur la prière de *Tosca*, puis l'air de Liu de *Turandot* qu'Aldo aimait particulièrement et qu'elle dut bisser pour son plus grand bonheur. Emporté par l'enthousiasme, il allait se lever pour applaudir comme il l'eût fait à la Fenice de Venise ou à l'Opéra de Paris, quand le coup l'atteignit à la base du crâne et l'envoya s'étaler sur les dalles, sans connaissance...

Le contact de l'eau froide le ramena en surface. Ses idées étaient brumeuses et il avait mal à la tête, mais il n'en fut pas moins surpris de se retrouver à la même place, dans son fauteuil, tandis que deux visages inquiets, celui d'Adalbert et celui de Lassalle, se penchaient sur lui. L'odeur des sels d'ammoniac que l'on promenait sous son nez le fit éternuer et il repoussa le flacon, préférant de loin l'armagnac qu'une main compatissante lui introduisait dans la bouche. Après la première gorgée, il s'empara du verre et le vida sans aide.

— Qu'est-ce que je fais là ? marmonna-t-il. Quand on assomme quelqu'un c'est pour l'enlever, non ?

— Ou afin de se laisser le champ libre pour une malfaisance, fit le vieux monsieur, pas autrement surpris. J'en ai été victime, un jour, en 1922. C'était à Londres où je m'étais rendu pour...

— Soyez gentil, Henri, vous nous raconterez plus tard. Comment te sens-tu ?

— Vaseux ! Un peu moins avec l'armagnac dont je reprendrais bien quelques gouttes...

— Mais comment donc !

Une seconde ration lui fut adjugée qu'il entreprit de déguster plus sobrement que la première. Parfumé à souhait, l'alcool gascon était délicieux...

— Il y a longtemps que vous me contemplez ? demanda-t-il.

— Nous venons juste d'arriver, répondit Lassalle. Le temps de vous trouver sans connaissance et de vous porter secours...

— La fête est finie ?

— Non, mais après le concert – sublime ! –, nous avons pris le chemin du retour pour vous trouver par terre. Savez-vous à quelle heure on vous a frappé ?

— L'heure exacte, non ! La Rinaldi venait de bisser l'air de Liu de *Turandot* quand j'ai été envoyé au tapis par un individu qui n'y a pas été de main morte. Je dois avoir une bosse grosse comme un œuf d'autruche, ajouta-t-il en se tâtant l'occiput avec précaution.

— Je vous crois volontiers, fit Lassalle en consultant une petite montre de gousset plate. Cela fait trois bons quarts d'heure. Nous avons quitté le palais à peu près à ce moment-là. J'ai jugé plus prudent d'emmener Adalbert qui venait de remarquer dans l'assistance quelqu'un qui, apparemment, a une dette envers lui et, comme il avait l'air de s'échauffer parce qu'il était coincé par la foule, j'ai préféré l'en extirper...

— Ne me dites pas que c'était encore Freddy Duckworth ?

— Je l'ignore, mais comme je connais Adalbert un brin soupe au lait... Je vous signale qu'en rentrant nous avons trouvé Farid ligoté et bâillonné en compagnie de Béchir le cuisinier. Les autres domestiques s'étaient retirés et n'ont rien dû voir...

— Vous aviez raison, dit Adalbert qui revenait après avoir été faire un tour dans leur pavillon. Ta chambre et la mienne semblent avoir reçu la visite d'un typhon.

— On est donc venu chercher quelque chose. Mais quoi ?

— Aucune idée ! mentit effrontément Adalbert. Tu veux venir voir ?

— Laisse-le se remettre ! Après un coup pareil, il ne se sent peut-être pas les jambes très solides. Je vais envoyer chercher le médecin.

— Merci, mais je pense que c'est inutile, fit Aldo en se remettant debout.

Il y parvint plus facilement qu'il ne le craignait et, si la tête lui tourna, ce ne fut que passager.

Henri tint à lui offrir son bras et, précédés d'Adalbert, ils gagnèrent le pavillon des invités dont le rez-de-chaussée offrait en effet un paysage d'apocalypse. Tout y avait été retourné, visité. Les vêtements s'entassaient à terre. On avait même coupé les doublures des valises pour mieux les inventorier. Ce qui laissa M. Lassalle rêveur :

— Que peut-on bien chercher dans la doublure d'une valise ?...

— Un document, une photo, n'importe quoi de plat, répondit Adalbert. On voit que, tout diplomate que vous étiez, vous n'avez jamais fréquenté le monde louche des espions et autres agents secrets !

— Parce que toi, tu l'as fréquenté ?

— Plus ou moins. En attendant, il faut se mettre à l'ouvrage. On ne peut pas dormir dans ce chaos.

— Farid est en train de vous préparer des chambres au-dessus. On va se contenter de fermer à clef et on rangera demain matin, conclut Henri Lassalle. Pendant que je porterai plainte au poste de police. A cette heure il ne doit pas y avoir un chat.

On ramassa pyjamas, pantoufles, robes de chambre et objets de toilette, et on grimpa à l'étage où l'ameublement se présentait de façon à peu près identique. Seules les couleurs différaient.

— Tu me raconteras ta soirée demain, dit Aldo au seuil de la sienne. Pour l'instant, il me suffira d'un lit et d'un tube d'aspirine !

Ayant accompli ce programme, il s'endormit comme une souche, mais la nuit fut moins longue qu'il n'était en droit de l'espérer. Il n'était pas sept heures quand un vacarme qui lui parut soutenu par des imprécations le jeta à bas de son lit, puis dans sa robe de chambre, puis dans l'escalier. Au rez-de-chaussée, un quarteron de policiers en uniforme kaki et tarbouch rouge envahissaient les chambres dévastées, tandis que leur chef parlementait sur le mode agressif avec Henri Lassalle, visiblement hors de lui :

— Une intrusion inqualifiable ! En dehors du fait que c'est le monde à l'envers. C'est ma maison qui, dans la nuit, a été malmenée pendant que l'on assommait l'un de mes hôtes. Aussi je vois mal ce que vous venez faire ?

— Une perquisition, Sir ! Nous avons reçu une plainte un peu avant six heures !

— Qui l'a déposée ?

— Je l'ignore mais elle existe. Aussi, laissez-nous accomplir notre travail !

— Que cherchez-vous ?

— On vous le dira quand on l'aura trouvé !

— Alors un conseil : commencez par sortir tous les meubles sur la terrasse, sinon vous ne viendrez jamais à bout du bazar que les visiteurs ont laissé cette nuit dans ces chambres. Ce qui aura au moins l'avantage de nous permettre de faire le ménage après votre passage. Quant à moi, je prends mon petit déjeuner et je vais chez le gouverneur dire ce que je pense de cet envahissement intempestif. Ah, Messieurs ! s'exclama-t-il en voyant paraître ses invités. Passons à table et laissons ces gens se livrer à leur vilaine besogne. Comment va votre tête, Morosini ?

— Mieux, merci ! Mais que cherchent-ils ?

— Du vent, peut-être ? Nous verrons bien s'ils le trouvent.

Sans autre commentaire, Aldo et Adalbert échangèrent un regard tandis que la table, au préalable servie sur la terrasse, était rapportée sous la colonnade. Trois ou quatre ans plus tôt, aux Indes, ils avaient subi le même scénario : une chambre mise à sac, mais pas pour y prendre quelque chose. Tout au contraire : pour y apporter un objet dont ils se doutaient un peu de ce qu'il pouvait être.

Et, en effet, ils en étaient à leur troisième tasse de café et, pour Adalbert, à sa cinquième brioche, quand l'officier reparut, l'air plus rogue encore qu'à son arrivée :

— Sir, dit-il s'adressant intentionnellement à M. Lassalle, nous avons trouvé ce que nous cherchions et j'ai le regret de vous apprendre que vos deux compagnons vont devoir me suivre.

Aldo et Adalbert étaient déjà debout, réclamant d'une même voix le temps de se changer, ce qui leur fut accordé, mais sous la surveillance d'un homme armé pour chacun, ce qui ne leur permit pas d'échanger le moindre mot. Leur hôte, lui, avait disparu dans les profondeurs de la maison en réclamant sa voiture à grands cris, après avoir averti le policier qu'il entendait se charger personnellement du transport de ses amis qu'il n'était pas question de promener à travers la ville encadrés de flics et, pendant qu'on y était, menottés. En raison de sa notoriété... et de ses relations, des ordres avaient été donnés pour qu'on le ménageât au maximum.

Une demi-heure plus tard, la confortable Delage du Français, conduite par son chauffeur, déposait ses passagers devant le Police Office d'Assouan. Pas autrement inquiet, Aldo se demandait seulement quel genre de policier il allait affronter. Depuis qu'avec Adalbert il avait entrepris la traque de joyaux aussi augustes que maléfiques, il en avait rencontré de tout acabit, depuis un Turc obtus, un taureau espagnol atrabilaire, un Versaillais qui, l'ayant pris en grippe dès le départ, s'obstinait à voir en lui un émule de Casanova pervers, jusqu'aux représentants les plus éminents de la profession : le chef de la Police métropolitaine de New York Phil Anderson, le commissaire divisionnaire Langlois de la Sûreté et le Superintendant Gordon Warren, de Scotland Yard. Les deux derniers étant d'ailleurs devenus des amis. La référence à l'Anglais, surtout, pouvait se révéler sans prix dans un pays où la Grande-Bretagne faisait ce qu'elle voulait.

Avec Abdul Aziz Keitoun, chef de la police d'Assouan, il allait découvrir un nouveau style, si l'on peut dire. Aussi gras qu'un sumotori japonais, il entretenait sa circonférence, déjà difficilement contenue par l'uniforme, en croquant des pistaches dont il avait un plein saladier sur le coin du vaste bureau veuf de tout papier et dont c'était le seul ornement, mis à part un sous-main noir, un stylo, un téléphone et le bout du tuyau d'un narghilé posé sur une petite fourche. De sa main libre, il tenait un chapelet d'ambre. A l'entrée de son subordonné et de ceux qu'il ramenait, il cessa de mâchouiller et entrouvrit des yeux qu'il tenait jusque-là mi-clos, se contentant d'écouter en opinant de temps en temps du chef le rapport volubile de l'officier. Lequel rapport s'acheva en un geste triomphant posant les perles de Saladin sur le sous-main. Keitoun y porta aussitôt celle réservée aux pistaches :

— Beau travail ! apprécia-t-il avant de s'adresser aux prétendus coupables. Qu'avez-vous à dire, Messieurs ? Je crois que la cause est entendue.

Il parlait un anglais surprenant, soyeux, aux intonations chantantes, auprès duquel celui d'Henri Lassalle parut semé de cailloux. Il est vrai qu'il était en colère :

— Ah, vous trouvez ? Votre sous-fifre a seulement oublié de vous signaler, capitaine, qu'il a effectué une perquisition dans des chambres bouleversées de fond en comble par des visiteurs nocturnes qui les ont mises à sac après avoir assommé un de mes amis.

— Qu'est-ce qu'il faisait là ? N'étiez-vous pas à la fête de Sa Hautesse le gouverneur ? émit-il avec plus de majesté que de logique.

— J'y étais, en effet, et M. Vidal-Pellicorne, l'archéologue bien connu, m'accompagnait, mais le prince Morosini (et il appuya lourdement sur le titre) était fatigué et a préféré ne pas s'y rendre. Il se tenait sur la terrasse où il avait dîné et profitait de la douceur de la nuit, quand il a été sauvagement agressé, assommé pour être plus exact, et n'a repris conscience qu'à notre retour.

— Vers quelle heure, ce retour ?

— Une heure et demie du matin environ.

— Pourquoi si tôt ? La fête s'est achevée vers quatre heures.

— Parce que, le concert terminé, nous ne voyions plus l'intérêt de rester. A mon âge, je ne danse plus...

— Et moi, j'avais sommeil ! renchérit Adalbert. Mais en trouvant mon ami Morosini inanimé, l'envie m'en est passée. C'est heureux d'ailleurs, parce que ma chambre comme la sienne étaient inhabitables.

— Vous ne vous êtes pas couché, alors ?

— Si. Dans une autre. Il y en a plusieurs chez M. Lassalle.

— Bien sûr, bien sûr ! Ainsi vos chambres avaient été... fouillées sans précaution ?

— C'est le moins qu'on puisse dire. Qu'une tornade soit passée dessus serait plus approprié...

— Alors comment expliquez-vous cette babiole ? demanda le gros homme en accrochant le collier au bout de deux doigts. En général, quand on fouille un endroit, c'est pour y trouver quelque chose ? Non ?

— Ou pour y déposer quelque chose avec l'assurance que la police – qu'il est normal d'alerter en pareil cas – ne manquera pas de le trouver, intervint Aldo que ce dialogue commençait à énerver passablement.

— Pourtant vous ne nous avez pas appelés... alors qu'au même moment une plainte était déposée contre vous pour vol de ce collier.

— Déposée par qui ?

— La pr... Ça ne vous vous regarde pas !

— Ah non ? Alors je vais vous le dire : la princesse Shakiar qui m'a fait venir de chez moi – vous savez, ou vous ne savez pas, que je suis expert en joyaux anciens ? – dans l'intention de me vendre ce collier...

Ce disant, Aldo fixait le bijou et, d'un geste brusque, il le retira des mains de Keitoun pour le voir de plus près :

— Pas celui-là, en tout cas, car je peux vous certifier que c'est un faux !

— Un faux ? Vous dites n'importe quoi !

— Oh, que non ! Je vous répète que je suis expert et je suppose que, dans cette ville, il existe au moins un bijoutier capable de distinguer une copie d'un original par ailleurs célèbre puisqu'il s'agit des perles de l'illustre Saladin !

— La princesse vous aurait fait venir pour vous vendre une imitation ?

— Le collier que j'ai eu entre les mains n'en était pas une. C'est pourquoi j'ai refusé de l'acheter ou de me charger de lui trouver un acquéreur fortuné.

— Pourquoi, puisque c'est votre métier ?

— Mais parce que je suis honnête, capitaine, et que ces perles sont universellement connues pour appartenir depuis des siècles à la Couronne égyptienne et que, sans l'aval de Sa Majesté le roi Fouad, il m'était impossible de les faire sortir d'Egypte. Or, quand j'ai demandé à la princesse de m'obtenir cet aval, elle n'a pas accepté. Et comme je m'en tenais à ma position, elle m'a proposé quelques jours de réflexion afin de voir comment elle pourrait s'arranger. J'ai même dû décliner son invitation à déjeuner parce que je quittais Le Caire pour me rendre à Louqsor.

— Qu'est-ce que vous alliez faire à Louqsor ?

Aldo prit une profonde respiration pour juguler l'exaspération qu'il sentait venir. Il fallait absolument rester au moins courtois :

— Rejoindre mon ami Vidal-Pellicorne. C'est la première fois que je viens dans ce beau pays et il m'a proposé de me guider pour visiter les sites les plus importants. Aller au Caire et en repartir sans avoir rien vu serait plus que dommage, non ?

— C'est un peu facile, comme défense ?

— Défense contre quoi ? s'insurgea Lassalle. D'abord l'accusation de vol ne tient pas dans de telles circonstances – un avocat vous le dirait ! –, et venant de la princesse Shakiar, c'est tout bonnement délirant. Cette femme est folle !

— Prenez garde à vos paroles ! grogna Keitoun. Elle appartient à la famille royale et...

— ... et le prince Morosini au Gotha européen. Voulez-vous que je vous le fasse dire par l'ambassadeur de France ? Je le connais personnellement...

— ... ou mieux encore, renchérit Adalbert, par le Superintendant Warren de Scotland Yard qui est de nos amis ? Demandez-lui donc ce qu'il pense de votre petite histoire...

Cette fois, le coup porta. D'autant plus qu'à cet instant le colonel Sargent, botté et un stick sous le bras, effectuait une entrée d'habitué. Or, il avait entendu la réplique d'Adalbert :

— Et moi, je le connais encore mieux : c'est mon beau-frère. Ravi de vous revoir, Messieurs ! continua-t-il en tendant une main cordiale à chacun des deux hommes. Quoique le lieu ne me paraisse guère adéquat. Est-il indiscret de vous demander la raison de votre présence ?

— On nous a arrêtés sous l'inculpation du vol de ce bijou, répondit Adalbert en désignant le collier qui décorait à nouveau le sous-main et dont le colonel s'empara.

— C'est idiot ! Pourquoi auriez-vous volé un faux ? Il se trouve que je m'y connais un brin, expliqua-t-il avec un bon sourire à l'adresse de l'Egyptien qui, ne sachant trop quelle contenance prendre après l'avoir salué, avait abandonné ses pistaches au profit du narghilé qu'il tétait d'un air absent dont il espérait qu'il lui donnerait l'apparence d'une profonde réflexion.

Sargent revint à la charge :

— Qu'en dites-vous, capitaine ?

— Rien. Je suis perplexe, admit-il enfin. A moins que ces Messieurs n'aient gardé l'original et laissé traîner celui-ci ?

Adalbert enfourcha son destrier de bataille :

— Le laisser traîner dans le capharnaüm infernal que l'on a mis dans nos chambres après avoir proprement assommé Morosini prenant le frais sur la terrasse ? Nous nageons en plein délire !

— Et je ne crois pas, reprit Henri Lassalle, que notre ambassadeur apprécierait une accusation portée contre des hommes de la qualité de ces Messieurs. M. Vidal-Pellicorne est membre de l'Institut et correspondant de plusieurs universités étrangères. Quant au prince Morosini, il fait autorité dans le monde de la haute joaillerie, sans compter la majorité des familles royales d'Europe. Alors que faisons-nous ? Vous les enfermez, ou vous rendez ces Messieurs à la liberté, après avoir toutefois enregistré ma plainte pour les dommages causés à mon mobilier ?

Keitoun leva sur lui un regard de poisson mort :

— Vous voulez porter plainte, vous aussi ? gémit-il.

— Cette question ! Bien sûr ! Vous ne croyez pas que je vais en rester là ?

— Mais contre qui ?

— Les voleurs du collier, évidemment, mais comme vous ne les connaissez pas et moi non plus, disons contre inconnu ?

— Et à ce propos, fit le colonel, je venais me plaindre, moi aussi. On m'a volé mon cheval – enfin celui du club ! – pendant que je buvais un café chez Ben Saïd. Celui de l'hôtel est infâme. Je les soupçonne de le faire préparer par un Anglais !

Accablé sous le poids d'un destin aussi cruel, l'énorme capitaine parut se tasser sur lui-même. Aldo en profita :

— Si cela ne vous contrarie pas, je voudrais remettre moi-même ce collier à sa propriétaire. Ce qui me permettrait de régler, une fois pour toutes, mes comptes avec elle. A condition, s'il se peut, que vous me laissiez partir ?

La réponse fut aussi brève que succincte. Abdul Aziz Keitoun prit l'objet, le lui tendit, puis fit de la main un geste expressif lui conseillant d'avoir à quitter les lieux. Il s'abstint de lui souhaiter d'aller au diable mais le cœur y était. Sur sa tête, le gland noir du tarbouch pendait comme un drapeau en berne.

Abandonnant le colonel et Lassalle à leur paperasserie, Aldo et Adalbert partirent à pied en direction du Cataract. Ce n'était pas loin ; le temps était radieux, le Nil bleu comme un saphir liquide, et la promenade était charmante. S'il n'y avait eu cette irritante histoire de perles, Morosini l'aurait appréciée pleinement, mais il avait hâte d'en être débarrassé.

Ils trouvèrent le palace égyptien en ébullition. La fête chez le gouverneur étant révolue, ceux qui n'étaient venus que pour elle s'en allaient reprendre le bateau ou le train pour Le Caire. D'autres se préparaient à embarquer après un court trajet en voiture au-delà de la première cataracte et du barrage[1] pour remonter jusqu'à Abou-Simbel, Ouadi-Halfa et Khartoum. Quelques personnes enfin, débarquées de bateau du matin, arrivaient escortées d'une file de serviteurs chargés de leurs bagages.

Le portier accueillit les deux hommes avec un sourire courtois :

— Si vous désirez des chambres, nous en avons à votre disposition, Monsieur Vidal-Pellicorne. Nous enregistrons de nombreux désistements américains dus au mauvais temps qui règne sur l'Atlantique...

— Merci, Garrett, pas pour le moment. Le prince Morosini et moi désirons seulement être reçus par la princesse Shakiar dont nous croyons savoir qu'elle est ici.

— En effet... et elle n'est pas encore descendue. Je vais lui demander de vous recevoir, dit-il en décrochant le téléphone intérieur. Appartement 3, indiqua-t-il après un bref dialogue.

1. Le premier, inauguré en 1902, infiniment plus modeste que le barrage Nasser qui a désertifié une partie de la Haute-Egypte.

Négligeant l'ascenseur, on grimpa quatre à quatre le bel escalier. Une femme de chambre ouvrit devant eux la porte du n° 3 dès qu'Aldo eut frappé et on les introduisit dans un salon de style victorien dont les fenêtres grandes ouvertes laissaient entrer les bruits extérieurs. Aussi se hâta-t-elle de les fermer en annonçant que Son Altesse venait dans l'instant.

Elle parut presque aussitôt, drapée dans une robe de soie fleurie d'iris multicolores, une capeline doublée du même tissu à la main. Voyant deux visiteurs au lieu d'un, elle fronça un sourcil olympien :

— On m'avait annoncé le prince Morosini et non...

— M. Vidal-Pellicorne, de l'Institut, égyptologue, compléta Aldo. S'il est avec moi, c'est qu'en certaines circonstances nous ne faisons qu'un. Désolés de nous présenter à une heure un peu matinale, Madame, mais notre excuse est que nous avons nous-mêmes été tirés de nos lits encore plus tôt par une descente de police.

— Ah ! La police est allée chez vous ?

Le ton laissait percer une satisfaction indubitable :

— Chez nous non, mais chez l'un des notables d'Assouan et autres lieux : M. Henri Lassalle, dont la maison venait d'être mise à sac dans la nuit après que l'on m'eut moi-même assommé.

— Ah oui ? Vous m'en voyez désolée... mais qu'est-ce que j'y peux ?

— Beaucoup plus peut-être que vous ne voulez le dire, répondit Aldo, rendant insolence pour insolence.

Les malfaiteurs étaient venus chercher quelque chose dont je n'ai pas la moindre idée mais aussi déposer ceci !

Le rang aux sept perles apparut au bout de ses doigts tandis qu'il continuait :

— Qui vous appartient sans aucun doute, puisque vous avez immédiatement alerté la police.

— En effet ! Et elle a trouvé intelligent de vous le donner ? Bravo !

— Plus exactement, elle m'a accordé le plaisir de vous le rendre.

— Le plaisir ?

— Quoi d'autre, puisqu'il s'agit d'un faux... et que vous le savez pertinemment. On ne se promène pas sur les grands chemins, fût-ce celui sublime du Nil, en trimballant un monument historique. Je suppose que les perles de Saladin, les vraies, sont à cette heure confortablement au chaud dans le coffre de votre résidence du Caire, celles-ci étant destinées uniquement à me piéger...

— Quelle audace ! Alors que vous devriez être en prison...

— Je me demande si ce n'est pas vous qui devriez y être ! Récapitulons, voulez-vous : vous m'avez attiré au Caire pour me vendre ou me charger de vendre un joyau national dont on vous aurait fait présent dans un moment d'aberration amoureuse. Vous me confiez en même temps qu'il ne faut surtout pas que le roi Fouad, votre ex-époux, en soit informé. Vous ajoutez même que, dans ce but, vous avez fait exécuter une copie très satisfaisante. Dans ces conditions, je refuse, comme l'eût fait n'importe lequel de mes confrères, mais vous me demandez de réfléchir en laissant entendre que vous pourriez peut-être obtenir les autorisations nécessaires. Suivant la façon dont les événements se sont déroulés, j'imagine que, si j'avais séjourné au Caire comme vous le souhaitiez, c'est dans ma chambre du Shepheard's que l'on aurait découvert les perles, les vraies. Seulement, j'ai quitté l'hôtel dès le lendemain et il fallait trouver un autre motif pour m'envoyer sous les verrous...

Il s'interrompit, saisi d'une soudaine envie de la gifler. Elle bâillait ostensiblement en portant nonchalamment la main à sa bouche, et alla même jusqu'à souligner :

— Vous m'ennuyez, mon cher ! J'ai plus important à m'occuper...

— C'est possible mais cela attendra, si vous ne voulez pas que l'affaire se retourne contre vous. Donc je continue ! Quand j'ai quitté Le Caire, vous m'avez fait suivre et, une fois parvenu à Assouan, vous avez pu mettre en place votre ingénieux projet, à cette différence près que le collier authentique – un peu délicat à confier à un sbire quelconque qui aurait pu être tenté de s'enfuir avec ! – a été remplacé par le faux. Dont je me demande d'ailleurs s'il n'en existe qu'un ?

— Si vous voyez des copies partout, il faut vous faire soigner !

— Merci, je n'ai pas de problèmes de santé. Ce qui serait la plus élémentaire logique, ce serait une imitation dans le trésor royal, l'original chez vous et une autre imitation courant la prétentaine !

— Quelle imagination !

— N'est-ce pas ? Mais je crois que la vôtre ne lui cède en rien. Il est certain que, si le coup avait réussi, vous réalisiez une fortune : tout en gardant les perles, vous m'en extorquiez une autre en dommages et intérêts... Ce n'était pas mal combiné mais maintenant, cela ne signifie plus rien...

— Ah, vous croyez ? Alors je vais crier sur les toits que les vraies perles m'ont été volées et que les fausses sont votre œuvre et que...

— Rien du tout ! assena Aldo, péremptoire. Outre ma réputation, je possède des armes dont vous ne disposez pas : il suffit d'un échange de coups de téléphone avec Scotland Yard et, demain, l'un de leurs experts ira examiner le contenu du trésor royal...

— Scotland Yard ?

— Pas moins. J'y ai un excellent ami, haut placé, il aura vite remis les pendules à l'heure. Maintenant, sans vouloir abuser de votre temps, Madame, je voudrais que vous m'expliquiez la raison pour laquelle vous vous acharnez à me piéger alors que tant d'autres, des Américains par exemple, seraient beaucoup plus faciles à manier, puisque ce que vous visiez, c'est l'argent ?

— Parce que... Parce que... Oh, et puis allez au diable ! J'ai fait ce que je devais !

— Pour quoi ou pour qui ?

— Personne ! J'ai besoin d'argent ! A présent, sortez de chez moi ! Nous n'avons plus rien à nous dire !

— Ah bon ? Il me reste pourtant une question à vous poser...

— Je refuse ! Partez ou je vous fais jeter dehors par le personnel de l'hôtel ! D'ailleurs...

Prenant malgré tout la peine de rafler le collier abandonné sur une table, Shakiar sortit du salon en faisant claquer la porte derrière elle.

— Eh bien, dis donc ! siffla Adalbert qui avait joué les statues durant l'affrontement verbal. Tu as là une ennemie mais, au moins, tu sais à quoi t'en tenir.

— Il vaut toujours mieux savoir à qui l'on a affaire !

Tandis qu'ils redescendaient l'escalier, Adalbert interrogea :

— Quel genre de question allais-tu lui poser ?

— Par exemple, qui est au juste l'homme qui s'est fait passer chez moi pour le frère d'El-Kouari et que j'ai vu dans son palais du Caire. Il n'est pas possible qu'elle ne le connaisse pas !

— Sans nul doute, mais si tu veux le fond de ma pensée, ça m'est complètement égal ! En outre, sans cette histoire de fous, tu ne serais peut-être jamais venu en Egypte... Ouille !

Une dame qui dévalait l'escalier à vive allure en explorant son sac à main ne l'avait pas vu – lui non plus d'ailleurs – et venait de le bousculer en lui écrasant un orteil au passage :

— Veuillez m'excuser ! lança-t-elle par-dessus son épaule, mais il l'avait déjà reconnue à sa crinière jaune dépassant les bords de son canotier de paille garni de marguerites :

— Marie-Angéline ? souffla-t-il, stupéfait. Vous êtes ici...

Elle ne se détourna qu'à peine, se contentant d'un coup d'œil rapide :

— Tiens, Adalbert !

Et poursuivit son chemin comme si de rien n'était et sans remarquer non plus Aldo. Ils la virent rejoindre un jeune Arabe qui l'attendait dehors, chargé d'un matériel de peintre, et se diriger avec lui vers le fleuve.

— Ça alors ! émit Aldo. Qu'est-ce qu'on lui a fait ?

— Aucune idée. Moi, elle s'est contentée de m'écraser le pied ! Mais elle ne doit pas être venue seule...

Un même élan les précipita à la réception :

— Je viens de voir Mlle du Plan-Crépin, dit Aldo. Je suppose que Mme la marquise de Sommières est dans vos murs ?

— En effet, Excellence. A cette heure-ci, elle doit être sur la terrasse. Dois-je vous faire annoncer ?

— Merci. C'est inutile !

Il se sentait tout à coup incroyablement heureux ! Tante Amélie à Assouan, c'était bien la meilleure des nouvelles ! Tous deux se ruèrent sur la grande terrasse ombragée où la vieille dame somnolait avec une extrême dignité dans un haut fauteuil d'osier peint en rouge, sur lequel ressortait le blanc immaculé de sa robe de piqué à la mode de la reine Alexandra et le plateau de paille blanche à demi recouvert de feuillage en soie de plusieurs tons de vert mêlé de minces rubans blancs. Ce chef-d'œuvre reposait sur le coussin de cheveux argentés, parmi lesquels une ou deux mèches rousses trahissaient la couleur d'origine. Avec son col de dentelle baleinée supportant une collection de sautoirs d'or, de perles et de menues pierres précieuses au milieu desquels se perdait son face-à-main serti d'émeraudes, elle était merveilleusement anachronique et cependant entièrement en phase avec le décor victorien qui l'entourait, et personne n'aurait eu l'idée de sourire en la voyant tant elle incarnait l'élégance et la dignité. En outre et bien qu'elle eût atteint les quatre-vingts ans, il lui restait plus d'une trace de sa beauté.

Quand Aldo prit délicatement pour les baiser ses mains baguées de perles, elle ouvrit largement ses yeux d'une joyeuse teinte verte :

— Vous êtes là tous les deux, les garçons ? Mais quelle incroyable chance !

— Tante Amélie, fit Aldo, c'est vous rencontrer ici qui est une chance. Vous ne pouvez pas savoir à quel point j'en suis heureux !

— Et moi donc ! renchérit Adalbert en écho. Ce qui est plus surprenant encore, c'est que nous venons de croiser Plan-Crépin qui non seulement n'a pas eu l'air surprise, mais nous a ignorés pour filer vers les quais en compagnie d'un gamin arabe. Qu'est-ce qu'on lui a fait ?

— Rien, rassurez-vous ! Simplement, depuis quelques jours elle donne l'impression de ne plus avoir les pieds sur terre.

— Vous êtes là depuis longtemps ?

— Une bonne semaine...

— Alors vous deviez vous trouver à la soirée du gouverneur, en déduisit Adalbert. Comment se fait-il que je ne vous aie pas vue ?

— Pour l'excellente raison que je n'y étais pas ! Je voyage pour mon plaisir, cher Adalbert, et pas pour courir les réceptions plus ou moins exotiques qui se donnent de par le monde. Notez qu'il y avait la voix de la Rinaldi que je pourrais écouter des nuits entières, mais je ne supporte pas de la voir. A vous, maintenant ! Ne devriez-vous pas être en train de plonger dans les entrailles de la terre d'Egypte, Adalbert... ou bien êtes-vous chargé d'une mission dans les alentours ?

— En fait, oui et non. Je me suis trouvé exproprié de mon dernier chantier de fouilles et, comme Aldo m'est tombé dessus à ce moment-là, j'ai voulu lui montrer un peu de ce pays que j'aime tant !

Les yeux verts s'ouvrirent plus grands encore :

— Et toi, Aldo, tu n'as rien d'autre à faire en plein hiver que de jouer les touristes ? Qu'est-ce qui t'a amené ici ? Où sont Lisa et les enfants ?

— Une question à la fois s'il vous plaît, engagea Aldo en riant. Et on commence par la dernière. Ma petite famille est à Vienne ou plutôt à Ischl pour surveiller la convalescence de Grand-Mère qui a eu un pépin de santé quand nous y étions. Cela dit, je ne joue pas vraiment les touristes. Appelé au Caire pour traiter une affaire avec une... personnalité bizarre, je me suis aperçu que ni l'une ni l'autre n'étaient fiables. Sur ce, j'ai rencontré Adalbert et, comme il aurait été dommage de repartir sans voir au moins un bout de pays, me voilà ! Tellement heureux que vous y soyez aussi.

Mme de Sommières avait braqué son face-à-main sur son petit-neveu qu'elle considérait avec une particulière attention :

— Dis-moi pourquoi je n'arrive pas à te croire entièrement ? Peut-être parce que je te connais à la perfection ?

— Rien, jamais, ne vous échappe, n'est-ce pas ? Soit, j'ai omis des détails que je vous apprendrai plus tard. Pour l'instant, ne gâchons pas ce beau matin ensoleillé...

Il fit signe à l'un des serviteurs nubiens pour commander des cafés.

— Pourquoi ne nous sommes-nous pas encore rencontrés ? reprit la marquise. Vous n'êtes pas descendus au Cataract ?

— Non, chez un vieil ami à moi, Henri Lassalle. Nous sommes arrivés la veille de la réception et l'hôtel était bondé.

— Lassalle... Lassalle ! Attends, ce nom-là me dit quelque chose...

— Ce n'est pas un nom d'une rareté particulière. Et vous avez croisé tant de gens. Sans compter vos nombreuses relations... Ne cherchez pas ! La mémoire vous reviendra en temps voulu... et parlez-nous de notre incroyable Marie-Angéline. J'avoue que son indifférence nous a laissés pantois. Qu'a-t-elle à nous reprocher ?

— Rien ! Je vous ai dit qu'elle n'avait plus les pieds sur terre. Cela remonte à l'an passé, quand nous sommes rentrées à Paris après notre équipée au Pays basque[1]. Dieu sait pourquoi, elle s'est prise subitement d'une véritable passion pour l'égyptologie !

— Tiens donc ? apprécia Adalbert avec un large sourire. Aurais-je déteint ? Mais pourquoi à ce moment-là ?

— Allez savoir ! Toujours est-il qu'elle s'est mise à fréquenter l'Ecole du Louvre comme auditeur, qu'elle a acheté des livres et que, si je n'y avais mis le holà en lui rappelant qu'elle était en priorité ma secrétaire et ma lectrice, elle aurait remplacé *Le Figaro* par le *Livre des morts* et mes auteurs favoris – sans oublier les nouveautés auxquelles je m'intéresse ! – par les biographies de Champollion, de Mariette, et les écrits d'auteurs qui se sont illustrés au service des pharaons. Elle a même acheté vos bouquins, Adalbert.

— C'est stupide ! Elle n'avait qu'à me les demander, je les lui aurais offerts volontiers. Il est vrai qu'on ne s'est pas beaucoup vus depuis... oh, je vous prie de m'excuser, ajouta-t-il en se levant, mais j'aperçois une personne que j'aimerais saluer !

Mme de Sommières le regarda s'éloigner avec un sourire amusé :

— On peut dire qu'elle tombe à pic, celle-là ! Je vais pouvoir te raconter ce qu'il en est. En fait, l'engouement date du jour où Adalbert lui a fait cadeau de ce vase Kien-Long qu'on venait de lui retourner et qui avait fait partie des cadeaux de mariage du regretté Vauxbrun...

1. Voir *Le Collier sacré de Montezuma*, Plon, 2007.

— Vous n'êtes pas logique, Tante Amélie. C'est la Chine qui devrait la passionner ?

— Détrompe-toi ! C'est l'Egypte. Ou plus précisément l'égyptologue. Le vase lui a été droit au cœur. En raison de sa valeur, peut-être ? Elle en a conclu Dieu sait quoi et...

— ... elle serait tombée amoureuse d'Adalbert ? Ça n'a pas de sens ! Rappelez-vous : à l'époque, elle brûlait pour le jeune Miguel Olmedo. Souvenez-vous de ses mines extasiées quand elle évoquait ce « charmant don Miguel » ! Et de l'agacement que nous en éprouvions ?

— Oh, je n'ai pas oublié, mais, que tu me croies ou non, le fait est là. Plan-Crépin a décidé d'ajouter la science des hiéroglyphes à ses multiples connaissances. Sans compter l'arabe où elle se débrouille pas mal du tout...

— Insensé ! Vous l'avez interrogée sur la raison de ce subit intérêt ?

— Evidemment.

— Et elle a répondu ?

— Qu'on n'en savait jamais assez, surtout quand on a sous la main un maître en la matière ! Que veux-tu que je dise à cela ?

— Qu'elle n'est pas chez vous pour devenir un Pic de la Mirandole en jupons. Elle trouve encore du temps pour s'occuper de vous ?

— C'est ça, le miracle !

— N'exagérons rien ! Vous êtes là, toute seule, tandis qu'on vient de la voir filer en compagnie d'un gamin chargé de son attirail d'aquarelle...

— Tu sais bien que je lui ai toujours laissé beaucoup de liberté. Rappelle-toi l'exposition Marie-Antoinette à Versailles et autres circonstances !

— C'est vrai ! Tout de même : Angelina amoureuse d'Adalbert, qui aurait pu l'imaginer ?

Du bout de son face-à-main, Tante Amélie tapota gentiment la main de son neveu :

— On voit que tu es un homme ! N'importe quelle femme comprendrait. Il n'a peut-être pas ta séduction mais il ne manque pas de charme, Adalbert ! Outre sa culture, son humour, son courage et des qualités appréciables, il est loin d'être laid.

— Oh, je le sais, soupira Aldo, pris d'une soudaine tristesse. Ce qui me tourmente, ce serait plutôt elle. J'ai énormément d'amitié pour elle et ne voudrais pas la voir souffrir...

— Parce qu'elle n'est pas belle ?

— Naturellement ! Chaque fois qu'Adalbert s'enflamme, c'est toujours pour quelque foudroyante beauté. Souvenez-vous d'Alice Astor, d'Hilary Dawson...

— Comment veux-tu que je m'en souvienne, je ne les ai jamais vues !

— Vous pouvez me faire confiance : elles étaient redoutables...

— Mais il les a vite oubliées ?

— C'est juste ! admit-il honnêtement. Seulement, il en a une autre en tête en ce moment. Une jeune fille qui a collaboré à ses recherches et qui...

— A chaque jour suffit sa peine, je vois qu'il revient. Parlons d'autre chose !

Adalbert, en effet, venait reprendre sa place en s'excusant mais n'avait pas oublié de quoi l'on parlait quand il s'était absenté :

— Alors voilà notre Plan-Crépin saisie par l'égyptologie comme M. Le Trouhadec saisi par la débauche[1], fit-il, la mine réjouie. Je trouve ça amusant comme tout ! On va avoir des conversations passionnantes, je suis certain qu'elle sera une excellente élève...

Les deux autres échangèrent un regard consterné.

1. Allusion à la pièce de Jules Romains qui remportait alors un vif succès.

6

Où les choses se gâtent...

Ils étaient à peine revenus de leur surprise que l'intéressée se matérialisait devant eux, le canotier de travers et en proie à la plus vive agitation :

— Donc je n'ai pas rêvé ! s'écria-t-elle. Aldo et Adalbert ici, à Assouan ! Et par quel miracle ? En vous rencontrant tout à l'heure, j'ai cru que j'avais eu la berlue et que...

— Calmez-vous un peu, Plan-Crépin ! intima la marquise. Où voyez-vous un miracle qu'un égyptologue soit en Egypte ? Quant à Aldo...

— Une affaire à laquelle je n'ai pas donné suite, compléta celui-ci avec désinvolture. J'en ai profité pour visiter le pays.

— Et Lisa ? Et les enfants ?

Le ton accusateur agaça Mme de Sommières :

— Qu'est-ce qui vous prend ? Vous donnez dans l'inquisition, maintenant ?

— Aucun mystère là-dedans, expliqua Aldo, rassurant. Ils sont en Autriche pour soutenir la convalescence de Grand-Mère et faire du ski. Satisfaite ?

— Bien sûr, voyons ! C'est la meilleure des surprises... mais comment se fait-il qu'on ne vous ait pas vus à l'hôtel ? Vous arrivez seulement ?

— Non. La veille de la fête du gouverneur et il n'y avait plus de place. Nous sommes chez un vieil ami d'Adalbert !

— Oh, mais...

— Cela suffit, les questions, Plan-Crépin ! Allez plutôt dire au restaurant qu'ils déjeunent avec nous !

— Laissez ! J'y vais, en même temps je préviendrai Henri de ne pas nous attendre !

— Ils sont chez un certain Henri Lassalle, expliqua Mme de Sommières. C'est un nom qui me dit quelque chose, mais quoi ? Vous, avec votre mémoire encyclopédique...

Marie-Angéline se mit à rire :

— Je pense bien que je m'en souviens ! Avons nous oublié Monte-Carlo (elle ne s'adressait jamais à sa cousine et néanmoins patronne qu'en employant le pluriel de majesté) il y a environ dix ans ? La table de trente-et-quarante au casino ?

— Mon Dieu ! Vous pensez que c'est le même ? Comment est-il, Aldo ?

Celui-ci fit une description rapide, ajoutant que son logeur possédait là-bas une villa.

— Aucun doute ! coupa Plan-Crépin. C'est cet individu qui s'est livré à des commentaires désobligeants parce que nous venions de le ratisser jusqu'à l'os. Il a prétendu, si mes souvenirs sont exacts, que les bonnes femmes feraient mieux de rester chez elles à tricoter !

— C'est à peine croyable ! C'est l'homme le plus courtois et le plus aimable que je connaisse ! Et c'est un vieil ami d'Adalbert puisque leurs pères étaient liés. C'est même Lassalle qui lui a injecté le virus de l'égyptologie. Il doit y avoir une erreur quelque part !

— D'après ta description, je n'en suis pas persuadée, dit Tante Amélie. La seule excuse qu'on puisse lui trouver est qu'il était plus qu'à moitié ivre... mais peut-être vaut-il mieux le laisser de côté. Voilà Adalbert qui revient...

Le déjeuner fut ce qu'il devait être entre gens heureux de se retrouver dans un cadre à la sobre élégance orientale... Un dôme monumental surmontait une piste de danse de marbre gris et abritait l'orchestre dans des moucharabiehs de bois sculpté. S'il n'avait joué – en sourdine ! – de la musique anglaise, on aurait presque pu se croire à la mosquée de Cordoue tant les dimensions étaient imposantes, ordonnées par de hautes arcatures dont la décoration alternait les marbres gris et rouge... Des fleurs sur toutes les tables, bien entendu, au milieu desquelles glissaient sans bruit les gigantesques Nubiens en galabiehs aux couleurs de l'hôtel.

— Où couriez-vous donc si vite, Angelina, quand vous nous avez fait le coup du mépris, tout à l'heure ? demanda Aldo.

La question était anodine, pourtant Plan-Crépin devint aussi rouge que le sorbet à la fraise qu'elle égratignait de sa cuillère à dessert. Qu'elle reposa pour s'essuyer délicatement les lèvres :

— Moi ?... Oh, simplement en face, dans l'île Eléphantine. Je voulais faire des croquis du temple de Khnoum qui est à la pointe sud, répondit-elle avec un détachement dont Aldo ne fut pas dupe.

Elle cachait quelque chose et il décida de la taquiner :

— C'est tout simple, en effet, pourtant vous étiez escortée d'un gamin qui paraissait vous servir de guide. Il suffit de passer ce bras du Nil et on y est.

Nouvelle pause. Cette fois pour boire quelques gouttes de vin.

— Oh, le jeune Karim ? Il m'a prise en sympathie depuis que nous sommes arrivées et il s'attache à me montrer des curiosités mal connues... celles qui ne font pas partie des visites organisées pour touristes. Par exemple, dans le temple de Khnoum, il devait me montrer un bas relief que dissimulent des buissons

A son tour, Adalbert entra dans le jeu :

— Voyons où vous en êtes de vos études, Marie-Angéline ! fit-il avec bonne humeur. Dites qui est Khnoum à ces béotiens !

Elle renifla, lui lança un regard lourd de reproches mais s'exécuta :

— Le dieu à tête de bélier, créateur de l'humanité et seigneur des cataractes. Il contrôlait le niveau des eaux du Nil, assisté de deux déesses dont j'ai oublié le nom...

— ... Satis, son épouse, et Anukis, sa fille.

— Merci. Au temps des pharaons de la Ve dynastie dont le berceau est ici, son temple était le centre de son culte pour toute l'Egypte.

— Bravo ! applaudit Aldo. Pour une débutante, vous vous en tirez bien et vous me voyez plongé dans l'admiration. Tout ce que je sais du panthéon égyptien se limite à Osiris, Isis, Râ, Anubis, Hathor, Horus et Sobek le dieu-crocodile. Encore les trois derniers sont-ils des acquisitions récentes dues aux conférences magistrales – à tous les sens du terme – qu'Adalbert m'a délivrées pendant que nous remontions le Nil. Vous devriez lui en demander une. Il est vraiment passionnant... et je ne plaisante pas.

— Je lui apprendrai ce qu'elle voudra ! s'écria Adalbert. On va avoir des conversations passionnantes...

— Sans moi, si vous le permettez, émit la marquise. Moi, ces dieux à têtes d'animaux qui déambulent de profil mais avec le corps de face me déroutent quelque peu.

— Une chose m'étonne, reprit Aldo. Si je ne me trompe pas, cela ne fait pas tout à fait un an qu'Angelina s'est lancée dans l'aventure.

— En effet.

— Alors, comment se fait-il que vous soyez ici ? En principe, les débutants se ruent sur Karnak, Louqsor, la Vallée des Rois, le temple d'Hatchepsout, etc. Vous devriez être au Winter Palace...

— Tu oublies que ce n'est pas notre premier séjour. J'aime énormément cet endroit... et cet hôtel. J'admets cependant qu'au départ, j'avais choisi le Mena House près du Caire. La vue des Pyramides me revigore. Elles sont tellement âgées que nos années à nous deviennent insignifiantes. Nous y étions donc, mais Plan-Crépin a rencontré une Anglaise légèrement timbrée qui lui a farci la tête avec des histoires à dormir debout.

— Ce ne sont pas des histoires à dormir debout ! protesta la vieille fille. Le mari de lady Lavinia était égyptologue. Elle l'assistait dans ses travaux et, depuis sa mort, elle revient chaque hiver en Egypte en dépit du fait qu'elle marche avec difficulté. Aussi le plateau de Gizeh lui convient-il mieux que cette région-ci, beaucoup plus accidentée. Cela ne l'empêche pas d'avoir présents à la mémoire ceux des pharaons qui avaient attiré son intérêt. Elle disait notamment qu'il n'y avait plus rien à découvrir dans les Vallées des Rois et des Reines, qu'il fallait chercher plus au sud, là où sont les origines : Assouan !... la Nubie !... et peut-être même le Soudan. Le site et sa cataracte servaient de frontière à la terre des pharaons. Ses gouverneurs s'appelaient « gardiens de la porte du Sud ». Et avant les dynasties que nous connaissons, il y a eu un autre monde... une autre civilisation, un autre empire.

Les yeux de Marie-Angéline s'étaient mis à briller et Adalbert la regardait à présent avec curiosité :

— Cette dame vous a-t-elle donné des détails sur cet autre empire ?

— Non. Elle ne savait que ce que lui avait appris son mari mort trop tôt, et trop malade pour venir vérifier sur place les quelques bribes d'histoire qu'il avait pu recueillir. En outre, il n'était guère bavard. Les rares renseignements, elle les a recueillis pendant son sommeil puis, vers la fin, quand l'inconscience est venue, des morceaux de phrases que lui arrachait la fièvre lorsqu'il délirait. Il ne cessait d'en revenir à une femme qu'il appelait la Reine Inconnue ou Celle qui n'a pas de nom...

Adalbert et Aldo échangèrent un regard qui n'échappa pas à la marquise. Elle jugea alors plus prudent de mettre un terme à la rêverie éveillée de sa cousine :

— Si c'est tout ce que savait cette Lavinia, elle aurait mieux fait de ne pas en parler. Elle devait délirer, elle aussi...

— Il se pourrait, car elle n'aimait pas cette reine qu'elle accusait d'avoir volé l'esprit de son époux.

— Autrement dit, elle y croyait ? fit Adalbert.

— Elle en donnait l'impression, en tout cas.

— Alors autant que vous le sachiez tout de suite : son mari n'avait rien découvert de très neuf. La Reine Inconnue est sans doute la plus vieille des légendes qui courent le long du Nil. On s'en sert pour stimuler le zèle des petits nouveaux en archéologie, et parfois cela tourne à la plaisanterie. Un peu comme la clef du champ de tir pour les jeunes artilleurs.

— Si j'avais su que vous démoliriez mes rêves, Adalbert, je ne vous aurais rien dit !

— Allons, allons, du calme ! l'apaisa Aldo. Vous avez parfaitement raison de vouloir les protéger, Angelina. C'est le droit imprescriptible de tout être humain. Seulement, dans cette contrée, il est préférable de faire attention à l'endroit où l'on met ses pieds. Pour que vous compreniez mieux, je vais vous raconter ce qui m'y a amené...

— Oui, au fait !

Il calma d'un sourire le froncement de sourcils d'Adalbert et, laissant de côté la mort tragique d'El-Kouari, se borna à l'appel de la princesse Shakiar et à sa visite chez elle, s'efforçant de donner à son récit le ton léger de l'humour.

— Tu as eu raison de refuser ! s'indigna Tante Amélie. Cette femme doit être devenue folle !

— Pas tant que ça. Savez-vous d'où nous sortions en croisant Marie-Angéline ? Du bureau du chef de la police locale. La nuit dernière, nos chambres chez Henri Lassalle ont été fouillées de fond en comble. En revanche, on y a retrouvé une copie acceptable des fameuses perles que, le mystère éclairci, j'ai eu le vif plaisir de rendre personnellement à leur propriétaire qui, entre parenthèses, loge ici !

— Je sais, je l'ai vue : elle déplace suffisamment d'air pour cela, murmura la vieille dame que l'histoire n'avait pas l'air d'amuser du tout. Quant à toi, si tu n'as pas compris qu'elle cherchait seulement à te mettre le grappin dessus, c'est que tu es resté bien naïf. Ce qui m'étonne.

— Me mettre le grappin dessus ? Pour quoi faire, mon Dieu ! C'est simplement une histoire de fous comme l'aventure d'Adalbert qui s'est fait souffler sous le nez sa concession de fouilles, ainsi qu'il vient de le raconter.

— Ça n'a rien à voir. La guerre plus ou moins voilée des archéologues entre eux est notoire. Nous en avons eu un exemple avec les hauts faits de La Tronchère, ce drôle de bonhomme qui avait dévalisé Adalbert. Il paraît qu'ici même opère dans les îles une équipe allemande que les Anglais voudraient voir au diable, mais ton histoire à toi me suffoque ! Une si grande dame !

— N'importe, c'est réglé. Si nous allions prendre le café sur la terrasse ?

Un moyen comme un autre de rompre les chiens. Pendant que l'on s'y rendait, Aldo cherchait un nouveau sujet de conversation quand il aperçut la princesse Shakiar en train de quitter l'hôtel avec tous ses bagages flanquée du faux El-Kouari. Il n'eut pas besoin de communiquer à Adalbert l'idée qui lui venait : celui-ci se dirigeait déjà vers la réception. Quand il revint, il affichait un large sourire :

— Elle déménage parce qu'elle se plaint de ce que l'hôtel soit mal fréquenté ces jours-ci, mais elle reste à Assouan. Elle se rend dans la propriété que sa famille y possède. En ce qui concerne le gentleman moustachu qui l'accompagne, c'est tout bêtement son frère, le prince Ali Assouari...

— Peste ! Je pensais qu'elle n'était princesse que par le mariage contracté jadis avec le roi ?

— Eh non ! Elle l'est de naissance. Ah, voilà le café, ajouta-t-il en se frottant les mains de manière fort peu élégante, comme si c'était la meilleure nouvelle du monde.

On échangea les derniers potins mais, au moment où les deux hommes prenaient congé, Mme de Sommières retint Aldo et murmura :

— Si tu t'imagines nous avoir donné le change, tu te trompes lourdement, mon garçon ! Je gagerais mes sautoirs de perles contre une coquille d'huître que, tous les deux, vous trempez jusqu'au cou dans l'une de ces histoires vaseuses dont vous avez le secret...

— Mais, Tante Amélie...

— Souviens-toi quand même que tu as femme et enfants... en dehors de Plan-Crépin et de moi !

— Ne vous tourmentez pas. Il n'arrivera rien...

Ce qui poussait peut-être l'optimisme un peu loin.

La nouvelle, portée par Rachid, arriva le lendemain matin sur la table du petit déjeuner que l'on prenait sous les palmes de la terrasse : Ibrahim Bey et ses serviteurs avaient été assassinés dans la nuit. Seul Tawfiq, le plus important d'entre eux, avait survécu mais, assommé et blessé, on l'avait transporté à l'hôpital de la ville. Quant à la demeure, elle avait été fouillée et mise sens dessus dessous de la cave aux terrasses.

Presque simultanément, un agent de police vint « inviter » MM. Morosini et Vidal-Pellicorne à se rendre sur-le-champ au château du Fleuve afin d'y éclairer les autorités sur ce qui se passait dans cet endroit dont ils avaient été les derniers visiteurs.

— Comment cet âne de Keitoun peut-il savoir que nous avons été les derniers puisque tout le monde est mort ? rouspéta Adalbert qui détestait être dérangé à un moment particulièrement important pour lui.

— Tu oublies que le serviteur vit toujours...

— Ce qui revient à dire que les meurtriers, c'est nous, puisque ce sont eux les derniers à l'avoir vu vivant ?

— Que le capitaine soit un imbécile ne fait de doute pour personne, concéda Lassalle. Cela ne change rien à l'obligation d'aller là-bas, puisqu'on a poussé la prévenance jusqu'à vous envoyer une voiture. Allez-y ! Moi, je fais un brin de toilette et je vous rejoins.

On ne pouvait qu'obtempérer. Adalbert s'octroya cependant une tasse de café et un croissant supplémentaires – le breakfast n'ayant pas cours chez le Français qui avait même réussi à inculquer l'art des croissants et autres brioches à son cuisinier – avant de se rendre à l'invitation du fonctionnaire. Ce qu'il fit avec le maximum de mauvaise grâce.

— Ce redoutable crétin est capable de nous coller ça sur le dos ! confia-t-il à Aldo tandis que la voiture les emmenait sur le lieu du crime.

En dépit du clair soleil et du vent léger qui agitait doucement les feuilles des palmiers, l'endroit, tellement empreint de sérénité lors de leur récente visite, leur sembla sinistre.

Passé la porte de cèdre grande ouverte où veillaient deux soldats nubiens, l'arme à la bretelle, la beauté des lieux leur parut défigurée. Même le jardin aux allures monastiques avait souffert : plantes arrachées ou écrasées, pots de faïence vides ou brisés. A l'intérieur, c'était pis encore. On y avait éventré les divans, les coussins, vidé les coffres que l'on avait renversés pour expédier la besogne. Les belles lampes de mosquée gravées d'or qui ressemblaient à d'énormes rubis n'avaient pas trouvé grâce, elles gisaient à terre et deux d'entre elles étaient brisées.

— Qui a pu commettre un tel désastre ? s'indigna Aldo. Il faut être malade pour se livrer à cette barbarie ! Dans quel état allons-nous trouver le cabinet de travail où certains livres anciens sont d'une valeur inestimable ?

Curieusement, rien n'y était détruit. Le désordre était sans doute plus important qu'avant le passage des vandales, mais aucun ouvrage n'était abîmé. Le corps d'Ibrahim Bey était étendu sur l'un des deux divans sous la fenêtre ogivale et il avait visiblement reçu de multiples coups de poignard. Sur le second, Abdul Aziz Keitoun étalait son vaste postérieur vêtu de toile kaki et maniait languissamment son chasse-mouches en laissant son œil glauque, plus bovin que jamais, traîner autour de lui :

— Ah, vous voilà ! constata-t-il, la mine satisfaite. Il était temps, je commençais à perdre patience. Alors qu'avez-vous à dire ?

— Que c'est lamentable ! répondit Aldo avec dégoût. Je ne vois pas ce que nous pourrions dire d'autre...

— Ah non ? Vous ne pouvez cependant pas nier que vous avez été ses derniers visiteurs ?

— Sûrement pas ! Les derniers, ce sont les assassins d'Ibrahim Bey. Nous sommes venus voici plus de quarante-huit heures. Cela laisse une marge, il me semble ?

— Peut-être, mais d'après le jardinier qui habite à côté, personne n'est venu depuis. Peut-on savoir l'objet de votre visite ? Aucun de vous ne le connaissait ?

— Si, moi, riposta Adalbert. Il y a deux ou trois ans, j'ai eu le plaisir de m'entretenir avec lui...

— Le plaisir ? Il n'était guère aimable cependant...

— Ça dépend avec qui. C'était un homme de savoir, de sagesse, et un immense privilège d'être reçu par lui. Bien entendu, nous ne nous sommes pas déplacés pour badiner. Je suis égyptologue, Monsieur, et assez connu dans le monde des fouilles archéologiques pour qu'un savant de cette qualité accepte de s'entretenir avec moi.

— Et de quoi avez-vous parlé ?

— Des tombeaux des princes d'Eléphantine, si j'ai bonne mémoire. Je suppose que vous êtes savant en la matière ?

— Ce n'est pas de mon ressort ! Et vous, dit-il, s'adressant à Aldo en opérant péniblement un quart de tour, vous aviez aussi une histoire de tombeaux à éclaircir ?

Aldo se posait la question depuis un moment. Il hésitait encore à aborder la mort – version officielle – du malheureux El-Kouari, lorsqu'une voix féminine, lasse mais impérative, coupa court à ses hésitations :

— Laissez-les donc tranquilles, capitaine ! intima-t-elle en anglais. Ce sont des amis et je m'en porte garante. Ils ne sont pas impliqués dans la mort de mon grand-père !

Vêtue des traditionnelles draperies noires des Egyptiennes, une jeune femme franchissait les piles de livres et les amoncellements de papiers pour les rejoindre :

— Salima ! souffla Adalbert. Vous, dans cette maison ?

— Pourquoi pas, puisque, je viens de le dire, je suis sa petite-fille, mais je n'habite pas ici. Ma mère était anglaise et après sa mort j'ai été élevée par sa sœur. Je ne revenais que rarement avant d'entreprendre mes études d'égyptologie. Cependant, j'aimais Ibrahim Bey et je l'admirais. Seulement je n'étais qu'une fille, ajouta-t-elle avec un fond d'amertume qui frappa les deux hommes.

— Où étiez-vous passée ? reprit Adalbert. Je vous ai cherchée...

— Un instant ! coupa le gros homme qui détestait être tenu à l'écart d'une conversation, surtout quand il estimait devoir en être le centre. Vous dites, Mademoiselle Hayoun, que vous connaissez ces gens... ?

— Voulez-vous que je vous les nomme ? Voici M. Adalbert Vidal-Pellicorne, avec lequel j'ai collaboré il y a peu, et son ami est le prince Aldo Morosini de Venise, expert international en joyaux anciens. Je l'ai rencontré dernièrement au Caire. Encore une fois, je réponds d'eux.

— Sans doute, mais...

Le ton de la jeune fille durcit subitement :

— Au lieu d'ergoter sur des détails sans importance, ne croyez-vous pas qu'il serait décent de rendre les devoirs qui conviennent au corps d'Ibrahim Bey auprès duquel vous vous prélassez sans le moindre respect ?

Ayant dit, elle s'agenouilla à côté du divan, s'assit sur ses talons et prit entre ses mains l'une de celles du défunt qu'elle posa contre sa joue sans plus retenir de lourdes larmes coulant silencieusement sur son beau visage.

— Je sais, je sais, bafouilla Keitoun. Le médecin légiste doit arriver d'une minute à l'autre avec une ambulance...

— Alors, allez l'attendre dehors et laissez-moi à mon chagrin !...

— Mais l'enquête exige...

— Rien ! Vous la reprendrez quand vous l'aurez emporté ! Votre conduite est scandaleuse. J'en appellerai au gouverneur si...

Keitoun s'extirpa non sans difficulté de son divan :

— Calmez-vous. Je vous laisse... mais il faudra que nous parlions...

— Plus tard !

Il n'insista pas et entraîna les deux autres à sa suite. Debout, il ressemblait à une énorme poire dont le tarbouch posé au sommet du crâne figurait la queue. Son poids lui conférait une démarche cahotante qu'il soutenait d'une canne et qui le conduisit jusqu'au premier divan resté intact dans l'une des pièces d'entrée.

Se sentant à nouveau stable, il reprit son assurance :

— Pauvre femme ! remarqua-t-il. La douleur l'égare... mais revenons à ce que nous disions quand nous avons été interrompus, enjoignit-il à Aldo.

Il était écrit qu'il n'en viendrait pas à bout ce jour-là. Le légiste faisait son apparition escorté de brancardiers, et il fut bien obligé de les précéder.

— Ce serait presque amusant si nous n'étions confrontés à un tel drame, remarqua Aldo. Que faisons-nous ?

— On attend ! J'ai besoin de parler à Salima !

— Tu as vu sa douleur ? Tu pourrais peut-être différer ?

— Justement ! Un ami lui sera plus que jamais nécessaire !

Aldo abandonna. Il connaissait son Adalbert sur le bout du doigt. D'origine picarde, il en avait l'obstination et, quand une femme lui trottait dans la tête, il était au-delà d'un raisonnement sensé. Cela avait été le cas avec Hilary Dawson et Alice Astor. Il ne revenait sur terre qu'une fois rendu à une rude réalité. Tout portait à croire qu'avec la belle Salima – il faut reconnaître que sa beauté surpassait celle de ses consœurs ! –, on allait au-devant de nouveaux problèmes. Adalbert pourrait-il accepter de le croire s'il lui racontait ce qu'il avait vu à Louqsor quand le bateau avait quitté le quai ? Il est vrai que bavarder gaiement avec un jeune homme ne tirait pas à conséquence, mais il y avait autre chose que Morosini jugeait nettement plus inquiétant : lors de leur visite à Ibrahim Bey, celui-ci n'avait-il pas donné à entendre – sur le ton du regret ! – que l'unique membre de sa famille s'était laissé prendre dans les filets de la princesse Shakiar ? Or, jusqu'à preuve du contraire, Salima était cet unique membre. Sans oublier non plus la mise en garde d'Ali Rachid quand Aldo l'avait rencontré dans la Vallée des Rois ! Ce n'était pas négligeable !

Assis sur le bord d'une énorme jarre contenant un oranger – indemne, celle-là ! –, il regardait Adalbert faire les cent pas devant lui sans trouver le courage de l'arrêter, quand Henri Lassalle se matérialisa enfin :

— Pardon pour le retard ! J'avais un pneu crevé ! Où en est-on ?

En trois mots, Aldo le mit au courant, sans d'ailleurs qu'Adalbert se soit aperçu de son arrivée.

— Ah ! fit-il seulement.

Il n'eut pas le temps d'ajouter quoi que ce soit : le corps d'Ibrahim Bey reparaissait, couvert d'un drap blanc. Salima suivait, mince forme noire dans ses draperies que la circonstance rendait funèbres. Adalbert la rejoignit :

— Qu'allez-vous faire maintenant ? Vous n'allez pas rester dans cette maison après ce qui s'y est passé ? C'est une telle chance que vous soyez encore vivante !

L'ombre d'un sourire anima un instant les yeux clairs :

— Mais je n'y étais pas. Lorsque je viens à Assouan, je vais chez une amie. En revanche, je vais y revenir !

— C'est impossible, voyons. Les serviteurs sont morts ou à l'hôpital.

— Mon amie me prêtera ce que je voudrai. Elle en a plus qu'il ne lui en faut. Et j'ai décidé de revenir ici. Comprenez donc que je ne peux laisser cette demeure à l'abandon !

— La police s'en occupera. Etant donné la personnalité d'Ibrahim Bey, elle ne peut faire moins !

— On voit que vous ne la connaissez pas ! Laissez-moi passer, s'il vous plaît ?

— Alors permettez-moi de revenir ce soir prendre de vos nouvelles ?

— Pas ce soir ! Je dois veiller aux funérailles de mon grand-père. En outre...

Comme, machinalement, il s'était écarté, elle poursuivit son chemin en lui lançant par-dessus son épaule :

— Laissez-nous le temps de faire le ménage ! Je vous préviendrai quand vous pourrez venir...

— Salima !

— Plus tard, vous dis-je !

Et elle disparut, laissant Adalbert figé sur place.

— Qu'est-ce que ça signifie ? demanda Henri Lassalle qui avait suivi la scène au côté d'Aldo. Il connaît cette fille ?

— Pas pour son salut, j'ai l'impression ! Elle a travaillé avec lui sur le tombeau de Sebeknefrou dont il vous a parlé.

— Et il a eu un problème avec elle ?

— Je préfère le laisser vous le raconter. Après ce qui vient de se dérouler sous vos yeux, il ne pourra se défiler.

— Ça, vous pouvez me faire confiance. Si cela ne vous ennuie pas de rentrer seul, je vais le prendre avec moi...

— Bien sûr, mais allez-y doucement ! C'est un terrain plus sensible que je ne croyais.

— Il ne nous manquait plus que ça !

A quelques pas d'eux, Adalbert, apparemment changé en statue, regardait encore la porte derrière laquelle la jeune Egyptienne venait de disparaître. Lassalle alla le prendre par le bras :

— Viens ! Je te ramène, on a à causer.

Il se laissa emmener docilement et, sur le seuil, se retourna vers Aldo :

— Tu viens ?

— Je vous suis !

Aldo se serait volontiers attardé, mais la police se livrait à des investigations sans doute un brin désordonnées car un écho de verre cassé lui parvint et lui arracha un sourire amer : les méthodes des limiers locaux devaient être à des années-lumière de celles employées par Scotland Yard !

Il sortit à son tour, salué par le Nubien de garde à la porte, et avant d'aller reprendre la voiture que l'on avait mise à leur disposition, il contourna cette bâtisse ressemblant si fort à un kalaat syrien. Aucune ouverture n'était visible, à l'exception de l'ogive éclairant la bibliothèque du défunt. Seul un étroit chemin passait à la base. Ensuite c'était la dégringolade des rocs noirs composant un chaos difficilement praticable à moins d'être entraîné. En outre, l'épais vitrail armé de plomb était intact et hermétiquement fermé. Aucune trace de pas non plus, donc le ou les assassins étaient forcément entrés par la porte. Et une porte que son allure médiévale ne devait pas rendre aisée à fracturer. Conclusion, les massacreurs détenaient les clefs, sinon ils avaient bénéficié d'une complicité intérieure. Mais laquelle ? Sur trois serviteurs, deux étaient morts et le troisième gisait sur un lit d'hôpital, sérieusement amoché. Alors ?

Adossé à la vieille muraille, Aldo alluma une cigarette et contempla le paysage, sublime à cet endroit plus encore qu'ailleurs. Outre les îles semées à la pointe sud d'Eléphantine et les récifs sur lesquels se brisait le flot écumeux, on découvrait la rive gauche du Nil, sauvage et désertique presque jusqu'au barrage, en amont, et, en aval loin au-delà, les ruines imposantes du vieux monastère Saint-Siméon et les tombeaux des princes. Le contraste des collines sableuses avec le foisonnement vert des îles était saisissant. La paix que l'on goûtait à cet endroit ne l'était pas moins. On pouvait comprendre qu'un homme d'une spiritualité élevée l'ait choisi pour s'y retirer... et le crime devenait incompréhensible. Que pouvait posséder ce savant pour déchaîner une telle rage meurtrière ?

Autant de questions sans réponse. Aldo acheva sa cigarette dont il expédia le mégot dans les rochers et alla reprendre la voiture pour rentrer à la maison des Palmes. Chemin faisant, une idée lui vint qui lui fit froid dans le dos : et si les assassins étaient les mêmes que ceux d'El-Kouari ? S'ils cherchaient l'Anneau d'Atlantide ? Il n'y avait pas trois jours qu'Adalbert et lui s'étaient rendus chez le vieux sage...

Il était mieux placé que quiconque pour savoir que la visite de ses affaires avait été infructueuse. Sans doute alors supposait-on qu'il avait remis le bijou à celui au nom de qui le malheureux El-Kouari avait pris le risque de le voler à Londres... Plus il y réfléchissait et plus l'explication lui semblait valable. Elle signifiait aussi que le danger s'amplifiait. Puisque les meurtriers n'avaient rien trouvé, où chercheraient-ils maintenant ?

Pris d'une hâte soudaine d'en discuter avec Adalbert, il appuya sur l'accélérateur et fonça chez Lassalle.

L'heure du déjeuner approchant, il découvrit son ami debout sur la terrasse, les mains nouées derrière le dos et contemplant le panorama. Après s'être assuré que leur hôte n'était pas à l'horizon, il le rejoignit :

— Il faut que je te parle. J'ai pensé...

— Moi aussi, il faut que je te parle, riposta Adalbert, et il était évident qu'il était furieux. Qu'est-ce que tu es allé raconter à Henri ?

— A propos de quoi ?

— De Salima, parbleu ! Il a fallu que tu lui dises qu'elle m'avait laissé tomber pour rester avec Duckworth ? Peux-tu m'expliquer en quoi ça te regarde ?

« Seigneur ! pensa Morosini. Ça recommence comme pendant cette fichue traversée de l'Atlantique où nous étions à couteaux tirés à cause d'une Américaine à moitié folle qui se prenait pour une réincarnation de Néfertiti. Après la fausse Egyptienne, la vraie ? » Puis à haute voix :

— Je te ferai remarquer que, si je n'avais pas rencontré ta belle à la Citadelle du Caire, tu l'accuserais encore de trahison. C'est elle, n'est-ce pas, qui, en me chargeant de te délivrer son message, m'a mis dans le bain, ce qui t'a permis de voir la lumière ? Oui ou non ?

— Oui, mais ce n'était pas une raison pour le servir tout chaud à Henri au moment où cette pauvre petite se trouve confrontée au meurtre sauvage de son grand-père ?

En dépit de la moutarde qui lui montait au nez à la vitesse grand V, Aldo s'efforça de se contenir :

— Essayons de voir les choses en face, si tu le permets ! Notre hôte est tombé, en arrivant au château, sur la sortie... pas très chaleureuse pour toi, de la jeune Salima, ce qui l'a surpris. Je me suis borné à lui dire que vous aviez travaillé ensemble et que ça ne s'était pas déroulé d'une façon satisfaisante. Un point, c'est tout !

— Tu sais pertinemment que c'est faux. Au contraire, ça marchait comme sur des roulettes. C'est une merveilleuse élève. Il y a seulement eu ce petit malentendu.

— Ah, parce que tu appelles cet exploit un petit malentendu ? Alors que je t'ai retrouvé en train d'étrangler ce Duckworth, non ?

— Si... mais j'avais mes raisons !

— Comment donc ! Et si je ne t'avais pas rapporté son message, lénifiant encore qu'obscur, tu continuerais à lui courir sus afin d'achever ta besogne !

— Peut-être... mais je crois t'en avoir remercié... Aussi, tout à l'heure, il eût été préférable que tu ne t'en ouvres pas à Henri ! Misogyne comme il est...

— Avoir passionnément aimé sa femme et ne l'avoir pas remplacée par une autre, je n'appelle pas ça de la misogynie.

— Moi si, parce que ça concerne les autres femmes. Il ne connaissait pas Salima et grâce à toi il va l'avoir dans le nez.

— Oh, tu commences à m'agacer ! Veux-tu que je lui demande de venir répéter devant toi ce que nous nous sommes dit ?

— Je ne doute pas un instant que vous soyez en accord parfait sur le sujet, ricana Adalbert, et je n'ai pas envie d'entendre votre numéro de duettistes ! La vérité est que tu n'aimes pas Salima pour je ne sais quelle raison et que...

— Et voilà ! C'est reparti ! lâcha Aldo, exaspéré. J'aimerais savoir pourquoi tu deviens idiot quand tu es amoureux ? Cet air-là, tu me l'as chanté deux fois. Cela fait trois et pour moi c'en est une de trop ! Aussi je vais te laisser à tes amours exotiques et rentrer au Caire par le premier train !

Il ne se rendait pas compte qu'il avait élevé le ton et que sa voix portait loin. Soudain, Lassalle se matérialisa derrière eux :

— Vous voulez nous quitter ? Ce n'est pas sérieux ?

— Oh, si, Monsieur ! Vidal-Pellicorne estime que je me mêle de ce qui ne me regarde pas et je n'ai plus rien à faire ici... sinon vous remercier de votre hospitalité. Ce voyage en Egypte n'avait aucun sens. Je lui devrai cependant de vous avoir rencontré...

Le vieil homme sourit :

— J'en ai autant à votre service... mais vous ne pouvez pas partir !

— Pourquoi non ?

— L'enquête ! Que vous le vouliez ou non, vous y êtes mêlé et le bon Keitoun ne le permettrait pas ! Il a gardé votre passeport.

— Je peux essayer de m'en passer... Et avec de l'argent...

— Soyez certain qu'il vous rattrapera... et que vous deviendriez franchement suspect ! Que voulez-vous, il est ainsi ! Un peu borné !

Aldo réfléchit un instant, puis :

— En ce cas, je vais me replier sur le Cataract, si vous avez l'obligeance de demander à votre majordome de m'y retenir une chambre et de m'envoyer une voiture.

Le regard de Lassalle alla d'Aldo qui affichait un sourire courtois à Adalbert qui à présent tournait carrément le dos :

— Mais... vous êtes réellement fâchés ?

— Croyez que je le regrette. Au revoir, Monsieur... et encore merci de votre accueil !

Une demi-heure plus tard, il était parti sans qu'Adalbert fît la moindre tentative de rapprochement. Il fallait vraiment que cette fille lui tienne à cœur. Aldo ne le revit pas. Seul M. Lassalle l'accompagna jusqu'à la voiture et, au moment de se séparer, lui serra vigoureusement la main :

— A bientôt, j'espère ! (Et plus bas :) Ne vous tourmentez pas trop ! Je le connais comme s'il était mon fils et je vous donnerai des nouvelles.

— J'ai peur qu'il ne soit gravement atteint...

— On agira en conséquence...

Grâce à lui, Aldo se sentit un peu moins triste en quittant la maison des Palmes. Il eut la tentation, pendant qu'il refaisait ses bagages, de glisser l'anneau d'orichalque dans une enveloppe et de le faire porter à Adalbert avant son départ. Mais la crainte qu'il ne se change illico en présent d'amour pour une femme dont il se méfiait de plus en plus le retint. Le talisman resta dans sa chaussette. C'était moins glorieux mais plus sage.

En arrivant à l'hôtel, Aldo fit monter ses bagages dans sa chambre et, sans se donner la peine d'aller voir à quoi elle ressemblait, se lava les mains et se rendit à la salle à manger dans l'espoir d'y rencontrer Tante Amélie. Comme il était déjà tard, le service du déjeuner devait tirer à sa fin mais sa querelle avec Adalbert lui avait coupé l'appétit et un café lui suffirait.

Quand il l'aperçut, elle s'apprêtait à sortir de table en compagnie d'un couple dans lequel il reconnut le colonel Sargent et sa femme. Ils semblaient s'entendre à merveille tous les trois et Tante Amélie riait de bon cœur. Plan-Crépin brillait par son absence et devait être en train de dessiner dans le temple de Khnoum.

Peu désireux de mêler son humeur noire à ces instants de détente amicale, il refluait vers le hall quand elle l'aperçut et, sans hésiter, abandonna les Anglais pour le rejoindre.

— Que fais-tu là tout seul ? Tu as l'air d'un chien perdu !

— Il y a du vrai dans ce que vous dites ! reconnut-il en s'efforçant de sourire. Mais rejoignez vos amis.

On a largement le temps de se voir puisque je viens d'emménager ici.

— Adalbert n'est pas avec toi ?

— Non. Il est resté chez M. Lassalle...

— Tiens donc ! Et c'est ce qui te met la figure à l'envers ? As-tu déjeuné ?

— Non, mais je n'ai pas faim.

— Même pour un café ? On va aller le prendre au bar. Il est meilleur qu'au restaurant !

Ils prirent place à une table en terrasse abritée par un buisson d'hibiscus, vers laquelle un serviteur se précipita aussitôt. La marquise commanda des cafés et des pâtisseries.

— Je vous ai dit que je n'avais pas faim, protesta Aldo.

— Très mauvais de rester l'estomac vide quand on a de la peine ! En outre, tu adores les mille-feuilles et le chef pâtissier en fait d'admirables ! Et maintenant, raconte ! Vous vous êtes disputés ?

— J'ai grand peur que ce ne soit pire. Nous sommes brouillés. Je ne vous cache pas que, si je n'étais contraint de rester à cause de l'enquête sur l'assassinat d'Ibrahim Bey, je serais déjà en route pour la gare.

— Qu'est-ce que tu as à voir avec la mort de cet homme ?

— Adalbert et moi avons été ses derniers visiteurs avant les meurtriers. Par-dessus le marché, le chef de la police du coin est loin d'être un aigle et il conserve mon passeport. Par conséquent, je suis bloqué.

— Ce n'est peut-être pas plus mal !

Les mille-feuilles arrivaient avec le café auquel Mme de Sommières fit ajouter un verre d'armagnac. C'était si appétissant qu'Aldo n'y résista pas.

— Ce n'est jamais bon, quand deux amis se fâchent, de mettre plusieurs centaines de kilomètres entre eux sans vider l'abcès, fit la marquise. Et maintenant, tu me racontes tout depuis le début.

— Tout quoi ?

— Ne joue pas au plus fin avec moi ! conseilla-t-elle en poussant un soupir de lassitude. Je te connais trop bien et je crois t'avoir dit que votre affaire à tous les deux ressemblait à un marécage. A présent, donne-moi une cigarette et parle ! Depuis Venise ! Ton histoire avec la princesse est ce qu'il y a de moins boueux dans l'aventure !

Il y eut un silence qu'Aldo employa à se frotter les yeux, après quoi il se rejeta au fond de son fauteuil et soupira :

— D'accord ! Cela me soulagera. Je commence à ne plus y voir clair moi non plus ! Ça a débuté un soir du mois de janvier, alors que je rentrais à la maison après avoir dîné chez Maître Massaria...

Et il défila l'histoire, cette fois sans rien omettre mais avec le curieux sentiment, à mesure qu'il parlait, de raconter un roman surréaliste à la limite de l'histoire de fous. Si quelqu'un pouvait comprendre l'incompréhensible, c'était bien Tante Amélie. Elle l'écouta sans l'interrompre, avec parfois un sourire, sans cesser de le soutenir de son regard attentif.

— Voilà ! conclut-il. Vous savez tout maintenant et je vous laisse libre de répéter à Marie-Angéline ce que vous jugerez bon de lui apprendre.

— Mais je lui dirai tout, mon garçon, tu peux en être persuadé. Sauf peut-être que tu détiens l'Anneau, en raison de sa tendance excessive à la rêverie. C'est une alliée trop fidèle et trop inventive pour nous passer de son concours...

— Si elle s'est découvert un sentiment pour Adalbert, l'entrée en scène de Salima Hayoun ne la réjouira pas. Taisez-lui ce détail !

— On verra. Quant à ce que tu viens de m'apprendre sur Shakiar et son ténébreux frère, je dirai – et je pense que tu en es arrivé à la même conclusion ! – que celui-ci a essayé de mettre le grappin sur toi afin de te manipuler à sa guise, mais il s'y est mal pris. Il aurait été plus malin de te proposer de très beaux bijoux puisqu'elle en déborde, de te laisser partir avec, puis de crier « au voleur », de te faire arrêter et de te faire chanter jusqu'à ce que tu donnes l'Anneau dont Assouari doit être persuadé que tu l'as. Que tu sois tombé sur Adalbert à ce moment-là doit être fortuit. Lui devait être la chasse gardée de cette Salima qui voulait obtenir de lui quelque chose que nous ignorons mais que, apparemment, elle a trouvé quand elle est passée à l'ennemi. Qu'elle soit amie avec Shakiar ne signifie pas qu'elle soit complice...

— Ali Rachid m'a pourtant dit de m'en méfier.

— Ali Rachid est arabe. Il l'a vue changer de camp et en a tiré sa conclusion, logique s'agissant d'une femme. Il aurait d'ailleurs pensé pareillement d'un homme. N'oublie pas, d'autre part, que c'est son grand-père que l'on vient d'assassiner. Elle en a du chagrin ?

— Oui. Sans nul doute, murmura Aldo revoyant la jeune fille prostrée de douleur, sa joue appuyée contre la main du mort, et rappelant sévèrement Keitoun au respect. Il faut constater qu'elle n'a rien fait pour attirer Adalbert à elle... et je commence à me demander si je n'ai pas commis une sottise en orientant sur elle la méfiance d'Henri Lassalle. J'ai joué les concierges et Adalbert pourrait avoir raison !

— C'est possible, mais ne tombe pas dans l'excès contraire. Ce que tu redoutes le plus, c'est de voir ton ami s'engager dans un amour sans espoir et cela au sein même d'un métier qu'il adore, et tu as fait ce que tu pouvais pour le protéger. Malheureusement, c'est raté... mais ça doit pouvoir s'arranger parce que bon gré mal gré vous ramez toujours dans la même galère. Les assassins d'Ibrahim Bey devaient être certains que vous lui aviez remis l'Anneau – au fait, il faudra que tu me le montres ! –, d'où, après le saccage de vos chambres et leurs recherches infructueuses, le meurtre odieux de ce vieil homme.

— Vous pensez à qui ? Shakiar et Ali Assouari ? J'y pensais aussi.

— Lui peut-être, je ne le connais pas. Elle, je suppose qu'il la manipule comme une marionnette. Ce qui est sûr, c'est que l'Anneau étant toujours en ta possession, vous pourriez être en danger tous les deux mais cette fois en ordre dispersé... puisque en principe vous êtes brouillés.

— Pas en principe : nous le sommes ! Et définitivement !

— Tu ne peux t'empêcher d'exagérer. Les passions d'Adalbert me font penser à des crises de croissance. Celle-là passera comme les autres...

— ... mais en laissant peut-être des dégâts irréparables. Alors, maintenant que vous êtes au courant, que me conseillez-vous ?

— Qu'en penses-tu ?

— Si je n'étais pas coincé dans ce patelin par cet idiot de policier, je serais en route pour Venise. J'en ai par-dessus la tête de cette histoire ! Et dire que je rêvais d'aventure !

— Mais tu ne cesseras jamais d'en rêver. Je parie qu'à peine sur le bateau tu te précipiterais chez le commandant pour le supplier de faire demi-tour.

— Je ne crois pas...

— Allons donc ! Tu te vois, laissant ton vieux copain se débattre seul et abandonné dans cette vilaine histoire ?

— Oh, le moyen de le mettre à l'abri auquel j'ai réfléchi en quittant la maison des Palmes, c'est de lui remettre l'Anneau et de le laisser se débrouiller avec.

— Pourquoi ne l'as-tu pas fait ?

— Parce que c'était de l'orgueil mal placé et que j'aurais trop eu l'air de lui demander pardon ! Cela dit, si Keitoun me restitue mon passeport et me rend ma liberté, c'est sans doute ce que je ferai avant de partir...

— On verra quand nous y serons ! En attendant, je te conseille une petite sieste. Ensuite, on prendra une felouque pour une promenade sur le Nil ! Cela nous fera du bien à tous les deux !

7

Un émule de Sherlock Holmes ?

Tante Amélie avait raison comme toujours : tirer des bords à l'heure où le soleil déclinant s'inscrit en transparence sur la toile de la blanche aile triangulaire d'une felouque était un moment de pur bonheur. Le Nil était plus bleu que jamais, crêté d'écume là où il se brisait sur les rochers, l'air d'une divine pureté, la végétation plus verte, plus dense que jamais, poussant les fleurs jusqu'au ras de l'eau. Les mariniers qui s'activaient sur le bateau fredonnaient un air à bouche fermée.

On avait décidé de faire le tour de l'île Eléphantine puis d'y aborder pour récupérer Plan-Crépin dans son temple en ruine.

— Comme elle y est depuis ce matin, elle aimera certainement mieux revenir avec nous que prendre le ferry.

— Elle y passe toutes ses journées ? Vous devez vous ennuyer ?

— Non. Seulement les après-midi en général mais, depuis que je me suis liée amitié avec les Sargent, elle part de temps en temps le matin en emportant son... casse-croûte... ? C'est le terme approprié, n'est-ce pas ?

— Absolument ! répondit Aldo en riant.

— En outre, dans ces pays chauds, j'aime faire une sieste après déjeuner alors qu'elle ne tient pas en place, tu le sais aussi bien que moi. Elle m'a confié un jour qu'elle voulait profiter de chaque minute de son existence...

— Le contraire m'aurait surpris. Et comment s'arrange-t-elle pour sa chère messe du matin ? Elle ne s'est pas convertie à l'islam, tout de même ?

Quand elle était à Paris, Marie-Angéline se rendait avec une régularité d'horloge à l'église Saint-Augustin entendre la messe de six heures. Elle s'y était taillé une sorte de centre de renseignements, alimenté par les vieilles demoiselles et les serviteurs de nombreuses grandes maisons, d'où elle tirait nombre d'informations qui, au fil des ans, s'étaient révélées plus qu'utiles dans les diverses aventures auxquelles Aldo et Adalbert l'avaient mêlée, à sa plus grande joie.

— Pas de problème, il y a un petit couvent à proximité de l'hôtel où elle peut se rendre facilement. Elle serait capable de dénicher une chapelle au pôle Nord.

Après quoi on fit silence pour ne rien perdre de la magie de la promenade. Elle avait le pouvoir d'alléger le poids des soucis d'Aldo. Une fois doublée la pointe nord de la grande île puis l'île-jardin Kitchener, on remonta le long de la rive gauche où l'on croisa le bac reliant au monastère Saint-Siméon. On approchait du passage entre les îles Essa et Eléphantine quand les jumelles qu'Aldo s'était gardé d'oublier se fixèrent soudain :

— Mais qu'est-ce qu'elle fait là ?

— Qui donc ?

— Votre Plan-Crépin, pardi ! Tenez, regardez là-bas, sur le chemin qui mène au ponton du bac, ajouta-t-il en tendant les jumelles. Si ce n'est pas elle, je mange mon chapeau !

A l'évidence, c'était elle. Au pas paisible d'un âne auprès duquel trottait le gamin que l'on avait vu précédemment en sa compagnie, Marie-Angéline descendait tranquillement vers le débarcadère reliant la rive à l'île Isis d'où un autre bateau la ramènerait à Assouan.

— Tu as raison et on est en droit de se poser la question : que peut-elle peindre par là ? C'est désertique à souhait ?

— Si vous voulez m'en croire, on rentre directement à l'hôtel sans nous occuper d'elle et nous attendrons de voir ce qu'elle nous racontera au dîner. Vous connaissez son goût du secret.

— Oh, oui !

— Et qui est ce jeune garçon ? C'est la seconde fois que je le vois avec elle.

— Le petit Hakim ? Il lui est dévoué depuis que, le jour même de notre arrivée, elle l'a tiré des griffes d'une grosse brute qui le poursuivait à coups de fouet en le traitant de mendiant. Elle n'était armée que de son ombrelle mais tu aurais dû assister à la scène : c'était épique ! Elle refaisait les croisades à elle toute seule dans le meilleur style de ses ancêtres dont elle nous rebat les oreilles. C'était grandiose ! De ce jour, le petit s'est mis en quelque sorte à son service. Au fait, lui dirons-nous que nous l'avons vue ?

— Pourquoi pas ? Elle est libre d'aller où elle veut.

— Sans doute. Pourtant, il lui arrive d'avoir des réactions inattendues.

Ce fut le cas ce soir-là. Quand on lui demanda d'où elle venait, Marie-Angéline devint rouge jusqu'à la racine de ses cheveux jaunes et s'efforça de prendre un air dégagé :

— Oh, ça... ? Dans ce pays on trouve partout des sujets intéressants. Hakim m'avait parlé d'une... statue... très ancienne et à demi ensablée.

— Et j'imagine que vous l'avez dessinée ?

Le pourpre s'approfondit :

— Non... non, elle n'en valait pas la peine, réflexion faite... mais la promenade était agréable.

Aldo avait envie de pousser plus loin l'interrogatoire pour se venger ainsi de la déception qu'elle n'avait pas réussi à dissimuler en apprenant qu'il s'était brouillé avec Adalbert et qu'il était revenu s'installer seul à l'hôtel. Même si elle était tombée brusquement amoureuse, la complicité nouée entre eux depuis des années méritait un autre accueil. Aussi, avant de monter dans leurs chambres respectives afin de se préparer pour le dîner, profita-t-il de ce que Plan-Crépin était allée chercher ses clefs à la réception pour glisser à l'oreille de Mme de Sommières en se dirigeant vers l'ascenseur :

— Pas un mot de ce que je vous ai dit ! Je vous expliquerai.

Mais elle n'avait pas besoin d'explications :

— Je n'en avais plus l'intention. L'histoire de l'Anneau la mettrait en transe et elle n'aurait de cesse de te l'arracher pour courir l'offrir à l'élu de son cœur. En revanche, elle saura la vérité en ce qui concerne votre querelle.

— Vous allez lui faire de la peine...

— Ce n'est plus une gamine et on ne peut pas faire autrement. Tu penses bien qu'elle ne se satisfera pas de ta réponse désinvolte dans le meilleur style de l'Aramis d'Alexandre Dumas : « Oh ! Un point de saint Augustin sur lequel nous ne sommes pas d'accord » ?

— Cela aurait rallongé mon délai de réflexion tout en minimisant la gravité des faits...

— Sans aucun doute, mais la vérité est préférable. Surtout avec une fille comme elle, parce qu'elle la mérite. Elle saura encaisser !

Et, en effet, quand on se retrouva au salon où l'on se réunissait avant de passer à table, Marie-Angéline précédant la marquise, exceptionnellement, vint droit à lui :

— Je vous dois des excuses, Aldo ! J'avoue avoir reçu un choc lorsque vous vous êtes déclaré fâché avec Adalbert, mais vous ne devez pas en déduire que je vous donnais tort avant de connaître le motif de votre querelle. J'en suis navrée mais, après tout, ce n'est pas la première fois et il doit y avoir un moyen d'en sortir ?

Un large sourire la récompensa. Il lui prit la main dont il baisa la paume ainsi qu'il le faisait souvent pour sa femme :

— On va le chercher ensemble. Merci, Angelina !

Naturellement on ne parla que de ça tout au long du dîner. Aldo raconta ce qu'il avait appris sur Salima, sans oublier la mise en garde d'Ali Rachid. Chose curieuse, sa réaction fut exactement la même que celle de la marquise :

— Si l'on s'en tient à ses précédents coups de cœur, on pourrait en déduire qu'Adalbert n'en a pas fini de grandir et qu'il nous fait une crise de croissance…

— Là ! Qu'est-ce que je disais ? fit Tante Amélie.

— … à cette différence près, que ladite crise peut se révéler plus grave que les précédentes. Elle est bizarre, cette fille qui s'impose presque à lui à titre d'assistante sur son chantier de fouilles mais qui se hâte de passer à l'ennemi quand un quidam le dépouille de sa concession. De plus, il ne sait rien sur elle et tombe des nues en apprenant qu'elle est la petite-fille du vieil homme que l'on vient d'assassiner. Enfin, il est sa seule famille, cependant elle n'habite pas chez lui quand elle vient à Assouan mais chez cette Shakiar, même en l'absence de cette dernière, puisqu'elle réside à l'hôtel jusqu'après la fête du gouverneur…

— Elles sont peut-être parentes ? hasarda la marquise.

— Sans que Shakiar le soit d'Ibrahim Bey ? Rappelez-vous qu'il nous a assuré n'avoir plus de famille à une exception près ?

— C'est sûrement ça, fit Plan-Crépin. Je ne vois pas d'autre explication logique.

— Et le beau garçon avec qui elle flirtait sur le bateau à Louqsor ?

— Si tu veux mon avis, tu en as tiré des conclusions trop rapides. Rien ne rapproche plus qu'une croisière, que ce soit en mer ou sur un fleuve. Elle venait peut-être de le rencontrer ? Je me fais sans doute l'avocat du diable, mais pourquoi faire compliqué quand on peut faire simple ? Ils sont tous les deux jeunes et beaux et ils ont pris plaisir à être ensemble. Cela dit, qu'est-ce qu'on décide maintenant ?

— Il y a encore un point que je voudrais éclaircir, reprit Marie-Angéline. Celui des perles vraies ou fausses. Que l'on soit venu les cacher dans vos chambres c'est... disons, normal. Ce qui l'est moins, c'est que l'on ait tout chamboulé, fouillé, éventré au besoin. En général, on se comporte ainsi quand on cherche quelque chose, non ? Autrement, c'est du temps perdu.

— Sans doute, fit la vieille dame évasive.

— Mais quoi ? En avez-vous une idée ?

Pour s'éviter de répondre, Aldo alluma une cigarette après en avoir offert à ses compagnes. Mme de Sommières se jeta à l'eau courageusement :

— On n'en sait rien ! déclara-t-elle en levant les yeux vers les moucharabiehs de la coupole où l'orchestre faisait rage – on dansait déjà depuis un moment sur la piste de marbre gris –, comme si elle attendait du Ciel son absolution pour un si gros mensonge.

— Nous en sommes bien certaine ?

— Puisque je vous le dis, Plan-Crépin ! protesta-t-elle, furieuse de se sentir rougir et aussi furieuse de deviner qu'on ne la croyait pas...

— Si nous passions sur la terrasse pour admirer la nuit ? proposa Aldo en repoussant son fauteuil pour se lever.

Cette fois, ce furent le colonel Sargent et sa femme qui s'inscrivirent dans le paysage, apportant une diversion :

— Pouvons-nous vous proposer un bridge ? A part danser ou écouter de la musique en buvant un verre, les divertissements sont limités le soir...

— Pourquoi pas ? accepta Aldo avec empressement bien qu'il n'aimât pas le bridge alors que Tante Amélie y était d'une assez jolie force.

La proposition avait l'avantage de mettre un terme aux questions épineuses, et aussi de lui permettre de faire la connaissance de lady Clementine. Elle l'intéressait fort depuis qu'il la savait sœur de Warren, le Superintendant de Scotland Yard qu'Adalbert et lui avaient surnommé le Ptérodactyle pour la ressemblance avec l'oiseau préhistorique que lui conféraient son long nez, ses yeux jaunes, son front dégarni et le vieux macfarlane pisseux dont il était revêtu en permanence quel que soit le temps. Ce qui ne l'empêchait pas de porter dessous des costumes d'une élégance souvent sévère mais irréprochable. Difficile d'admettre qu'ils soient du même sang quand on regardait sa sœur. Elle était aussi charmante qu'il était abrupt, même ayant atteint la soixantaine : blonde tirant sur le gris argent, elle avait de jolis yeux noisette, des traits fins où les rides s'inscrivaient discrètement et un beau sourire.

Elle en offrit un exemplaire à Marie-Angéline :

— Comme je ne suis pas très forte, j'espère que Mlle du Plan-Crépin voudra bien me remplacer ?

— Croyez que je suis désolée, lady Clementine, mais je suis fatiguée ce soir et je serais une partenaire détestable. Voulez-vous m'excuser ?

— Bien sûr, ma chère ! Mais vous allez être responsable d'un naufrage. Vous ne savez pas à quel sort tragique vous condamnez votre famille... et accessoirement mon époux s'il a le malheur de perdre !

— Nous montrerons la vaillance de la cavalerie anglaise face aux canons russes à Balaklava ! fit Aldo en riant. Je ne suis pas un aigle, moi non plus...

On se dirigea vers le salon de jeux tandis que Marie-Angéline rejoignait l'ascenseur après avoir dit bonsoir. Rentrée dans sa chambre, toutefois, elle ne se coucha pas. Jamais, d'ailleurs, elle ne se mettait au lit sans avoir aidé la marquise à s'installer dans le sien et lui avoir lu quelques pages du livre en cours. Ce soir, la partie de bridge lui laissait du temps libre et elle décida d'en profiter.

Enfilant un manteau léger sur sa robe du soir en poult-de-soie bleue – une fraîcheur était tombée au coucher du soleil –, elle descendit à la réception et demanda si l'on pouvait lui indiquer l'adresse de M. Lassalle.

— A votre service, Madame ! En remontant vers la gauche, c'est à deux cents mètres en continuant sur la gauche. On l'appelle la maison des Palmes. Désirez-vous une voiture ?

— Merci, c'est inutile. Un peu de marche me fera du bien.

Cela lui permettrait au moins de mettre de l'ordre dans ses idées. Trop fine pour ne pas deviner qu'on lui cachait quelque chose, elle voulait se faire une opinion en écoutant la version d'Adalbert. Et puis peut-être tenter de mettre un terme à la brouille entre les deux hommes qu'elle aimait le plus. L'idée d'une rupture définitive entre ces deux-là lui était insupportable parce que c'était un pan entier d'un univers chaleureux qui s'écroulait.

Elle trouva sans peine ce qu'elle cherchait, mais la grille du portail était fermée et aucune lumière n'était visible nulle part, ni dans la loge du garde ni au bout du jardin dans la grande maison blanche. Se pouvait-il qu'il n'y eût personne ? D'après Aldo, le maître des lieux ne sortait guère de chez lui, mais Plan-Crépin n'était pas tentée par un dialogue avec un bonhomme dont elle gardait un désagréable souvenir.

Un moment, elle considéra la chaîne noire de la cloche, avança la main pour l'actionner, n'acheva pas son geste et, finalement, renonça. A la réflexion, le style conspirateur ne s'imposait pas et rien ne l'empêchait de revenir en plein jour et de demander son ami sans avoir à subir une entrevue avec l'impossible Lassalle ? Et puis, bien que d'une bravoure héroïque – croisades obligent ! –, le silence absolu qui l'entourait l'angoissait un peu. On n'entendait rien, ni le hululement d'une chouette ni l'aboiement d'un chien, et cela installait une atmosphère assez étrange pour qu'elle désirât lui échapper. Tournant les talons, elle rentra à l'hôtel, prit un livre et attendit patiemment le retour de Mme de Sommières.

La partie achevée, le colonel Sargent et Aldo allèrent boire un verre au bar. Entre eux, une sympathie se développait, l'Anglais ayant perdu au bridge avec une bonne humeur trop sympathique pour n'être pas attirante.

Après avoir bu et fumé un moment en silence, ce dernier dit :

— Cela ne vous fera peut-être pas plaisir mais je considère comme une vraie chance que votre ami l'archéologue ne soit pas revenu s'installer ici avec vous...

— Vous avez eu à vous en plaindre ?

— Absolument pas ! Et je dirai même que c'est le genre de type qui me plairait plutôt. Ce que j'en dis, c'est par compassion pour le mobilier de l'hôtel. L'honorable Freddy Duckworth a débarqué ce soir avec armes et bagages.

— Vous le connaissez personnellement ?

— Comme on peut connaître quelqu'un quand on se retrouve ensemble à deux ou trois reprises dans le même palace. Il donne l'impression d'un gentil garçon et j'ai cru comprendre qu'il est égyptologue, lui aussi... quoique, chez lui, la profession me paraisse plus décorative qu'absorbante ?

— Cela tient à ce qu'il la pratique d'une façon bien à lui. Sa technique se rapproche de celle du coucou.

— Du coucou ?

— Cet oiseau qui attend que les autres volatiles aient bâti leur nid pour s'y installer à leur place. C'est la technique de ce Duckworth : il met sous surveillance un confrère et si le bonhomme découvre quelque chose, il se dépêche de lui faire retirer la concession en claironnant qu'il avait effectué la découverte avant lui... Comme il a, paraît-il, des relations influentes... et – pardonnez-moi ! – qu'il est anglais, il n'a aucune peine à obtenir satisfaction. C'est ainsi qu'il a dépouillé Vidal-Pellicorne d'un chantier prometteur. Pour cette fois, les choses ont mal tourné : la tombe, soigneusement refermée, avait été pillée depuis quelques dizaines d'années et on y avait même laissé un cadavre n'ayant strictement rien à voir avec celui d'un pharaon... ou d'une pharaonne puisqu'il aurait dû s'agir d'une femme...

— Je vois ! Ce n'est pas fair-play mais c'est commode. Il faut espérer que ces deux gentlemen ne se rencontreront plus !

— On peut toujours l'espérer, mais sans trop y croire ! Ce n'est pas une métropole, Assouan ! Cela dit, sauriez-vous d'où Duckworth sort une protection si utile ? Il est le neveu du Premier Ministre ou quoi ?

— Non. Celui de lord Ribblesdale, un des hommes les plus riches d'Angleterre par son mariage avec une Américaine cousue d'or, encore très belle en dépit des années, mais excentrique au-delà de l'imaginable !

— Ava Astor ! exhala Morosini, frappé par ce nouveau coup du destin. Encore elle !

— Vous la connaissez ?

— Je dirais que trop, si elle ne m'avait apporté son aide dans une affaire que je traitais aux Etats-Unis il y a trois ou quatre ans. Aussi lui dois-je une certaine reconnaissance. En dehors de cela, c'est sans doute la femme la plus insupportable que j'aie jamais rencontrée. Si l'on excepte cependant sa fille Alice. Celle-là entre en transe au seul nom de l'Egypte. Elle se prétend la réincarnation de je ne sais quelle princesse et ne laisse ignorer à personne ses anciennes relations avec lord Carnarvon au moment de la découverte de Tout-Ank-Amon. Mon ami Vidal-Pellicorne les connaît également. Pas pour son bien, et j'espère que l'une d'elles ne va pas s'inscrire prochainement dans ce beau paysage ! Si en plus elles ont des liens avec ce Duckworth, nous allons au carnage !

Le colonel se mit à rire, l'œil soudain émoustillé :

— Ne me tentez pas ! Je vais avoir envie de prier pour que ce spectacle de choix nous soit donné ! A part les ruines et les balades sur le Nil, les distractions sont rares ! A ce propos, je monte[1] demain matin. Voulez-vous m'accompagner ?

Aldo déclina l'invitation. Bien qu'il eût été jadis un excellent cavalier, il y avait longtemps qu'il n'avait pas pratiqué. En outre, venu à l'origine conclure une affaire, il n'avait pas cru utile de s'encombrer de la tenue adéquate.

— Oh, s'il n'y a que ça, le problème n'est pas insoluble. Le club équestre dépend des officiers de la garnison[2] et, chez le tailleur, on vous trouvera le nécessaire ! Quant à la pratique, je vous rassure : c'est comme la bicyclette, ça ne s'oublie pas ! Venez donc ! C'est demain que l'on ramène chez lui le

1. Sous-entendu : à cheval !
2. L'armée d'Egypte était sous commandement britannique.

corps d'Ibrahim Bey aux fins de funérailles. Je confesse que j'ai envie d'observer l'événement…

Ça, c'était intéressant ! Aussi Aldo accepta-t-il sans plus se faire prier. Il était un peu surprenant qu'un colonel retraité de l'armée des Indes éprouvât le désir d'aller regarder l'enterrement d'un saint homme arabe, même d'une grande réputation, mais ne venait-il pas de lui confier qu'il manquait de distractions ? D'ailleurs à l'heure du breakfast, lady Clementine lui fournit la clef de cette énigme :

— Mon mari est curieux comme un chat ! Je me demande parfois si mon frère ne déteindrait pas sur lui. Arthur l'admire énormément, vous savez ?

— Il n'est pas le seul ! C'est un policier hors ligne… et un ami précieux.

— En ce moment le vol au British Museum le soucie beaucoup !

— On a cambriolé le Museum ? Je ne suis pas au courant.

— Gordon a veillé à ce que l'on n'en parle pas. En fait, un seul objet a été volé : une croix ansée trouvée jadis dans les environs mais qui serait beaucoup plus ancienne que les plus lointains pharaons… Ce serait peut-être de peu d'importance s'il n'y avait eu deux hommes assassinés…

— Je vois !

Il faisait même davantage que voir : il croyait encore entendre Guy, au soir de la mort d'El-Kouari, lui dire qu'il avait pu admirer au British une croix ansée en orichalque et de provenance sans doute atlante. Ainsi, elle avait été volée à peu près au même moment où l'on délestait Carter de son anneau protecteur ? Si l'on y ajoutait la soudaine résurgence de la Reine Inconnue dont chacun s'obstinait à clamer qu'elle n'était qu'une légende et certains détails supplémentaires – par exemple, les recherches d'Henri Lassalle sur le nom de son antique bien-aimée, les confidences faites à Plan-Crépin par une dénommée Lavinia et les « non-dits » d'Ibrahim Bey – il y avait matière à s'interroger !

Aussi la matinée du lendemain le trouva-t-elle vêtu d'une paire de jodhpurs[1], d'une chemise de polo et d'une veste de sport, une casquette en tweed sur la tête, trottant allégrement aux côtés du colonel en direction du château du Fleuve. Il y avait longtemps qu'Aldo ne s'était senti aussi détendu. Cette matinée sous un soleil sur le chemin du zénith était glorieuse et il éprouvait une joie presque enfantine à constater qu'il était toujours bon cavalier. Le cheval d'ailleurs l'avait accepté dès l'instant où il s'était enlevé en selle et, délivré de ce souci, il pouvait goûter pleinement le plaisir de la balade.

— Quand je vous disais que ça ne s'oublie pas ? fit Sargent qui avait suivi d'un œil critique ses premières évolutions. On est bon cavalier ou on ne l'est jamais et l'âge n'y peut rien... sauf évidemment quand surviennent les rhumatismes. Et encore ! J'ai connu un vieil Afghan qui en était perclus. Ça craquait de partout. Pourtant, une fois en selle et après

1. Culotte de cheval se resserrant des genoux aux chevilles mise à la mode par l'armée des Indes.

s'être fait frictionner de je ne sais quelle mixture nauséabonde, il redevenait un véritable centaure !

Ils étaient partis tôt afin de précéder la foule inévitable lorsqu'il s'agissait de porter à sa dernière demeure une notabilité, surtout auréolée d'une réputation de sagesse confinant à la sainteté. En outre, décédée de mort brutale. Cependant, les gens affluaient déjà sur le chemin menant au tombeau, un bâtiment relativement modeste coiffé d'une coupole qui s'élevait à l'écart de la vieille demeure derrière laquelle – côté fleuve ! – le colonel choisit de les mettre hors de vue en attachant leurs montures à l'unique palmier puis, les jumelles au cou, on attendit...

Pas longtemps. Ce fut d'abord une rumeur mais qui progressait rapidement pour devenir clameur où les cris aigus des pleureuses se mêlaient au grondement des hommes. En même temps, une véritable horde envahit le plateau, sorte de flot humain s'agitant autour du cercueil de cèdre dans lequel le défunt reposait à visage découvert. C'était à qui s'approcherait au plus près du corps, bousculant un service d'ordre à peu près inexistant.

— Je ne sais pas si des discours sont prévus mais les officiels vont avoir du mal à les délivrer. Ils sont débordés.

Renonçant à une lutte dérisoire, les officiels s'étaient massés, gouverneur en tête, attendant que la foule se déploie devant le tombeau où Salima, drapée de noir des pieds à la tête, avait pris place, Shakiar et son frère derrière elle.

Dans ses jumelles, Aldo détailla le groupe résigné des notables : Mahmud Pacha et son conseil, Abdul Aziz Keitoun gesticulant pour tenter de diriger une police débordée, d'autres personnalités connues ou non parmi lesquelles il reconnut Henri Lassalle et Adalbert.

— Ce n'est pas possible ! commenta le colonel. Toute la ville est là. Sauf peut-être les touristes et encore ! Il doit bien s'en trouver un ou deux que l'événement a attirés.

— Je me demande si l'assassin est présent, lui aussi ? remarqua Aldo.

— Ça se pourrait ! Cette fête de la mort signe son triomphe. Il doit s'en repaître.

— Vous semblez entretenir des relations avec le capitaine Keitoun. Savez-vous si l'enquête progresse ?

— Je ne suis même pas sûr qu'il en existe une. En dehors de croquer des pistaches et fumer le narghilé, il n'est bon à rien. On peut se demander ce qu'attend Le Caire pour envoyer un policier digne de ce nom ?

Enfin le calme revint lorsque, à la suite de l'imam, Ibrahim Bey reposa à l'intérieur du tombeau. Les officiels se retirèrent. Aldo observa Lassalle essayer d'entraîner un Adalbert visiblement réticent. Encore n'y parvint-il qu'après avoir vu Salima et ses deux compagnons regagner la demeure. A la suite de quoi, le gros de la foule se retira à son tour. Il ne resta devant l'entrée qu'un groupe restreint de fidèles en prières.

— Nous n'avons plus qu'à rentrer, nous aussi ! conclut le colonel. Sauriez-vous par hasard qui est la jeune fille que votre ami avait une si forte envie de rejoindre ?

— Vous avez remarqué cela ? fit Aldo, surpris. Vous êtes observateur !

— On le devient forcément quand on est à la retraite après une vie active. Elle est plus que belle !

— C'est la petite-fille d'Ibrahim Bey, ceux qui l'accompagnaient étant la princesse Shakiar, ex-épouse du roi Fouad, et son frère Ali Assouari.

Sargent émit un sifflement appréciateur :

— Du beau monde, mais je connais. Ne serait-ce pas en l'honneur de cette jeune fille que votre ami administrait une raclée magistrale à ce rouquin lorsque nous avons fait connaissance à Louqsor ?

Aldo se mit à rire :

— Bravo ! Vous devriez demander à Warren de vous embaucher. Vous seriez pour Scotland Yard une recrue de choix !

Sous le compliment, le vieux soldat rougit de plaisir :

— Que voulez-vous, il faut bien s'occuper...

Pour dérouiller les jambes des chevaux, on leur offrit un petit galop à travers le plateau avant de revenir vers la ville. En approchant, Aldo consulta sa montre :

— Cela vous ennuierait si nous faisions un détour par le poste de police ? Keitoun doit être rentré maintenant et je voudrais lui parler.

— Pas du tout ! Je vous confierai même que je le trouve plutôt distrayant... Il est tellement nul que c'en devient amusant. Parions que nous allons le trouver à rêvasser entre ses pistaches, son chasse-mouches et sa pipe à eau. Dix livres ? Tenu ?

— Jamais de la vie ! C'est gagné d'avance !

Et pourtant, quand on arriva dans le bureau du capitaine, les pistaches, le chasse-mouches et le narghilé étaient effectivement là, mais de Keitoun point ! On entendait seulement sa voix tonner dans les profondeurs de la maison.

— On dirait que j'ai perdu une belle occasion d'empocher dix livres ? remarqua Morosini.

— C'est parce que vous n'êtes pas anglais. Chez nous, on parie sur tout et sur n'importe quoi !

L'instant suivant, Keitoun se matérialisait, un dossier sous le bras :

— Qu'est-ce que vous voulez, vous ? aboya-t-il. Ah... bonjour, colonel, je ne vous avais pas vu. On vous a encore volé votre cheval ?

— Non. C'est le prince Morosini qui souhaite vous parler.

— Ah ! Et qu'est-ce qu'il veut ?

— Etant donné qu'il a pris la peine de venir vous voir, vous devriez le lui demander, non ?

— Si. Alors qu'est-ce que vous voulez ?

Ainsi engagé, le dialogue risquait de tourner à l'aigre. Aldo préféra couper court :

— Rentrer chez moi !

— Pour quoi faire ?

— Mon travail ! Je suis un homme d'affaires, capitaine, et ici je perds mon temps !

— Eh bien, partez !

— Je ne demande que cela... à condition que vous me rendiez mon passeport ! Je n'ai pas l'habitude de voyager en clandestin !

— Pas possible !

— Mais pourquoi ?

— Parce que l'enquête n'est pas terminée !

— Qu'est-ce que j'y peux ? Ce n'est tout de même pas moi qui ai assassiné Ibrahim Bey et ses gens ?

— Vous avez été l'un de ses deux derniers visiteurs.

— Sûrement pas ! Les derniers ont été ses meurtriers... dont je ne faisais pas partie !

— C'est vous qui le dites ! Reste à le prouver !

Le colonel Sargent se lança dans la mêlée :

— Si vous le permettez, il y a encore un témoin ! Le majordome que l'on a conduit à l'hôpital... Tawfiq ? Si je ne me trompe ?

— Vous ne vous trompez pas, mais étant dans le coma, il est difficile de l'interroger. Alors pour l'instant, vous restez là ! Point final !

Et pour bien montrer qu'il n'en dirait pas plus, Keitoun s'assit et plongea ses mains grasses dans les pistaches. Ils l'abandonnèrent à cette tâche absorbante et rejoignirent leurs chevaux :

— Incroyable ! soupira le colonel. On dirait qu'il vous en veut personnellement ?

— Vous ne me croirez peut-être pas, mais c'est l'effet que je produis sur les policiers que le hasard me fait rencontrer... Je dois avoir un faciès de repris de justice !

— Cela ne m'a pas frappé ! En attendant, si l'on se mêlait de cette enquête ? proposa-t-il, la mine gourmande. Je propose de commencer par l'hôpital !

Ce que l'on fit séance tenante, sans obtenir de résultat : oui, le grand Nubien restait sans connaissance et, non, on ne pouvait pas le voir : un garde veillait jour et nuit à sa porte. C'était l'impasse et il fallait l'aimable optimisme du colonel pour y résister.

— N'importe comment, observa Aldo, il n'aurait peut-être pas pu nous en apprendre davantage s'il ne parle que l'arabe ?

— Oui, mais moi je parle sept langues… dont l'arabe et le pachtou. Avant Peshawar et les Gurkas où j'ai fait un bon bout de ma carrière, j'ai été en poste à Aden. Ne désespérez pas ! le consola-t-il en lui assenant une bourrade vigoureuse. On finira par en sortir.

« Oui, mais quand ? pensa Aldo. Et dans quel état ? »

Les trois jours qui suivirent furent pénibles pour Aldo : il les passa à ronger son frein, tournant en rond entre les balades à cheval avec le colonel dont le bel optimisme semblait baisser à vue d'œil en ce qui concernait « l'enquête » qui l'émoustillait tant le jour des funérailles, d'autres à pied ou en bateau avec Tante Amélie qui visiblement se tourmentait pour lui. Quant à Marie-Angéline, elle profitait de sa présence pour s'esquiver et dessiner à tour de bras dans de mystérieux endroits. Laissant entendre qu'elle n'avait nulle envie d'être accompagnée, sinon par le jeune Hakim. Aucune nouvelle ne parvenait de la maison des Palmes, ce qui rendait Aldo enragé. Il brûlait de s'y rendre et d'y pénétrer – par la force, au besoin ! – pour administrer à Adalbert la correction capable de lui extraire du cerveau jusqu'au souvenir de cette Salima maudite. Il en voulait en outre à Henri Lassalle de le laisser ainsi dans l'ignorance. Il n'était jusqu'au sublime paysage qui ne perdît progressivement de son charme.

Seul îlot, en dehors de Sargent, dans cet océan d'ennui : par Tante Amélie, il avait fait la connaissance d'une des pensionnaires du Cataract, une Anglaise d'une quarantaine d'années, grande et solide, avec un beau visage ouvert et des yeux pétillants d'intelligence. Elle se nommait Mrs Mallowan, épouse d'un archéologue « mésopotamien », mais s'était déjà taillé une réputation en Grande-Bretagne ainsi qu'en France en écrivant des romans policiers sous son pseudonyme : Agatha Christie. Elle s'était installée à l'hôtel où elle occupait une suite afin d'y écrire tranquillement. Sa conversation était pleine d'imprévus et de boutades. Elle disait par exemple :

— La meilleure chose à faire est d'épouser un archéologue. Plus vous vieillirez et plus il vous aimera...

Autre qualité maîtresse pour Morosini : elle se fichait royalement des joyaux célèbres ou non et il était incroyablement distrayant de bavarder avec elle à bâtons rompus. Hélas, c'était insuffisant pour le débarrasser de ses tourments...

Au matin du quatrième jour, enfin il se produisit un événement : le portier remit à Aldo une enveloppe renfermant son passeport. Sans un mot d'explication, mais cela n'avait plus d'importance. Il en éprouva la joie d'un gamin dont on vient de lever la punition et qui voit s'ouvrir devant lui les portes de la liberté, et se précipita chez Mme de Sommières :

— Alléluia, Tante Amélie ! Je peux rentrer chez moi !

Deux visages se levèrent en même temps vers lui : la marquise rédigeait en effet son courrier, assistée de Plan-Crépin :

— On t'a rendu ton passeport ?

— Oui. Je suis franchement navré de vous quitter mais ce voyage dont j'espérais tant se termine si mal que je n'ai guère envie de le poursuivre ! En outre, je ne sers strictement à rien ici. Alors demain, je pars pour Le Caire.

— Je ne peux pas te donner tort... commença la marquise, interrompue aussitôt par sa « secrétaire ».

— Et Adalbert ? Qu'est-ce que vous en faites ? Vous le laissez tomber ?

— Du calme, Plan-Crépin ! Il est assez grand pour savoir ce qu'il doit faire !

— Merci, Tante Amélie ! Quant à vous, ma chère enfant, je vous ferai remarquer que ce n'est pas moi qui ai lancé les tuiles en l'air ! Si Adalbert voulait que l'on se réconcilie, il en a eu largement le temps...

— Comme si vous ne le connaissiez pas ! Il doit être aussi malheureux que vous !

— Ça m'étonnerait énormément ! A l'heure qu'il est, il doit être en train de jouer les consolateurs auprès de sa dernière passion !

— Dont vous vous méfiez non sans raison ! Je suis certaine qu'il va avoir besoin de vous sous peu !

— J'aimerais savoir d'où vous sortez cette certitude ? Je sais comment cela se passe quand il a une femme dans la tête : le monde disparaît. Seule compte la bien-aimée. Alors je le laisse à ses amours... D'ailleurs, il n'est pas abandonné chez Henri Lassalle. Il le considère comme son second père...

— Peut-être. N'empêche que vous ne pouvez pas partir de la sorte ! J'ai la prémonition que nous allons tous le regretter... bientôt !

Des larmes coulaient sur ses joues et sa voix trahissait une telle angoisse qu'Aldo s'en émut :

— Il ne faut pas vous désoler, Angelina ! Si quelqu'un peut, un jour, recoller les morceaux entre lui et moi, c'est vous et Tante Amélie. Il vous aime beaucoup et dès le moment où j'aurai disparu de son champ de vision, il reviendra peut-être plus facilement à la raison... J'y pense... Je vais vous donner un cadeau pour lui... Attendez deux minutes.

Il courut à sa chambre, prit une enveloppe et y glissa l'Anneau, la ferma et revint la mettre dans les mains de Marie-Angéline :

— Voilà. Vous le lui porterez de ma part ! Il lui sera sûrement beaucoup plus utile qu'à moi.

— Tu es certain de ne pas te tromper ? s'inquiéta Mme de Sommières. Souviens-toi de ce que nous disions : il n'aura de cesse de l'offrir à la dame de ses pensées...

— Si ça peut le rendre heureux...

Cependant Plan-Crépin palpait l'enveloppe sans oser l'ouvrir :

— Qu'est-ce que c'est ?

— Un anneau... et la dernière cachotterie qu'on vous ait faite ! Justement parce que nous craignions que vous n'alliez la livrer tout droit à Adalbert !

— Mauvaise raison ! Si vous commenciez par m'en parler ? Je ne lui donnerai rien avant de savoir de quoi il retourne ! Etant donné que vous ne partez que demain, nous n'avons pas à nous presser !

Et elle alla s'installer dans un fauteuil, bras croisés, attendant la suite.

— Plan-Crépin ! reprocha Mme de Sommières. Vous trouvez qu'Aldo n'a pas suffisamment d'ennuis ? Pourquoi compliquer les choses ?

— Nous devrions me connaître mieux ! Je suis vexée qu'après tant d'aventures courues ensemble on ait jugé bon de me cacher quelque chose... de primordial peut-être ?

— Sans aucun doute ! rétorqua Aldo qui commençait à perdre patience. Alors vous m'écoutez ou vous me délivrez une mercuriale ? Si c'est ça, j'expédie l'Anneau à Henri Lassalle et...

— Non, non ! Surtout pas ! J'écoute !

En de courtes phrases il eut remis l'Anneau dans son contexte et, pour finir, décolla l'enveloppe afin de le lui montrer. Son mouvement de mauvaise humeur était déjà oublié et elle écarquillait des yeux de petite fille émerveillée :

— Une bague venue de si loin !... du fond des âges ! C'est inouï !

— Alors, vous allez la lui donner ou non ?

— Bien sûr... quoique je me demande si n'aviez pas un peu raison en pensant...

— On n'en sortira pas ! déplora Mme de Sommières. Donne-moi ça, Aldo, j'irai moi-même...

Elle n'acheva pas sa phrase. Le téléphone intérieur sonnait. Plan-Crépin se dépêcha de décrocher. Cela faisait partie de ses tâches, la marquise détestant l'idée que l'on pût la sonner comme une domestique. Les réponses furent concises :

— Oui !... Oui, il est là ! Entendu, je le préviens !

Elle reposa le combiné puis se tourna vers Aldo :

— M. Lassalle est en bas. Il désire vous parler !

— J'y vais ! Tenez, rangez ça ! ajouta-t-il en fourrant enveloppe et Anneau dans les mains de Marie-Angéline. J'en profiterai pour faire retenir mes places de retour à Venise le plus vite possible...

Il descendit l'escalier en courant et gagna le bar où le vieux chercheur l'attendait, assis à une table d'encoignure devant un verre déjà à moitié vide. Bien qu'il fût tiré à quatre épingles comme d'habitude, Aldo fut frappé par les plis soucieux marquant son visage. Aussi, avant même de lui serrer la main, demanda-t-il ce qui l'amenait.

— Oh, une vétille : Adalbert a disparu !

— Comment, disparu ? s'étonna Aldo en se glissant auprès de son visiteur sur la banquette de velours rouge.

— Comment, je n'en sais rien ! Tout ce que je peux dire est que je ne l'ai pas vu depuis deux jours. Il est sorti avant-hier soir après avoir reçu un billet porté par un gamin en disant qu'il n'en aurait pas pour longtemps...

— Et vous ne vous inquiétez que maintenant ? Vous avez prévenu la police ?

— Evidemment, oui, mais plutôt par acquit de conscience. Vous connaissez ses capacités.

— Vous auriez pu me prévenir, moi.

— C'est ce que je fais... bien que, je vous l'avoue, j'y aie mûrement réfléchi. D'abord, Adalbert est très monté contre vous. Ensuite, ce n'est pas la première fois qu'il me joue ce tour. Voilà cinq ou six ans, alors qu'il séjournait chez moi, il est parti un soir en prétextant le même motif et n'est réapparu que trois jours après, dégoulinant de contrition mais si visiblement content que je n'ai pas eu le courage de lui faire des reproches. Il est vrai que le « quelqu'un » était une femme...

— Qui vous dit que l'histoire ne se renouvelle pas ?

— Il n'y en a qu'une qui l'intéresse en ce moment, et vous savez qui. Etant donné la chaleur de leurs relations, je serais fort étonné qu'il passe tout ce temps entre ses bras...

— La meilleure façon de le savoir n'est-elle pas d'aller vérifier ?

Le sang d'Henri Lassalle ne fit qu'un tour :

— Moi ? Que j'aille chez ce chameau de princesse Shakiar où elle habite ? Je ne vois d'ailleurs pas ce qu'Adalbert fabriquerait là-bas.

— Vous savez pertinemment qu'elle n'y est plus, puisqu'elle s'est installée au château du Fleuve le jour des funérailles ?

M. Lassalle éclusa son verre et fit une grimace aussi affreuse que s'il avait avalé de l'huile de ricin. Qu'Aldo traduisit aussitôt :

— ... Mais vous n'avez aucune envie d'y aller voir ! C'est pousser la misogynie un peu loin ! Non ?

— Cette fois, vous ne pouvez nier que vous êtes responsable !

— Bon ! Ecoutez, nous n'allons pas ergoter plus longtemps. Je me charge de cette corvée. Si Adalbert y est, je le saurai tout de suite !

— Même s'il est retenu captif ?

— Pour quelle raison ? Ces derniers temps, la belle Salima montrait une propension marquée à l'écarter de sa route. C'est décidé, j'y vais ! Rassurez-vous, conclut-il plus doucement, je passerai vous voir en rentrant.

Il remonta quatre à quatre chez Mme de Sommières où, c'était à prévoir, sa nouvelle arracha un cri d'angoisse à Marie-Angéline. Ce qui fit sursauter la vieille dame :

— Qu'est-ce qui vous prend de hurler de la sorte, Plan-Crépin ? Il n'est pas mort, que je sache !

— Vous n'en savez rien ! riposta l'interpellée en oubliant sous le coup de l'émotion son pluriel de majesté. Je suis sûre que cette femme est dangereuse !

— Moi aussi, mais j'en ai vu d'autres, répondit Aldo. Aussi y vais-je sans tarder ! Si je ne revenais pas – sait-on jamais ? – allez prévenir M. Lassalle... Quel que soit le souvenir que vous gardez de lui !

Il était sur le point de sortir quand elle le rappela d'une voix timide :

— Vous partez toujours demain ?

En dépit de son inquiétude, il ne put retenir un sourire :

— Vous ne perdez jamais le nord, n'est-ce pas, Mademoiselle du Plan-Crépin ? Je vous laisse répondre vous-même à cette question idiote !

8

Ce qu'avait vu Freddy Duckworth

Quand son taxi s'arrêta devant l'ancienne demeure d'Ibrahim Bey et qu'il le pria de l'attendre, le bonhomme fit la grimace. Depuis le drame dont il avait été le cadre, le vieux castel n'avait plus bonne réputation. Pour le convaincre, Aldo ne lui paya que la moitié de ce qu'il lui devait, en promettant course double s'il le retrouvait en sortant.

— Et si ti ne ressors pas ?

— Alors tu iras où tu m'as pris, tu demanderas M. Lassalle...

— Ji connais !

— Parfait. En ce cas, tu lui diras où tu m'as déposé et il te donnera au moins ce que je t'ai promis...

On s'en tint là.

Cette fois, la porte médiévale était fermée et Aldo dut actionner la chaîne de la cloche à plusieurs reprises avant de faire apparaître, dans l'entrebâillement, la tête enturbannée d'un serviteur noir auquel il tendit une carte de visite en demandant si Mlle Hayoun voulait bien le recevoir. L'homme s'inclina et disparut, le laissant retrouver la jarre d'oranger qui lui avait donné asile le jour du massacre.

Il n'y resta pas longtemps. Deux minutes tout au plus avant que la princesse Shakiar ne fasse une de ces entrées théâtrales qu'elle semblait affectionner dans une longue tunique noire sur laquelle glissait une avalanche de sautoirs d'or dénués de pierres précieuses comme les bracelets qui cliquetaient à ses poignets. L'entretien commença mal :

— Que voulez-vous ? questionna-t-elle d'emblée sans s'encombrer de formules de politesse.

Lui retournant un sourire moqueur, il esquissa un salut :

— Je croyais avoir demandé Mlle Hayoun ? Vous ne lui ressemblez guère !

— Elle ne reçoit pas. Quant à moi, je suis ici pour veiller sur elle durant le deuil cruel qu'elle subit. Et elle ne veut voir personne. Qu'attendez-vous d'elle ?

De toute évidence, Aldo avait devant lui une espèce de dragon peu disposé à lâcher pied. Cependant il hésita à répondre, se souvenant du ton amer d'Ibrahim Bey faisant allusion à cette femme qui avait su attirer à elle l'unique membre de sa famille. Il ne pourrait être que très mécontent de la voir évoluer dans son domaine comme chez elle. C'est en pensant à lui qu'il choisit d'atermoyer :

— Qu'elle réponde à une question.

— Laquelle ?

— Inutile, Madame ! Cela ne concerne qu'elle seule.

— Mais je puis transmettre et revenir...

— Non, Madame. Veuillez m'excuser !

Il esquissait un salut avant de tourner les talons. Elle le retint :

— En revanche et puisque vous voici, vous pouvez peut-être me dire comment il se fait que vous soyez encore à Assouan après l'attitude scandaleuse que vous avez eue envers moi ?

— Vous tenez vraiment à ce que nous y revenions ? soupira-t-il. Il me semble pourtant qu'il n'y a plus rien à dire ? Vous m'avez pris pour un imbécile en me faisant venir chez vous dans l'intention de me vendre... ou de me confier les perles de Saladin, un trésor national qui m'aurait mené droit en prison si le premier douanier venu avait ouvert mes bagages.

— Ridicule ! Ces pauvres gens sont nuls en la matière !

— Seulement, ce n'est pas le cas des douaniers anglais qui les... assistent et ceux-ci ne m'auraient pas raté !

— Mais enfin, je vous jure que ces perles sont à moi ! Vous permettrez que je fasse ce que je veux de ce qui m'appartient ? Et j'ai besoin d'argent !

Aldo la regarda avec stupeur : au bord des larmes, elle paraissait sincère.

— Vous ne vouliez cependant pas que le roi ait vent de l'histoire ?

— Naturellement ! Quel homme accepterait que l'on vende un présent fait par amour... même s'il l'a regretté par la suite !

— Bon. Admettons ! Alors expliquez-moi le pourquoi de la présence des perles fausses dans mes bagages ?

— Vous m'aviez offensée ! Il était normal de vous le faire payer ! N'oubliez pas que j'étais reine d'Egypte !

Mais c'est qu'elle avait l'air d'y croire avec sa mine boudeuse ? Aldo abandonna la partie. On n'en sortirait jamais !

— N'en parlons plus, si vous le voulez bien ! J'ai refusé de conclure cette « affaire » et vous avez tenté de me faire passer pour un voleur. Je vous offre mes excuses et j'aimerais entendre les vôtres, mais je vous en tiens quitte ! Disons que nous sommes à égalité et finissons-en, princesse ! ajouta-t-il en saluant de nouveau, et cette fois elle le laissa partir.

Il allait atteindre la porte quand il entendit :

— Quelle question vouliez-vous me poser ?

Il se retourna. Shakiar avait disparu et c'était Salima qui se tenait à sa place. Immobile dans sa robe blanche, elle le fixait de ses yeux clairs. Il sentit alors une bizarre angoisse lui serrer la poitrine en mesurant, mieux qu'il ne l'avait fait jusque-là, l'incroyable beauté de cette fille. Qu'elle eût asservi Adalbert n'était guère surprenant et il remercia mentalement le Ciel de lui avoir donné Lisa qui le mettait à l'abri de ce genre d'enchantement, même si elle n'avait pas empêché un autre visage de prendre une petite place dans son cœur. Mais Adalbert ? Qu'avait-il pour le protéger du sortilège ? Aldo comprenait que l'arracher à elle serait une rude bataille. En admettant qu'une victoire soit possible...

Il revint lentement vers la jeune fille sans qu'elle fît un pas pour le rejoindre. Ce n'est que quand il fut devant elle qu'elle proposa d'aller s'asseoir au jardin que l'on venait de réhabiliter, et elle le précéda dans les étroites allées retracées autour des carrés de plantes odorantes. Au milieu, deux bancs de pierre surveillaient une fontaine muette pour le moment. Salima s'assit sur l'un d'eux en indiquant à son visiteur d'en faire autant. Alors seulement, elle répéta :

— Quelle question vouliez-vous me poser ?

— Elle est brève : où est Adalbert ?

Les beaux sourcils se relevèrent sous l'effet d'une surprise qui ne paraissait pas feinte :

— Suis-je censée le savoir ?

— Je ne vois personne d'autre pour me répondre. Il y a deux jours – deux soirs plus exactement ! – un gamin est venu lui porter une lettre émanant d'une dame sans prononcer de nom, mais au reçu de ce billet il s'est montré soudain si joyeux que le message ne pouvait émaner que de vous. Il a aussitôt décidé de suivre le garçon, se contentant de dire à l'ami qui l'héberge de ne pas se tourmenter s'il rentrait un peu tard...

— M. Lassalle, si je ne me trompe ?

— Vous le connaissez ?

— Comme le Tout-Assouan. Mais je vous ai interrompu, veuillez m'en excuser et continuer.

— Il ne me reste pas grand-chose à dire : il n'est pas rentré du tout.

— Ah !... Et vous pensez que la lettre venait de moi ?

— Pour qu'il soit aussi heureux ? Sans aucun doute ! Je ne sais si vous en avez conscience,

Mademoiselle Hayoun, mais vous avez pris pour lui une importance disproportionnée en égard aux relations habituelles entre maître et élève. (Et sans lui laisser le temps de répondre, il précisa :) D'ailleurs, je crois que vous n'en ignorez rien, sinon comment expliquer le message verbal que vous m'avez confié au Caire : Dites-lui que je ne l'ai pas trahi !... Vous saviez déjà que vous aviez le pouvoir de lui faire du mal !

— Du mal ? Le mot est un peu exagéré ! J'étais devenue son assistante, son élève, et je vous assure que c'est un merveilleux professeur... et un très grand archéologue.

— Ça, je le sais !

L'ébauche d'un sourire joua un instant sur les lèvres de la jeune fille :

— Alors vous avez peut-être une idée de... l'émulation féroce qui oppose ces messieurs, surtout quand ils appartiennent à des nationalités différentes ?

— En effet. Si je n'ai pas assisté au premier round de son combat contre Freddy Duckworth, j'ai eu le privilège d'arbitrer en quelque sorte le second dans le bar du Winter Palace à Louqsor. Nous nous sommes mis à deux pour empêcher Adalbert de l'étrangler. La seule différence était qu'il ne s'agissait plus d'une concession mais d'une jeune fille que l'honorable Freddy était accusé d'avoir détournée de ses devoirs et enlevée !

— C'est stupide ! Vous avez vu à quoi il ressemble ?

— Alors pourquoi avoir choisi son camp lorsqu'il a spolié Adalbert ?

— Parce que, dès l'instant où il s'agissait de la tombe de Sebeknefrou, cela primait les autres considérations. Il fallait que j'y entre... quel que soit celui qui m'ouvrait la porte. Dans les documents de mon grand-père, j'avais découvert qu'il devait s'y trouver un très vieux papyrus capable d'apporter quelque lumière sur la plus ancienne légende de l'Egypte...

— Et, bien entendu, vous n'en avait jamais touché mot à Adalbert ? fit Morosini, méprisant. On dirait que vous n'avez pas perdu de temps pour intégrer la confrérie de ceux dont vous venez de parler ?

— Non, je voulais le document pour mon grand-père, pour lui montrer qu'une fille pouvait être digne de participer à ses travaux.

— Et vous avez été punie par où vous avez péché : la tombe avait été violée auparavant.

Salima détourna la tête sans répondre. D'où Aldo conclut qu'il avait visé juste et qu'elle ne tenait pas à s'étendre sur sa déconvenue... Pourtant elle n'avait pas terminé et, rendant mépris pour mépris, elle commenta :

— Votre jugement m'indiffère. Entre le grand Ibrahim Bey et M. Vidal-Pellicorne – quelle que soit l'admiration que je lui porte ! – il n'y a qu'un seul choix possible. Mais pour en revenir à votre question, et en admettant que je sois l'auteur du billet, me direz-vous pour quelle raison il serait encore ici ? Installer un infidèle dans la maison d'Ibrahim Bey serait offenser sa mémoire ! Et plus qu'inconvenant !

— Aussi ne l'ai-je pas pensé ! J'espérais qu'en vous quittant vous auriez pu lui confier où vous aviez l'intention de vous rendre et qu'il aurait voulu vous y précéder !

— Un rendez-vous ? Galant de préférence ? Monsieur, vous m'offensez et vous voudrez bien vous en tenir à ce que je viens de vous dire : je n'ai pas écrit à Adalbert et il n'est pas venu me voir ! Autre chose encore ? ajouta-t-elle, franchement acerbe, en se levant... ce qui obligea Aldo à en faire autant.

— Non. Il me reste à vous remercier de m'avoir reçu, à vous offrir mes condoléances et à vous souhaiter tout le bonheur du monde... dans vos recherches, se hâta-t-il de préciser en voyant se durcir davantage le visage de Salima.

Elle ne le raccompagna pas, se contentant de le suivre des yeux tandis qu'il retraversait le jardin et gagnait la porte. Mais lui avait peine à réfréner sa colère, tant il était persuadé que cette fille s'était moquée de lui et qu'elle lui avait menti. Son seul moment de franchise était, selon lui, celui où elle avait expliqué ce qui s'était passé près de la tombe de Sebeknefrou. Elle n'avait omis que de révéler si elle avait trouvé son papyrus et il s'était prudemment gardé de le lui demander, sachant qu'il n'aurait obtenu au mieux qu'une demi-réponse. En revanche, il emportait une certitude concernant les « recherches » d'Ibrahim Bey. Lui aussi s'était livré au jeu du mensonge : il s'intéressait bel et bien à la Reine Inconnue, même s'il ne le montrait pas. En tout cas, il savait susciter les dévouements : c'était pour lui que Salima désirait fouiller la tombe de Sebeknefrou, pour lui encore qu'El-Kouari s'était fait tuer. Il n'avait même pas à se fatiguer à donner un ordre, ou à exprimer un désir, on se précipitait pour le satisfaire. Du grand art !... qui était loin de le satisfaire, lui !

Il fulminait encore en retournant chez Henri Lassalle qui devait attendre avec impatience le résultat de sa démarche :

— Alors ?

— Rien ! Ou si peu. Shakiar vit avec Salima et, en dehors de ce que celle-ci a consenti à me dévoiler de sa conduite sur le chantier de fouilles de Louqsor, elle ne m'a rien appris. Ah si, j'oubliais : ce n'est pas elle qui a écrit à Adalbert pour l'inviter à la rejoindre.

— Vous l'avez crue ?

— Le moyen de faire autrement ? Pourtant, on ne m'ôtera pas de l'esprit que le billet venait d'elle. Adalbert qui faisait une tête impossible s'est illuminé, m'avez-vous dit ?

— Littéralement. Il était heureux comme un gosse après le passage du Père Noël. Ce qui nous amène à penser que le pauvre garçon a été enlevé, mais par qui ?

— Par elle, il y a gros à parier... ou par les sbires de sa chère Shakiar dont Ibrahim Bey se méfiait. Ou plutôt d'Ali Assouari, le frère, qui pourrait bien être le grand patron de cette entreprise de crimes parce qu'il est d'une intelligence largement supérieure.

— Ne me dites pas qu'elle est idiote ?

— J'en viens à me le demander sérieusement... ou alors c'est la plus remarquable comédienne du siècle ! Pour en revenir à Adalbert, pourrais-je dire à mot à votre Farid ?

— Tous les mots que vous voudrez ! Je suppose que vous voulez lui demander des renseignements sur les circonstances de son départ ? A quoi ressemblait le gamin, par exemple ?

— Vous avez tout compris !

— Alors je vais vous répondre parce que ce que j'ai fait en premier, c'est l'interroger.

— Et le résultat ?

Henri Lassalle haussa les épaules :

— Vous avez vu le nombre de mioches qui traînent en ville, sur la Corniche ou ailleurs, à la recherche de quelques pièces ? Celui-là pouvait avoir une douzaine d'années, une galabieh presque propre et une calotte bleue sur la tête. Si j'ajoute qu'il était beau, cela ne vous apprendra rien de plus, presque tous les gosses sont beaux par ici… Au fait, voulez-vous déjeuner avec moi ?

— Ce serait avec plaisir mais on m'attend à l'hôtel.

— Votre… tante, sans doute ? Adalbert est enthousiaste à son sujet !

— Ma grand-tante, la marquise de Sommières. Elle est octogénaire mais elle a l'esprit tranchant comme une lame de rasoir. D'ailleurs, pourquoi ne viendriez-vous pas dîner avec nous au Cataract ? Je sais que vous n'aimez guère les femmes, cependant vous pourriez faire une exception pour elle et pour Marie-Angéline du Plan-Crépin, sa cousine et lectrice.

— Peste ! Quel nom ! fit Lassalle en riant.

— Elle est encore plus pittoresque. Et elle ne laisse personne ignorer que ses ancêtres ont « fait » les croisades. Venez, puisqu'à nous quatre nous formons toute la famille d'Adalbert. On se sentira plus forts en se serrant les coudes ! conclut-il tandis que son sourire s'effaçait.

— C'est entendu, je viendrai !

— Qu'est-ce que tu t'imaginais ! s'écria Mme de Sommières. Qu'elle allait te dire : « Mais comment donc, cher Monsieur ! Bien sûr que j'ai fait kidnapper Adalbert ! Il est même dans ma cave ! Vous serait-il agréable que nous allions lui faire un brin de causette ? » Il y a des moments où ta naïveté me confond !

— Et qu'est-ce que je pouvais faire d'autre ? Adalbert reçoit un billet porté par un gamin, le lit avec une joie plus qu'évidente et suit le petit messager en prévenant qu'il rentrerait peut-être tard !

— Et alors ?

— Il n'y a dans ce pays-ci qu'un seul être qui ait le pouvoir de le faire rayonner en recevant sa prose et c'est Mlle Hayoun. Par conséquent moi, à moitié idiot comme chacun sait, je file droit chez ladite Mlle Hayoun lui demander si elle peut au moins m'apprendre quelque chose. Or, non seulement elle ne l'a pas vu, mais elle assure ne l'avoir pas convié. Dans ces conditions, pouvez-vous me dire où il est ?

— Calme-toi. J'ai tort, je le sais et j'ai horreur de ça, mais te voir aussi inquiet me met hors de moi !

Crois-tu vraiment que l'on puisse accorder à cette fille l'ombre d'un crédit ?

— Qu'il y ait du vrai par exemple quand elle donne la raison pour laquelle elle est restée avec Duckworth, je n'en doute pas...

— D'autant plus qu'elle s'est bien gardée de vous dire si elle avait trouvé ou pas son papyrus, ni ce qu'il contenait, flûta Plan-Crépin qui s'était contentée d'écouter jusque-là. Maintenant, qu'elle soit ou non l'auteur du message, le diable seul doit le savoir. Adalbert l'a cru et c'est ça le drame ! Il faudrait pouvoir visiter à fond cette vieille baraque et ça n'a pas l'air facile. Une porte médiévale et une unique fenêtre, étroite par-dessus le marché, ce n'est pas beaucoup. En passant par les terrasses peut-être ?

— Vous avez vu la hauteur des murs, Angelina ? Je reconnais que vous grimpez comme un écureuil et je ne pense pas être devenu trop rouillé, mais il nous faudrait d'abord un grappin et une corde solide et...

— Si vous cessiez de dérailler tous les deux et considériez l'endroit où nous sommes ? Passe pour la corde, mais où voulez-vous dénicher un grappin ? Dans les boutiques de souvenirs ? En outre, une fois là-haut, vous vous trouverez peut-être dans une maison bourrée de gens qui ne vous faciliteront pas la tâche ? Ce genre d'aventure nécessite d'assurer ses arrières et ici c'est le bout du monde. On n'a aucune aide à attendre des autorités locales... Et malheureusement ni l'un ni l'autre vous ne possédez les talents d'Adalbert pour ouvrir les portes les mieux fermées.

— On pourrait peut-être utiliser le colonel Sargent ? suggéra Aldo. Il brûle de se lancer sur les traces de son beau-frère et le fait qu'il soit anglais doit être pris en considération. Et n'oublions pas M. Lassalle qui connaît à peu près tout le monde. Au fait, cela ne vous ennuie pas que je l'aie invité à dîner ?

— Il est bien temps de le demander ! soupira la marquise. On pourra peut-être en tirer des renseignements... et ça nous fera toujours passer un moment ! D'autant qu'on peut espérer qu'il ne se souviendra pas de nous.

— Nous aurions tort de nous bercer d'illusions, reprit Marie-Angéline. Nous sommes inoubliable, mais ce sera peut-être amusant de voir sa tête ?

— Elle a raison, Tante Amélie : vous êtes sublime, fit Aldo, sincère, en contemplant la longue robe de chantilly gris perle habillant avec élégance une silhouette restée mince en dépit de l'âge sur laquelle scintillaient un collier « de chien », des bracelets et des girandoles en diamants. Je me demande même s'il est très prudent de transporter des bijoux de cette qualité aux confins du désert.

— Pour un expert, tu me surprends, mon garçon ! Ou alors ta vue baisse. C'est du toc bien sûr ! Les originaux dorment en sécurité à Paris.

— Je préfère ! Bon, il est temps de descendre !

— Encore une minute ! le retint Marie-Angéline. Etant donné que, la première émotion passée, Adalbert va être le centre de la conversation, je voudrais qu'on évite de mentionner l'idée qui m'est venue : la seule piste dont nous disposions pour retrouver notre ami, c'est ce gamin qui a porté la lettre. C'est par lui qu'il faut commencer.

— Je ne vois pas pourquoi nous le tairions à Henri Lassalle ? On en a déjà parlé.

— Et qu'est-ce qu'il en pense ?

— Que ce sera à peu près aussi facile que chercher un grain de sable dans le désert !

— Ben voyons !

Il fut impossible d'obtenir qu'elle s'explique davantage. D'ailleurs on n'en avait plus le temps. L'entrée du salon où l'on se réunissait quand on avait des invités était devant eux. Henri Lassalle aussi, sanglé dans un impeccable smoking du même blanc que ses cheveux. Voyant venir Morosini escortant deux dames dont il tenait la plus âgée par le bras, il s'inclina et ce fut à cet instant qu'il les reconnut car il rougit :

— Là ! chuchota Plan-Crépin. Je savais bien que « nous étions inoubliable ». Il nous a reçue en pleine figure !

Pourtant, le vieux monsieur fit montre d'un fair-play élégant en allant au-devant d'elles :

— Je crains, mon cher Aldo, que vous n'ayez joué à votre tante un bien mauvais tour en m'invitant à dîner avec elle. Ce n'est pas la première fois que nous nous rencontrons et j'ai peur d'avoir laissé un souvenir désagréable ! Mais comment imaginer que Mme la marquise de Sommières tant vantée par Adalbert puisse être mon adversaire victorieuse de Monte-Carlo ? Vous me voyez confus, Madame.

— Ne le soyez pas plus longtemps. Les casinos ont ce curieux privilège de mettre les joueurs sur les nerfs et de les faire réagir de façon tout à fait inhabituelle. Ce même phénomène se produit, paraît-il, quand on conduit une automobile... Cela dit, Monsieur, oublions tout cela ! Nous sommes réunis au nom de ce cher Adalbert. Aussi soyez le bienvenu ! conclut-elle en souriant et en lui tendant une main sur laquelle il s'inclina.

— Quel bel échange de discours ! souffla l'incorrigible Marie-Angéline. On se croirait à une réception de l'Académie française !... Ouf !

Aldo venait de lui décocher dans les côtes un coup de coude sournois qui passa inaperçu car, la paix se trouvant ainsi signée, on se rendit à la salle à manger où le maître d'hôtel les guida vers une table ronde fleurie d'œillets roses. La lecture du menu, les commandes et le bref entretien d'Aldo avec le sommelier occupèrent les premières minutes, après quoi on entra sans attendre dans le vif d'un sujet trop présent à l'esprit des convives pour laisser place aux banalités rituelles dans la bonne société.

— Mon neveu a dû vous raconter sa visite à cette demoiselle Hayoun. Qu'en pensez-vous, Monsieur Lassalle ? entama la marquise. Ne l'ayant jamais vue, je ne peux me faire une opinion.

— Elle est extrêmement belle : imaginez Néfertiti avec les yeux d'une princesse nordique : des lacs bleutés si clairs qu'ils en semblent transparents. En réalité ils sont insondables, mais je ne sais si mon jugement peut être valable. Je l'ai vue pour la première fois le jour des funérailles d'Ibrahim Bey. Le billet qu'a reçu Adalbert ne pouvait venir que d'elle. Je le connais depuis l'enfance et si vous aviez vu son visage en le lisant ! Il est parti sur-le-champ !

— J'ai oublié de vous demander un détail.

— Quoi donc ?

— Le mystérieux gamin est-il venu avec un véhicule ou bien Adalbert vous a-t-il emprunté une voiture ? Le vieux château est assez éloigné...

— C'est vrai pourtant... et je n'y ai même pas pensé. L'enfant était à pied et il s'est contenté de le suivre.

— Alors on a deux hypothèses : soit un véhicule quelconque l'attendait à un endroit quelconque, soit le rendez-vous qu'on lui donnait était en ville ou à peu de distance... Savez-vous où se trouve la maison de la princesse Shakiar ?

— Dans l'île Eléphantine, mais elle ne lui appartient pas. C'est la propriété de sa famille, donc de son frère. C'est le berceau des Assouari qui se prétendent les descendants des princes de l'île dont on peut voir les tombeaux sur la rive gauche du Nil. Vous pensez qu'elle aurait pu l'y attendre ?

— C'est ce qui me paraît le plus logique. On peut supposer aussi qu'elle n'a pas menti, qu'elle n'avait pas écrit cette lettre...

— Ça, coupa Marie-Angéline, vous ne me le ferez pas croire. S'il a travaillé plusieurs mois avec cette fille, il serait étonnant qu'Adalbert ne connaisse pas son écriture ? Et puis même : pourquoi n'aurait-elle pas mis sa plume au service d'amis qui paraissent lui être chers ? Elle a trahi Adalbert une fois, alors pourquoi pas deux ? C'est le premier pas qui coûte et, pour ce que nous en savons, cet Ali Assouari donne l'impression d'être non seulement le chef de famille mais manifestement celui de la bande qui est cause de tous vos problèmes.

— Vous pensez qu'Adalbert pourrait être retenu dans cette demeure ? demanda Aldo.

— Ce serait d'autant plus logique que Shakiar s'est installée on pourrait dire « officiellement » au château de Fleuve pour y soutenir le moral de la belle Salima, ce qui a permis à celle-ci de se montrer offensée que l'on pût le supposer chez elle.

— Elle ressemble à quoi, la maison de l'île ?

— Oh, c'est un véritable petit palais pourvu de jardins magnifiques. En faire une visite impromptue ne doit pas être évident... au cas où vous y songeriez, prévint-il en captant au passage le regard échangé entre Aldo et Marie-Angéline, elle doit être plus que bien gardée.

— Si Adalbert était avec moi, nous tenterions l'aventure sans hésiter, mais sans lui je perds la moitié de mes moyens, soupira Aldo en faisant signe au serveur pour qu'il remplisse les verres. En outre, nous n'avons aucune assurance qu'il s'y trouve ! Nous nageons dans le brouillard.

— Espérons seulement qu'il soit toujours en vie ! soupira Mme de Sommières. Je n'aime pas une histoire d'enlèvement qui aboutit à une impasse. D'habitude, quand on prend quelqu'un en otage, c'est pour obtenir une rançon en contrepartie ? Là, personne n'a rien réclamé, que je sache ? A moins que M. Lassalle n'ait reçu un message et hésite à en parler au cas, par exemple, où on lui aurait enjoint de se taire ?

— Hélas, non ! Je n'ai rien reçu. D'ailleurs, en général un ravisseur exige le silence vis-à-vis de la police. Pas vis-à-vis de la famille... Quant à ladite police, si l'on considère ce qu'elle vaut, je ne vois pas bien qui pourrait la redouter. Cependant, j'ai l'intime conviction que nous pouvons garder espoir. Il se peut que nous ayons des nouvelles bientôt. Un ravisseur n'est pas toujours pressé. Tout dépend de ce qu'il veut obtenir...

Le dîner s'acheva dans une atmosphère de contrainte. A mesure que le temps passait, et contrairement aux assertions de M. Lassalle, le silence dont s'enveloppait la disparition d'Adalbert se faisait plus pesant. Même s'ils refusaient l'idée qu'il aurait pu lui arriver malheur. On se sépara peu après en se promettant de se tenir au courant de la moindre nouvelle. Tante Amélie s'étant déclarée un peu fatiguée, ces dames remontèrent chez elles tandis qu'Aldo allait boire un deuxième café au bar. Il y trouva le colonel Sargent, en compagnie de son whisky vespéral, qui lui fit signe de le rejoindre :

— Alors ? demanda-t-il. Quoi de neuf ?

Morosini leva un sourcil surpris :

— A quel sujet ?

— Votre ami l'archéologue, voyons ! Il a bien été enlevé ?

Pris au dépourvu, Aldo n'eut pas le réflexe de nier et le considéra avec stupeur :

— Mais comment le savez-vous ?

— Oh, c'est élémentaire ! Vous m'attendez une minute ?

Il fila vers le bar d'acajou et de bronze doré pour en revenir escorté d'un garçon long comme un jour sans pain, roux comme une carotte, qu'il présenta bien qu'Aldo l'eût déjà reconnu :

— Voici l'honorable Freddy Duckworth que nous avons rencontré, vous et moi, dans des circonstances plutôt tumultueuses. Si vous ne connaissez pas votre sauveur, Duckworth, vous pouvez saluer le prince Morosini.

— Tout à fait ravi ! émit le personnage en tendant une main large comme un battoir à linge. C'est gentil à vous de me présenter, colonel Sargent. Il y a des jours que j'hésite à le faire pour offrir mes estimés remerciements, mais je n'osais pas !

— Ce que nous avons fait, le colonel et moi, n'en mérite pas tant. C'était normal... mais pourquoi n'osiez-vous pas ? Je vous fais peur ?

— Non, mais vous n'étiez pas souvent dans la solitude. M. Pellicorne était toujours là et je n'avais pas l'envie de secouer les mains avec lui. On a sa self respect mais dans l'autre nuit je crois que je vois...

— Parlez anglais, mon vieux ! conseilla Sargent, ce sera plus clair et notre ami l'entend à la perfection !

— Merci ! Tard dans la soirée il y a trois jours, je me promenais par là (il désignait d'un geste vague la partie haute de la ville), quand j'ai vu votre ami courant derrière un jeune garçon vers une automobile qui attendait tous feux éteints dans un coin sombre. Il est monté. Aussitôt je l'ai entendu crier, puis la voiture a fait une manœuvre pour changer de direction et est partie vers le Nil, tandis que le garçon s'en retournait par où il était venu.

— Habillé comment, le gamin ?

— Une robe sombre, si mes souvenirs sont exacts et je ne sais quoi sur la tête ! Ça s'est passé très vite !

— Et la voiture est descendue vers le fleuve ?

— Oui ! Mais où est-elle allée, ça, je l'ignore !

— C'est déjà précieux comme renseignements... mais pourquoi n'avoir pas parlé plus tôt au colonel ?

L'air gêné, Duckworth renifla une fois ou deux, hésita puis finit par déclarer qu'il n'était pas mécontent que son ennemi eût quelques ennuis – les deux raclées qu'il en avait encaissées étaient encore fraîches dans sa mémoire –, mais en constatant qu'Aldo était revenu seul à l'hôtel et qu'il ne paraissait pas cultiver la gaieté, il s'était interrogé et, comme ce n'était pas un garçon rancunier, il avait fini par s'en ouvrir à son compatriote.

— Moi, je ne vous remercierai jamais assez, en tout cas, dit Morosini. Quand je l'aurai retrouvé, mon ami Adalbert vous offrira ses excuses... même si le tour que vous lui avez joué était « pendable ».

Il avait exprimé le mot en français et Freddy buta dessus :

— Pendable ? Vous voulez dire que je mérite la potence ?

— Non, c'est une façon de parler. Cela signifie pas très fair-play. Et à ce propos, je voudrais vous poser une question, pourquoi faites-vous ça ?

— Ça, quoi ?

— Chiper les concessions de fouilles des autres ? Vous êtes égyptologue, que diable ! Vous ne pouvez pas les chercher tout seul ?

Freddy hocha la tête et prit une mine désolée :

— Non. J'ai fait les études mais je n'ai pas le flair ! Et puis je suis paresseux ! C'est extrêmement fatigant de creuser la terre, de remuer des tonnes de pierres et de se faufiler dans des trous à peine plus évasés que ceux d'un renard. En plus, j'ai mal au dos !

— Dans ce cas, pourquoi avoir choisi l'archéologie ? Vous n'aviez pas d'autre corde à votre arc ?

— Non. C'était le désir de mon oncle.

— Votre oncle ? Lord Ribblesdale ?

— Vous le connaissez ?

— Non ! En revanche, je connais trop bien votre tante Ava

Une intense expression de soulagement se répandit sur les nombreuses taches de rousseur de l'Anglais.

— Alors, s'il en est ainsi, je n'ai pas besoin d'expliquer !

— Tout de même un peu. Ce n'est certainement pas pour lui faire plaisir que vous avez opté pour la pelle et la pioche ? C'est une enragée chercheuse de joyaux mais ceux de l'Egypte ne l'intéressent pas.

— On dirait que vous la connaissez à la perfection ? Alors vous allez comprendre : c'est seulement pour embêter sa fille qui...

Aldo éclata de rire :

— N'allez pas plus loin, je suis au courant ! Il suffit de connaître la fille en question, Alice Astor, qui se prend pour la réincarnation de Néfertari ou d'une de ses consœurs ! Vous devriez en parler à mon ami Adalbert quand on l'aura récupéré ! Vous aurez de quoi discuter ! En attendant, merci pour lui[1] !

— Oh, c'est rien... et si je peux encore aider ?

Décidément il débordait de bonne volonté, mais pour Aldo il ne fallait jamais abuser des bons sentiments. A présent, un nouveau problème se posait : comment explorer la demeure ancestrale des princes Assouari ? Surtout dans la plus totale discrétion !

Plongé en lui-même, il regardait fixement sa tasse à café vide, ayant complètement oublié le colonel Sargent. Mais celui-ci, après s'être éloigné un instant, revenait équipé de deux verres de whisky dont il posa l'un sous le nez d'Aldo qui le remercia machinalement :

— Un penny pour vos pensées ! fit-il, jovial. Vous me faites l'effet d'être parti bien loin, mon cher prince ?

— Pas à ce point ! Merci pour le verre ! ajouta-t-il en s'y attaquant aussitôt.

— Disons : moins loin que vous ne l'espériez ! Cette voiture qui s'en est allée vers le Nil ne fait pas votre affaire. Vous pensiez que les ravisseurs étaient envoyés par la belle demoiselle ? Ce qui aurait eu l'avantage d'offrir un aspect agréable à votre ami ? Mais peut-être possède-t-elle un logis sur une rive du fleuve ?

— Elle non, mais elle y a des amis... Encore que je me demande s'ils sont aussi fiables qu'elle le prétend ?

1. Voir *Les Joyaux de la sorcière*, Plon, 2004.

— Si vous faites allusion à la princesse Shakiar, c'est non sans hésiter ! Ce n'est pas qu'elle soit méchante, mais elle est trop en pâmoison devant son frère Ali Assouari pour ne pas se laisser mener par le bout du nez.

— D'où la connaissez-vous si bien ?

Le colonel eut un geste évasif :

— Oh, j'ai été un moment en poste au Caire auprès du gouverneur militaire ! Une belle femme malgré tout – et il faut lui accorder ça ! – qui donne de magnifiques réceptions !

Aldo ne retint pas un éclat de rire et Sargent s'étonna :

— Qu'ai-je dit de si drôle ?

— Je vous prie de me pardonner, mais je me demandais s'il existe un coin au monde où vous n'avez pas été en poste ? Je n'aurais jamais cru l'armée des Indes aussi itinérante.

Le colonel accepta la remarque avec bonne humeur :

— Elle non, mais moi oui ! Au cours d'une longue carrière, il faut avoir le goût des déménagements. On va où l'empire vous envoie... selon les compétences !

— D'où vos vastes connaissances linguistiques ?

— Ce serait plutôt mon péché mignon ! J'adore décrypter le langage des pays lointains ! Par exemple, j'ai appris le mandarin... bien que je n'aie jamais mis les pieds en Chine !

— Bravo ! Mais pour en revenir à la famille Assouari, que savez-vous sur elle ?

— Ali ? Un grand seigneur... dans le style médiéval. C'est-à-dire capable de tout et de n'importe quoi. Maintenant, si vous désirez savoir où se trouve sa maison dans l'île Eléphantine, je peux vous y conduire ? Demain ?

Il n'était pas facile de surprendre Morosini. Le vieux militaire y réussit cependant car il demanda :

— Vous pratiquez la transmission de pensée ou quoi ?

— Oh, que non, et je ne lis pas davantage dans les lignes de la main. Simplement – ma femme vous l'a dit ! – je m'ennuie. Alors je m'intéresse aux gens que je rencontre. Et il se trouve que vous êtes bougrement intéressants, vous et votre copain, mon cher prince !

Aldo aurait pu lui renvoyer le compliment. Aussi saisit-il sans hésiter la main qui se tendit vers lui.

– - Demain, d'accord ! A condition – faute de cheval ! – de ne pas m'obliger à y aller à la nage !

Il croyait plaisanter mais l'autre, sérieux comme un pape, lâcha :

— Selon les circonstances, ce n'est peut-être pas à exclure à un moment ou à un autre.

Dire que la propriété était imposante eût été un euphémisme. En fait, c'était la plus belle de l'île : un petit palais rappelant un peu l'Alhambra de Grenade, niché dans la verdure en retrait de la pointe nord et à la hauteur de l'île Kitchener[1], desservie en outre par un bac privé rejoignant la Corniche. Arri-

1 Environ à l'emplacement du désastreux hôtel Oberoi.

vés avec celui-ci les deux hommes purent en faire le tour délimité par des murets sans que quiconque s'y oppose mais en se convainquant qu'il était visiblement d'une extrême facilité de s'y introduire. Cependant, le faire sans l'aval du propriétaire devait relever de l'impossible, si l'on en jugeait au nombre de serviteurs vêtus de blanc et de rouge qu'on pouvait voir évoluer

— Si Adalbert est là-dedans, il doit être mieux gardé que la Banque d'Angleterre ! soupira Morosini. Et je suppose que la nuit, les domestiques y couchent un peu partout à la mode du pays ?

— Certains viennent d'une bourgade nubienne située à proximité, côté sud, mais il doit en rester un bon paquet à la maison. L'ex-beau-frère du roi a toujours tenu à affirmer sa puissance, apparente, parce que je ne suis pas certain que la fortune suive. Il aime jouer gros jeu et l'on parle, sous le manteau, de « culottes » retentissantes. Ce qui ne l'empêche pas de regarder le gouverneur comme quantité négligeable.

— Il se considère comme au-dessus des lois ?

— Absolument ! Je vous l'ai dit, c'est un forban et s'il tient votre ami, comme tout le laisse supposer, il ne le lâchera pas sans marchander.

— Comment se fait-il alors qu'aucune demande de rançon ne nous soit parvenue ?

— Si vous me permettez un terme de pêcheur, je dirai qu'il fatigue le poisson !

— Et c'est moi, le poisson ?

— Depuis l'affaire des perles, je pense que vous n'en doutez pas ? Ce que c'est que d'avoir une réputation internationale !

Aldo garda le silence avant de demander :

— Pourquoi m'avoir amené ici ?

— Pour que vous jugiez par vous-même de l'ampleur de la tâche. Si je m'étais contenté de décrire, vous ne m'auriez sans doute pas cru !

— Peut-être pas ! C'est possible... En fait je ne sais plus trop où j'en suis...

Il se demandait aussi comment l'aimable ex-colonel du 17e Gurkhas, dont il pensait qu'il était un touriste parmi les autres, pouvait être détenteur d'une telle quantité d'informations, mais il se garda bien de le formuler. Il est vrai que, selon son épouse, on ne pouvait s'étonner de rien venant du beau-frère de Gordon Warren !

— Ce qui est certain, reprit-il, c'est que je veux retrouver Vidal-Pellicorne, et en bon état. Que me conseillez-vous de faire ?

— Attendre !... Je sais, c'est irritant, en particulier quand on est loin de ses bases habituelles, mais il viendra forcément un jour où le ravisseur fera connaître ses exigences. A ce moment-là seulement il sera loisible d'agir !

— Seul contre un bandit qui, de par sa position, dispose sans doute de toutes les forces du pays ? fit Aldo avec amertume.

— Et moi, vous m'oubliez ? En outre, je peux vous dire ceci : Assouari dédaigne Mahmud Pacha, le gouverneur, mais celui-ci le déteste en proportions. Ce n'est certes pas une lumière, pourtant je crois sincèrement que si l'on faisait appel à lui – lui permettant de s'en débarrasser –, il pourrait trouver ça... très amusant ! Et il adore qu'on le divertisse, cet homme !

Le « Et moi vous m'oubliez ? » parti si spontanément avait frappé Aldo au passage :

— L'Angleterre est très puissante ici, n'est-ce pas ?

— On pourrait même dire toute-puissante, s'il ne s'agissait pas pour elle d'essayer de mettre de l'ordre dans un pays travaillé par des courants contraires dont certains, pour être larvés, n'en sont pas moins inquiétants.

— Et vous possédez un peu de cette puissance ?

Le teint recuit au soleil des Indes – et d'ailleurs ! – du colonel vira au rouge brique :

— Moi ? Je ne suis qu'un vieux soldat à la retraite qui a conservé le goût des voyages. Ainsi, ma femme et moi passons toujours au minimum un mois d'hiver ici. Clementine raffole d'Assouan et je n'ai aucune raison de lui refuser ce plaisir. Alors, à la longue, on finit par connaître tout le monde, se faire des relations et Mahmud Pacha en fait partie.

« Ben voyons ! », pensa irrévérencieusement Morosini, intrigué de plus en plus par ce compagnon tombé du ciel qui semblait avoir réponse à tout et qui pour le moment était vraiment le bienvenu. Il l'entendit poursuivre :

— Que feriez-vous si vous vous trouviez sur l'un de vos terrains habituels au lieu d'avoir l'impression d'évoluer au milieu de nulle part ?

— Je m'arrangerais pour introduire un « sous-marin » dans le camp de l'ennemi, répondit-il, évoquant non sans nostalgie Théobald et Romuald, les si précieux jumeaux d'Adalbert. Rien de plus utile qu'un serviteur dûment instruit. Mais dans le coin, je ne vois personne à qui confier cette mission... A moins que...

— Vous pensez à quelqu'un ?

— A M. Lassalle évidemment ! Il est ici depuis longtemps, tout ce qui compte lui est familier...

— ... et je vous arrête ! C'est un Européen comme nous et aucun d'entre nous ne peut être sûr à cent pour cent de ses domestiques. D'ailleurs, encore faudrait-il qu'on puisse en soudoyer un chez Assouari et il n'est pas homme à engager n'importe qui. En outre, dans le village nubien d'à côté, il a un réservoir inépuisable !

— C'est décourageant ! soupira Aldo. Je donnerais cher pour savoir ce qui se passe au juste entre les murs de cette maison. Mon instinct me souffle que Vidal-Pellicorne n'est pas loin ! Mais comment en avoir la certitude ? Cette inaction me tue !

— Ce que vous pouvez être lyriques, vous, les Latins ! Dites-vous bien qu'à tout problème il existe une solution. Il faut seulement la trouver. Et pour cela : réfléchir encore !

En rentrant à l'hôtel, Aldo laissa le colonel à la recherche de sa femme et rejoignit Marie-Angéline qui lisait sur la terrasse. Elle le reçut plutôt fraîchement.

— On a fait une bonne promenade ? s'informa-t-elle sans lever les yeux de son livre.

— On peut l'appeler ainsi !

— C'est un homme fort sympathique, le colonel !

— Très ! Où voulez-vous en venir ? Et d'abord, comment se fait-il que vous soyez seule ? Où est Tante Amélie ?

— Partie faire des courses avec lady Clementine.

— Et vous ? Pas d'aquarelle, ce matin ?

Elle referma son livre en le claquant avant de braquer sur lui un regard furibond :

— Non ! Pas de dessin ni quelque occupation que ce soit ! Et vous, je n'arrive pas à comprendre comment vous pouvez avoir le cœur à jouer les touristes alors que notre Adalbert...

Un sanglot lui coupa la parole tandis que les larmes montaient à ses yeux. Elle était si visiblement malheureuse qu'Aldo oublia de se mettre en colère. Il lui enleva le livre des mains et les retint dans les siennes :

— Qu'êtes-vous allée imaginer ? Que j'allais faire un tour en bateau ou disputer une partie de golf avec Sargent ?

En guise de réponse, elle se contenta de hausser les épaules. Ce que voyant, il lui sourit :

— Pour vous mettre dans cet état, il faut que vous me connaissiez bien mal, Angelina ! C'est précisément de lui dont nous nous occupions. Le colonel pense comme moi que c'est Assouari qui a enlevé Adalbert et il a voulu me montrer sa résidence ancestrale dans l'île Eléphantine. Nous avons cherché ensemble un moyen de la « visiter ». Vainement : c'est bourré de domestiques.

Du moment que l'on parlait action, le chagrin s'envola. Plan-Crépin redevint Plan-Crépin :

— Peut-être en introduisant un domestique supplémentaire ? S'il y en a une telle multitude, il pourrait passer inaperçu ?

— Un à nous ? Dans ce patelin où l'on ne peut être sûr de rien ? Nous ne sommes pas en France et les jumeaux d'Adalbert sont loin...

— On peut toujours essayer !

Se levant, elle agita les bras à la manière d'un sémaphore en direction d'un groupe de gamins assis sur un muret ombragé par un tamaris en bas des jardins de l'hôtel. L'un d'eux s'en détacha en courant, parlementa un instant avec le voiturier en indiquant celle qu'il l'appelait et finalement la rejoignit :

— Tu as besoin de moi ? demanda-t-il dans un sabir où tentaient de cohabiter l'anglais et l'arabe. Nous allons là-bas ?

— Non, pas aujourd'hui. Aldo, je vous présente Hakim, mon jeune guide. C'est un garçon honnête et courageux. Hakim, nous voudrions savoir s'il y a une possibilité de s'introduire dans le palais du prince Assouari pour l'inspecter à fond.

— Qu'est-ce que tu veux savoir ?

— S'il n'y retiendrait pas prisonnier un ami... un ami très cher !

— Celui qui était à la maison des Palmes et qu'on a kidnappé ?

— Tu en sais, des choses ! constata Aldo, surpris.

— C'est une petite ville, ici. Il suffit de savoir écouter et d'ouvrir ses yeux. Je connais le garçon qui est allé chercher ton ami.

— Il t'a dit qui l'avait envoyé ?

— Non. Un Arabe dans une voiture noire lui a donné un message à porter en disant qu'il devait ramener quelqu'un. Le quelqu'un est venu. Il est monté dans la voiture et elle est partie en direction du fleuve. Il ne sait rien de plus... sinon que le bakchich a été généreux.

— Le tien le sera aussi si tu nous donnes un coup de main.

— Je voudrais bien, mais entrer chez le prince quand il est là, c'est difficile... très difficile parce que tout le monde a peur de lui... à moins qu'il ne manque un serviteur.

— Si on en enlevait un, suggéra Marie-Angéline, tu pourrais peut-être prendre sa place ?

— Non. Moi, je ne sais pas servir, se cabra Hakim, sa dignité offensée. Et puis je suis trop jeune. Ali Assouari n'engage que des gens auxquels il fait confiance. Ce que je peux faire, c'est dire comment est la maison à l'intérieur.

— Donc, tu y es déjà entré ?

— Quand le maître est absent et que c'est fermé ? Bien sûr. Ce n'est pas compliqué...

— Tout ce que je veux savoir, reprit Morosini, c'est s'il y a des endroits où l'on peut cacher quelqu'un ? Des caves, par exemple ?

— Oui... (Puis se tournant vers Marie-Angéline :) Toi qui dessines si joliment, tu pourrais faire un... plan ? C'est comme ça qu'on dit ?

— Absolument. Si tu m'expliques, ce sera facile... Evidemment cela ne nous fera pas entrer, mais ce serait toujours une assurance et on ne sait jamais ?

Une occasion pourrait se présenter... On ira cet après-midi au temple ? Je connais dans un coin une dalle lisse qui peut servir de table...

L'arrivée de Mme de Sommières et de lady Clementine dans une calèche encombrée de paquets mit fin à la conversation. Aldo offrit à Hakim une pièce d'argent à titre d'encouragement, ce qui le fit rougir de bonheur avant de s'en retourner en courant, non sans lui avoir déclaré, en guise de remerciement sans doute :

— Tu as de la chance d'être son ami, dit-il en désignant Plan-Crépin : C'est une fille chouette...

— Parce que tu crois que je ne le sais pas ?

En allant au-devant des deux dames, Aldo aperçut M. Lassalle qui, une canne à la main, se dirigeait vers l'hôtel. Aussi, après avoir baisé la main de l'Anglaise, le rejoignit-il.

— J'avais l'intention de passer chez vous tantôt pour savoir si vous aviez des nouvelles, dit-il en lui serrant la main. Mais puisque vous voilà, voulez-vous déjeuner avec nous ?

— Non. C'est vous qui venez déjeuner avec moi. Entre hommes. Je ne veux pas « encombrer » ces dames plus qu'il ne convient...

— Est-ce que vous n'allez pas un peu trop loin sur le chemin de la repentance ? Le faux-pas de Monte-Carlo est effacé depuis longtemps !

— Peut-être... encore que je n'en sois pas persuadé ! Quoi qu'il en soit, je me sens mal à l'aise en leur présence... D'ailleurs, le mieux serait d'aller dans l'un des restaurants de la Corniche et, pour en revenir à votre question initiale, je n'ai reçu aucun avis des ravisseurs, à moins que vous n'en ayez...

— Je vous l'aurais dit tout de suite !

— Donc il est préférable que nous soyons seuls tous les deux. Je me fais trop de bile pour être un compagnon de table agréable pour des dames...

9

Une soirée mouvementée...

Du geste machinal – et idiot ! – de qui cherche une explication, Aldo retourna l'élégant vélin gravé qui l'invitait aux fiançailles du prince Ali Assouari avec Mlle Salima Hayoun. Celle-ci y avait ajouté quelques mots de sa main, disant qu'elle serait heureuse de recevoir les « derniers amis d'Ibrahim Bey ». Ce carton n'avait aucun sens, étant donné la fraîcheur de ses relations avec la jeune fille, sans compter le fait qu'il ne connaissait officiellement le futur époux que sous l'identité usurpée d'El-Kouari. Dans l'art de créer les fausses situations, ces deux-là semblaient exceller...

Evidemment, on lui offrait là l'occasion rêvée de visiter la demeure qui l'intriguait tant – rien de plus pratique qu'une foule pour s'y perdre et aller en exploration ! –, mais ce pouvait être aussi bien un piège : rien de mieux en effet qu'une foule pour escamoter quelqu'un et le faire disparaître.

Sans s'interroger davantage, il décida d'aller poser le problème à Henri Lassalle et fourra le carton dans sa poche. Mais, en traversant le hall de l'hôtel, il rencontra le colonel qui tenait le même au bout des doigts.

— Vous avez reçu une invitation, vous aussi ? demanda-t-il en lui montrant la sienne.

— Comme vous voyez. Et je me demande bien pourquoi. Certes, ma femme et moi sommes des habitués d'Assouan, mais nous ne faisons pas partie des relations de ce type, même s'il nous est arrivé de le rencontrer chez le gouverneur ou chez le général commandant la région. Si nous avons échangé vingt mots, c'est bien le bout du monde...

— Vous n'en faites pas moins partie de la gentry. Ceci explique cela, mais moi ?

— Pas tant de modestie ! Non seulement vous appartenez à la haute noblesse européenne, mais vous avez une réputation, je dirais, internationale. Cela dit, j'en suis personnellement ravi : ce serait le diable si à nous deux nous ne parvenons pas à en tirer des renseignements !

— Qu'en pense lady Clementine ?

— Elle ? Oh, elle est enchantée. Elle adore les fêtes, surtout quand elles exhalent les parfums de l'Orient. Elle en est encore aux Mille et Une Nuits. Par conséquent nous acceptons et je vous conseille d'en faire autant ! A tout à l'heure !

En arrivant à la maison des Palmes, Morosini fut encore plus surpris. Non parce que le vieux monsieur, étant une notabilité du pays, était convié : un deuxième bristol était adressé à Adalbert, agrémenté comme celui d'Aldo de quelques lignes manuscrites, disant combien Salima serait heureuse de la présence de son cher maître en égyptologie.

S'il n'avait été aussi inquiet, Aldo eût trouvé la situation plutôt amusante : c'était à peine si l'on ne les intronisait pas membres de la famille !

— Ce type se fout de nous ! Oser inviter Adalbert alors qu'il doit savoir mieux que personne pourquoi il ne sera pas là, c'est de la provocation !

— ... ou ce que l'on croit un habile écran de fumée ! Vous irez, j'espère ?

— Plutôt deux fois qu'une ! Et vous ?

— La question ne se pose pas !

On se sépara sur ces fortes paroles. Tout le monde irait donc à la fête. Tout le monde sauf Mme de Sommières et son factotum que l'on avait ignorées. Or, si la première ne s'en formalisa pas, la seconde jeta feu et flammes :

— Ils ont invité la moitié du Cataract ! Et pas nous ? C'est inconcevable ! Qu'est-ce que cela signifie ?

— Qu'on ne nous connaît pas, ma fille ! fit la vieille dame d'une voix apaisante. Ce que vous pouvez être snob, quand vous vous y mettez ! Voulez-vous me dire combien il se donne en ce moment – rien qu'à Paris – de réceptions où nous ne sommes pas invitées ? Ici nous sommes des touristes anonymes et c'est beaucoup mieux ainsi ! Ah ! Puisque vous m'y faites penser, n'allez pas faire « du plat » à lady Clementine pour qu'elle vous emmène à je ne sais quel titre de nièce provisoire ? Est-ce clair ? D'ailleurs, j'ai besoin de vous !

— Oh ! J'ai compris ! Qu'allons-nous faire en attendant le retour d'Aldo ? Une interminable partie d'échecs ? Relire *Les Misérables in extenso* ?

— Vous devenez insolente, Plan-Crépin ! Pourquoi pas dormir ? Cela se fait, la nuit, vous savez ?

— Nous savons très bien que nous ne fermerons l'œil ni l'une ni l'autre tant qu'Aldo ne sera pas rentré.

— Dans ce cas, nous noierons notre énervement dans du champagne en lisant un roman de Mme Agatha Christie ? Elle m'en a offert un cet après-midi et d'après lady Clementine c'est passionnant. Le héros en est, paraît-il, un drôle de petit détective belge nommé Hercule Poirot, follement perspicace et intelligent. C'est intitulé : *Le Meurtre de Roger Ackroyd*, un de ses succès, et j'ai posé le bouquin sur le secrétaire !

Marie-Angéline n'osa pas bouder mais, le grand soir venu, ce fut emplie de mélancolie qu'elle regarda, du haut de son balcon, le couple Sargent et Aldo grimper dans une calèche afin de rejoindre l'un des trois bacs réquisitionnés à l'intention des invités. Douce et étoilée, la nuit était magnifique et la délaissée resta un moment à contempler le croissant de lune et son cortège d'astres.

En voyant le nombre de gens en tenue de gala qui se pressaient sur la rive du Nil, Aldo eut pour elle une pensée de compassion. Au milieu de cette affluence elle aurait facilement pu passer inaperçue, mais ce qui était fait était fait et il n'y avait pas à y revenir. Il dirigea son attention vers le petit palais qui brillait de mille feux dans son écrin de verdure. Rien de tape-à-l'œil, du reste : une abondance de lanternes de style vénitien et des éclairages dissimulés au pied des plantes, destinés seulement à faire ressortir les couleurs. Des jets d'eau lumineux chantaient dans les vasques de marbre et des musiciens invisibles jouaient une musique intemporelle propre à créer une atmosphère un peu irréelle.

La réception qui s'annonçait ainsi justifiait dès l'arrivée la réputation d'organisatrice exceptionnelle de la princesse Shakiar. La douce lumière des nombreuses bougies et d'astucieux éclairages flattaient la beauté des jolies femmes et adoucissaient les défauts des autres, moins favorisées par la nature. Dans les salons, fleuris avec art, les serviteurs en blanc et rouge circulaient silencieusement, chargés de plateaux. Une gaieté de bon aloi régnait sur ce qui était pour les invités une fête de l'amour. La seule qui n'en semblait pas persuadée en était l'héroïne. Debout, fragile statue drapée d'un crêpe souple du même bleu que ses yeux et sans bijoux, se tenant entre les deux caryatides noires et blanches constellées, l'une de nombreuses décorations, l'autre d'une fortune en diamants qui avaient l'air véritables, elle recevait saluts et félicitations avec un sourire trop immobile pour ne pas être de commande. Elle s'anima un peu quand Aldo – en habit, sans ornement à l'exception d'un gardénia à la boutonnière – s'inclina devant elle :

— C'est aimable à vous d'être venu, prince, mais Adalbert ne vous accompagne pas... ? Ou serait-ce qu'il est en retard ?

Tellement inattendue, la question coupa le souffle de Morosini. Il s'attendait à tout sauf à cela et surtout pas à l'immense candeur reflétée par les yeux d'aigue-marine. Salima était-elle idiote, folle, ou alors supérieurement douée pour le théâtre ? Comme il se débrouillait assez bien sur ce chapitre, il se reprit vite et alluma son sourire le plus engageant :

— J'espérais le rencontrer ici. Nous ne nous sommes pas vus depuis... un jour si dramatique qu'il ne serait pas séant de l'évoquer en ce lieu. Il me semblait vous l'avoir dit ?

— Vous croyez... ? Oh, c'est possible.

La princesse Shakiar qui se tenait à ses côtés – avec Assouari, on avait échangé sans un mot un salut cérémonieux – se pencha :

— Voyons, ma chérie, souvenez-vous ! Je ne me rappelle plus qui nous a annoncé qu'il devait se rendre à Ouadi-Halfa afin d'y rencontrer quelqu'un d'important. Il aura oublié de s'excuser... Soyez le bienvenu, prince ! enchaîna-t-elle. J'aimerais que nous reprenions sur un plan plus cordial des relations entamées sur un malentendu ?

— Si vous l'entendez ainsi, Madame, il faut que ce soit vrai et vous m'en voyez enchanté !

La suite des invités patientait derrière lui et il ne pouvait être question d'engager la conversation. Il rejoignit donc le colonel Sargent qui l'attendait près d'un hibiscus aussi grand que lui. Lady Clementine bavardait à quelques pas avec une dame mûre emballée de chantilly noire sous ce qui ressemblait à une énorme chaîne d'huissier en or massif constellée d'émeraudes et de saphirs.

— Alors ? Que vous a-t-on dit ? Vous avez paru surpris ?

— Il y a de quoi. La fiancée m'a demandé, faisant montre d'une candeur presque surhumaine, pourquoi Vidal-Pellicorne n'était pas avec moi !

Les touffes de poils blancs qui ornaient les orbites de Sargent remontèrent de deux bons centimètres :

— Ou bien elle est amnésique... ou bien elle est droguée ! Ce qui ne serait pas pour me surprendre !

— Pas possible ? fit Aldo qui n'y avait pas pensé.

— Le geste légèrement automatique, les pupilles rétrécies... en sont des symptômes. En outre, au milieu de ces gens hilares, elle est la seule à ne pas sourire ou presque pas. A moins que...

— A quoi pensez-vous ?

— ... elle ne subisse une contrainte. J'ai peine à croire qu'elle soit amoureuse de ce type ? Il n'est pas laid, mais il a facilement le double de son âge. Et de surcroît, il est gracieux comme une porte de prison. Quand il la regarde, son œil est habité d'une lueur implacable... Oh, mais voilà du nouveau !

Les salons étaient quasiment pleins et la file d'attente des invités s'achevait quand parut un jeune homme. Lui non plus n'avait pas l'air d'être venu pour s'amuser et sa vue arracha à Morosini une exclamation de surprise :

— Je me demande si ce n'est pas l'heure de vérité qui nous arrive là !

— Vous le connaissez ?

— Non ! Mais la veille de notre départ de Louqsor, je l'ai vu accoudé au bastingage d'un steamer en compagnie de l'ensorcelante Salima. Et je peux vous jurer qu'ils donnaient l'impression de s'entendre à merveille... En se regardant, ils avaient une expression qui ne trompe pas... Sur le moment j'avais pensé à une rencontre fortuite comme il est courant sur les bateaux, mais il était évident qu'ils devaient se connaître auparavant...

— Aucun doute là-dessus ! On dirait même que nous courons au drame...

En effet, sans plus se soucier d'Assouari que s'il n'existait pas, l'inconnu dont le visage avait pris une curieuse teinte grise se tenait devant la fiancée qui avait pâli. D'où ils étaient, les deux observateurs ne pouvaient entendre le dialogue, mais la mimique était suffisamment explicite : le garçon prit la main de Salima et chercha à l'entraîner tandis que Shakiar s'efforçait de la retenir. La suite fut brève : appelés d'un geste par le fiancé, deux solides Nubiens vinrent s'emparer de l'importun qu'ils emmenèrent au-dehors en dépit de la défense vigoureuse qu'il fournissait. En même temps, Shakiar s'empressait d'éloigner Salima, en larmes, dont le visage n'avait plus rien à voir avec celui d'une heureuse fiancée...

— Droguée non, mais contrainte oui ! commenta Aldo. Et je serais curieux de connaître l'alchimie dont ces deux oiseaux ont usé pour obtenir ce résultat ?

L'arrivée pompeuse du gouverneur fit passer l'incident au second plan. Où qu'il aille, Mahmud Pacha remuait toujours beaucoup d'air et ne se déplaçait jamais sans une suite d'au moins vingt personnes. Tout ce monde chamarré à souhait. Ce qui obligea les Nubiens et leur prisonnier à attendre que le passage soit libre et permit à Aldo, un instant hésitant, de suivre son impulsion :

— Veuillez m'excuser, colonel, dit-il. J'en ai pour deux minutes !

Avant que Sargent n'eût pu ouvrir la bouche, il s'était éclipsé derrière les flots de satin rose d'une dame dont les rotondités se seraient mieux accommodées d'une couleur plus discrète. Quand il atteignit la porte, les Nubiens l'avaient franchie avec un peu d'avance, mais au lieu de lâcher leur proie en lui conseillant d'aller se faire pendre ailleurs, ils le conduisaient vers la pointe nord de l'île qui se perdait dans l'obscurité. La blancheur de leurs vêtements et les yeux aigus d'Aldo les rendaient faciles à suivre tandis qu'il se demandait où ils emmenaient ce malheureux. En dépit de sa stature et d'une forme évidente, il n'était visiblement pas de taille contre deux colosses ressemblant davantage à des robots habillés qu'à des êtres humains.

Quand on fut au bout du chemin et que l'on put découvrir le fleuve dans toute sa largeur, les deux hommes firent basculer leur captif et, d'un mouvement synchronisé, le balancèrent à l'eau qui étouffa son cri, puis firent demi-tour et repartirent au pas de course. Aldo eut juste le temps de se dissimuler derrière un palmier pour éviter une collision qui sans doute lui eût été fatale.

Dès qu'ils se furent éloignés, il se précipita vers le lieu – une étroite plate-forme rocheuse assez basse – d'où l'indésirable avait été jeté et s'agenouilla pour mieux scruter l'eau qui lui sembla particulièrement noire et même rendue opaque à cet endroit par une dahabieh[1] mouillée à deux ou trois encablures. Les exécuteurs ayant disparu à sa vue, il se hasarda à appeler, pensant qu'un garçon de ce gabarit devait savoir nager, à condition que le choc d'entrée dans l'eau à plat ne l'eût pas étourdi :

— Est-ce que ça va ? M'entendez-vous ?

Rongé d'inquiétude, il répéta son appel deux fois. A la troisième seulement il entendit, en même temps qu'une tête surgissait comme un ballon noir dans la moirure du fleuve :

— A l'aide ! J'ai du mal à nager... une blessure...

La voix était haletante. Aldo n'hésita pas : ôtant sa veste d'habit et ses chaussures, il plongea et fonça d'autant plus vite vers le naufragé que, si le courant le portait, il écartait aussi celui qu'il cherchait à atteindre. Le naufragé avait presque rejoint le bateau quand il l'empoigna :

— Vous souffrez ?

— Oui, lorsque j'étire mon bras...

— On va essayer de monter là-dessus. Il doit bien y avoir un you-you qui nous permettra de rejoindre la ville. Vous allez vous accrocher à la chaîne d'ancre pendant que je grimpe sur le pont pour voir s'il y a quelqu'un, en espérant que ce sera quelqu'un d'hospitalier. Drôle d'idée quand même de s'amarrer au milieu du fleuve !

— Oh, ce n'est pas si rare ! C'est l'idéal pour avoir la paix... Et il doit y avoir deux ancres.

1. Bateau plat typiquement égyptien à vocation d'habitation que l'on pouvait acheter ou louer. Un peu genre péniche.

Son protégé accroché de son bras valide à la chaîne, Aldo s'éleva à la force des poignets et eut rapidement rejoint le pont de la dahabieh. Ses yeux de chat, accoutumés à la nuit, lui permirent de constater que l'embarcation était déserte. Quand il appela, il n'obtint que le silence. L'occupant devait être en ville, ce qui expliquait l'absence de canot. Mais le plus urgent était d'aller sortir son rescapé d'une situation inconfortable.

Il trouva sans peine un filin souple assez épais pour soutenir le poids d'un corps, redescendit sa chaîne afin de lui nouer le cordage autour de la taille :

— Je vais vous haler de là-haut pendant que vous vous aiderez de votre bras et de vos pieds...

Et de regrimper sur le pont pour mettre son programme à exécution. Lequel s'effectua sans problème, la villa flottante n'ayant aucun point commun, côté hauteur, avec un transatlantique. Deux minutes plus tard, tous deux se retrouvaient assis dans les fauteuils de rotin disposés sur l'avant où ils composaient une sorte de salon.

— Merci ! exhala enfin le jeune homme. Je crois que je vous dois la vie ! Je n'aurais sûrement pas réussi à me tirer de là tout seul ! Au fait, il serait temps de me présenter : je me nomme Karim El-Kholti...

— Aldo Morosini. On pourrait peut-être voir à l'intérieur si on ne trouverait pas de quoi se sécher... et se réconforter ? La nuit est plutôt fraîche et l'eau plus encore !

Il n'ajouta pas qu'ayant les bronches fragiles, il ne se sentait pas à l'aise.

L'intérieur était agencé en living-room d'apparence confortable mais où régnait un certain désordre, d'une cuisine, de la machinerie et de quatre cabines dont trois s'ouvrirent sans difficulté. La dernière résista.

Ce qui n'avait rien d'étonnant, elle était fermée à clef. Elle devait receler les objets ayant quelque valeur. Il était déjà imprudent d'abandonner ce bateau au milieu du Nil pour aller souper en ville ou quoi que ce soit d'autre... Aldo haussa les épaules.

— Inutile de forcer cette porte ! Cherchons ce qu'il nous faut et attendons le retour de l'occupant...

Il venait de prononcer le dernier mot quand un rugissement assourdi se fit entendre de derrière la cloison et se répéta :

— On dirait qu'il y a quelqu'un ? hasarda Karim. Regardez le filet de lumière, sous l'interstice !

— Il se pourrait que vous ayez raison. Cette cabine est occupée ? cria-t-il.

Le même bruit lui répondit, un peu modulé, comme si on essayait de parler. Or, il connaissait parfaitement ce bruit pour l'avoir entendu à maintes reprises au cours de ses aventures.

— Non seulement il y a quelqu'un, mais ce quelqu'un est bâillonné.

Joignant le geste à la parole, il cogna de l'épaule le panneau de bois dans l'intention de l'enfoncer, mais il n'obtint qu'un faible craquement. Il manquait évidemment de recul.

— Rassemblons nos forces ! proposa le jeune homme. Ça devrait marcher.

Et ça marcha. Après trois poussées successives, la porte s'abattait, découvrant un spectacle tellement inattendu que, sur le coup, il laissa Aldo muet de stupeur : étendu sur le lit, bâillonné en effet, pieds et mains liés, gisait un homme en pyjama dont les yeux bleus s'écarquillaient sous une très reconnaissable mèche blonde en désordre : Adalbert !

En bon état apparemment, dans la lumière d'une archaïque lampe à huile posée sur la table. Quant au hublot, il était occulté par de courts mais épais rideaux de velours bleu.

Une minute après, le prisonnier retrouvait l'usage de la parole et son regard la petite flamme moqueuse d'autrefois :

— Sacrebleu ! Je n'ai jamais été aussi content de te revoir ! Mais tu es trempé ? Tu as pris un bain ?

— A ton avis, comment peut-on atteindre un bateau ancré au milieu d'un fleuve quand on n'a pas la plus infime embarcation sous la main ?

— Si tu savais que j'étais ici, tu aurais pu t'en procurer une ?

— Mais je ne le savais pas...

— Au fait, où sommes-nous ? Cette sacrée barcasse change de place tous les jours...

— Près de la pointe nord de l'île Eléphantine. J'assistais à la fête que le prince Ali Assouari donnait et...

Il buta contre la raison de la fête en question et se traita d'imbécile. Il eût été plus intelligent de dire qu'il avait aperçu Karim en danger de se noyer et qu'il s'était porté à son secours. Celui-ci d'ailleurs sortait du cadre de la porte pour expliquer :

— M. Morosini m'a sauvé la vie, Monsieur, exposa-t-il avec gravité. Sans lui, je serais sans doute au fond du Nil à servir de souper aux crocodiles affamés. Je m'appelle Karim El-Kholti !

— Vidal-Pellicorne ! Dites donc, il a une étrange manière de recevoir, El-Assouari ? J'entendais bien les échos d'une nouba mais je n'aurais jamais pu imaginer qu'on y expédiait les invités à la baille ?

Tandis qu'Aldo, au bord de la panique, recommandait son âme à Dieu, le jeune homme sourit et poursuivit :

— Moi seul ai eu droit à ce traitement. Assouari célébrait à grands fracas ses fiançailles avec la jeune fille que j'aime et j'ai prétendu m'y opposer en venant la chercher. J'étais dans mon droit, puisque Salima et moi nous nous étions promis l'un à l'autre, mais il a réglé la question à sa façon et sans M. Morosini...

Cette fois, ça y était ! Le coup était porté et Adalbert venait de cesser de sourire. « Il va me haïr de nouveau, pensa Aldo. Si seulement cet animal était laid ! Mais il ressemble à la statue de Ramsès II... en plus animé ! »

Adalbert, lui aussi, ressemblait à une statue : celle d'un homme frappé par la foudre. Mais Aldo vit le regard bleu glisser vers lui.

— Et « Monsieur » Morosini faisait partie des heureux élus ?

— Comme la moitié des clients du Cataract et toutes les notabilités de la ville, murmura-t-il. Le colonel Sargent et moi espérions pouvoir, perdus que nous serions dans la foule, explorer les sous-sols et les recoins du palais, mais ce salopard avait trouvé plus judicieux de t'enfermer dans ce gourbi flottant où j'avoue que je n'aurais pas eu l'idée de te chercher. Un bateau, surtout quand on le déplace tous les jours, c'est génial... Maintenant il faudrait peut-être penser à t'en faire sortir. Tu as combien de gardiens ?

— Pas plus de deux. Ils sont allés se distraire à terre et c'est pourquoi ils m'ont ficelé comme un saucisson. En temps « normal » je suis traité correctement, on se contente d'attacher ma cheville à ce machin, ajouta-t-il en désignant l'anneau de fer, garni d'un confortable rembourrage, qui terminait une chaîne rivée à la cloison, et on me menace de me tuer si j'appelle. Il y a en permanence un gardien qui me surveille, assis dans ce fauteuil et armé jusqu'aux dents ! Hors de ma portée, comme tu vois ! A part ça, je suis convenablement nourri. On ne me laisse manquer de rien...

— Puisque tu te trouves si bien, on peut te laisser ?

— N'exagère pas. J'ai d'autres chats à fouetter... A propos, tu as reçu une demande de rançon ou une proposition équivalente ?

— Néant, et c'est le plus étonnant. Assouari ne paraît pas pressé... Le colonel pense qu'en fatiguant le poisson on le rend plus... coopératif !

— Il n'a pas tort ! Vous êtes devenus des copains, on dirait ?

— Tu oublies que c'est le beau-frère de Warren ? Cela dit tout.

— Je vous prie de m'excuser, Messieurs, intervint Karim, mais j'entends un bruit de rames et de voix qui se rapproche.

— Si ce sont les gardiens, on va les recevoir...

C'étaient eux, en effet. Apparemment enchantés de leur soirée si l'on en jugeait d'après leurs rires et leur jovialité. Ils amarrèrent la barque à l'arrière de la dahabieh, grimpèrent avec l'échelle de coupée qu'Aldo n'avait pas vue puisqu'il n'avait pas fait le tour du bateau, prirent pied sur le pont... et partirent pour le pays des songes, proprement mis KO par Aldo et Karim qui s'étaient partagé le travail. Même handicapé, celui-ci était efficace. Dix minutes plus tard, proprement ficelés et bâillonnés, ils étaient couchés tête-bêche sur le lit abandonné par Adalbert.

Avant de rejoindre le canot, on tint conseil un instant :

— On pourrait peut-être retourner à l'île pour récupérer votre veste et vos chaussures, Monsieur Morosini ? proposa Karim.

— C'est gentil d'y penser, mais revenir là-bas risque d'être dangereux et je n'en mourrai pas. Il faut d'abord ramener M. Vidal-Pellicorne chez M. Lassalle. Allons au quai du Cataract et là on prendra une voiture. Je te vois mal arpenter Assouan en pyjama...

— Oh, ce ne serait pas pire que toi, quand tu vas rentrer à l'hôtel en chaussettes et avec la moitié de ton habit... Cela posé, ce n'est pas une bonne idée de me ramener chez Henri !

— Pourquoi ?

— Je ne te l'ai pas encore dévoilé, fit Adalbert, prenant la mine faussement innocente qui agaçait tant son ami, l'auteur de mon enlèvement n'est pas Assouari mais... Lassalle !

— Quoi ? lâcha Morosini. Tu délires ?

— Oh, que non ! C'est ce cher Henri, mon « second père », qui m'a retiré de la circulation. Amusant, non ?

— Mais c'est aberrant ? Comment le sais-tu ? Il est venu te voir ?

— Evidemment non. Remarque, au début j'ai cru que c'était l'Egyptien, tout en m'étonnant d'être traité si convenablement. Il n'a pas une bobine à chouchouter ses prisonniers, ce type-là. Mais, il y a deux jours, quelqu'un est monté sur le bateau et j'ai reconnu sa voix. Il apportait de l'argent... et les dernières instructions du maître ! C'était Farid.

— Je n'arrive toujours pas à le croire !

— Moi non plus, je n'y croyais pas. J'ai pourtant été obligé de me rendre à l'évidence. Cela pour t'expliquer que ce ne serait pas une idée lumineuse de me rapatrier chez lui.

Désarçonné, Aldo essayait de mettre de l'ordre dans ses pensées. Il en oubliait le temps qui passait. Ce fut Karim qui le ramena à la réalité en objectant :

— Messieurs, je ne voudrais pas être importun, mais nous devrions peut-être nous hâter ?

— Je ne vois pas qui pourrait venir nous déranger, répliqua Aldo. Lassalle est à la fête d'Assouari...

— Sans doute, mais peut-être est-il préférable de ne pas attendre le jour pour mettre votre ami à l'abri ?

— Oh, il n'y a pas de problème, je vais le ramener à l'hôtel et, demain, j'irai avec lui chez ce vieux forban lui mettre mon poing sur la figure et récupérer les bagages...

— Pardonnez-moi, je ne pense pas que ce soit la bonne solution, Monsieur Morosini...

— Appelez-le prince ! grogna Adalbert. Ça fera moins guindé, et puis il adore !

— Mais je...

Le jeune homme avait l'air de ne plus savoir où il en était. Aldo se mit à rire :

— Laissez tomber ! Le protocole ne me paraît pas à l'ordre du jour. Pourquoi pensez-vous que ce ne serait pas une bonne solution ?

— Parce qu'il y a forcément une raison pour laquelle il a été enlevé. Peut-être ne sortiriez-vous pas vivants de cette maison ? Quand un homme va jusqu'au rapt avec séquestration, il doit être capable de faire pire... Je peux vous proposer de cacher M. Vidal-Pellicorne chez moi, le temps d'attendre la suite des événements. Je possède une modeste villa sur la Corniche et je peux vous assurer qu'il y sera chez lui !

— Moi ? Chez vous ? émit Adalbert, interloqué.

Il n'était pas difficile, pour Aldo, de deviner ce qui se bousculait dans la tête de son ami. Ce garçon qu'il devait considérer comme son rival venait de participer à sa libération et en plus il voulait lui offrir l'hospitalité ? Une situation cornélienne, en vérité ! Qu'il convenait de traiter avec doigté.

— Je pense qu'au moins pour cette nuit ce serait la solution idéale, dit-il avec douceur. Nous sommes un peu pris par le temps et il convient de réfléchir aussi calmement que possible. Merci de votre offre, Monsieur El-Kholti !

— Vous pouvez m'appeler Karim... et n'oubliez pas M... prince, que je vous dois la vie ! A présent, s'il vous plaît, rentrons ! Le trajet ne sera pas long : j'habite à deux pas du palais du gouverneur.

Tandis qu'on ramait vers la rive, Aldo pensait qu'Adalbert n'avait vraiment pas de chance. Non content d'être beau sans mièvrerie, Karim était en plus gentil, aimable, courageux et généreux. Qualités qui ne manquaient pas à ce bon Adal, jointes à plusieurs autres dont un certain charme et une élégance indéniable, mais il avait le désavantage d'avoir quinze à vingt ans de plus. Ce qui devait compter aux yeux d'une fille comme Salima. Il ne s'attarda pourtant guère sur le problème, son ange gardien indigné lui soufflant qu'avec seize ans de plus que Lisa, ce n'était pas à lui de le souligner.

Quand enfin on mit le pied sur la Corniche, elle était déserte. Il devait être tard car il n'y avait pas la moindre voiture en vue. Il fallut se résigner à gagner la maison de Karim à pied, nus, ou presque, ses élégantes chaussettes de soie noire n'ayant pas résisté aux épreuves de cette nuit. Par bonheur, l'Anneau ne s'y trouvait plus depuis qu'il reposait sur le sein virginal de Plan-Crépin.

La propriété assouane du jeune homme était de dimensions restreintes mais charmante avec ses murs crépis en ocre et blanc, son patio fleuri et ses divans aux coussins multicolores. Karim se hâta d'allumer le brasero situé au milieu d'une sorte de salon sous un conduit d'évacuation prévu à cet effet, commanda du café à son serviteur, puis se mit en devoir de se changer et de chercher des vêtements secs pour Aldo. Malheureusement, s'il était à peu près de la même taille que le Vénitien, il chaussait deux pointures en dessous. Aussi revint-il porteur d'une galabieh de laine brune et d'une paire de babouches jaunes.

— Vous pensez que ça ira ? demanda-t-il, l'œil inquiet.

— A merveille ! Ne vous tourmentez pas au sujet de l'effet que cela produira sur les gens du Cataract ! Il m'est déjà arrivé d'entrer dans un palace accoutré de façon plus pittoresque !

On but le café, puis Karim sortit sa voiture et, tandis qu'Adalbert allait se coucher, il raccompagna Morosini à son hôtel où le réceptionniste le regarda avec étonnement quand il réclama sa clef :

— Eh non, mon ami, vous ne rêvez pas ! C'est bien moi, Morosini !

Il était écrit que le préposé ne serait pas le seul à jouir du spectacle : Sargent et sa femme arrivèrent en même temps que lui à l'ascenseur. Et tandis que lady Clementine émettait un léger cri de surprise, le colonel ne cacha pas son soulagement :

— Enfin, vous voilà ! Mais d'où diable sortez-vous ? Je vous ai cherché partout !

— Eh bien, disons, dans l'ordre : du Nil, d'une dahabieh affourchée sur ledit Nil et pour finir de la maison de ce charmant garçon qu'Assouari a fait expulser par ses sbires. Le seul ennui c'est qu'au lieu de le ramener au bac, on l'a conduit à la pointe de l'île Eléphantine d'où on l'a balancé dans le fleuve. J'ai suivi, quand je l'ai entendu appeler à l'aide.

— Bâti comme je l'ai vu, il ne sait pas nager ?

— Si, mais il souffre d'une blessure au bras (au fait, il n'avait pas pensé à s'informer de son origine ?) qui le handicapait, surtout avec le courant...

— Un instant, s'il vous plaît !

L'ascenseur venait de s'ouvrir devant eux et Sargent voulut y faire entrer sa femme :

— Vous devez être fatiguée, Clementine ! Allez vous reposer, je vous rejoins dans un moment !

— Jamais de la vie ! Pour une fois qu'il se passe quelque chose de passionnant, j'en veux ma part ! D'autant qu'à cette heure le bar est fermé et que nous avons du whisky. Il ne vous déplairait pas de venir chez nous, prince ? ajouta-t-elle avec un sourire qui fit briller ses yeux bleus.

— Avec joie, lady Clementine... si vous m'acceptez dans cette tenue...

— Pourquoi pas ? Cela vous va à ravir...

Le couple occupait, au premier étage, un appartement coincé entre celui de Mme de Sommières et celui de la romancière anglaise et, naturellement, quand on côtoya la porte de Tante Amélie sous laquelle passait de la lumière, le battant s'ouvrit et Marie-Angéline en émergea, parée d'une robe de chambre de pilou rose à pois bleus, le chef orné de bigoudis sous une charlotte en filet rose.

Lady Clementine s'exclama en riant :

— On dirait que le cercle s'agrandit ! Mais il y a sûrement suffisamment de whisky pour tout le monde et si Mme de Sommières veut se joindre à nous ?...

— Non. Elle a fini par s'endormir, répondit Marie-Angéline en refermant précautionneusement la porte avant de considérer le nouvel avatar d'Aldo : Ce n'était pas une soirée costumée, tout de même ? J'adore les babouches jaunes !

Il se contenta de lever les yeux au ciel. Un instant plus tard, dans le petit salon dont le colonel avait soigneusement refermé la fenêtre après s'être assuré qu'il n'y avait personne sur le balcon, Aldo racontait comment il avait fait la connaissance de Karim El-Kholti et ce qui s'en était suivi, mais en laissant traîner le récit afin de ménager l'effet que la découverte d'Adalbert ne manquerait pas de produire. Plan-Crépin s'en aperçut :

— Pour être poétique, c'est poétique, mais vous ne pourriez pas aller plus vite ? Ce n'est pas l'*Odyssée* que vous nous récitez là ! Vous êtes plus bref d'habitude...

Il remporta, bien sûr, le succès escompté quand il évoqua le pyjama, et un plus vif encore quand il livra l'identité du ravisseur, mais cette fois personne ne rit, et surtout pas Marie-Angéline, atteinte dans son orgueil national en face de ce couple anglais :

— Un Français ! murmura-t-elle, assombrie. Mais pourquoi ?

— C'est ce que je m'apprête à lui demander en allant récupérer les bagages d'Adalbert. Sa fuite aura tôt fait d'être découverte et j'entends coincer ce félon par surprise.

— Je sentais que cet homme n'était pas clair ! fit la vieille fille avec rancune. Nous savons maintenant qu'il est capable de tout et vous n'irez pas seul. Je viens avec vous.

— Certainement pas ! Je ne veux aucune publicité et, si Adalbert ne peut pas passer sa vie en pyjama, il n'en doit pas moins rester caché pour le Tout-Assouan ! En particulier pour les gens de l'île Eléphantine, parce que je jurerais que Lassalle n'est pas impliqué dans le meurtre d'Ibrahim Bey !

— Voulez-vous me dire ce qui l'empêchera de lancer ses gens à vos trousses et de vous retenir captif... ou pis ?

— Je ne crois pas qu'il le ferait... Et, en admettant qu'il aille jusqu'à cette extrémité, pensez-vous vraiment que votre présence serait dissuasive ?... N'oubliez pas qu'il est misogyne ? Non, Marie-Angéline, vous ne viendrez pas !

Sargent toussota pour s'éclaircir la voix :

— En revanche, je peux vous suivre discrètement et surveiller la maison pour voir si vous en ressortez ou non ? dit-il. Cela me gêne de vous faire cette proposition devant Mademoiselle parce que je suis anglais... Mais je vous fais le serment qu'aucun de mes ancêtres n'était à Rouen quand on a brûlé Jeanne d'Arc ni à Sainte-Hélène quand on y a relégué Napoléon !

— Je n'en doute pas une minute, répondit Aldo en riant. On marche comme ça !

Quelques heures plus tard et le soleil revenu, Aldo demanda un taxi et se fit conduire à la maison des Palmes. Le colonel embarqua avec lui mais, à mi-chemin, descendit en déclarant qu'il voulait se dégourdir les jambes. Une fois arrivé, il fallut palabrer avec Achour et son chasse-mouches pour obtenir que la voiture puisse gagner les arrières de la demeure. Là, le chauffeur fut prié d'attendre. Farid vint au-devant du visiteur devant lequel il s'inclina avant de le précéder jusqu'au cabinet de travail où, assis à son bureau, le maître écrivait une lettre qu'il abandonna en voyant Aldo franchir son seuil.

— Ah ! Cher ami ! Voilà une visite impromptue dont j'augure beaucoup ! Vous avez des nouvelles ? s'écria-t-il en débarrassant un fauteuil d'une dizaine de bouquins, afin de permettre à Aldo de s'asseoir, puis il frappa dans ses mains pour appeler le café... qui apparut à peine commandé.

— J'apporte en effet des nouvelles, mais il se peut que vous en ayez déjà eu vent ?

— De quoi ? Mon Dieu ?

— J'ai retrouvé Adalbert. Il n'était pas très loin, d'ailleurs : dans une dahabieh ancrée au milieu du Nil.

— Pas possible !... Et il va bien ?

La surprise, évidemment, était totale, soulignée par les deux plaques rouges qui marquèrent aussitôt les joues du vieux monsieur. Qu'elle soit bonne était une autre affaire, si l'on en jugeait au léger tremblement des mains sur la cafetière.

— Au mieux, si l'on tient compte des inconvénients d'une claustration de quelques jours ! Mais je pensais sincèrement que vous étiez au courant... si je peux me permettre cet affreux jeu de mots ?

— Moi ? Comment le pourrais-je ?

— Simplement parce que c'est vous qui l'y avez mis au frais... si j'ose dire !

Lassalle qui buvait son café s'étrangla, toussa, devint encore plus rouge, faillit renverser ce qui restait dans la tasse et se leva en bousculant son siège :

— Sortez ! Je ne me laisserai pas insulter dans ma propre maison par un étranger que j'ai eu le tort d'accueillir en ami !

Morosini ne broncha pas et finit de boire tranquillement :

— On dit qu'il n'y a que la vérité qui fâche et vous devriez le savoir. Afin de vous ôter le moindre doute, j'ajouterai que c'est moi qui l'ai trouvé et que c'est lui qui me l'a dit !

— Sornettes ! Comment aurait-il pu le savoir ?

— Il est doté de bonnes oreilles et il a entendu votre Farid bavarder avec vos chiens de garde. Je n'irais pas jusqu'à prétendre que ça lui a fait plaisir, mais comme on a pris quelque soin de lui, il ne vous en veut pas autrement. Seulement, il serait heureux de retrouver ses vêtements. J'ai eu l'impression que la couleur du pyjama dont on l'a affublé ne lui plaisait pas. Alors, si vous aviez la bonté de les faire porter à l'hôtel, il vous en serait reconnaissant...

Ironique mais paisible, la voix d'Aldo semblait agir comme un calmant sur son interlocuteur. Après avoir cherché dans le premier tiroir du bureau un revolver qu'il considéra d'abord d'un œil dubitatif, Lassalle laissa retomber sa main avec un soupir de découragement. D'où Aldo conclut sans peine qu'il avait devant lui un novice dans l'art difficile du crime. Et comme le vieil homme restait immobile, l'œil toujours fixé sur le fond du tiroir, il demanda avec douceur :

— Pourquoi avez-vous fait cela ? Je parierais mon palais contre une cabane de bambous que c'est la toute première fois que vous vous exercez au métier de gangster. C'est sans doute la raison pour laquelle je n'ai pas encore reçu d'ultimatum édictant les conditions de remise en liberté d'Adalbert. Alors pourquoi ?

Sans regarder Morosini, Lassalle se rassit devant sa table sur laquelle il posa les coudes et frotta son visage de ses mains :

— Je voulais l'Anneau !

— L'Anneau ?... Qu'est-ce qui a bien pu vous faire croire que nous le possédions ?

— Ne me prenez pas pour un imbécile ! L'histoire que vous m'avez racontée – avec talent d'ailleurs – sur la mort d'El-Kouari était passionnante mais vous en avez escamoté un passage. Les mots qu'il a prononcés en mourant étaient la conclusion logique du fait qu'il vous l'avait confié. Les assassins ne pouvaient l'avoir remis à celui qui le convoitait, sinon je me demande pourquoi on aurait pris la peine de vous assommer et de mettre vos chambres au pillage le soir de la fête du gouverneur ? Ensuite Ibrahim Bey a été assassiné et sa maison saccagée presque immédiatement après votre visite. On ne se donne pas tant de mal pour obtenir ce que l'on a déjà.

— C'est bien raisonné et, en admettant que vous soyez dans le vrai, je ne vois pas à quoi il pourrait vous servir, aussi longtemps que vous ne saurez pas où se situe la tombe ?

— Qui vous dit que je n'en aie pas une idée ?

— Rien. Si ce n'est peut-être qu'ayant Adalbert sous la main il serait plus logique de l'embaucher ? Ce n'est pas moi qui vous apprendrai sa valeur ni l'affection qu'il vous porte...

— Il ne doit en rester que des lambeaux aujourd'hui ? fit le vieil homme avec un demi-sourire amer. Et j'espérais qu'il ne saurait pas. Mais pourquoi aussi ne m'a-t-il pas fait confiance ? lâcha-t-il avec une sorte de rage. Nous aurions alors travaillé ensemble... Ou peut-être n'est-il pas trop tard ?

Le ton avait baissé et une lueur d'espoir apparaissait dans le regard qu'il glissait vers Morosini.

— Je lui fais des excuses, on oublie tout, vous me le ramenez et on se met à l'ouvrage ?

Décidément, il régnait une joyeuse inconscience dans cette curieuse confrérie des explorateurs de nécropoles ! Celui-là, en tout cas, en possédait une sacrée dose. Quoi qu'il en soit, il était temps de calmer cette poussée d'enthousiasme :

— Vous allez un peu vite ! Un : je n'ai pas mandat pour parler en son nom et j'ignore s'il est prêt à vous pardonner ! Deux : Adalbert doit rester caché. Vous oubliez les gens qui ont tué Ibrahim Bey et fouillé votre maison. Trois : il n'a pas l'Anneau en sa possession... et moi non plus ! ajouta-t-il plein de l'agréable sensation de ne pas entièrement tordre le cou à la vérité puisque c'était Plan-Crépin la détentrice.

En dépit des fautes avouées et du côté burlesque du plan échafaudé, il ne parvenait pas à rendre au vieux Lassalle la confiance que, sur la parole d'Adalbert, il lui avait si spontanément accordée. Il y avait, enfin, le flair de fin limier de Marie-Angéline qui, elle, s'était méfiée dudit Lassalle dès la première rencontre.

Mais celui-ci revenait à la charge.

— Vous avez peut-être raison ! Dites-moi au moins où il s'est réfugié ? Je vais préparer ses bagages et les lui apporterai ?

— ... ce qui ne manquerait pas de le faire repérer sans tarder, et par des gens qui ne font pas de quartier. Aussi vais-je me contenter de prendre le strict nécessaire et le lui faire parvenir discrètement. Je n'ai nulle envie que votre enlèvement « pour rire » recommence en plus brutal... Et soyez tranquille, je vous tiendrai au courant !

— Merci ! Et vous comptez prolonger votre séjour longtemps ?

La naïveté de la question lui donna envie de rire. Un de plus à brûler d'envie de lui voir tourner les talons !

— Rien ne presse ! Je respire une atmosphère de suspense ! Je suis aux aguets ! Le sens de l'intuition, si vous voulez, et nous le possédons, Adalbert et moi. Aussi ne prendrons-nous jamais la fuite la veille d'une bataille. Nous faisons équipe depuis trop d'années, lui et moi, pour que ce soit seulement imaginable. On n'y peut rien ! C'est ainsi !... A présent, je vais aller préparer une valise...

— Une minute, s'il vous plaît ! Auriez-vous une idée de l'endroit où peut se trouver l'Anneau ?

Fidèle à son vieux principe de répondre à une question par une autre, Aldo haussa les épaules :

— Et vous-même ? Qui soupçonnez-vous de la mort d'El-Kouari ?

— D'après ce que vous en avez dit, des sbires à la solde du prince Assouari, puisqu'il a eu l'audace de se rendre en personne chez vous pour vous interroger. Mais s'il avait eu l'Anneau, Ibrahim Bey serait toujours vivant...

— Possible mais pas sûr ! Il y a un fait que vous ignorez sans doute : peu de temps avant le vol chez Howard Carter, un autre a eu lieu, encore plus audacieux, puisqu'il a eu pour cadre le British Museum où l'on a dérobé une croix ansée... en orichalque. Le seul objet du musée provenant de l'Atlantide... Or, cet objet ne serait rien d'autre que la clef – ou l'une des clefs car il se pourrait qu'il en existe plusieurs – permettant d'accéder à la tombe de la Reine Inconnue. Les deux objets sont complémentaires pour pénétrer et vaincre une malédiction considérablement plus redoutable que celle protégeant la sépulture du jeune Tout-Ank-Amon...

— Comment le savez-vous ?

— Parce que l'homme chargé de l'affaire est le meilleur « nez » de Scotland Yard : le Superintendant Gordon Warren... qui est de nos amis à Adalbert et à moi !

La mise en garde était claire mais, emporté par sa passion pour la Reine Inconnue, Lassalle n'y prit pas garde :

— Assouari en serait le détenteur ?

— Si je le savais, Warren serait déjà ici ! Croyez-moi, il ne passe pas inaperçu ! Maintenant, je vous laisse tirer les conséquences.

— Qu'en concluez-vous, vous-même ?

— Moi ? Rien ! Je me contente de veiller au grain ! Vous devriez suivre mon exemple !

Et, allumant, cette fois, un large sourire, Aldo s'en alla remplir une valise dans la chambre d'Adalbert. Une surprise l'y attendait : en rassemblant nécessaire de toilette, pendulette de voyage et autres menus accessoires, il tomba sur un porte-cartes en crocodile dans lequel, au milieu des cartes de visite de son ami, il découvrit une photo de Salima en tenue de travail, la tête auréolée de son chapeau de paille et appuyée sur une bêche. Elle souriait et ce sourire, plein de confiance, était bien l'un des plus beaux qu'il lui ait été donné de voir.

Il la remit au milieu des petits vélins gravés en y ajoutant un soupir. Pauvre Adalbert !

10

L'attaque

Adalbert n'était pas chez Karim depuis quarante-huit heures qu'il regrettait sa prison flottante. Non que son hôte fût désagréable. Bien au contraire ! Il ne savait que faire pour rendre son séjour aussi plaisant que possible, s'enquérant de ce qu'il aimait manger, boire, lire, entendre en fait de musique, fumer, et lui tenant compagnie de son mieux. Seulement, il était trop bavard ! Et surtout, en dehors des digressions sur les événements extérieurs, le temps qu'il faisait, les nouvelles des journaux, et de quelques échanges sur leurs préférences littéraires respectives, il ne parlait que de Salima !

Un sujet qui, normalement, eût dû le passionner, et c'eût été le cas si le jeune homme s'était contenté de raconter ce qu'il pouvait savoir d'elle au besoin depuis l'enfance, mais il s'en tenait à l'histoire de leur amour, ce qui maintenait Adalbert dans un état second oscillant entre l'envie de pleurer et celle de l'étrangler. Il était déjà assez pénible de vivre chez son rival – inconscient sans doute, mais d'autant plus prolixe ! –, alors entendre le récit minutieux de leurs rencontres et l'épanouissement quasi instantané de leur romance !...

Adalbert savait à présent que Karim, jeune avocat au barreau du Caire suffisamment fortuné pour ne pas courir après le client et s'offrir toutes les vacances souhaitables, et la petite-fille d'Ibrahim Bey s'étaient rencontrés à l'une des fameuses soirées de la princesse Shakiar et que le double coup de foudre avait été immédiat. Ils avaient dansé ensemble, parlé ensemble auprès des fontaines lumineuses des jardins et promis de se revoir bientôt. Ce qu'ils n'avaient pas manqué de faire à plusieurs reprises. Salima, passionnée d'égyptologie, avait tenté d'initier son amoureux, mais comment attacher ses pensées à des reines mortes, eussent-elles été aussi belles que Néfertiti, Néfertari ou Cléopâtre, quand on avait devant soi la plus « éblouissante créature de la terre » ? Et que cette merveille lui disait qu'elle l'aimait ?

Karim convenait volontiers qu'il avait été contrarié en apprenant qu'elle avait décidé de suivre les travaux de Vidal-Pellicorne dans la Vallée des Rois :

— Elle parlait de vous avec tant d'admiration que j'avoue en avoir conçu de la jalousie. Vous aviez la chance de vivre auprès d'elle jour et nuit, à peine séparés par la minceur des toiles de vos tentes, travaillant côte à côte, partageant chaque heure du jour et même de la nuit...

— N'exagérons rien ! grogna l'archéologue qui ajouta brutalement : Nous n'avons jamais partagé le même lit !

— Cela, j'en ai toujours été persuadé. Salima est trop pure pour que la pensée d'abandonner sa virginité avant le mariage puisse l'effleurer. Elle s'est promise à moi, je lui fais confiance, et j'attends sagement mais avec une impatience grandissante que vienne le jour de toutes mes aspirations.

— Cela ne vous a pas consolé un peu quand elle m'a laissé tomber pour rester avec Freddy Duckworth ?

— Consolé ? Absolument pas ! Je le lui ai reproché au contraire comme un manque à la parole donnée...

C'est là que tout se gâtait, car de la défection dans la Vallée des Rois on arrivait tout droit à ce qui s'était passé dans l'île Eléphantine où la jeune fille venait de fouler aux pieds leur amour pour donner sa main à un homme, prince sans doute, riche probablement, mais qui n'en avait pas moins plus du double de son âge et que Karim, d'instinct, avait détesté. Il le savait dur, cruel, sans scrupules, et pourtant c'était vers lui que Salima, sa Salima, s'était tournée, elle qui cependant disait n'envisager la vie qu'auprès de lui. Et ça repartait !

Afin de faire diversion, Adalbert essaya de ramener le sujet sur l'épisode de l'intégration de Salima à l'équipe Duckworth :

— Quand je vous ai demandé pourquoi elle était restée avec cet imbécile, vous ne m'avez pas répondu. Qu'a-t-elle dit ?

— Que ce n'était pas vous – pardonnez-moi ! – qui l'intéressiez mais cette tombe parce qu'elle espérait y trouver un écrit d'une importance primordiale pour les travaux de son grand-père. Vous connaissez certainement la suite ?

— Je crois qu'elle n'a rien trouvé du tout.

— Si, un fragment. Les violeurs de tombes, ne s'attachant guère qu'aux bijoux, avaient agi avec une extrême brutalité et il ne restait plus que des fragments du précieux papyrus.

— Ah bon !

— Oh, elle se reprochait de vous avoir planté là, mais qu'était-ce auprès de ce qu'elle vient de m'infliger alors que j'aurais joué ma vie...

Et on se retrouvait au point de départ : le charme ensorcelant de la jeune fille. Le tout entrecoupé de crises de désespoir et de colère devant lesquelles le confident involontaire se sentait nettement dépassé.

Une fin de nuit et deux jours de ce régime, et Adalbert n'en pouvait plus, même si un bagagiste du Cataract lui avait apporté de quoi quitter enfin son pyjama et retrouver son eau de toilette préférée.

Au soir du troisième jour, il était fermement décidé à appeler Aldo au téléphone pour l'enjoindre de le sauver de cet enfer au plus vite. On allait se mettre à table quand le marteau de la porte retentit. Aussitôt après, Béchir, le serviteur, vint prévenir qu'une femme voilée qui refusait de dire son nom demandait à parler au maître d'urgence.

— Je lui ai dit que tu avais un invité mais elle insiste pour tu la reçoives... et seul. Elle t'attend dans le patio.

— Si vous voulez bien m'excuser, je vais voir ce qu'elle veut, dit le jeune homme en jetant sa serviette sur la table.

La salle à manger donnait, comme les autres pièces de la maison, sur l'agréable cour-jardin. En la quittant, Karim en avait fermé la porte mais Adalbert, poussé par une irrésistible curiosité qui n'était peut-être qu'un pressentiment, alla l'entrouvrir et éteignit la lumière afin qu'aucun rai lumineux ne filtrât. Il avait agi assez rapidement pour entendre l'exclamation de Karim :

— Toi, Salima... ? Mais que viens-tu faire ici à cette heure ?

— Je viens te chercher et je t'expliquerai plus tard. J'ai pu m'échapper de chez Assouari grâce à l'affection de Shakiar. Ali est parti pour Ouadi-Halfa d'où il ne reviendra que demain. Cela nous laisse la nuit devant nous. Il faut que nous partions tout de suite, c'est peut-être notre seule chance !

Même si Karim ne l'avait pas nommée, Adalbert aurait reconnu la jeune fille à sa voix. A présent, il pouvait la distinguer, dans la douce lumière des photophores éclairant le patio, debout contre le jeune homme dont elle entourait le cou de ses bras, svelte et gracieuse silhouette dans le voile noir qui la recouvrait entièrement. Elle venait d'achever sa supplication par un baiser et Karim l'enlaçait déjà. Leur étreinte fut passionnée mais brève. Karim libéra son visage le premier :

— Où veux-tu que nous nous rendions ?

— Peu importe ! Le Caire... Alexandrie... l'Europe... Je dois à tout prix lui échapper ! La seule idée de l'épouser me rend malade...

— Pourquoi avoir accepté ces fiançailles ridicules ?

— Parce que je ne voulais pas qu'il te tue ! Il m'en avait menacée si je refusais de devenir sa femme et il est puissant, tu sais ? J'ai eu si peur, et plus encore lorsque tu as commis la folie de venir à cette horrible fête et qu'il t'a fait jeter dans le Nil...

— Comment le sais-tu ?

— Shakiar me l'a dit. C'est alors que j'ai compris que, mariée ou pas, il ne te laisserait pas vivre parce qu'il ne tolérera jamais le moindre obstacle sur sa route. Il me veut mais aussi ce que je sais sur la Reine Inconnue. C'est lui qui possède la croix ansée volée en Angleterre, lui encore qui a fait tuer le pauvre El-Kouari... et sans doute aussi mon grand-père. Il est le diable, Karim, et je ne veux pas couler des jours désespérés auprès de lui à le regarder détruire mes rêves et piétiner mes idéaux. Car ne t'y trompe pas : s'il veut trouver la tombe de Celle dont on ne sait pas le nom, ce n'est pas pour ouvrir un sanctuaire accessible à quelques privilégiés capables d'en tirer l'enseignement des Grands Ancêtres, mais bien pour en piller les richesses à son seul profit. Sa soif d'or est inextinguible. Alors je t'en supplie, dépêchons-nous de nous enfuir ! Il n'y a pas une minute à perdre !

— Que veux-tu que nous fassions ?

— Fais préparer ton bagage, va chercher ta voiture. Nous passerons au château du Fleuve prendre ce dont j'ai besoin et ensuite...

— Ensuite...

Il l'embrassa de nouveau avec une ardeur qui bouleversa Adalbert et la déposa dans un fauteuil, puis donna ses ordres à Béchir et voulut rejoindre son hôte qui n'avait pas encore rallumé, mais il n'eut même pas le temps d'atteindre la porte : la maison parut exploser. Une dizaine de Nubiens vêtus de noir firent irruption au milieu des plantes qu'ils renversèrent. Et l'action se déroula à la vitesse de l'ouragan. Trois d'entre eux emportèrent la jeune femme, tandis que les autres brisaient la défense que Karim et son domestique tentaient d'opposer. Le métal des poignards étincela dans le clair-obscur et les deux hommes s'abattirent avec un cri qui parut n'en faire qu'un, puis la bande reflua comme une marée noire, emportant sa proie. Adalbert, pétrifié par la stupeur, n'avait pas eu le temps de quitter son poste d'observation pour prêter main forte. Qu'aurait-il pu faire d'ailleurs contre cette bande d'énergumènes, sinon écoper lui aussi d'un coup de couteau ? En revanche, c'était à lui de jouer à présent, et sans tarder.

Se penchant sur les deux corps étendus parmi les débris d'argile, de fleurs et de terre, il vit que si les blessés étaient gravement atteints, ils respiraient encore. Le téléphone et son annuaire étaient à l'entrée du patio. Il chercha d'abord l'hôpital pour demander médecin et ambulance d'urgence, hésita à appeler la police avec laquelle il ne doutait pas qu'il faudrait palabrer avant qu'elle ne se remue et préféra appeler Aldo. En trois mots il lui expliqua la situation, ajoutant :

— Demande donc à ton cher colonel british s'il veut bien tenter d'arracher le gros Keitoun à ses pistaches ! Il fera sûrement ça plus facilement que moi...

— Vu ! répondit sobrement Morosini. J'arrive !

Dix minutes ne s'étaient pas écoulées qu'Aldo se matérialisait, alors que le corps médical ne s'était pas encore manifesté. Il trouva Adalbert presque aussi pâle que les victimes, à genoux auprès de Karim. Il lui tenait la main après avoir tenté de le ranimer, véritable statue de la rage impuissante :

— Voilà plus d'une demi-heure que j'ai alerté l'hôpital et je l'attends toujours. Quel pays, bon Dieu ! Et toi, la police ?

— Elle ne va pas tarder, Sargent s'en est chargé...

Aldo regarda autour de lui, repéra une table supportant des bouteilles et des verres, choisit un whisky et en versa une dose solide qu'il apporta :

— Bois ! Tu en as visiblement le plus grand besoin. Et puis viens t'asseoir ! Je vais t'aider parce que j'ai l'impression que tu n'y arriveras jamais tout seul.

C'était vrai. En dépit d'une longue habitude à affronter les coups durs, Vidal-Pellicorne tremblait comme une feuille... Il était à peine installé dans un fauteuil que la cloche de l'ambulance se faisait entendre. Cette fois, des hommes en blanc envahirent la cour intérieure, menés par un petit homme aux cheveux gris, barbu comme une chèvre, qui après s'être annoncé en tant que Dr Maimonide ne s'attarda pas en salamalecs et entreprit d'examiner les blessés.

— Vous y avez mis le temps, dites donc ! reprocha Adalbert. Ça va faire trois quarts d'heure que je vous attends et l'hôpital n'est pas au diable !

Sans l'honorer d'un regard, le médecin haussa les épaules :

— Quand vous avez le nez dans un abdomen ouvert pour en extirper une balle, c'est un peu délicat de lui tourner le dos !... Quant à ces deux-là, il faut les emmener... et vite !

On installait Karim et son serviteur sur des civières quand Abdul Aziz Keitoun, toujours armé de son chasse-mouches, effectua l'entrée majestueuse dont sa vaste personne était coutumière. Il commença par stopper les brancards en déclarant qu'il fallait laisser son personnel examiner les « cadavres ». Le petit toubib aboya aussitôt comme un fox-terrier en colère :

— Si je ne les emporte pas tout de suite, ils seront en effet des cadavres sous peu ! Pour l'instant, ils m'appartiennent ! Allez, vous autres !

Trop las sans doute pour discuter, Keitoun se laissa tomber dans un canapé de rotin qui gémit sous le poids et fit, de sa main grasse, le geste de débarrasser les lieux :

— Maintenant, dit-il en s'adressant à Aldo et Adalbert, j'attends vos dépositions ? Si j'ai bien compris, c'est vous qui les avez tués ? ajouta-t-il en pointant un doigt vers l'archéologue.

— Moi ? Mais j'étais l'invité de M. El-Kholti quand le drame s'est produit. Pourquoi voulez-vous que je les tue, lui et son serviteur ? Surtout en saccageant sa maison...

— L'invité ? C'est vite dit. Aux dernières nouvelles, vous n'aviez pas disparu ? On vous aurait kidnappé ?

— En effet ! Et ce jeune homme a été de ceux...

— On se tait quand je parle ! C'est clair pour moi : ce pauvre jeune homme vous avait enlevé et pour vous libérer vous les avez attaqués, lui et son domestique, afin de pouvoir vous évader ! La cause est entendue ! Vous serez jugé... et probablement pendu...

— Mais c'est de la folie ! Ecoutez-moi au moins !

— Je ne crois pas que ce soit très intéressant, émit Keitoun en bâillant largement...

— Vous consentirez peut-être à m'écouter, intervint Aldo. Vous êtes dans l'erreur la plus complète. Ce carnage est l'œuvre d'une bande, dans l'intention d'enlever Mlle Hayoun qui venait d'arriver. Ils étaient approximativement une dizaine et vous pouvez voir les traces. Quant à mon ami ici présent, il a appelé l'hôpital puis, ne pouvant obtenir la police, il m'a téléphoné pour que je vous alerte par le truchement d'un ami anglais que vous connaissez : le colonel Sargent et...

— Où avez-vous pris que je le connais ? C'est un touriste anglais qui vient souvent à Assouan : rien d'autre. Et votre histoire montre surtout que vous avez une imagination débordante...

— Mais je vous répète que Mlle Hayoun a été enlevée et que...

— Comme c'est vraisemblable ! Cette jeune fille est fiancée au prince Assouari, alors voulez-vous m'expliquer le but de sa visite ? Pour moi, j'en sais assez ! Qu'on les embarque !

Il bâillait à s'en décrocher la mâchoire, visiblement pressé de retrouver son lit.

— Vous ne me croyez pas ? s'écria Aldo, indigné. Vous croirez peut-être l'ambassadeur de France que je vais alerter...

— Et qui n'y pourra rien ! Un crime est un crime et celui qui l'a commis doit payer. C'est comme ça chez nous !

— Chez nous aussi ! Mais à condition de trouver le coupable. Le véritable ou les véritables, en l'occurrence. Chez nous, une enquête est une affaire sérieuse où l'on ne se contente pas de tomber sur le premier pékin venu en lui mettant tout sur le dos !

Keitoun extirpa sa vaste masse du canapé et agita son chasse-mouches sous le nez d'Aldo :

— Je sais ce que je fais et je connais mon métier, figurez-vous ! Alors ne vous fatiguez pas, on vous boucle vous aussi et nous verrons qui aura le dernier mot ! Demain il fera jour !

— Et si vous m'écoutiez, moi ?

Toujours élégant dans son smoking blanc, le colonel Sargent venait de se glisser entre eux. Keitoun lui consentit un sourire condescendant :

— Votre présence est malvenue, colonel ! Vous m'avez prévenu, c'est entendu, mais votre rôle s'arrête là. A moins, ajouta-t-il finement, qu'on ne vous ait encore volé votre cheval !

L'Anglais haussa les épaules, tira un porte-cartes de sa poche intérieure, l'ouvrit et le lui présenta :

— Et si vous jetiez un coup d'œil à ça ? Ou préféreriez-vous que j'aille faire un tour chez le gouverneur ? Mahmud Pacha déteste les complications et plus encore ceux qui les lui valent. Il a la fâcheuse habitude de leur en tenir rigueur et, tôt ou tard, de saler la note.

L'œil rond du gros homme vira à l'ovale tandis qu'Adalbert se tordait le cou aussi discrètement que possible en louchant vers un document assez magique pour ramener Keitoun à une plus juste compréhension de la situation. Il crut apercevoir les armes d'Angleterre et s'en tint prudemment à ses suppositions. Cependant, le policier tiquait. Son discours initial s'en trouva quelque peu modifié, même si son visage n'était pas plus amène. Il laissa tomber :

— Bon ! Il se fait tard et demain la journée sera longue. (Et s'adressant à Aldo et Adalbert :) Messieurs, je vous attendrai donc à dix heures pour une déposition complète. Inutile de vous déranger de nouveau, colonel, car...

— Cela ne me dérange pas le moins du monde et j'avoue que j'aimerais assister à l'entrevue : on ne s'ennuie jamais avec vous !

— Comme vous voudrez. Cette maison va être fouillée de fond en comble et gardée. Si vous avez des affaires à récupérer puisque vous prétendez être l'invité de la victime, allez les chercher ! Un planton vous accompagnera ! On se dépêche ! Je ne veux pas passer la nuit ici !

— Je vais t'aider, annonça Aldo. Cela ira plus vite.

Escortés d'une reproduction en plus mince de Keitoun, ils gagnèrent la chambre d'Adalbert mais, quand ils voulurent parler, leur chien de garde s'interposa par un déluge de mots dont Adalbert traduisit l'essentiel :

— Il dit qu'on aura tout le temps de causer après et qu'on doit faire fissa !

— Jamais vu des flics aussi pressés d'aller se coucher ! A ce sujet je peux te rassurer : ta chambre t'attend au Cataract !

Quelques minutes plus tard, ils roulaient dans la voiture qui avait amené Sargent que, naturellement, on remercia en essayant de ne pas montrer la curiosité qui les dévorait l'un et l'autre touchant les pouvoirs singuliers qu'il semblait détenir. Il s'en expliqua d'ailleurs de lui-même avec bonne humeur :

— Ne me prenez surtout pas pour un émule de Lawrence d'Arabie ou un séide de mon auguste beau-frère ! Simplement, quand un vieux soldat comme moi a beaucoup roulé sa bosse – c'est l'expression qui convient, n'est-ce pas ? – à travers le Commonwealth, beaucoup vu, beaucoup entendu et, le plus important, beaucoup retenu, le Foreign Office utilise ses compétences et aussi ses habitudes en lui confiant de petites missions de... je dirai, de surveillance. Rien de plus ! Dans des pays peu stables comme l'Egypte, cela peut présenter quelque utilité ! acheva-t-il sur le mode désinvolte.

« Ben voyons ! pensa Aldo, pour avoir amené Keitoun à composition sur la seule présentation d'une carte, il faut que tu aies atteint un fichu degré dans la hiérarchie de la taupinière britannique ! »

Une fois rentrés à l'hôtel et tandis qu'il buvait un dernier verre dans la chambre d'Adalbert, Aldo développa son impression :

— Je me demande si ce n'est pas principalement à Warren qu'il rend de menus services. Par exemple pour s'attacher au parcours de la croix d'orichalque volée au British Museum ?

— Tu pourrais avoir raison. Les « barbouzes » n'ont pas souvent l'air de ce qu'elles sont, approuva Adalbert auquel il arrivait parfois de rendre de discrets services à son pays, ce qui lui permettait d'arrondir encore plus confortablement les contours d'une bourse qui n'avait jamais connu la disette et qui n'en avait guère besoin. En tout cas, on lui doit une fière chandelle. Le gros Keitoun était prêt à nous envoyer finir la nuit sur la paille humide des cachots. Et maintenant, que décide-t-on ?

Aldo considéra sa montre :

— Que dirais-tu de dormir ? Ou de faire semblant ? On a eu notre content d'émotions pour la soirée et demain il va falloir répondre encore aux questions idiotes de ce sac de pistaches.

— Tu peux toujours essayer, moi je crois que je ne pourrai fermer l'œil. Pas après ce à quoi j'ai assisté ce soir. Cette horde de démons surgis de la nuit, ce pauvre type et son serviteur abattus pratiquement sous mes yeux sans que j'y puisse quoi que ce soit... sans compter Salima enlevée, et par qui ?

— Par qui ? Tu es devenu fichtrement naïf tout à coup ! Mais par Assouari, mon vieux ! Le tendre fiancé qu'elle voulait fuir. Ce que je voudrais savoir, c'est pourquoi elle ne s'est pas réveillée plus tôt ?

— Pour gagner du temps, je suppose. Elle accepté les fiançailles dans l'espoir de protéger celui qu'elle aime et aujourd'hui il s'est produit quelque chose qui a précipité sa décision. Elle s'est affolée... et voilà le résultat ! Quant à moi, je sais...

— Inutile de me faire un dessin : j'ai compris. On va s'arranger pour la sortir de ce guêpier !

— Pourquoi « on » ? Cette histoire ne te concerne pas : uniquement Salima et moi. Si je veux risquer ma vie pour elle, tu n'as aucune raison de m'imiter. Pense à ta femme et à tes enfants...

— Encore un mot du même style et tu prends mon poing dans la gueule ! coupa Aldo, furieux. Elle a commencé chez qui, cette histoire ? Chez moi, non ? A qui El-Kouari a-t-il confié l'Anneau ? A moi encore. Il était donc naturel que je m'en mêle et je ne vois pas pourquoi je ne continuerais pas ?

— Ne te fâche pas ! Ce n'est pas d'hier que je sais quel ami tu es mais, en l'occurrence, Assouari ignore sûrement le rôle que tu as joué le soir de sa fichue fête...

— Ah oui ? Alors dis-moi un peu pourquoi j'ai reçu, avant-hier matin, la veste de mon habit et mes chaussures avec quelques lignes disant que, étant donné la qualité de ces vêtements, il serait infiniment dommage de les perdre. On ajoutait même des vœux pour que je n'aie pas attrapé froid en allant prendre un bain de minuit dans le Nil. Ce qui veut dire que, non seulement il connaît mes faits et gestes par le menu, mais, en plus, il se fout de moi ! Je te laisse tirer tout seul la conclusion qui s'impose.

Il se dirigea vers la porte, suivi par le regard redevenu ironique d'Adalbert :

— *Quo vadis, Domine*[1] ?

Aldo haussa des épaules agacées :

— Ayant été nul en latin, je te répondrai en bon français : voir Tante Amélie ! Elle ignore ce qu'il vient de se passer parce qu'elle et Plan-Crépin ont été invitées à dîner chez la romancière anglaise. Il y a une chance qu'à cette heure-ci elles soient rentrées. Ça va sûrement les intéresser.

— Ou leur couper la digestion. Allons-y !

Les deux femmes venaient en effet de rentrer. Assises dans le petit salon qui séparait leurs chambres, elles commentaient la soirée et s'apprêtaient à boire le verre de champagne qui avait manqué au menu quand Aldo, après avoir frappé, passa la tête dans l'entrebâillement de la porte :

— On peut vous déranger ? Je vous ramène un revenant, dit-il en s'écartant pour laisser le passage à Adalbert.

Lequel fut accueilli, naturellement, avec le plaisir auquel il pouvait s'attendre. Marie-Angéline en eut les larmes aux yeux. Cependant, si elle embrassa l'arrivant, Mme de Sommières émit une certaine réserve :

— Vous pensez bien que je suis enchantée de vous revoir, Adalbert, mais mon neveu n'a-t-il pas précisé, en nous annonçant votre récupération, que vous deviez rester caché ? Que s'est-il passé ?

— On ne peut rien vous dissimuler longtemps, n'est-ce pas, Tante Amélie ? soupira Aldo en acceptant la coupe que lui offrait Plan-Crépin. Il s'est

1. Où vas-tu, Seigneur ?

déroulé un drame : pendant qu'El-Kholti dînait avec Adal, Salima est arrivée en trombe, suppliant le garçon de partir sur-le-champ avec elle...

Et il raconta les tragiques événements de la nuit :

— Et voilà ! Le jeune Karim et son serviteur sont peut-être morts à l'heure qu'il est. On passera à l'hôpital avant d'aller à la police dans la matinée. Quant à Salima, elle est plus que jamais au pouvoir de l'homme qui, très certainement, a fait assassiner son grand-père !

— N'aurait-il pas été plus facile pour elle de commencer par refuser de se fiancer avec lui ? fit dédaigneusement Marie-Angéline.

— Assouari la menaçait de tuer Karim si elle n'acceptait pas... Non seulement il prétend l'aimer, ce que j'admets volontiers, mais en outre, elle fait partie du plan qu'il a conçu pour récupérer la tombe de la Reine Inconnue dont il guigne les richesses... supposées ! Puisqu'on se perd en conjectures.

— Ce que je comprends mal dans cette intrigue, c'est le rôle de la princesse Shakiar ? dit la marquise. Curieuse bonté que de presser cette malheureuse de profiter d'une absence de Barbe-Bleue pour prendre la poudre d'escampette avec son amoureux ! Elle aurait voulu la perdre qu'elle n'aurait pas fait mieux !

— Ce qui démontre que c'est la pire des garces ! grogna Adalbert. Mais ça, on le savait déjà !

— C'est bizarre ! Moi, elle ne m'a jamais donné cette impression ?

Trois paires d'yeux se braquèrent sur elle :

— Nous la connaissons ? lâcha Marie-Angéline. Première nouvelle !

— Connaître, c'est beaucoup dire. Il m'est arrivé de la rencontrer au cours d'un voyage que je faisais avec une amie. C'était avant vous, Plan-Crépin, et elle était reine à cette époque. Toquée de bijoux, de fêtes, ça oui ! Mais plutôt généreuse et, à tout prendre, assez sympathique. Pas très futée, je vous l'accorde !

— Et vous ne nous le dites que maintenant ? protesta Aldo. Pourquoi avoir fait comme si de rien n'était quand je vous ai raconté son comportement envers moi ?

— Parce que cela me semblait sans importance. Et puis nous n'avons pas noué des liens d'amitié. Enfin, si vous voulez tout savoir, je voulais me donner le temps d'étudier le sujet. Vous avez à y redire ?

— Et où en sommes-nous ? lança Marie-Angéline à la limite de l'insolence. Voilà une femme qui…

— Cela suffit, Plan-Crépin. Vous n'êtes pas assermentée, que je sache, par un tribunal chargé de me juger et je vous conseille de vous tenir tranquille !

— Aucun de nous ne pense une chose pareille, Tante Amélie. Admettez seulement que nous soyons surpris ?

— J'avoue que sa conduite envers toi m'a donné à réfléchir. Cela est si éloigné de la femme d'autrefois ! Ou alors il faut en venir à conclure qu'elle a beaucoup changé. Sans doute sous l'influence de son frère. Lui, je ne l'ai jamais rencontré et il me fait l'effet d'être un de ces seigneurs forbans comme le Moyen Age en a tellement vu fleurir...

— Et les femmes d'Orient sont le plus souvent soumises aux hommes de leur famille, soupira Adalbert. Shakiar n'est plus reine : elle doit obéissance à son chef de clan...

— ... jusqu'à accepter de tendre un piège aussi ignoble à une innocente ? Cela me paraît énorme. Si les espérances d'Assouari concernant la tombe sont à ce point précises, Shakiar devrait au contraire pousser à ce mariage dont elle ne peut que profiter.

— A moins qu'il ne lui fasse courir le risque d'être évincée ? suggéra Marie-Angéline. Cette Salima est extrêmement jolie pour ce que j'en sais...

— Et plus encore que vous n'imaginez, soupira Adalbert avec mélancolie.

— Après le mariage, elle aura donc droit à la première place, alors que la sœur vieillissante sera reléguée à la seconde... si ce n'est à un rang plus obscur. Qui peut le dire avec un homme tel que celui-là ? Tante Amélie, nous savons tous que vous êtes la bonté même...

— Et moi qui croyais avoir la dent dure !

— Sans aucun doute, mais là c'est l'esprit qui prédomine et pas le cœur. Tout dépend du sens dans lequel ils évoluent, voilà tout !

— N'oubliez pas ce que cette femme a dit à Aldo, reprit Adalbert. Elle a de gros, très gros besoins d'argent !

Mme de Sommières se leva, regarda chacun de ses trois interlocuteurs tour à tour et, finalement, soupira :

— Bien ! La cause est entendue et je vous donne le bonsoir, Messieurs. Plan-Crépin, venez me lire un morceau du bouquin de Mme Agatha Christie. Ses personnages sont assez tordus, mais tellement moins que ceux d'ici que cela me rafraîchira !

Suivie de sa lectrice, elle gagna sa chambre. Le regard perplexe d'Aldo l'accompagna et demeura fixé sur le vantail quand les deux femmes eurent disparu. Suffisamment longtemps pour qu'Adalbert s'en étonne :

— Qu'est-ce qu'elle t'a fait, cette porte ? Une main mystérieuse y aurait-elle écrit le fameux *Mane, Thecel, Phares*[1], comme sur le mur du palais de Babylone quand Cyrus y fit son entrée ?

Aldo tressaillit, s'ébroua comme au sortir d'un rêve et passa une main sur ses yeux :

— C'est un peu ça mais ne me demande pas pourquoi. Je n'en sais fichtre rien, sinon que Tante Amélie est bizarre tout à coup. Que peut-elle mijoter ?...

Il eût été plus inquiet encore s'il avait pu le deviner...

Le lendemain matin, Mme de Sommières expédia Plan-Crépin faire des emplettes dans Sharia-as-Souk, la merveilleuse rue marchande d'Assouan où elle ne manquerait pas de s'attarder pour admirer les couleurs et respirer les odeurs d'épices, s'installa devant le petit secrétaire du salon avec son écritoire de voyage, y prit une feuille de vélin azuré à ses armes, une enveloppe assortie, son stylo, et rédigea

1. Compté, Pesé, Divisé...

de sa grande écriture élégante une lettre qu'elle relut soigneusement avant de la signer, passa le buvard dessus, la glissa dans l'enveloppe et, en dépit de sa répugnance pour cet outil, décrocha le téléphone intérieur et appela le réceptionniste pour le prier de monter chez elle.

Quand il fut là, elle lui remit sa lettre en lui demandant de bien vouloir la faire porter d'urgence à l'adresse indiquée et de stipuler qu'elle souhaiterait avoir une réponse en retour. Cela fait, elle alla s'installer sur le large balcon fleuri pour regarder couler le Nil. Elle avait ramassé un livre qu'elle n'ouvrit pas, l'esprit trop occupé par ce qu'elle venait de faire pour concentrer son attention sur le texte imprimé. D'ailleurs ses yeux se fatiguaient vite et l'assistance de Marie-Angéline lui était souvent plus qu'utile. Mais elle aimait tenir entre ses mains le maroquin de la reliure et respirer l'odeur légère qu'il dégageait.

Elle ne pouvait éviter une certaine anxiété, consciente de s'engager dans une partie délicate dont le résultat pouvait se révéler désastreux si ses calculs étaient erronés. De toute façon, Aldo serait probablement furieux quelle qu'en soit l'issue, mais elle ne détestait pas vivre un peu dangereusement et humer de temps à autre ce parfum d'aventure si cher à l'équipe hors norme qu'il lui avait été donné de voir à maintes reprises s'agiter sous ses yeux pour son plus grand plaisir et ses pires angoisses.

Une heure plus tard, elle avait sa réponse.

Pendant ce temps, le tandem Morosini Vidal-Pellicorne se rendait au Police Office. Le colonel

Sargent les accompagnait, présence non négligeable pour leur tranquillité d'esprit. On les introduisit dans le bureau où trois chaises s'alignaient face au capitaine. L'atmosphère était un rien solennelle en dépit du narghilé et d'une nouvelle provision de pistaches. Abdul Aziz Keitoun fit l'effort de soulever sa pesante personne pour les accueillir et leur désigner les sièges préparés à leur intention :

— Vous êtes exacts, Messieurs, apprécia-t-il, et je vous en remercie. De mon côté, j'ai donné des ordres pour que l'on ne nous dérange pas. J'ai en effet besoin de silence pour vous écouter raconter « dans le détail » ce qui s'est passé hier soir chez Karim El-Kholti, ajouta-t-il en dardant son regard noir sur Adalbert.

— Il me semblait vous avoir tout dit, capitaine, mais on peut avoir omis involontairement un fait.

— C'est justement ça que je veux entendre. Alors, dites-moi d'abord pour quelle raison vous vous trouviez sur les lieux du crime ?

Adalbert retint à temps un soupir agacé :

— Je séjournais chez lui depuis trois jours. Ainsi que vous l'avez remarqué vous-même, j'avais été enlevé et retenu prisonnier sur une dahabieh ancrée près de la pointe nord de l'île Eléphantine.

— Enlevé par qui ?

— C'est ce que j'ignore et ignorerai probablement toujours, à moins que l'on ne vous ait éclairé à ce sujet. J'étais convenablement traité et surveillé par deux gardiens qui se relayaient mais, ce soir-là, la réception donnée par le prince Assouari à l'occasion de ses fiançailles leur ayant sans doute soufflé l'idée d'aller se distraire, ils m'ont laissé seul, ligoté et bâillonné bien entendu. C'est là que m'ont trouvé M. El-Kholti et le prince Morosini ici présent...

— Et comment étaient-ils là ? Ils passaient, comme par hasard ? Ou alors, saisis par l'envie de visiter le bateau, ils n'avaient pas hésité à se jeter à l'eau pour aller y boire un verre ?

— Cette fois, c'est à moi de raconter, si vous le permettez ! coupa Aldo. J'assistais à cette soirée donnée dans l'île par M. Assouari quand M. El-Kholti, qui lui n'avait pas été pas convié et pour cause, a créé un esclandre en tentant d'entraîner Mlle Hayoun qu'il considérait comme sa fiancée. Il a été aussitôt emporté hors du palais par deux des serviteurs et j'ai voulu voir comment ils le traiteraient. Bien m'en a pris : au lieu de le reconduire au bac, ils l'ont trimballé à la pointe de l'île et balancé à l'eau sans la moindre hésitation. Or M. El-Kholti, souffrant d'une blessure au bras advenue dans je ne sais quelles circonstances, était dans la quasi-impossibilité de nager et a appelé à l'aide. Il m'est apparu normal de lui porter secours et j'ai réussi à le hisser sur le bateau où il n'y avait personne... sauf M. Vidal-Pellicorne retenu prisonnier dans une cabine. Nous l'avons délivré et M. El-Kholti lui a offert l'hospitalité.

— Pourquoi ne l'avoir pas ramené tout bêtement à l'hôtel... ou chez M. Lassalle ?

— Justement parce que nous ignorions de qui il était l'invité involontaire et qu'en attendant d'en savoir plus, nous avons pensé qu'il était préférable de le tenir caché pendant quelques jours au moins.

Plusieurs pistaches disparurent :

— Hum ! mâchonna Keitoun. Difficile à gober, votre histoire !

— Je n'en ai pas de rechange à vous offrir.

— En revanche, reprit Adalbert qui commençait à entrer en ébullition, nous aimerions savoir ce qu'est devenue Mlle Hayoun ? Car enfin, il ne faut pas oublier qu'après avoir poignardé Karim El-Kholti et son serviteur, ces sauvages l'ont emportée, en dépit de ses cris et de ses protestations. Avez-vous retrouvé ces misérables ?

— Pas encore. L'enquête n'en est qu'à ses débuts.

— Et peut-on savoir de quel côté vous la dirigez ? intervint le colonel. Il conviendrait peut-être de poser quelques questions au prince Assouari ? En tant que fiancé de cette jeune fille, il pourrait ne pas apprécier qu'elle profite de son absence – réelle ou pas ! – pour se précipiter chez M. El-Kholti en le suppliant de s'enfuir avec elle ?

La réponse ne se fit pas attendre, traduisant clairement un certain soulagement :

— Vous venez de le dire vous-même, colonel. Il est absent. Difficile dans ces conditions de l'interroger ! Il faut attendre qu'il revienne…

— Il a pu, avant de partir, donner ordre que l'on surveille sa fiancée. La princesse Shakiar, sa sœur, ne vous a rien dit à ce sujet ?

— Il n'eût pas été convenable que je me rende chez elle dès ce matin, voyons ! N'oubliez pas qu'elle a été notre reine ? Cela oblige ! conclut-il en se rengorgeant. De toute façon, que pourrait-elle me dire ? Que son frère n'est pas à Assouan et qu'elle ignore tout de ses faits et gestes ? Les hommes d'ici n'ont pas pour habitude de tenir les femmes informées de ce qu'ils font ! Cependant, soyez certain que je la verrai... ! Si elle consent à me recevoir !

A cet instant, on frappa à la porte et un planton entra, porteur d'un message dont son chef prit connaissance :

— Je regrette de vous annoncer, Messieurs, que le jeune El-Kholti vient de décéder !

Le mot terrible apporta son poids de silence. Ce fut Aldo qui le brisa :

— C'est affreux... ! murmura-t-il.

— Et Béchir, son serviteur ? demanda Adalbert d'une voix dont il ne put maîtriser l'altération.

Le capitaine tourna vers lui des yeux opaques :

— On me dit seulement qu'il n'a pas encore repris connaissance. Vous devriez prier pour qu'il la retrouve, puisque c'est le seul qui puisse confirmer votre version des faits !

La menace était sous-jacente. L'archéologue prit feu :

— Ce qui signifie que c'est sur mon dos que retombera ce carnage s'il ne se réveille pas ?

— Hé !

— C'est insensé ! Mais enfin, réfléchissez ! En admettant que je sois coupable, où sont les armes dont je me suis servi ? Et comment ai-je pu, à moi seul, tuer deux hommes dont celui qui était mon hôte et avec lequel j'étais en train de dîner...

— Laissez-moi finir, s'interposa le colonel. En dehors de ce Béchir, il reste un témoin que vous omettez, capitaine ?

— Lequel ?

— Mlle Hayoun, évidemment ! Retrouvez-la !

— Ça ne devrait pas être trop difficile ! ricana le gros policier. Si elle n'est pas au château du Fleuve, elle est au palais d'Eléphantine... car voyez-vous, je suis persuadé qu'elle n'est jamais venue chez El-Kholti et que cette fable d'enlèvement est sortie tout droit de l'imagination de cet homme !

Aldo eut juste le temps d'empoigner son ami pour le retenir au bord d'un geste irréparable, bien que, personnellement, il s'en fût volontiers chargé s'il n'avait écouté que son impulsion. La bêtise de ce poussah atteignait des sommets himalayens... à moins qu'en s'entêtant à vouloir faire d'Adalbert un bouc émissaire il n'obéît à une influence occulte ? Et pourquoi pas celle des Assouari, cette famille princière implantée à Eléphantine depuis la nuit des temps ? S'il en était ainsi, et quelle que soit l'influence plus ou moins officieuse du colonel, il pourrait bien se retrouver impuissant. Ce n'était un secret pour personne que nombre d'Egyptiens supportaient mal l'emprise de l'Angleterre...

Au regard qu'il échangea avec Sargent, il comprit qu'il devait en penser tout autant. Aussi préféra-t-il le laisser se charger de la réponse. Ce qu'il fit d'une voix lénifiante. Encore que...

— Allons, capitaine ! Gardons-nous de porter un jugement téméraire que nous pourrions regretter par la suite. Les faits datent de cette nuit et, comme vous venez de le dire vous-même, l'enquête ne fait que commencer. Donnons-nous le temps de la réflexion ! Qu'en pensez-vous ?

— Sans doute, sans doute ! Et c'est bien ce que je fais, sinon j'aurais déjà procédé à une arrestation... J'espère seulement que ces Messieurs n'ont pas l'intention de quitter Assouan ?

— Pas tant que le... mystère ne sera pas élucidé ! fit Aldo sèchement en se levant pour partir. Puis-je cependant poser une dernière question ? ajouta-t-il, tandis que le colonel emmenait Adalbert.

— Posez-la toujours !

— Quelle raison M. Vidal-Pellicorne aurait-il pu avoir de tuer M. El-Kholti ?

Un sourire s'étala sur la face lunaire du policier. Un sourire qui se voulait finaud mais dans lequel Morosini décela une vague menace :

— La plus vieille qui soit, voyons ! La jalousie ! Je n'ignore pas que lui et Mlle Hayoun ont travaillé ensemble. Et elle est très belle...

TROISIÈME PARTIE

LE TOMBEAU

11

Le secret d'une femme

Sa lettre à peine partie, Mme de Sommières se demanda si, obéissant à une simple impulsion, elle avait eu raison d'écrire et si même on lui ferait l'honneur d'une réponse. Or, une heure après, celle-ci arrivait : un bateau l'attendrait à trois heures à l'embarcadère du Cataract.

Ce point acquis, restait la question Plan-Crépin. L'emmener ou pas ? Depuis qu'Aldo lui avait confié l'Anneau, celle-ci vivait dans une sorte d'état second, se retirant dans sa chambre dès que l'on n'avait pas besoin d'elle pour y méditer longuement, l'étrange bijou posé bien à plat entre ses deux mains et les yeux clos. Tellement concentrée que la vieille dame, entrée chez elle sans même qu'elle l'entende, avait retenu la comparaison avec un lama tibétain qui lui venait à l'esprit. D'autre part, si elle se rendait moins souvent sur la rive opposée pour y dessiner, elle tenait presque chaque soir un conciliabule avec le jeune Hakim. Finalement, la marquise se résolut à l'emmener. Il était normal qu'une dame de son âge et de sa qualité fût accompagnée d'une suivante, quitte à la laisser dans le jardin pendant l'entretien qu'on lui avait accordé : ses yeux fureteurs étaient capables de s'attacher à des détails invisibles. Et ce serait peut-être plus prudent.

Quand elle lui annonça, après le déjeuner, qu'elle eût à se tenir prête à l'accompagner au palais Assouari, Marie-Angéline retomba sur terre d'un seul coup :

— Nous voulons aller où ?

— Je viens de vous le dire : chez la princesse Shakiar. Secouez-vous, bon sang, Plan-Crépin ! J'ai sollicité un rendez-vous et elle a accepté aussitôt !

— Mais c'est de la folie ! Avons-nous demandé à Aldo...

— Quoi ? Sa permission ? Tenez-vous pour satisfaite que je vous emmène ! Uniquement pour éviter vos criailleries comme l'année dernière lorsque j'étais allée voir le dragon mexicain sans vous en faire part. Maintenant, si vous préférez m'attendre ici... Comme de toute façon vous ne bougerez pas du jardin...

Le « Oh non ! » retentissant trancha la question.

Il était à peu près trois heures et demie quand le grand majordome noir ouvrit devant la marquise les portes d'un petit salon donnant sur une galerie à colonnes au-delà de laquelle foisonnaient les buissons d'hibiscus blancs et rouges. Le canotier garni de marguerites de Plan-Crépin avait l'air de voguer dessus. Tante Amélie, dont le cœur battait un peu plus vite que d'habitude, admit en son for intérieur que c'était un spectacle plutôt rassurant.

L'attente fut brève. Une ou deux minutes avant que Shakiar ne rejoigne sa visiteuse... qui plongea aussitôt dans une révérence de cour :

— Votre Majesté !

La surprise joua à plein :

— Mais... je ne suis plus reine !

— Vous l'étiez, Madame, quand j'ai eu l'honneur de vous rencontrer chez l'ambassadeur de France il y a... quelques années ! Et chez nous, le titre ne se perd pas, même quand la fonction a disparu !

— C'est agréable à entendre... mais tenez-vous-en à la princesse et oubliez la troisième personne, la conversation en sera facilitée... Prenez place, je vous en prie ! ajouta-t-elle en désignant l'un des lourds fauteuils garnis de brocart rouge.

Mme de Sommières remercia en s'efforçant de cacher son profond étonnement devant celle qui la recevait. Depuis qu'elle l'avait aperçue pour la dernière fois quand elle avait quitté l'hôtel, Shakiar semblait avoir vieilli de dix ans. En dépit de l'élégance de ses vêtements et de la perfection de sa coiffure, une tentative de maquillage n'arrivait pas à dissimuler la pâleur du teint, le cerne violet des yeux, les plis de lassitude de la bouche. La trace de larmes était encore visible, et il n'était pas difficile de deviner que de nouvelles n'étaient pas loin... Aussi, oubliant sa rancune envers cette femme pour la façon dont elle avait traité Aldo, Mme de Sommières éprouva-t-elle de la pitié. Elle avait devant elle une douleur réelle et ne s'y trompait pas... Cependant, la princesse reprenait :

— Vous avez souhaité me voir au sujet d'une affaire grave, Madame. Que puis-je pour vous ?

— En réalité, je n'en sais trop rien ! C'est sur une impulsion que j'ai écrit. Vous êtes une très grande dame, très puissante sans doute parmi les gens de ce pays, et c'est pour tenter de venir en aide à l'un de mes compatriotes qui m'est extrêmement cher, bien que nous ne soyons pas du même sang mais que je sais être le plus sincère et le meilleur homme de la terre.

— Qui est-il ? Je veux dire, comment s'appelle-t-il ?

— Adalbert Vidal-Pellicorne... de l'Institut. Un savant et certainement l'un de nos plus brillants archéologues. Or, il s'en faut de peu qu'il ne soit jeté en prison pour un crime abominable... simplement parce qu'il en a été le témoin horrifié et impuissant. J'ajoute qu'une jeune fille à laquelle vous accordez votre protection, et je pense votre amitié, en a été victime elle aussi quoique de façon différente, puisque au lieu de la faire passer de vie à trépas on s'est contenté de l'enlever...

L'attention d'abord flottante et de pure politesse de Shakiar se fixa aussitôt :

— Vous parlez de l'assassinat de Karim El-Kholti ?

— ... et de son serviteur ? Oui, princesse !

— Que savez-vous à ce sujet ? fit-elle, soudain fébrile.

— Ce qu'en a dit l'intéressé. Séjournant depuis deux ou trois jours chez ce jeune homme, Adalbert venait de se mettre à table avec lui pour le dîner quand Mlle Hayoun est arrivée en coup de vent et a supplié M. El-Kholti, à qui semblait l'attacher... je dirai un grand amour, de fuir sur-le-champ avec elle. Il fallait, assurait-elle, profiter de l'absence d'Ali, votre frère, Madame, à qui elle avait dû se fiancer par contrainte, pour prendre le large. Oh, elle n'a pas eu à prier longtemps et M. El-Kholti n'a pas tergiversé, c'est alors que la maison a été envahie par une dizaine de Nubiens qui ont poignardé le jeune homme et son domestique avant d'emporter Salima en dépit d'une défense désespérée.

— Et... votre ami n'a rien tenté pour secourir son hôte ?

— Cela se passait dans le patio de la maison et il se trouvait dans la salle à manger dont il avait éteint la lumière pour ne pas paraître indiscret durant l'entretien des deux jeunes gens. Tout s'est déroulé à une vitesse vertigineuse et, quand il aurait pu intervenir, il était trop tard. Les agresseurs ont jeté Mlle Hayoun dans une voiture qui a démarré sur les chapeaux de roues... Voilà l'histoire, Madame ! De plus, le chef de la police refuse d'y croire et tient absolument à ce que notre pauvre Adalbert soit le meurtrier.

— C'est un imbécile borné qui ne s'intéresse qu'à l'argent... et aux pistaches ! commenta Shakiar avec une amère ironie. Mais pourquoi pensez-vous que je puisse vous apporter de l'aide ?

— Parce que vous êtes impliquée ! assena Tante Amélie en la regardant droit dans les yeux. Salima a dit que vous l'aviez pressée de profiter de l'absence de votre frère pour s'enfuir avec son amoureux.

— C'est le récit de votre ami ?

— Evidemment ! Pourquoi l'aurait-il caché ? Si ce Keitoun était un policier honnête, il se serait déjà présenté ici pour vous demander de confirmer.

La princesse détourna la tête, cependant que le mépris incurvait ses lèvres et que son regard allait s'égarer dans les profondeurs du jardin :

— Il n'oserait pas ! Sait-on d'autres nouvelles ?

— Nous avons appris la dernière à midi : Karim El-Kholti vient de succomber à ses blessures. En revanche, son serviteur lutte encore contre la mort et je prie Dieu pour que celui-là au moins survive ! Pourtant, il n'est pas le seul à pouvoir nous apprendre la vérité. Il reste Mlle Hayoun et c'est cela, princesse, que je suis venue vous demander. Elle a été témoin du drame et comme je suppose qu'elle est ici...

— Ici ? Mais qu'est-ce qui peut vous le faire supposer ?

— La plus élémentaire logique : le prince Ali a repris, par la force, celle qu'il doit considérer comme sa propriété...

Les yeux de Shakiar s'emplirent de larmes, tandis que sa voix se mettait à trembler :

— Et c'est moi... moi qui aurais envoyé Salima dans ce traquenard ? « Ma » Salima... ? Oh, c'est ignoble !

— Pardonnez-moi ! C'est ce qu'Adalbert a entendu... Madame ! Mais que vous arrive-t-il ?

Shakiar venait de s'effondrer sur un divan, secouée de sanglots trop désespérés pour ne pas traduire une véritable douleur. Stupéfaite, Mme de Sommières la regarda un instant sans savoir que dire. Cependant, elle observa que l'écharpe de soie dont s'entouraient le cou et la gorge de la princesse avait glissé dans la violence du mouvement, découvrant sur la peau encore belle des marques bleues suspectes et même une griffure. Shakiar avait subi des sévices ! Ce fut ce qui retint la marquise d'appeler un serviteur pour qu'il fasse venir la femme de chambre. Otant son grand chapeau dont elle coiffa le crâne d'un tigre de bronze étiré sur un meuble, elle s'agenouilla près du divan. Elle entendit alors Shakiar gémir des mots en arabe qu'elle ne comprit pas :

— Madame... princesse ! pria-t-elle en essayant de la redresser, mais elle n'y parvint pas, se releva et s'assit à son côté : Je vous en supplie, parlez-moi ! Vous ne pouvez savoir à quel point je suis désolée d'avoir suscité un tel chagrin ! Je vois bien que vous souffrez et je ne sais comment vous venir en aide ! Ce n'est pas vous qui avez conseillé à Salima de fuir avec celui qu'elle aime ?

Elle dut attendre avant de percevoir un « Si » tellement faible qu'elle se demanda si elle ne se trompait pas, et revint à la charge mais sur un mode différent :

— Vous avez voulu, croyant votre frère parti, l'aider à en profiter pour mettre le plus de distance possible entre elle et un mariage qui ne peut qu'être odieux quand le cœur n'y participe pas... mais M. Assouari n'était pas vraiment parti ?

Shakiar se redressa, montrant un visage à ce point ravagé que Mme de Sommières oublia ses préventions. De son côté l'ex-reine, du fond de sa misère, eut sans doute envie de se confier à cette inconnue dont le visage grave était empreint de tant de compassion.

— Si... mais pas plus loin que Kom Ombo.. En fait, c'était un piège dans lequel je suis tombée avec une inconscience... criminelle ! Je le connais, pourtant ! J'ai toujours servi ses ambitions, soutenu ses plus audacieux desseins parce que j'étais fière de lui. Il est tellement intelligent ! Tellement plus que moi !

Ces quatre petits mots si pleins d'humilité émurent Mme de Sommières plus encore que les pleurs :

— Ne vous mésestimez pas ! Qui pourrait se méfier d'un être aimé ?

— J'aurais dû commencer à comprendre quand il a contraint Salima à se fiancer avec lui. J'ignorais qu'il pouvait l'aimer... de cette façon ? A cause peut-être de la différence d'âge... et aussi parce qu'il ne lui avait jamais manifesté un sentiment plus fort qu'une paisible affection, surtout quand elle s'est entichée d'égyptologie vers la fin de ses études en Angleterre. Rien qui ressemble à la passion dévorante qui s'est emparée de lui quand elle est revenue définitivement il y a environ six mois, un peu avant de rencontrer votre ami. Ali n'en a rien montré. Il l'encourageait même dans les recherches qu'elle avait entreprises. Et à son rapprochement avec son grand-père.

— Vous venez d'évoquer Ibrahim Bey. Pourquoi n'habitait-elle pas chez lui quand elle était à Assouan ?

— C'était un homme extraordinaire, mais qui ne s'était jamais remis complètement de la mort de son fils unique. La vie qu'il menait était quasi monacale. Je pense qu'il aimait cependant sa petite-fille, avec cette nuance de condescendance assez fréquente chez les Egyptiens...

La marquise ne put s'empêcher de penser que le grand homme était un peu inconséquent puisque, selon Aldo, il semblait regretter que l'unique membre de sa famille fût attiré par les princes d'Eléphantine, mais elle le garda pour elle. Il y avait plus utile à apprendre grâce à ce moment de défaillance où cette femme se confiait à elle de manière si inattendue. Fallait-il qu'elle souffre pour que cette orgueilleuse en vienne là ! Qu'elle souffre et se sente solitaire !

Mme de Sommières effleura l'une des meurtrissures du cou :

— Est-ce lui qui vous a infligé cela ?

— Il ne se possédait plus. J'ai cru qu'il allait me tuer. Il était furieux de ce qu'il appelait ma trahison. Il a ajouté qu'il ferait ce qu'il fallait pour que je ne revoie jamais Salima...

— Elle vous est chère à ce point ?

— Elle est ma fille !

La marquise « encaissa » bien. La nouvelle était pourtant de taille !

— Comment est-ce possible ? s'enquit-elle dans un souffle.

— Oh, c'est banal ! Je n'avais pas encore épousé Fouad et je séjournais souvent ici. J'ai aimé Ismaïl, le fils d'Ibrahim Bey, et il m'a aimée. Un amour comme on n'en rencontre qu'un dans son existence et qui tout de suite s'est imposé à nous... d'une façon tellement naturelle ! Jamais je n'ai vu un homme aussi beau... ni aussi tendre !

— Pourquoi ne vous êtes-vous pas mariés ?

— La classique histoire ! soupira Shakiar en haussant les épaules. Nos familles se haïssaient ! Quand Salima s'est annoncée, nous avons voulu fuir ensemble. C'est alors qu'Ismaïl s'est noyé dans le Nil... ou qu'on l'a noyé ! acheva-t-elle avec un petit rire infiniment triste.

— Et vous n'avez pas su... qui ?

— Je n'ai jamais voulu le savoir. Il n'était plus sur la terre, rien n'avait d'importance. Au début, j'ai songé à le suivre mais pas longtemps ! Il y avait l'enfant que j'attendais et je voulais que ce vivant témoignage voie le jour. Je me suis confiée à ma tante Farida. Elle était veuve, riche et indépendante : elle m'a emmenée à Alexandrie où vivaient certains de ses amis : les Hayoun. Un adorable couple auquel il ne manquait qu'un enfant. Ils ont adopté Salima et, grâce à eux, j'ai pu voir ma fille grandir et devenir la belle jeune fille de maintenant, et il coule de source qu'ils sont restés mes amis les plus chers jusqu'à leur mort. Lui était armateur, elle était anglaise. C'est la raison pour laquelle Salima a fait ses études en Angleterre et aussi en France.

— Mais... Ibrahim Bey ? Comment savait-il ce qu'elle était par rapport à lui ?

— Parce que Omar Ali Hayoun est allé le lui apprendre. Il le connaissait et n'ignorait pas la profondeur de la blessure que lui avait laissée la mort de son fils. Il souhaitait y apporter un peu d'adoucissement. Ce qui, je crois, a été le cas...

— Et il n'a jamais su que vous étiez sa mère ?

— Non, bien sûr ! Hayoun ne lui a dit qu'une semi-vérité en faisant de Salima la fille de sa jeune belle-sœur morte en la mettant au monde. Ce que ses yeux extraordinaires accréditaient ! Maintenant, les Hayoun sont morts tous les deux dans un accident d'auto il y a sept ou huit ans... et il était normal que je m'occupe de leur « fille »... Vous devinez sans peine avec quelle joie... Jusqu'à ces jours derniers... Par tous les dieux ! Où ce démon d'Ali a-t-il pu l'emmener ?

Un ange passa, puis Mme de Sommières remarqua :

— Puisque vous y revenez, sait-il ce que Salima est pour vous ?

Shakiar se leva et fit quelques pas vers le jardin ensoleillé :

— Oui ! Et c'est moi qui le lui ai appris quand il m'a annoncé qu'il voulait en faire sa femme. Je pensais sottement qu'il reculerait devant l'idée d'épouser sa nièce ! J'avais oublié ce qu'il m'avait lancé à la figure...

— Quoi donc ?

— Que les pharaons, nos ancêtres, mettaient leurs propres sœurs dans leur lit et que cette circonstance ne la rendait que plus désirable, puisque au sang très noble et très ancien d'Ibrahim Bey se mêlait le nôtre ! Salima n'en était que plus digne de devenir princesse Assouari... Et voilà où nous en sommes !

D'un geste machinal, Shakiar replaça l'écharpe autour de son cou meurtri et revint vers sa visiteuse qui se releva devant elle d'un mouvement automatique, atterrée par ce qu'elle venait d'entendre. Avec un soupir, la princesse reprit :

— Vous comprenez à présent que je ne peux demander à Salima de témoigner ? Puisque je ne dois plus la revoir. Je n'ai même aucune idée de l'endroit où on la retient et mon unique consolation est de savoir qu'elle est sans doute saine et sauve... A moins que...

Devant la frayeur soudaine qui emplit le regard de la princesse, Mme de Sommières s'inquiéta :

— A quoi pensez-vous ? S'il l'aime autant que vous l'avez dit, elle n'a rien à redouter de son ravisseur.

— De lui, non... mais d'elle-même ? Son amour pour Karim est le reflet exact de celui que j'éprouvais pour Ismaïl. Si elle apprend sa mort, on peut craindre les conséquences de son désespoir. Elle ne voudra pas lui survivre.

— Vous avez survécu, vous ?

— Oui... mais je portais l'enfant de notre amour. Il ne lui reste... que des regrets !

— Et vous n'avez vraiment aucune notion du lieu où on la séquestre ?

— Aucune ! Parce que, même si je crois connaître les possessions de mon frère, il est capable de l'avoir confiée à l'un de ses séides. Ali rêve depuis longtemps de renverser le roi Fouad qui fut mon époux, et il compte de nombreux partisans. Salima peut être gardée chez l'un comme chez l'autre...

Cette fois, Mme de Sommières n'avait plus de questions à poser, seulement à remercier d'avoir été reçue.

— Qu'allez-vous faire à présent ? s'enquit la princesse.

— Prier d'abord pour que ce Béchir s'en sorte... et puis chercher !

Shakiar considéra avec surprise cette grande femme si racée et si élégante en dépit d'un retard considérable sur la mode et qui soutenait son regard de ses yeux verts d'une étonnante jeunesse. Elle semblait même si perplexe que Tante Amélie sourit : elle ressentait l'impression de pouvoir s'attacher cette ex-reine dont elle avait eu, au départ, toutes les raisons de se méfier et qu'elle aurait même dû détester, si l'on s'en tenait à ses relations pour le moins curieuses avec Aldo.

— Non, dit-elle, je ne suis pas la sœur de Sherlock Holmes et ne dirige aucune agence de détectives privés. Je bénéficie d'une foule d'amis et d'une famille extrêmement entreprenante !

— Au nombre de laquelle, par exemple, doit figurer la personne qui s'abrite sous le canotier garni de marguerites qui a l'air de voguer sur les thuyas du jardin ? Et qui semble s'impatienter ?

— Par exemple, en effet ! Il s'agit de ma petite cousine, lectrice et demoiselle de compagnie. Elle est douée de multiples talents...

— Présentez-la-moi ! Je vais la faire chercher !

Un instant plus tard, Marie-Angéline du Plan-Crépin, un peu éberluée tout de même, se retrouvait en train d'adresser une impeccable révérence à « Son Altesse Royale, la princesse Shakiar » qu'elle décorait jusque-là d'épithètes beaucoup moins majestueuses, d'en recevoir un accueil affable et même d'entendre les deux dames s'accorder sur son nom au cas où l'ancienne souveraine aurait un message à communiquer à Mme de Sommières ou même à réclamer sa présence si elle apprenait du nouveau.

Elle fut cependant bien obligée d'attendre que l'on eût repris le bateau avant de lâcher :

— Si nous avions la bonté de consentir à me fournir quelques explications ? Pendant que je me rongeais les ongles dans le jardin, je m'attendais à tout moment que l'on nous mette à la porte !

— Fi ! Quelle horreur ! D'abord, vous devriez savoir que l'on ne met pas à la porte une personne de mon âge et de mon rang, ensuite je croyais vous avoir dit que j'avais rencontré la princesse quand elle était encore reine d'Egypte ? Elle s'en est souvenue !

— Et d'un coup de baguette magique nous sommes devenues des amies inséparables ?

— Pour le fin mot de l'histoire, Plan-Crépin, vous patienterez jusqu'à ce que nous soyons de retour à l'hôtel ! Sachez seulement que je ne regrette pas d'avoir fait cette démarche parce que la situation est plus préoccupante que nous ne l'imaginions !

— Lui avons-nous dit que nous étions la tante du prince Morosini ?

— Pas tout le même jour, Plan-Crépin ! Pas tout le même jour !

Ainsi qu'elle s'y attendait, un silence stupéfait accueillit l'annonce de cette incursion en pays ennemi. Puis Aldo exhala :

— Vous êtes incorrigible, Tante Amélie. Votre expérience mexicaine ne vous a pas suffi ?

— Tu as bien voulu admettre alors qu'elle avait eu son utilité ? Le résultat est plus satisfaisant aujourd'hui !

— Bon ! Racontez !

Sa voix trahissait un léger agacement qui lui valut un regard noir de Marie-Angéline mais il ne le remarqua pas. Il était d'une humeur de dogue. Une lettre de Guy Buteau arrivée au dernier courrier s'inquiétait de la longueur de son absence – non que les affaires soient moins bonnes, la maison marchait comme une horloge ! –, mais s'y ajoutait l'écho d'un appel téléphonique de Lisa qui trouvait, elle aussi, le temps long, spécifiant qu'elle ne quitterait pas Rudolfskrone tant que son seigneur et maître ne serait pas rentré. De plus, elle se plaignait de la rareté de sa correspondance. Le charme de la vie égyptienne peut-être ? De colère, Aldo en avait fait une boule de papier et l'avait envoyée dans la corbeille à papiers !

— Elle n'a qu'à venir me rejoindre, sacrebleu ! Elle verra comme on s'amuse ici !

Et il était allé faire un tour pour se calmer les nerfs !

Cependant, à mesure que se déroulait le récit de la vieille dame, son attention se fixait, encouragée par les coups de pied dans les chevilles que lui distribuait sournoisement Plan-Crépin. Apprendre que Salima était la fille de la princesse et que celle-ci avait dû subir les sévices de son frère le réveilla tout à fait. Et plus encore l'exclamation indignée d'Adalbert :

— Il faut retrouver Salima ! Il faut que je la retrouve à tout prix ! Aux mains de ce salopard, elle est en danger...

— Elle lui est officiellement promise, protesta Mme de Sommières. Et je viens de vous dire qu'il en est passionnément amoureux ! Elle ne court aucun risque !

— J'en suis moins sûr que vous ! Quelle sécurité peut-elle trouver auprès d'un homme qui n'hésite pas à tuer... ou à violer peut-être ? C'est une brute !

— Je la crois de taille à se défendre, hasarda Aldo. Au moins pendant un temps ! Les armes d'une femme ne sont pas les mêmes que les nôtres.

— Mais comprends donc qu'elle n'a plus personne ! On a tué son grand-père, on a tué celui qu'elle... aimait. (Le mot eut du mal à passer !) Sa mère est réduite à l'impuissance et malmenée ! Il ne lui reste que moi et je ne l'abandonnerai pas !

Aldo n'eut pas le temps d'exposer ce qu'il pensait de dispositions aussi chevaleresques. C'eût été peine perdue et il le savait. Mais l'un des employés vint lui dire qu'on le demandait au téléphone et il dut le suivre après s'être excusé.

Dans le hall, la cabine tendue de velours rouge se dissimulait derrière un bac contenant une variété de plantes. Au bout du fil, la voix d'Henri Lassalle se fit entendre, incontestablement anxieuse :

— Demandez à Adalbert d'oublier le mauvais tour que je lui ai joué et amenez-le-moi sans tarder !

— Pourquoi ?

— Béchir vient de mourir. Cet âne malfaisant de Keitoun va certainement l'appréhender ! Il faut faire vite. Je vous propose de sortir avec lui pour une petite promenade digestive d'après dîner en fumant une cigarette ! Une voiture vous attendra près du puits pour le prendre. Vous n'aurez plus qu'à crier à l'enlèvement ! J'espère que vous êtes bon comédien ?

— Là n'est pas la question. C'est lui qui va être difficile à convaincre.

— J'avais bien pensé aller le chercher moi-même, mais à cette heure et parmi les clients de l'hôtel c'eût été annoncer la couleur !

— Ça ne trompera personne ! Keitoun se rendra tout droit chez vous !

— Pas nous sachant brouillés, et il ne l'ignore pas. C'est une petite ville, ici. Pour l'amour du Ciel, dépêchez-vous !

Sa voix trahissait une réelle angoisse. Aldo ne s'y trompa pas. On pouvait décidément s'attendre à tout avec cet étrange bonhomme !

— Il ne va pas être évident de le décider ! Cela va prendre du temps !

— Alors faisons autrement ! Vous avez fini de dîner ?

— Oui. Nous allions sortir de table.

— Bien. Ne lui dites rien. Contentez-vous de l'inviter à fumer dehors en faisant quelques pas. Et vous, rejoignez la voiture !

— Autrement dit, un deuxième enlèvement bidon où je joue le rôle du gamin ? Ça ressemble à une histoire de fous.

— Exactement, mais je vous supplie d'accepter... pour lui ! Vous ne savez pas à quoi ressemblent les prisons égyptiennes ! Sous ses airs bonasses, Keitoun est le plus affreux salaud qu'une mère innocente ait mis au monde !

— C'est d'accord ! Je vous fais confiance. Veillez seulement à ne pas la tromper...

— Vous savez très bien que je ne lui ai jamais voulu de mal !

Aldo retourna vers les autres sans hâte excessive. Il les trouva sur la terrasse. Et visiblement Adalbert avait peine à tenir en place.

— Qu'est-ce que c'était ? interrogea Mme de Sommières.

— Rien... ou si peu ! Je vous le dirai plus tard, répondit-il en affichant un large sourire. Toi, tu es au bord de l'ébullition ? ajouta-t-il en se tournant vers Adalbert. On va aller se balader en fumant un cigare !

— Je peux vous accompagner ? proposa Marie-Angéline.

— Et Tante Amélie ? Vous voulez l'abandonner ?

— Oh, nous devons faire un bridge avec les Sargent !

Mais le léger froncement de sourcils d'Aldo avait mieux renseigné la marquise qu'un discours :

— Plan-Crépin ! Vous croyez vraiment qu'ils ont besoin de vous ? Je suis sûre qu'ils ont énormément à se dire. Alors fichez-leur la paix...

En sortant de l'hôtel, Adalbert alluma un cigare et allait traverser les jardins pour descendre vers le

Nil quand Aldo lui prit le bras pour l'entraîner dans la direction opposée :

— Allons plutôt de ce côté ! Par ce clair de lune, il va y avoir foule sur le fleuve et nous avons à parler.

— Comme tu voudras… Il est certain que le coup d'éclat de Tante Amélie mérite qu'on lui consacre un peu de temps…

Les deux hommes remontèrent vers le haut d'Assouan au pas de promenade, sans rien dire d'abord, sensibles à la magie que développait la ville sous cette lumière qui l'habillait d'argent. L'arôme délicat des havanes s'accordait si merveilleusement avec le décor et l'ambiance qu'aucun d'eux n'avait envie de briser le silence dans lequel se fondait en s'éloignant la musique de l'hôtel.

A dire vrai, Aldo n'en menait pas large. Pour la première fois depuis qu'ils se connaissaient, il était en train de tendre un piège à son ami et, même si c'était pour le sauver, il ne cessait de se demander s'il avait raison d'agir comme il le faisait… et si Adalbert le lui pardonnerait. Depuis que Salima était entrée dans sa vie, leur amitié semblait se fragiliser à vue d'œil…

Ils n'avaient pas échangé deux paroles quand on fut au vieux puits près duquel stationnait la limousine noire, tous feux éteints.

— Tiens ? s'étonna Adalbert. Qu'est-ce qu'elle fait là ?

Il s'approcha pour voir s'il y avait quelqu'un dedans mais n'eut pas le loisir de poser deux fois la question : jaillissant du véhicule, Farid le coiffa d'un sac de jute en même temps qu'il le faisait basculer pour le fourrer à l'intérieur avec l'aide d'un autre serviteur – qui était son frère et quasiment sa copie conforme –, sans s'émouvoir de sa résistance et des injures qu'il émettait... Un spectacle pénible à supporter pour Aldo qui avait pensé un instant délivrer quelques encouragements mais jugea finalement préférable de se taire : Adalbert penserait qu'il avait subi le même sort ! Au moins jusqu'à son arrivée chez Lassalle...

Farid s'approcha de lui sans doute pour lui parler mais il lui fit signe de s'abstenir et désigna son menton. L'immense Nubien comprit, un sourire éclatant découvrit ses longues dents blanches... et il appliqua à Morosini un magistral direct du droit qui l'envoya dans la poussière plus qu'à moitié groggy.

La voiture démarra et disparut en direction de la maison des Palmes. Aldo tâta avec précaution sa mâchoire douloureuse qu'il fit aller et venir pour s'assurer qu'elle fonctionnait. Farid avait tapé comme un sourd et il n'en demandait pas tant !

Afin de parfaire son personnage, il se roula par terre après s'être assuré qu'il n'y avait personne en vue, ébouriffa ses cheveux et peaufina son ouvrage en ajoutant une égratignure à sa joue à l'aide de sa chevalière, puis hésita sur ce qu'il convenait de faire : aller tout droit à la police ou passer d'abord par l'hôtel ? Il choisit ce dernier, pensant que le joyeux Keitoun était fort capable de le coffrer sans autre forme de procès.

En arrivant, il trouva le Cataract en effervescence et l'horrible impression de traîner derrière lui l'âme de Judas s'évanouit. En même temps, il envoya des excuses mentales à Henri Lassalle : la police occupait le terrain, menée par l'homme au chasse-mouches qui essayait de terroriser Garrett, le réceptionniste, en menaçant de fouiller l'hôtel de fond en comble si on ne lui livrait pas Vidal-Pellicorne sur-le-champ.

Aldo eut la brève vision du colonel tentant d'intervenir et du groupe de clients déployé autour, prit une profonde respiration et fonça :

— M. Vidal-Pellicorne vient d'être kidnappé sous mes yeux ! clama-t-il, puis, se tournant vers le gros policier, il fit semblant de le découvrir et l'apostropha : Ah, vous êtes là ? Décidément, vous avez le génie de tout mélanger et de chercher des coupables où ils ne sont pas !

Sans songer à cacher sa surprise, l'Egyptien considéra le menton tuméfié, la joue où perlait une goutte de sang, les vêtements en désordre et poussiéreux :

— Qu'est-ce que c'est que ces sornettes ? Kidnappé ? Par qui ?

— Comment voulez-vous que je le sache ! C'est déjà un miracle que j'aie réussi à leur échapper !

— A qui ? s'obstina l'autre.

— Vous venez de le lui demander, intervint Sargent. Il est rare, dans ce genre d'affaires, que l'on échange des cartes de visite...

— Bon, ça va ! Racontez un peu ce qui s'est passé, vous ?

— Oh, ce n'est pas compliqué ! Nous faisions un tour en fumant des cigares quand, près du puits, nous avons vu une voiture stationnée tous feux éteints. Deux hommes en sont sortis... des Nubiens en galabiehs noires. Ils ont assommé mon ami et, moi, ils m'ont laissé à demi évanoui au bord de la route.

— Pourquoi ne vous ont-ils pas emmené, vous aussi ?

— C'est la question que je me suis posée en revenant ici ! Sans doute parce que je ne les intéressais pas... ou alors pour que je révèle ce que j'ai vu et servir d'exemple !

— A qui ?

— A ceux qui se mêleraient d'élucider l'assassinat de Karim El-Kholti ! Il est évident qu'ils se sont emparés du dernier témoin du meurtre. Et il est en danger... en grand danger même !

— Si c'est le cas, pourquoi ne pas l'avoir tue tout de suite ?

— Il serait plus judicieux de la poser aux ravisseurs, votre question, non ? Peut-être veulent-ils lui soutirer des renseignements ? Alors à vous de jouer ! Vous êtes le chef de la police, que diable !

Aldo n'avait même plus besoin de jouer la comédie. Il était exaspéré, ne maîtrisant plus qu'avec difficulté son envie d'aplatir encore un peu plus la face lunaire où la méfiance et l'aversion se lisaient clairement. Encore une question idiote et...

Le colonel Sargent le sentit sans doute et s'interposa :

— Calmez-vous, mon vieux ! Le capitaine connaît son métier et vous pouvez être sûr qu'il va prendre en considération ce nouveau développement de l'affaire ! Pour ce soir, on peut en rester là, je suppose ? ajouta-t-il à l'attention du mastodonte. Le prince Morosini a besoin d'un bain et de récupérer.

La mine boudeuse, Keitoun opina du tarbouch, tourna les talons, rassembla ses hommes et quitta l'hôtel sans saluer personne.

— Il y a des moments, émit Sargent, rêveur, où l'on peut se demander s'il comprend vraiment ce qu'on lui dit ?

— Il ne comprend que ce qui l'arrange. Le reste lui est indifférent. Vous croyez qu'il va se décider à se remuer ?

— Je n'en jurerais pas. Votre ami représente pour lui le coupable idéal parce qu'il résume tout ce qu'il déteste : européen, archéologue et pourvu d'une réputation flatteuse...

— Mais enfin il fait la pluie et le beau temps dans le coin ! Et le gouverneur ?

— Mahmud Pacha ? Sa devise devrait être « Surtout pas d'histoires » ! Il ne bougera pas. En revanche... moi, je vais bouger !

— Qu'allez-vous faire ?

— Un saut au Caire. Il faut que je voie le consul général de Grande-Bretagne. Autrement dit, l'homme qui est le vrai patron de l'Egypte Il est temps qu'il sache ce qui se passe !

— Vous partez quand ?

— Demain matin... mais sans ma femme. Je vous la confie, veillez sur elle !

— Je ferai de mon mieux !

— Encore enlevé ? soupira Marie-Angéline quand Mme de Sommières et elle eurent rejoint Aldo dans l'ascenseur. Ma parole, c'est une gageure ou on lui en veut personnellement ? Pauvre, pauvre Adalbert ! Si seulement...

Elle s'arrêta net : un doigt posé sur ses lèvres, Aldo lui faisait signe de se taire et, de l'autre, désignait le plafond ajouré en fer forgé. Elle se le tint pour dit jusqu'à ce que l'on fût à l'abri de leur appartement :

— Il ne court pas plus de danger que la dernière fois. C'est Lassalle et moi qui avons concocté cette mise en scène.

— Lassalle ? Vous n'êtes pas sérieux ?

— Je suis très sérieux, au contraire. Il m'a téléphoné tout à l'heure pour me prévenir que Béchir est mort et que Keitoun allait rappliquer pour arrêter Adalbert. Nous avons monté le coup ensemble ! Un peu au pied levé, évidemment, mais ça n'a pas si mal marché...

— C'est toi qui t'es arrangé de la sorte ? déplora Mme de Sommières.

— En partie, oui ! Mais je crois qu'il était temps puisqu'en revenant j'ai trouvé Keitoun installé.

Cependant, Marie-Angéline ne se départait pas de son air méfiant :

— Vous direz ce que vous voudrez, je n'arrive pas à faire confiance à cet homme...

— Vous préféreriez qu'Adalbert finisse la nuit dans les prisons de ce gros porc ?

— N... on ! Pourtant il me semble...

— Ça suffit, Plan-Crépin ! Il serait temps que vous cessiez de vous prendre pour le juge suprême de l'humanité ! Aldo a un urgent besoin de prendre une douche et nous d'aller au lit ! Je suis convaincue que, là où il est, le cher garçon est en parfaite sécurité !

Pendant ce temps Abdul Aziz Keitoun, après avoir ramené ses hommes à leur base, recommençait à moudre ses pistaches. Au lieu de ne penser à rien comme cela lui arrivait fréquemment, il était entré en méditation. Ce nouvel enlèvement le rendait perplexe. Il y avait quelque chose ce soir qui avait cloché et il se sentait dépassé par l'événement.

Après un délai de réflexion stérile, il posa la main sur le téléphone mais se ravisa, sachant que « l'on » n'aimerait pas cette initiative ! La seule issue à ce dilemme était d'aller aux renseignements à la source. Aussi, abandonnant à regret son cher fauteuil, il quitta son bureau, avertit le policier de garde qu'il sortait puis se rendit au garage où il s'inséra – non sans peine ! – derrière un volant, ce qui représentait une manière d'exploit pour un homme habitué à s'étaler sur les coussins de la large banquette arrière. Là où il se rendait, il ne voulait aucun témoin, ayant la certitude qu'on le lui reprocherait.

Il mit la voiture en marche, alluma les phares et gagna la sortie.

Une demi-heure plus tard, un serviteur déférent l'amenait en présence d'Ali Assouari. Renversé plutôt qu'assis dans un immense fauteuil chippendale recouvert de cuir, celui-ci suivait les volutes bleues d'un cigare et n'avait aucune envie d'être dérangé. Son accueil s'en ressentit :

— Que veux-tu ? ronchonna-t-il sans bouger, sans regarder son visiteur et bien entendu sans lui proposer de s'asseoir.

Il eût montré peut-être plus de considération à un domestique. Ce qui n'arrangea pas l'humeur du policier pour qui la position verticale était la plus inconfortable qui soit. Sa réponse en découla :

— Savoir pourquoi vous avez fait enlever l'archéologue sans daigner m'en avertir ?

L'effet fut magique : Assouari non seulement se redressa mais se leva, indifférent aux cendres qu'il répandait autour de lui. Son œil noir lançait soudain des éclairs :

— Si c'est une plaisanterie, elle n'est pas drôle. Tu devrais savoir que je déteste qu'on se moque de moi ?

— Je ne dis que la vérité : vous avez subtilisé cet homme presque sous mon nez. Pourquoi ?

— Je n'ai subtilisé personne !

— Alors si ce n'est pas vous, c'est quelqu'un d'autre... mais qui ?

— Dis-moi ce qui s'est passé !

— Oh, ce sera rapide : je venais d'arriver à l'hôtel avec mes hommes quand ce Morosini a fait irruption, saignant et couvert de poussière en braillant que, pendant qu'ils faisaient leur promenade d'après dîner, des hommes en voiture les avaient attaqués et après l'avoir assommé avaient enlevé l'autre sans plus d'explications. Voilà ! C'est tout ! Qu'en pensez-vous ?

Assouari ne répondit pas. Il alla s'asseoir derrière le bureau. Sur une feuille de papier à dessin blanc, des fragments d'un très ancien papyrus étaient disposés à la manière d'un puzzle dont on chercherait la reconstitution. Keitoun – toujours debout ! – loucha dessus mais ne vit que des lignes brisées qui avaient peut-être composé un plan et des morceaux de ce qui avait l'apparence d'une écriture hiéroglyphique.

N'y tenant plus, le capitaine s'appuya légèrement à cette table : ses jambes fatiguaient de plus en plus sous son poids et le faisaient souffrir. Assouari n'avait même plus l'air de s'apercevoir de sa présence...

— Alors ? osa-t-il demander.

Pendant quelques instant encore, l'autre, les yeux perdus dans le vague, parut l'ignorer. Enfin il le regarda et une petite flamme cruelle s'alluma sous ses paupières.

— Assieds-toi ! lâcha-t-il enfin.

Le gros homme se hâta de lui obéir avec un soulagement si visible qu'il en était presque attendrissant. Le siège dans lequel il s'effondra était peut-être un peu étroit, mais ce n'était qu'un détail. Il pouvait maintenant attendre qu'Assouari ait fini de méditer. Ce qui fut relativement bref :

— On s'est moqué de toi, Abdul Aziz ! fit-il avec un demi-sourire.

— Comment ça ?

— Le Français n'a été enlevé par personne. On l'a tout bonnement ôté de la circulation pour t'empêcher de l'arrêter.

— Vous croyez ?

— Dès l'instant où l'enlèvement n'est pas de mon fait, c'est évident, voyons ! Je reconnais volontiers que c'est astucieux...

— Qui a monté ça ?

— Je n'en vois qu'un seul qui puisse disposer des moyens nécessaires. C'est l'autre Français : Henri Lassalle.

— Ce vieillard ?

— Ce vieillard est plus vif et plus dégourdi que toi. En outre, il a de l'argent, des biens, et il est implanté ici depuis suffisamment longtemps pour jouir de la considération des autorités.

— Qu'est-ce que je fais alors ? Je le coffre ?

— Tu es idiot ou tu fais semblant ? Sous quel prétexte ? Si amorphe qu'il soit, le gouverneur pourrait s'en mêler... et aussi les Anglais. Dont ce colonel Sargent que l'on voit trop souvent dans les parages et qui me semble entreprenant...

— A ce propos, j'ai oublié de vous dire qu'il pourrait posséder plus de pouvoir qu'un touriste ordinaire.

— Que me racontes-tu là ?

— Il m'a présenté une carte du Foreign Office.

— Tu ne pouvais pas le dire plus tôt ?

La poussée de colère empourpra le beau visage arrogant du prince. Il se leva brusquement et Keitoun eut un geste machinal de défense, comme s'il s'attendait à être frappé. Et sans doute l'envie n'en manquait-elle pas à celui que l'on ne pouvait guère appeler autrement que son maître, mais il eut la présence d'esprit de se maîtriser. Finalement, il haussa les épaules :

— Cela n'a pas grande importance pour le moment. Evidemment, si le bonhomme se montrait plus curieux, il faudrait songer... disons à l'éloigner. Mais ne t'en soucie pas trop ! Nous en reparlerons...

D'un geste presque dédaigneux de la main, il donna congé à son visiteur puis s'absorba dans l'agencement de ses fragments de papyrus, les tournant et retournant avec mille précautions car le temps les avait fragilisés. Durant des heures, il se concentra sur sa tâche au point que ses yeux fatigués le brûlaient. Et soudain, quand le premier rayon de l'aurore se glissa dans l'étroite fenêtre, il poussa un cri de joie. La bonne reconstitution des fragments venait de lui apparaître... les déchirures coïncidaient...

Evidemment, il ne pouvait prétendre avoir trouvé la solution de l'énigme puisqu'il n'avait jamais su lire les hiéroglyphes – et les caractères du document étaient encore plus hermétiques –, mais à certain détail il pensait avoir reconnu l'endroit grossièrement évoqué. En outre, il connaissait celui qui pourrait le traduire...

S'efforçant d'empêcher ses mains de trembler, il se livra à une dernière manipulation. Dès lors les éléments s'imbriquèrent presque automatiquement. Il manquait seulement un morceau, et c'est ce fragment insignifiant qui avait faussé les données du problème. Maintenant tout irait bien ! Il tenait le plan...

La joie fut si violente qu'il dut résister à une envie de crier. Il se sentait le maître du monde et son exaltation atteignit son paroxysme. Nul doute qu'à cette victoire s'en ajouterait une autre et que Salima s'abandonnerait enfin à lui ! Salima qu'il désirait depuis l'adolescence et qui serait son plus éclatant triomphe !

Il eut l'impulsion de la rejoindre, de lui dire... mais non ! Sa tâche n'était pas achevée. Le moindre courant d'air pourrait bouleverser ce qu'il venait de reconstituer. Aussi, renonçant même à appeler pour qu'on lui serve du café, il alla s'assurer que la porte était bien fermée, tourna deux fois la clef, chercha de la colle et revint se mettre à l'ouvrage. Avec un soin quasi maniaque, il fixa par un point adhésif chaque fragment.

En dépit de la fraîcheur du matin, il était en nage quand ce fut fini. Il attendit que son travail fût sec, prit une autre feuille de papier semblable à celle qui servait de support, et l'en recouvrit. Puis il choisit parmi les livres qui l'environnaient un gros in-quarto traitant de la faune et de la flore du désert, y plaça le plan reconstitué, referma et alla remettre le livre où il l'avait pris, c'est-à-dire sous une pile d'autres plus petits. Le poids achèverait d'aplatir le papier et il serait mieux protégé que dans n'importe quel coffre.

Alors seulement il s'accorda le droit de respirer, rouvrit la porte, appela pour qu'on lui apporte du café qu'il but avec délectation. Jamais il ne l'avait trouvé si délicieux ! Incapable sur le moment de s'éloigner de son trésor, il s'étendit sur l'un des divans pour se détendre les nerfs. Il avait le plan, il avait la clef. Ne manquait plus que l'Anneau ! A tout prix, il devait se le procurer. Ce serait trop bête, après la découverte, de tomber sous le coup d'une malédiction dont il ne doutait pas !

Enfin, il s'endormit.

12

Le prince d'Eléphantine

La lettre s'étalait au milieu du plateau du petit déjeuner. Sa grande écriture carrée n'apprit rien à Aldo mais lui valut tout de même la préférence sur les nourritures terrestres. Le texte en était court et faillit lui couper l'appétit :

« Pas mal imaginée, la petite farce de l'autre soir, mais nous sommes entre gens sérieux traitant d'affaires sérieuses où les comédies de salon ne sont pas de mise. M. Lassalle vient d'en faire l'amère expérience. Vous recevrez d'autres nouvelles plus tard... »

Aldo avait trop l'habitude des coups durs et des mauvaises nouvelles pour se laisser abattre par celui-là. Il avait vraiment affaire à forte partie. Il fallait aller voir au plus vite ce qu'il se passait à la maison des Palmes. Comme il venait de se raser quand on lui avait apporté le plateau, il avala pêle-mêle jus d'orange, toasts à la confiture et deux tasses de café noir, acheva de s'habiller, fourra le message dans sa poche, dégringola l'escalier en priant pour que Plan-Crépin ne soit pas sur son chemin et trouvant devant l'entrée de l'hôtel un taxi qui venait de déposer un client, s'engouffra dedans et se fit conduire à destination.

Il s'attendait au pire et fut presque soulagé – même si la demeure portait les traces d'une bagarre – en découvrant le vieux monsieur assis à son bureau, la tête entourée d'un pansement.

Cependant, la première parole qui lui monta aux lèvres fut :

— Où est Adalbert ?

Lassalle lui lança un regard noir :

— Vous pourriez commencer par vous inquiéter de ma santé ! Cela se fait entre gens bien élevés... Rassurez-vous, je ne vais pas trop mal ! Qu'est-ce qui vous amène ?

Aldo tira la lettre de sa poche :

— Ceci ! Pardonnez-moi si je me suis montré discourtois mais je pensais trouver ici un véritable carnage.

— Cela l'aurait été si je ne disposais pas de serviteurs fidèles et en bonne forme physique... Hier soir, peu avant minuit, les sbires d'Assouari me sont tombés dessus dans l'intention de me faire avouer où je cache Adalbert, mais Farid a pu rameuter les autres domestiques déjà couchés, tandis qu'Abdallah et moi faisions face de notre mieux. Et nous avons réussi à les faire déguerpir. Cette bande d'assassins ne s'attendait pas à cela et, pour une belle bagarre, ça a été une belle bagarre ! ajouta-t-il fièrement.

— Bravo ! fit Aldo, sincère. Et Adalbert dans tout cela ?

— Oh, il va bien. Je vous en parlerai tout à l'heure. Une tasse de café ?

— Volontiers ! J'en ai pris un avec mon breakfast mais il ne vaut pas le vôtre !

Un claquement de mains et Farid apparut. Aldo remarqua qu'il avait un œil d'une curieuse couleur, tirant sur le bleu violacé :

— Du café, s'il te plaît ! Et... fais-le porter par Abdallah, tiens !

— Si je vous ai compris, il ne fait aucun doute pour vous qu'Ali Assouari soit à la base de cette série de crimes ?

— Qui voulez-vous que ce soit, à part lui ? Il me semble que c'est signé. Mes envahisseurs de cette nuit sont ceux qui ont assassiné Karim El-Kholti et Béchir. C'est tout juste, d'ailleurs, si leur chef se donne la peine de dissimuler !

— Vous n'avez pas appelé la police ?

— Pas cette fois, non ! Si vous voulez mon sentiment, je jurerais que Keitoun est à la botte d'Assouari !

— Ce n'est pas un peu gros ? Le chef de la police obéissant à un simple particulier ?

— Il n'est pas un simple particulier. Il descend des princes d'Eléphantine et sa sœur était reine. Pour Keitoun – qui est du coin comme lui ! – cela compte, croyez-moi ! Il est le véritable seigneur de la ville. Largement plus qu'un gouverneur, né dans le Delta par-dessus le marché et qui souhaite surtout qu'on lui fiche la paix.

— Et l'Angleterre... ?

— … n'est représentée que par les officiers de la garnison militaire. En outre, Le Caire est loin ! Ah, voilà le café !

Aldo leva un sourcil surpris. Fallait-il faire si grand accueil à une prestation aussi banale ? Mais Lassalle semblait y trouver un plaisir particulier ce matin, et conseilla :

— Dépose ton plateau là, Abdallah et sers Monsieur le prince !

— Oh, il se débrouillera très bien tout seul !

Aldo sursauta. Levant les yeux, il considéra avec stupeur le « Nubien » à la peau châtaigne foncée et coiffé d'un turban qui arborait un sourire radieux en ouvrant le plus possible ses paupières tombantes sur des yeux d'un bleu de porcelaine.

— Adal… ?

— Abdallah, si Votre Seigneurie le permet ! Avoue que je suis plutôt réussi, non ? Farid est un artiste de génie !

La transformation était en effet époustouflante ! Même les cils et les sourcils avaient été teints d'un noir profond qui réussissait à assombrir les prunelles révélatrices. Une courte barbe allongeait le visage.

— Incontestablement, si M. Lassalle le congédiait, il aurait une belle carrière dans les studios de cinéma !

— Je préfère le garder. Il m'est trop précieux ! tiens, lis ça ! dit-il en tendant le billet reçu par Morosini.

Assis sur un angle du bureau, Adalbert vida sa tasse de café – il en avait apporté trois ! – et parcourut les quelques lignes. Toute trace de gaieté avait disparu de sa figure :

— Il n'a pas tardé à comprendre, l'animal ! C'est ce qui nous a valu la séance d'hier soir ! A quoi va-t-on avoir droit maintenant, à votre avis ? dit-il en regardant les deux autres. Au fait, Aldo, jusqu'où peut-on compter sur ton ami anglais ?

— Une aide totale, je crois. Il est parti ce matin pour Le Caire afin d'y rencontrer le Consul général et de lui raconter ce qui se passe ici.

— Espérons que...

La sonnerie du téléphone lui coupa la parole. Lassalle se pencha pour récupérer l'appareil sous son bureau. Tout en reconnaissant son utilité, il partageait en effet l'aversion de Mme de Sommières pour cet outil par trop anachronique dans son univers tourné intégralement vers la nuit des temps.

— Lassalle ! J'écoute.

Il n'en dit pas plus et on put le voir pâlir. Adalbert tendit le bras pour saisir l'écouteur mais il l'en empêcha d'un geste vif et raccrocha presque aussitôt. D'une même voix, les deux autres demandèrent :

— Que veut-il ?

— L'Anneau. Il prétend qu'il possède la clef et le plan. Nous avons quarante-huit heures pour réfléchir. Passé ce délai, Adalbert devra livrer l'Anneau au lieu et à l'heure qu'il indiquera. Seul et sans armes, bien entendu.

— Sinon ?

— Salima sera mise à mort devant lui.

Le silence qui suivit pesait le poids d'une dalle funéraire. Adalbert s'était laissé choir sur un siège et, d'une main machinale, repoussait son turban afin de pouvoir fourrager dans ses cheveux. Aldo se leva et vint poser une main sur son épaule avec une ferme douceur :

— Si on ne trouve pas le moyen de le neutraliser d'ici là, il faudra le satisfaire. Il n'y a pas d'autre solution...

Sans répondre et sans lever les yeux, Adalbert couvrit cette main d'une des siennes. On n'avait plus besoin de paroles... Cependant...

— Finalement, vous l'avez donc, cet Anneau ? ne put retenir Lassalle.

— Non ! gronda Aldo en lui jetant un regard furieux. Mais je sais où il est ! Vous êtes content ?

— Pas vraiment... ! Non !

Il avait crié si fort que la tête de Farid apparut dans l'entrebâillement de la porte. Il le renvoya d'un geste :

— Qu'est-ce qu'on fait en attendant ?

— Il faudrait essayer de savoir où la jeune fille est retenue prisonnière, répondit Aldo. D'où venait la communication ?

— De la ville ou des environs immédiats. Ce n'était pas l'interurbain. Vous pensiez à quoi ? A Khartoum ?

— Pourquoi pas ?

— Parce que là-bas, il y a un autre chef de la police et que notre homme doit rester dans le coin. Il doit être quelque part dans les alentours, mais où ? C'est plutôt vaste...

— Rien ne prouve d'ailleurs qu'il ait téléphoné de l'endroit où Salima est retenue. Il a pu appeler de chez un complice ? Ou encore de chez Keitoun ? commenta Adalbert avec amertume.

— De toute façon, on n'arrivera à rien si on reste ici à tourner en rond en se posant des questions auxquelles personne ne peut répondre. Merci pour le café, Monsieur Lassalle ! conclut Aldo en se dirigeant vers la porte.

— Où vas-tu ?

— Je rentre à l'hôtel. Ce soir, je téléphonerai au Caire. Il faut que j'avertisse Sargent. Et puis il me vient une idée…

Sans s'expliquer davantage, il repartit par où il était venu.

Après avoir reposé le combiné sur son support, Assouari resta un moment à le contempler, les bras croisés sur la poitrine, tentant de juguler la fureur qui l'avait envahi. Il ne regrettait aucune des paroles qu'il venait de prononcer : il tuerait sans une hésitation, sans la moindre pitié, celle qui n'avait cessé de lui opposer un dédain insultant, et un mutisme quasi absolu qui l'était plus encore.

Lorsqu'il avait reconstitué le papyrus, il s'était fait ouvrir la chambre où il la tenait captive en compagnie d'une vieille servante pour s'occuper d'elle. Une belle chambre, luxueusement meublée, où rien ne manquait de ce qui pouvait plaire à une femme. Il y avait veillé avant de l'y amener, surveillant lui-même les transformations, voulant un cadre digne de sa beauté en vue de l'instant où elle le laisserait la prendre dans ses bras…

Ce jour-là donc, il était venu à elle débordant de joie et d'espoir.

Comme d'habitude, elle était assise sur un pouf de velours bleu brodé d'or, vêtue des voiles noirs qu'elle refusait de quitter, inactive, immobile même, ses jolies mains abandonnées sur ses genoux et son regard fixé dans le vague. A son entrée, elle n'avait même pas tourné la tête. Il alla s'asseoir en face d'elle pour se trouver au moins dans son champ de vision. Alors elle ferma les yeux...

— Salima ! commença-t-il aussi doucement qu'il put. Cela ne peut pas continuer. Que tu le veuilles ou non, tu es ma fiancée ; tu seras ma femme..., la seule, et nous pourrons faire de grandes choses ensemble. C'est de cela surtout que je suis venu te parler... J'ai réussi à assembler les morceaux du papyrus que tu as trouvé dans la tombe de Sebeknefrou avec ceux de ton grand-père...

Les paupières se relevèrent et elle darda sur lui un regard glacial :

— Mon grand-père que tu as assassiné ! Et tu as le front de m'en parler ?

— Ce n'est pas moi ! Un ordre mal compris ou une vengeance privée peut-être. Je te jure que je ne le voulais pas ! Il faut me croire. J'ai essayé de savoir qui...

Pour seule réponse, elle haussa les épaules mais ses yeux clairs n'exprimèrent plus que le mépris. Il serra les poings et poursuivit ·

— Il ne manque plus qu'un fragment... sans intérêt particulier, je pense. Quoi qu'il en soit, grâce à un détail, je vais connaître le lieu où repose la

Reine Inconnue ! Et nous allons pouvoir la découvrir ensemble. Dès que tu seras devenue princesse Assouari...

— Je ne le deviendrai jamais !

— Il le faudra bien pourtant, pour que la cérémonie propitiatoire prenne toute sa valeur ?

— Quelle cérémonie ?

— Nous allons devoir transférer le corps d'Ibrahim Bey et les restes de ses pères. Nous le ferons avec le respect qui leur est dû. Et tu seras à mes côtés pour t'en assurer...

Brusquement Salima rougit sous la poussée d'une colère que, en dépit de son empire sur elle-même, il lui était difficile de surmonter :

— Tu veux commettre un tel sacrilège et tu prétends m'y associer ? Tu es fou, je crois...

— Non. Je suis logique. Le tombeau ne peut-être que dessous, creusé dans le rocher sans doute... Peut-être à une grande profondeur, mais il est bien là !

— Ce n'est pas ce que dit la légende : Celle dont on ne sait pas le nom a fait s'écrouler la montagne sur la crypte où elle s'était enfermée... Tu te trompes !

— Non. Tu oublies que plusieurs milliers d'années se sont écoulées. Il en faut moins pour changer la morphologie de la terre et je suis sûr...

— Et d'où tires-tu cette certitude ? fit-elle, méprisante. Tu n'es pas archéologue, à ma connaissance !

— Je sais mieux que ces gens à la science incertaine. Ils ne savent qu'exhumer nos ancêtres morts pour les exposer, dépouillés de leur enveloppe bénie, dans les vitrines de leurs musées. Et tu n'appelles pas cela un sacrilège ? Nous, les enfants de cette terre, devrions les chasser à coups de pierres ! Et c'est ce que je ferai quand j'aurai débarrassé l'Egypte de ces sauterelles humaines, de ce roi fantoche à la botte de l'Angleterre. En possession des secrets de l'antique Atlantide, j'aurai le pouvoir… et le droit car je suis le prince d'Eléphantine, et tu le sais !

Pour la seconde fois, elle lui dit qu'il était fou mais une lassitude se glissait dans sa voix et il le perçut :

— Crois-moi ! J'ai tout en main : le plan, la clef que j'ai fait reprendre au cœur de Londres. Et que voici ! prouva-t-il en la tirant d'une poche intérieure, et le maléfice ne m'atteindra pas parce que, bientôt à présent, j'aurai l'Anneau qui me rendra invincible !

— Tu ne sais pas où il est !

— Ici même, à Assouan ! J'en ai la certitude et c'est celui qui a ouvert la tombe de Sebeknefrou qui me l'apportera sur un plateau. A genoux, si je le veux ! Et toi, je te ferai reine !

Il s'était levé et marchait avec agitation à travers la pièce. Salima hocha la tête. Pour la troisième fois elle dit : « Tu es fou… », retomba dans son silence et son immobilité. Alors il prit feu, se pencha sur elle et la secoua en la saisissant aux épaules :

— Si tu t'obstines à te refuser, tu porteras le poids de ma vengeance. Ce n'est pas une cérémonie propitiatoire qui délogera Ibrahim Bey mais un paquet de bâtons de dynamite. Quant à toi, après avoir assouvi sur toi ce désir qui m'obsède, je te tuerai ! Ensuite je serai enfin libre !

— Tue-moi donc tout de suite ! Tu nous rendras service à tous les deux !

— Non. Je veux que tu savoures ta mort ! Et puis j'ai encore besoin de toi !

Depuis, il n'avait plus entendu le son de sa voix qu'à une seule occasion. C'était quand il lui avait mis le plan sous les yeux. Elle avait à peine regardé le document en disant qu'elle était incapable de lire les hiéroglyphes. Et lui qui n'y connaissait rien... ! Alors, il s'était mis à la haïr autant qu'il la désirait. Il avait vu clairement le chemin qu'il lui fallait prendre. Vouloir l'associer à son triomphe n'avait pas de sens. Comment n'avait-il pas compris qu'elle n'était qu'une sorcière et qu'elle lui avait jeté un sort ? Ce sort, il fallait qu'il s'en délivre ! Elle devait mourir mais avant il s'assouvirait longuement de son maléfice en la possédant. Puis il la traînerait au lieu du rendez-vous et, l'Anneau enfin en sa possession, il lui ferait sauter la tête afin que son sang abreuve cette terre dont elle repoussait la souveraineté.

Pour un homme de sa force, c'était facile. Il avait déjà exécuté ainsi plusieurs serviteurs infidèles et son joli cou était si mince !

Laissant Adalbert chez Lassalle où, selon lui, il serait mieux protégé qu'à l'hôtel contre les imprévisibles lubies de Keitoun, Aldo n'eut aucun mal à rejoindre Tante Amélie et Plan-Crépin. Celle-ci, l'ayant vu se précipiter dans un taxi, s'était établie sur la terrasse pour attendre son retour et être certaine qu'il ne lui échapperait pas. Mme de Sommières l'y avait rejointe. En quelques mots il les eut mises au courant puis ajouta :

— Puisque vous avez déjà rencontré la princesse Shakiar, je me demandais si vous ne pourriez pas y retourner, Tante Amélie ? Je sais qu'elle vous a assuré ignorer où Assouari retient Salima, mais elle pourrait peut-être faire un effort ? C'est sa fille, que diable ! Et elle est en danger de mort !

— Vous en êtes vraiment si sûr ? émit Marie-Angéline avec un rien d'acidité. Un homme amoureux ne sacrifie pas celle qu'il aime si aisément ! J'y verrais plutôt un excellent appât pour cet imb... pour Adalbert ?

— J'y ai pensé, figurez-vous ! lâcha Aldo à qui le mot ébauché n'avait pas échappé, même s'il n'avait pas été mené à son terme. Mais encore une fois, nous n'avons plus la latitude de négliger la moindre piste. Shakiar a pu avoir du nouveau depuis votre rencontre ?

— De toute façon, on ne risque rien d'essayer ! Mais je ne peux pas surgir chez elle sans crier gare. Je vais lui écrire un mot que Plan-Crépin se fera un plaisir de lui porter. D'ailleurs, la princesse avait suggéré qu'elle serve d'intermédiaire pour d'éventuelles communications.

— Il est certain qu'elle est moins spectaculaire que vous ! sourit Aldo.

Elle l'était même encore moins quand elle alla prendre le bac une demi-heure après. Les canotiers porteurs de marguerites, de cerises ou autres végétaux étaient remplacés par une banale écharpe sombre enveloppant la tête et les épaules. Elle passait ainsi inaperçue au milieu des passagers. Mais quand elle revint environ une heure plus tard, la déception était écrite en toutes lettres sur sa figure : elle n'avait trouvé que le majordome. Son Altesse était partie la veille pour Le Caire sans préciser la date de son retour.

— Et voilà ! conclut Aldo, acerbe. Décidément, ma première impression était la bonne : beaucoup de surface et le vide en dessous !

— Ne sois pas trop sévère ! plaida Tante Amélie. Je te jure qu'à l'issue de notre entrevue elle était réellement désespérée ! Elle est peut-être allée chercher un secours qu'elle ne peut trouver ici entre un gouverneur amorphe et un policier véreux... si ce n'est pourri ?

— Quarante-huit heures, Tante Amélie ! Quarante-huit heures seulement avant qu'Adalbert n'aille exposer sa vie pour une femme qui s'en soucie comme d'une guigne ! C'est à devenir cinglé, non ? !

— C'est une éventualité à considérer, si tu ne fais pas un effort pour te calmer ! Tu as besoin de toutes tes capacités, de ton intelligence, de ton sang-froid en vue de ce moment crucial. Car, bien sûr, tu seras à ses côtés.

Ce n'était pas une question. Il y répondit cependant :

— Jusqu'au bout, vous le savez parfaitement !

— Moi aussi, j'irai ! décida Plan-Crépin, ce qui détourna sur elle la colère naissante sous laquelle la marquise cachait son angoisse.

Elle savait à quel point son amitié pour Adalbert était chevillée au corps de son neveu. Assez puissante même pour lui faire oublier femme et enfants !

— Vous ferez ce qu'on vous dira ! Je salue volontiers vos multiples talents, encore faut-il les utiliser à bon escient ! C'est à Aldo et à Adalbert d'en juger ! Et puis, si je ne me trompe, il nous reste un atout : le colonel Sargent !

— Oh, je ne l'oublie pas ! J'attends seulement qu'il soit au Caire pour l'appeler au téléphone ! Je vais consulter l'horaire des trains pour voir à quelle heure arrive le sien...

Un peu plus tard, Aldo demanda la communication avant de passer à table, sachant qu'il ne l'obtiendrait pas immédiatement. Mais, quand enfin il entendit au bout du fil la voix du portier du Shepheard's, ce fut pour apprendre que le colonel avait effectivement retenu une chambre mais qu'on l'attendait...

— Un train qui a du retard, c'est fréquent ! remarqua la marquise en guise de consolation

Il y répondit par un sourire forcé.

Ce fut pis encore quand, le lendemain, il rencontra dans le hall lady Clementine, visiblement soucieuse :

— Je suis inquiète lui confia-t-elle. Non seulement mon époux ne m'a pas téléphoné hier soir comme il a coutume de le faire quand il est en voyage, mais je viens d'appeler le Shepheard's et il n'y est pas. Les trains fonctionnent normalement, aucun retard n'est signalé, et cela lui ressemble si peu !

— Pourquoi ne pas vous adresser au consulat général puisque c'est là qu'il se rendait ?

— Vous avez raison, c'est ce que je vais faire. Un incident peut toujours se produire, n'est-ce pas ?

Il fallait à l'évidence la rassurer. C'était une charmante femme et Aldo fit son possible... Seulement, le soir venu, on ne savait toujours pas ce qu'était devenu le colonel... Et le temps s'écoulait. Le délai imparti pour la remise de l'Anneau se terminait le lendemain.

Aldo, qui ne tenait pas en place et avait toutes les peines du monde à se comporter en individu normal, se rendit chez Lassalle pour savoir si les instructions étaient arrivées.

Il y allait à pied pour se calmer les nerfs quand, chemin faisant, il fut rattrapé par le jeune Hakim, le gamin dont Plan-Crépin avait fait son compagnon habituel dans ses excursions au temple de Khnoum ou sur la rive gauche du Nil. Qui se mit à trotter à côté de lui :

— Ne t'arrête pas et faisons comme si je te demandais la charité ! dit-il.

— Quelle drôle d'idée !

— Non. Ici c'est tout naturel et je ne vais pas te gêner longtemps.

— Tu as quelque chose à me dire ?

— Oui. Toi et tes amis vous faites du souci pour la belle jeune dame ? Je sais où elle est ! Marche plus vite et fais comme si tu voulais te débarrasser de moi...

Aldo en effet s'était arrêté, mais il se remit en marche aussitôt :

— Comment le sais-tu ?

— Mon ami Yazid qui... s'occupe des abords du palais du gouverneur a vu, cette nuit-là, les hommes en noir emporter une femme qui criait et se débattait. Ils l'ont embarquée dans une voiture et ont démarré mais Yazid est courageux... curieux aussi et il s'est accroché à l'arrière de la bagnole. Au début y a pas eu de problème, mais après les cahots l'ont fait tomber. Heureusement, il avait compris qu'ils allaient à la maison d'Ibrahim Bey. Il a attendu. L'auto est repassée devant lui un instant plus tard mais celui qui conduisait était tout seul..

— Elle y est restée ?

— Où veux-tu qu'elle soit ? J'y suis allé voir le lendemain. Je te signale que c'est rudement bien défendu. Maintenant, il faut que tu te débarrasses de moi. Tu sais comment, j'espère ?

L'air excédé, Aldo s'arrêta et fouilla dans sa poche :

— Encore un mot ! Pourquoi n'as-tu rien dit à Mlle du Plan-Crépin ? Tu lui sers de guide assez souvent, il me semble ?

— C'est vrai... mais je crois qu'elle n'aime pas beaucoup la belle demoiselle... Oh, merci, sidi ! ajouta-t-il avec enthousiasme en empochant la pièce d'argent qu'Aldo venait de glisser dans sa main brune. La bénédiction soit sur toi et toute ta descendance !

Il repartit en dansant d'un pied sur l'autre et en faisant sauter la pièce, tandis qu'Aldo poursuivait son trajet. Le château du Fleuve ? L'idée lui était venue mais, s'il était normal que Salima soit dans la demeure de son grand-père, la présence d'Assouari dans la maison d'un homme qu'il avait probablement assassiné et alors qu'ils n'étaient pas mariés allait à l'encontre des lois de l'islam…

— L'islam ? s'écria Henri Lassalle quand, peu après, Morosini eut relaté sa rencontre. Je ne suis même pas certain qu'Assouari soit de ses fidèles. Il se veut l'héritier d'un tel paquet de traditions qu'on peut se demander comment il s'y retrouve. De toute façon, c'est un bandit.

— Il vous a fait savoir où doit avoir lieu l'échange ?

— Pas encore ! maugréa Adalbert. Et je te rappelle qu'il n'est pas vraiment question d'échange : si on lui donne l'Anneau, Salima aura la vie sauve mais il ne nous la remettra pas. C'est sa « fiancée », ajouta-t-il avec un dégoût débordant de rage.

— On pourrait peut-être essayer ? Donnant donnant… et s'il veut l'Anneau… qu'il la libère !

— Et quand veux-tu « essayer » ? Quand je serai en face de lui, sans armes, seul, l'Anneau à la main, et qu'il me regardera rappliquer avec son mauvais sourire ? Il faudra que je m'estime heureux s'il ne me tire pas dessus pour être définitivement délivré de ma personne !

— N'exagère pas ! coupa Lassalle. Tel qu'on le connaît, on peut être assurés que la transaction ne s'effectuera pas sans témoins et que, même au cœur de la nuit – ce qui sera sans doute le cas ! –, il tiendra à donner de la solennité à ce qu'il pourrait appeler ta reddition. Donc il aura ses gens autour de lui, sans compter « sa fiancée ». Or, tu lui porteras un objet sacré. S'il t'abat, il aura perdu la face parce qu'il aura agi en truand et pas en grand prince ! Tu n'as rien à craindre. Dans l'immédiat, tout au moins !

— Le malheur, c'est que notre marge de manœuvre se rétrécit à vue d'œil, soupira Morosini. L'échéance est demain... Autrement, sachant où elle est enfermée, on aurait pu tenter de s'y introduire...

Adalbert ne le laissa pas achever. Il écumait presque :

— N'importe quoi ! Tu as évalué l'importance du château ? Le krak des Chevaliers en plus petit ! Alors on fait comment ? On escalade les murs armés jusqu'aux dents ! – pourquoi pas, au point où nous en sommes ! – après avoir grimpé à l'aide de cordes et depuis le Nil la dégringolade de rochers sur lesquels le château est bâti ? Arrivés là-haut, on bousille tout ce qui bouge, on plante le drapeau français au sommet de la tour, on entonne *La Marseillaise* et on enlève la princesse !

Sans s'émouvoir devant cette fureur où il reconnaissait la présence du désespoir, Aldo tira son étui à cigarettes, en prit une qu'il tapota sur la brillante surface d'or, puis, regardant Lassalle :

— Il est devenu idiot ou quoi ?

Il n'attendit pas de réponse, alluma le mince rouleau de tabac et le glissa entre les lèvres de son ami .

— Tu n es pas Lancelot, je ne suis pas Perceval et on ne vit plus au Moyen Age. Je pensais stupidement à notre vulgaire arme moderne : l'argent ! Si l'on s'en tient à l'Histoire, combien de sites inexpugnables sont tombés au cours des siècles parce que quelques pièces d'or étaient venues graisser subrepticement la patte d'un citadin assez costaud pour tirer les verrous soigneusement huilés ? Ce type se prend peut-être pour le dernier pharaon, mais il m'étonnerait fort qu'il n'ait que des adorateurs ! Malheureusement...

Adalbert s'assit, aspira deux ou trois bouffées puis ébaucha un sourire...

— Depuis qu'on est ici, je passe mon temps à t'offrir des excuses ! Mais il ne faudrait pas que ça devienne une habitude...

— Rien à craindre ! Je te fais confiance !

Henri Lassalle, lui, pensait déjà à autre chose :

— Mon cher Aldo, je ne veux pas vous chasser mais vous devriez peut-être retourner à l'hôtel demander si l'on a enfin des nouvelles de votre ami anglais. A ne vous rien cacher, je redoute moins pour Adalbert la balle ou le poignard que les menottes de Keitoun. Celui-là se tient tranquille pour l'instant – et c'est la meilleure preuve qu'il est manipulé par Assouari – mais il est probable qu'il mettra sa grosse patte sur lui dès que son patron aura obtenu satisfaction !

— Vous croyez ?

— Oh, j'en mettrais ma main au feu ! Evidemment, on finira par sortir Adalbert de ce pétrin, mais au bout de combien de temps et dans quel état ? De toute façon, sa carrière d'archéologue pourrait s'arrêter là !

— Vous avez raison, j'y vais !

A l'hôtel, cependant, lady Clementine restait sans nouvelles et son inquiétude augmentait à mesure que les heures s'égrenaient. Même si son anxiété n'était pas évidente – éducation anglaise exige ! –, ses yeux qui parfois avaient peine à se fixer la trahissaient. Mme de Sommières et Plan-Crépin l'entouraient de leur mieux tout en respectant les règles d'une discrétion qu'elles savaient obligatoire et même si une véritable amitié se nouait de jour en jour, presque d'heure en heure, entre ces trois femmes. Pour les deux Françaises un vague sentiment de culpabilité s'y joignait : n'était-ce pas pour empêcher Keitoun de s'emparer d'Adalbert, et même obtenir que les autorités mettent un terme à ce simulacre de proconsulat délirant exercé par lui sur les gens d'Assouan, que Sargent avait pris la route de la capitale ?

Les trois femmes – et Morosini au moment des repas – formaient une manière d'îlot distant au milieu de l'espèce de maelström qui s'était emparé du vénérable hôtel, avec le débarquement d'une équipe de cinéastes hollywoodiens aussi bruyants que mal élevés. La romancière anglaise venait de plier bagage, terrifiée par le vacarme qu'ils entretenaient quasiment jour et nuit et contre lequel le directeur et Garrett luttaient comme ils pouvaient. Les envahisseurs étaient là pour quinze jours et entendaient en profiter pleinement. Au moins, la nuit ! Tant que brillait le soleil, ils rejoignaient dans le désert leurs équipes techniques répandues dans les hôtels de moindre catégorie de la ville. Mais le soir venu, les « têtes » du film – producteur, metteur en scène, jolies femmes au luxe tapageur, jeune premier à l'œil de velours, moins jeune à l'air important, etc. – prenaient possession des salons, bar, salle à manger en faisant un tel bruit qu'ils donnaient l'impression d'être au moins deux cents.

— J'espère que tu n'as pas de clients parmi ces gens ? demanda Tante Amélie à Aldo. Il ne nous manquerait plus que cela !

— Rassurez-vous ! Si j'ai des clients américains, ils sont exclusivement côte Est. De toute façon, ceux-ci n'appartiennent pas au gratin californien. Aucun nom connu ! Je suppose qu'il s'agit d'un richissime roi du Celluloïd ou des Corn Flakes qui veut voir sa maîtresse briller au firmament des stars et concocte un film d'« atmosphère » dans ce but...

— Ce doit être le gros type avec son casque colonial et ses chemises à fleurs qui parle si haut ? Mais il y a deux femmes avec lui. Alors, la blonde ou la brune ?

— Pourquoi pas les deux ? En tout cas, ils présentent un avantage : ils fascinent Keitoun qui, du coup, oublie de nous surveiller...

— Je ne m'y fierais pas trop, si j'étais toi...

La recommandation était superflue ! Il y avait beau temps que l'homme aux pistaches n'amusait plus Aldo.

En attendant, le soir du second jour, les trois dames, laissant les clients « survivants » du Cataract subir le tintamarre du dîner à la salle à manger – parfois peut-être s'en distraire ? –, choisirent de se faire servir chez Mme de Sommières sur l'agréable terrasse qui prolongeait sa chambre et dominait le Nil et les îles. Pour les laisser entre elles, Aldo s'en alla dîner dans un petit restaurant de la Corniche, tranquille et bien tenu, où la cuisine locale était excellente. Il eut la surprise d'y rencontrer une bonne dizaine de clients du Cataract avec lesquels il échangea quelques sourires complices. Apparemment il n'était pas le seul à souhaiter manger en paix...

En rentrant, il aurait aimé aller au bar boire un verre mais l'écho nasillard des maudites voix yankees s'y faisait entendre et il se contenta de s'asseoir dans le jardin en fumant un cigare et en regardant les étoiles. Dire qu'il redoutait ce qui pourrait se passer le lendemain était un euphémisme. Il savait Assouari capable de tout et aussi qu'il pouvait absolument tout se permettre dans ce coin de Haute-Egypte où ce qui disposait d'un peu de pouvoir lui était inféodé. Quelle défense pourrait-on lui opposer ? Rien ou si peu... Et il y avait ce côté, absurde et d'un âge révolu, dont il parait ses exigences : si Adalbert ne lui apportait pas l'Anneau, il éliminerait celle qu'il considérait comme sa propriété et pour laquelle il n'avait pas hésité à faire abattre l'homme qu'elle avait osé aimer. Pourquoi aussi ce mystère, gardé jusqu'à la dernière minute sans doute, sur le lieu où l'Anneau devrait lui être livré ? Outre son palais bourré de serviteurs quasi prosternés, il disposait d'une forteresse inexpugnable, à moins de lui opposer des armes de guerre lourdes, canon ou char d'assaut. Il était plus que probable qu'Adalbert devrait se présenter devant ladite forteresse. Et après ? Que se passerait-il après ? On lui dirait « merci » et « au revoir, Monsieur »... ? C'était difficile à croire. Pourquoi d'ailleurs Adalbert, puisque le prétendu frère du pauvre El-Kaouari savait parfaitement que c'était à lui, Morosini, que l'Anneau avait été confié ? Cette histoire n'avait aucun sens... sauf si Assouari avait décidé, une fois l'Anneau entre ses mains, d'abattre purement et simplement l'homme qui avait été le professeur de Salima ? Et dans ce cas, comment faire pour protéger Adalbert ? Au frisson glacé qui lui courut le long de l'échine, Aldo eut soudain le pressentiment qu'il était dans le vrai et que... C'était à se taper la tête contre les murs !

Il finit par retourner à l'hôtel quand les protagonistes du film se furent décidés à aller se coucher, suivit leur exemple sans parvenir à trouver le sommeil. Quand l'aube réapparut, il avait cependant fixé sa conduite : que le prince-forban le veuille ou non, il ne laisserait pas son ami se faire massacrer tout seul. Il irait avec lui... et armé sans que ce soit visible. Auparavant, il confierait à Tante Amélie une lettre en double exemplaire destinée à l'ambassadeur de France et au Consul général racontant l'histoire dans son intégralité. Il y laisserait peut-être sa peau mais Assouari, tout prince d'Eléphantine qu'il se voulût, ne s'en tirerait pas sans dommages !

Il se mit à l'ouvrage aussitôt, ce qui lui demanda un certain temps, se doucha, se rasa, s'habilla, avala du thé, des toast, puis alla frapper chez Tante Amélie qu'il trouva en train de prendre son petit déjeuner en compagnie de Marie-Angéline.

Il avait promis à Lassalle de passer la journée chez lui afin d'être sur place quand arriverait l'ultimatum. Le moment était donc venu de récupérer l'Anneau.

Son entrée suspendit la tasse de thé que Mme de Sommières s'apprêtait à porter à ses lèvres :

— Seigneur ! Tu as une mine épouvantable ! Tu n'as pas dormi de la nuit, au moins ?

Il embrassa la vieille dame, sourit à Plan-Crépin :

— J'avais autre chose à faire ! Tante Amélie, voici deux lettres que je vous confie. Il vous suffit d'un coup d'œil pour voir à qui elles sont destinées. Vous les acheminerez au cas où, ce soir, il m'arriverait... des problèmes. Car, vous le comprendrez, je n'ai pas l'intention d'abandonner Adalbert seul face à ce dingue. Quant à vous, Marie-Angéline, je vais vous prier d'avoir la gentillesse de me rendre l'Anneau.

Mme de Sommières parcourut les adresses, leva un sourcil puis, avec un calme parfait :

— Deux lettres seulement ? Il me semble, à moi, qu'il devrait y en avoir trois ?

— Pourquoi trois ?

— Si j'ai bien compris, tu comptes te faire tuer glorieusement ce soir aux côtés de ton « plus que frère », comme dit Lisa ? Il conviendrait donc d'écrire quelques mots à ta femme afin de lui exposer la situation et de lui dire adieu. Je suis sûre qu'elle apprécierait !

Le ton était froid mais les yeux verts étincelaient de colère sous ce qui était sans doute des larmes retenues. Frappé de plein fouet, Aldo se laissa tomber sur une chaise et passa ses mains sur son visage... C'était pourtant vrai que, hanté par ce qui menaçait Adalbert, il n'avait pas songé un seul instant à sa famille ! Ce n'était cependant pas faute de l'aimer... !

— Je me demande si je ne suis pas en train de devenir fou ? murmura-t-il. J'aurais dû donner l'Anneau à ce salopard quand il est venu jusque chez moi le rechercher, mais...

— ... mais tu as pensé qu'il ferait sûrement le bonheur de ton ami Adalbert et comme justement on t'invitait à venir en Egypte, c'était l'occasion rêvée ! Si notre archéologue faisait une découverte sensationnelle, ce serait le bonheur absolu pour lui... et aussi pour toi. Au fond, malgré ton titre d'expert international et ta réussite, tu n'as jamais cessé d'être un petit garçon à la recherche perpétuelle d'un trésor ?

— Qui songerait à vous donner tort ? Ni lui ni moi en tout cas... Lorsque je suis sorti de chez Massaria, ce fameux soir, je regrettais le temps du Pectoral, la fièvre de l'aventure, même si nous risquions à chaque pas de nous rompre le cou ! Je me sentais... platement boutiquier !

— Eh bien, te voilà content ? Tu es servi selon tes désirs ?

— Pas vraiment ! Le jeu est faussé par le fait que nous avons déserté l'Histoire pour une légende enfoncée dans la nuit des temps...

— ... et que tu as perdu tes repères ! D'ailleurs le jeu n'est pas faussé, comme tu dis. Ce qui te gêne, c'est que tu n'en es pas le maître. Tu as pris ton petit déjeuner ?

— Oui... enfin je crois. Pourquoi ?

— Parce qu'un café te remettrait les idées en place, conclut Mme de Sommières en sonnant le garçon d'étage. Et Plan-Crépin, qu'est-ce qu'elle fabrique avec son Anneau ?

Quand Marie-Angéline revint, Aldo reposait sa tasse. Elle lui tendit le sachet de daim en disant :

— A bien y réfléchir, je ne crois pas qu'Adalbert soit en danger de mort et ce serait peut-être imprudent de l'accompagner.

— D'où sortez-vous cela, Plan-Crépin ?

— C'est à force d'y penser. Normalement, Assouari aurait pu exiger que ce soit Aldo qui le lui porte. Rien que pour le plaisir de l'humilier puisque, si j'ai bien compris, quand il est allé à Venise, il n'a pas été accueilli en grande pompe au palais Morosini. Vous n'avez pas dû le traiter avec beaucoup de déférence ?

— Pourquoi l'aurais-je fait ? Le bonhomme me déplaisait... mais, s'il a choisi Adalbert, c'est pour une autre raison. Voulez-vous me dire en quoi le sort de la belle Salima pourrait me préoccuper, en dehors du fait qu'elle est un être vivant et qu'un homme digne de ce nom doit porter secours à qui en a besoin ? Pour Adalbert, c'est différent : il est amoureux d'elle !

— Et ferait n'importe quoi pour lui éviter la moindre égratignure, nous sommes d'accord, mais vous pouvez être certain qu'il ne va pas tirer sur Adalbert dès la remise de l'Anneau. Ce n'est pas sa vie qui sera en danger. A court terme, du moins. C'est sa liberté. On va tranquillement le faire prisonnier.

Et ce n'est pas de l'amoureux dont il veut s'emparer, c'est de l'égyptologue !

— Vous croyez ?

— Bien sûr, je crois ! Assouari aurait réussi à obtenir un plan indiquant l'emplacement du tombeau, seulement ce plan, il ne sait pas le traduire ! A l'heure actuelle, rares sont les Egyptiens capables de déchiffrer les hiéroglyphes en dehors des spécialistes. Je serais surprise qu'Assouari, tout prince d'Eléphantine qu'il se veuille, ait appris cette discipline à l'école ?

— Votre argument ne tient pas, Angelina. Il a Salima, sa fiancée de bon ou de mauvais gré, en son pouvoir. Elle est archéologue...

— Débutante ! Ne l'oubliez pas ! Adalbert, lui, est un professionnel. Peut-être le meilleur. Les inscriptions que peut comporter le fameux plan doivent être rédigées en caractères d'une époque plus reculée encore que les hiéroglyphes. Pour les décrypter, il faut non seulement posséder à fond cette écriture hermétique, mais pouvoir établir les comparaisons permettant de transcrire ce qui peut l'être. Voilà ! assena-t-elle en guise de conclusion. Maintenant vous pouvez aller donner l'Anneau à Adalbert !

Machinalement, Aldo prit le petit sac en échangeant avec Tante Amélie un regard surpris. Ce fut celle-ci qui réagit :

— Bravo, Plan-Crépin ! Je ne sais pas si ce sont vos tête-à-tête avec cet étrange bijou qui vous ont inspirée mais je vous tire mon chapeau !

— Et moi, ma révérence ! soupira Aldo en empochant le sachet. Ne m'attendez pas pour déjeuner :

je vais rester chez Lassalle jusqu'à l'ultimatum dont on ne sait quand il arrivera... En espérant que nous pourrons prendre... quelques dispositions pour venir en aide à Adalbert...

— Si on le fait venir au vieux château, comme tout le laisse supposer, je ne vois pas ce que tu pourrais faire ? Sois prudent, je t'en conjure !

Emu par l'angoisse qu'il sentait vibrer dans la voix de la vieille dame, Aldo la prit dans ses bras :

— Allons, Tante Amélie ! Vous, toujours si brave ? Ce n'est pas le moment de flancher ! Il faut prier ! J'appellerai dès que nous aurons des nouvelles, si cela peut vous rassurer !

— Et moi ? protesta Plan-Crépin. Je fais quoi ?

Elle avait sa tête des mauvais jours. Aldo lui posa une main sur l'épaule et un baiser rapide sur le front :

— Vous, vous restez près du téléphone et vous veillez sur notre marquise. Ce n'est déjà pas si facile !

— Surtout si vous ajoutez lady Clementine qui se voit déjà veuve ! Etant donné les... activités annexes de son colonel de mari, elle devrait être mieux entraînée à ces éclipses inexplicables qui s'expliquent parfaitement quand le héros reparaît !

Ce fut une journée éprouvante parce qu'elle parut interminable aux trois hommes réunis dans le cabinet de travail d'Henri Lassalle. Sauf peut-être pour ce dernier : enfin, il pouvait contempler l'Anneau ! Le tenir dans ses mains interminablement, le faire briller dans un rayon de soleil ! Il en montrait une joie enfantine qui tapait légèrement sur les nerfs des deux autres...

Et la nuit vint. Rapide comme toujours après un merveilleux coucher de soleil déployant un éblouissant kaléidoscope de pourpre, d'or et d'améthyste auquel personne ne prêta attention. Enfin, le téléphone sonna.

— Lassalle ! annonça celui-ci d'une voix ferme due sans doute au fait qu'il tenait encore l'Anneau.

Il écouta sans rien dire pendant quelques instants puis raccrocha :

— Voilà ! dit-il à Adalbert. Tu dois être à minuit, seul et sans armes, au ponton du Cataract. Un bateau t'y attendra...

— C'est tout ? fit Aldo.

— Ça ne vous suffit pas ?

— C'est surtout inattendu ! Nous pensions au château d'Ibrahim Bey. On dirait qu'Assouari a choisi de rentrer chez lui ?

— Mon cher ami, dites-vous bien qu'il est tout sauf naïf. Ce choix ne signifie ni l'un ni l'autre. Ce n'est pas la place qui manque sur le Nil et dans ses îles.

— Alors il faut essayer de le surveiller en prenant les devants. En dehors de votre dahabieh, vous avez certainement un bateau ?

— J'en ai même plusieurs. Vous voulez...

— Que Farid me conduise à l'un d'eux. Une barque de préférence, facile à manœuvrer en solitaire. J'irai y attendre qu'ils emmènent Adalbert...

— Tu tiens vraiment à te faire bousiller ? protesta celui-ci. Si Plan-Crépin a raison et si Assouari veut me capturer, le mieux est de le laisser faire. Cela voudra dire au moins que je ne serai pas en danger immédiat...

— En outre, je vous vois mal manœuvrer une barque sur le Nil en pleine nuit...

— Je ne refuse pas d'aide ! coupa Aldo sèchement. Ce que je refuse, c'est de te perdre de vue !

— Pas pour longtemps peut-être ? avança Adalbert sur le mode apaisant. Une fois dans la place, je pourrai réussir à faire un signe... ou à m'évader ?

— Non, mais je rêve ? répliqua Aldo, suffoqué. Tu veux que je te laisse enlever par ce cannibale ?

— Pourquoi non ? A ne te rien cacher, j'avoue que j'aimerais jeter un coup d'œil sur ce plan qu'il prétend détenir et puis...

— Et puis, ragea Aldo, tu te damnerais pour être auprès d'elle, n'est-ce pas ? Dieu Tout-Puissant ! Qu'est-ce que je fais ici, moi, à me crever le tempérament pour essayer de sauver un abruti qui ne demande qu'à sauter dans le gouffre ouvert sous ses pieds ? Tout ça parce que...

L'entrée de Farid escorté de Plan-Crépin l'interrompit. Elle alla droit à lui sans même se soucier de saluer le maître de maison :

— On vient d'apporter ça pour vous, dit-elle en lui tendant une enveloppe de carte de visite portant son nom. Un gamin, précisa-t-elle prévenant l'inévitable question.

— C'est inouï l'activité que déploient les gamins dans cette ville ! remarqua Aldo en ouvrant l'enveloppe

— Ils en sont un peu l'âme, commenta gravement Lassalle. Comme les vieillards en sont la mémoire. Il en est ainsi dans tous les pays d'Orient parce que les enfants doivent trop souvent se battre pour survivre. Alors ils se servent de leurs yeux, de leurs oreilles et d'une intelligence qui se développe précocement. Parfois dans le mauvais sens, hélas ! Mais ce n'est pas la majorité.

Il prit le bristol que lui tendait Aldo et lut :

— « Temple de Khnoum »... Vous connaissez cette écriture ?

— Elle ne m'est pas entièrement inconnue, mais ce n'est qu'une impression. Quelle heure est-il ?

— Dix heures. Vous pensez que c'est là que l'on va conduire Adalbert ? Ça n'a aucun sens ?

— Rien n'a de sens dans cette histoire.

— C'est peut-être un piège ?

— Mon instinct me dit que non. Et puis je n'ai pas le choix. Merci d'être venue m'apporter ce mot, Marie-Angéline. A présent, dépêchez-vous de rentrer !

Elle ne bougea pas d'un pouce :

— Jamais de la vie ! Je suis fermement décidée à vous suivre où que vous alliez. D'ailleurs, dans l'obscurité, je dois être presque invisible.

Elle portait, en effet sur une robe bleu foncé la vaste écharpe dont elle enveloppait sa tête, son cou et ses épaules. Comme Aldo la considérait d'un œil critique, elle ajouta :

— Vous savez parfaitement que je peux vous être utile ! Surtout si M. Lassalle a l'amabilité de me prêter une arme. Moi, je connais le temple de

Khnoum comme ma poche, ce qui n'est pas votre cas. Enfin je suis meilleure rameuse que vous ! Non, Adalbert, ne vous en mêlez pas ! Le rendez-vous est pour quelle heure ?

— Minuit ! répondit Henri Lassalle en allant ouvrir une vitrine abritant une panoplie d'armes de tous calibres et leurs munitions. Servez-vous, offrit-il. Je vais dire à Farid de vous mener à une barque et de rester avec vous.

— Ne serait-il pas préférable qu'il escorte Adalbert ?

— C'est moi qui le conduirai jusqu'au Cataract. Il ira seul ensuite. En revanche, votre costume, mon cher Aldo...

— J'ai ce qu'il me faut ! répondit celui-ci en ramassant un paquet qu'il avait apporté avec lui.

Il contenait la galabieh marron, l'étroit turban et les babouches jaunes que lui avait donnés le pauvre El-Kholti. Il ne garda que ses chaussures de daim marron dans lesquelles il évoluerait avec plus d'aisance que dans des babouches. En particulier sur les rochers et les ruines de l'île...

Il était un peu plus de onze heures quand la barque accosta Eléphantine au bas d'un chemin se faufilant entre les rochers gris aux formes rebondies évoquant des silhouettes de pachydermes. Approximativement en face de l'endroit de la corniche où mouillait habituellement l'esquif, c'était un coin obscur et beaucoup moins exposé aux regards que le débarcadère du temple où un assez large escalier aboutissait directement à l'esplanade... Farid noua une amarre à un pieu planté dans le fleuve, sans serrer de façon à pouvoir démarrer rapidement en cas de problème, puis resta assis à sa place tandis que les deux autres sautaient à terre. Ainsi en étaient-ils convenus entre eux. De même, le serviteur imiterait à trois reprises le cri du grand-duc en cas de besoin.

Une fois à terre, Marie-Angéline prit la main d'Aldo pour le guider à travers la dense végétation où s'enfonçait le sentier. Ils possédaient individuellement des lampes de poche mais ils ne comptaient pas s'en servir. La nuit sans lune où couraient des nuages était suffisamment claire pour eux, l'un comme l'autre possédant des yeux de chat.

Au sortir d'un bois de sycomores, ils atteignirent les ruines du temple par le côté.

— Faites attention où vous mettez les pieds ! chuchota Plan-Crépin en s'engageant dans un dédale de murs écroulés, de colonnes tronquées, de chapiteaux éparpillés sur le sol et de statues plus ou moins rongées par le temps.

Finalement, on s'arrêta derrière un sarcophage à tête de bélier dont il ne restait plus que la moitié. Un pan de mur protégeait leurs arrières et l'endroit, judicieusement choisi, permettait de voir l'esplanade depuis le haut des marches menant au Nil jusqu'au naos, l'endroit sacré où demeuraient les vestiges de la statue en granit du dieu...

— Je crois que c'est le lieu idéal pour observer ce qui va se passer, reprit la vieille fille.

— S'il se passe quelque chose ! souffla Aldo. Je ne comprends toujours pas pourquoi Assouari aurait choisi ces ruines ?

— A y réfléchir, ce n'est pas tellement surprenant. L'île est son domaine et il est probable que le village nubien situé entre ici et le palais est peuplé uniquement de gens à sa dévotion, sinon à sa botte. Le temple d'un dieu doit convenir à son orgueil...

— Acceptons-en l'augure ! Attendons minuit...

On n'en était plus éloigné, pourtant rien ne bougeait. Le silence solennel qui régnait au milieu des ces vestiges hautains contrastait avec l'écho de la fête que les cinéastes américains organisaient ce soir à l'hôtel en l'honneur d'une star célèbre qui, moyennant sans doute un confortable paquet de dollars, avait daigné accepter un rôle – court mais déterminant ! – dans le film auquel il conférerait ce qu'on pourrait appeler des lettres de noblesse. Le jazz s'en donnait à cœur joie, soutenu de rires bruyants, de cris même, et l'on pouvait imaginer les autres clients – britanniques ou non ! – réfugiés dans leurs chambres avec du coton dans les oreilles...

Enfin dans ce qui avait été le naos quelque chose bougea. Des ombres noires en émergèrent et s'avancèrent devant les restes de Khnoum et, soudain, deux torches s'enflammèrent simultanément, révélant d'immenses Nubiens en turbans et galabiehs noirs. Il y en avait une vingtaine, à peu près tous semblables :

— Pas besoin d'aller chercher plus loin les assassins d'El-Kholti, souffla Aldo. Je crois que les voilà !

— Ceux d'Ibrahim Bey aussi, je suppose. Ils sont nombreux, hélas !

— Chut... ! Voici leur patron !

Ali Assouari vint prendre place sur le devant entre les deux porteurs de torches. Sous le haut tarbouch rouge à gland de soie, son visage paraissait aussi sombre que son vêtement, l'espèce de redingote descendant jusqu'aux genoux, à col officier, que portaient les notables égyptiens en cérémonie. Autour du cou un ruban pourpre soutenait un étrange bijou : une croix ansée qui pouvait mesurer quinze ou seize centimètres, faite d'un métal qui brillait comme de l'or.

— La croix volée au British Museum ! commenta Aldo. Il l'arbore comme un trophée !

— J'apprécie moins ce qu'il tient dans sa main droite !

Contre le pli du pantalon, la flamme d'une torche venait d'allumer l'éclair sinistre d'une lame d'acier. Assouari arrivait au rendez-vous qu'il avait fixé avec un sabre nu. Aldo sortit son revolver, débloqua la sûreté et inséra une balle dans le canon.

— On dirait que vos prédictions sont en défaut, constata-t-il amèrement. S'il ose lever son coupe-chou sur Adal, je ne le louperai pas !

Sans répondre, Marie-Angéline tira un pistolet de sa ceinture et l'arma.

Cependant, appuyé sur son sabre, Assouari s'était avancé d'un pas et se mettait en position d'attente… Quelques minutes s'écoulèrent.

— C'est Adalbert ! émit en sourdine Aldo dont la gorge se serra.

L'archéologue venait effectivement d'apparaître en haut des marches, suivi d'un Nubien braquant un fusil sur lui. Ce dont il ne semblait pas se soucier outre mesure. Aldo ne put s'empêcher d'admirer son allure.

Portant avec élégance un smoking impeccable, il fumait une cigarette aussi tranquillement que s'il participait à une réunion mondaine mais s'en débarrassa quand, en prenant pied sur l'esplanade, il découvrit son comité d'accueil. On put même le voir sourire :

— Il est magnifique ! exhala Marie-Angéline avec une ferveur qui accéléra les battements de son cœur et mouilla ses yeux.

— Il n'y a pas que vous à avoir eu des ancêtres aux croisades : lui aussi !

Cependant, Adalbert s'était mis en marche et progressait d'un pas tranquille vers son ennemi. A mesure qu'il approchait, son sourire s'accentuait mais nuancé de mépris. A quelques mètres il s'arrêta, et on put même l'entendre rire :

— Impressionnant ! plaisanta-t-il. On se croirait au théâtre du Châtelet[1]. Mais ce déploiement était-il si nécessaire pour une simple transaction ?

— Ce n'en est pas une. Vous avez l'Anneau ?

— Sans lui, je ne vois pas ce que je viendrais faire ici !

— Montrez-le-moi !

— Non !

— Non ?

— Auparavant, je veux voir Mlle Hayoun !

— C'est impossible !

— Dans ce cas...

1. On y jouait des pièces à grand spectacle comme *Le Tour du monde en quatre-vingts jours*

Adalbert avait pâli mais, insoucieux en apparence du mortel danger qu'il laissait derrière lui, il tourna les talons pour retourner au bateau. La voix moqueuse de l'Egyptien le rattrapa aussitôt :

— En revanche, je peux vous montrer la princesse Assouari ?

Lentement, Adalbert fit demi-tour :

— Vous l'avez épousée ? En dépit du fait...

— Que nous sommes du même sang ? C'est une tradition égyptienne vieille de plusieurs millénaires. Vous devriez le savoir, vous qui êtes égyptologue ? A présent j'attends vos vœux de bonheur ! Donnez-moi l'Anneau !

— Pas question ! Quel que soit le nom dont vous l'affublez, je veux la voir avant !

— Rien ne m'oblige à vous satisfaire ! répondit l'autre avec arrogance. Vous êtes seul, sans défense, mes hommes sont nombreux...

— ... et je n'ai pas d'armes alors que vous avez jugé bon de vous munir de la lardoire parfaitement ridicule que je vois au bout de votre bras. Vous avez l'intention de me faire sauter la tête ?

— A vous, non, parce que j'ai besoin de vous. A elle, oui ! Je vous ai dit que je la tuerais si vous ne me remettiez pas l'Anneau. Qu'elle soit ma femme ou non ne change rien à ma détermination... puisque j'ai obtenu d'elle ce que je voulais...

— Ah ! Le fameux plan que vous prétendez détenir ?

— Non, son corps ! Je l'ai possédé tout mon soûl la nuit dernière ! Un délice... mais à présent je peux la tuer sans une hésitation ! L'Anneau !

D'un geste vif, Adalbert porta la main à sa bouche :

— Avancez d'un seul pas et je l'avale ! Mon élocution s'en trouvera sensiblement changée, mais Démosthène mettait bien des cailloux dans sa bouche pour améliorer la sienne !

— Cela m'obligerait à vous faire ouvrir le ventre et me retarderait ! Or j'ai besoin de vous... en bon état de fonctionnement. Le moment est venu de vous mettre les points sur les i : je ne vous laisserai pas repartir, vous allez être mon hôte le temps qu'il faudra pour que vous déchiffriez ce plan qui doit être plus vieux que Mathusalem.

— Tripes à l'air ou pas, je n'accepterai jamais

Les yeux noirs brillèrent d'un éclat quasi dément sous l'arc touffu des sourcils :

— Oh, si... afin de lui éviter un univers de souffrance ! Vous torturer, vous, serait inutile mais je crois que vous n'apprécierez pas de l'entendre crier sous le scalpel ou le fer rouge ? Ce sabre n'est là que pour vous faire comprendre que vous n'avez aucune chance de m'échapper... A moins que vous ne préfériez que je la décapite ici même et devant vous ? Qu'on l'amène, ordonna-t-il.

— Vous êtes un fier misérable ! cracha Adalbert avec dégoût.

Derrière leur sarcophage, Aldo et sa compagne suivaient le déroulement de la scène, envahis par une colère grandissante :

— On va supporter ce spectacle encore longtemps ? souffla Plan-Crépin.

— Je ne crois pas, non... ! Attendons encore un peu, mais à mon signal je tirerai sur Assouari et vous sur l'échalas qui est à sa droite et qui doit être le chef des Nubiens. Espérons seulement..

Il s'interrompit, levant machinalement la tête pour suivre la trajectoire d'un avion qui passait juste au-dessus des ruines, ayant déjà amorcé sa descente :

— Où va-t-il à cette heure-ci ?

— Il y a un petit aérodrome à l'est de la ville, à trois ou quatre kilomètres, répondit machinalement Plan-Crépin. Je me demande ce qu'il vient faire ?

— Ne rêvez pas d'une aide quelconque ! Le temps que ses occupants arrivent jusqu'ici, il sera trop tard ! Regardez plutôt qui est là-bas, en haut des marches !

L'énorme silhouette de Keitoun venait de s'inscrire dans le paysage, interdisant toute possibilité de fuite à Adalbert en admettant qu'il en ait éprouvé l'envie. Après un bref regard vers le ciel, les acteurs du drame qui se jouait dans les ruines allaient pouvoir reprendre leur dialogue tendu. Les Nubiens exécutaient l'ordre d'Assouari. Deux d'entre eux amenaient Salima qu'ils jetèrent sans ménagement aux pieds du maître. Dans ce qu'on pourrait appeler une tunique blanche qui la révélait et sur laquelle croulaient ses cheveux noirs, elle avait l'apparence d'un fantôme tant elle était pâle et défaite, ses mains étaient liées d'une corde.

— Bon Dieu ! rugit Adalbert. Que lui avez-vous fait ?

L'autre n'eut pas le loisir de répondre. Vivement relevée d'une torsion des reins, Salima s'était mise à courir. Elle criait :

— Fuyez, Adalbert... ! Allez-vous-en !

Elle ne venait pas vers lui pourtant mais dirigeait sa course en direction des énormes rochers surplombant le Nil. En dépit de ce qu'elle avait pu subir, elle avait la légèreté, la rapidité d'une gazelle. Tellement que les hommes la regardaient, fascinés. On entendit Assouari hurler :

— Rattrapez-la, bande d'idiots ! Remuez-vous !

Les Nubiens s'élancèrent, mais elle était pieds nus, eux encombrés de leurs babouches. L'avance de Salima s'accentua. Elle sortit des ruines, atteignit le plus élevé des rochers. On l'entendit appeler « Karim », puis la mince forme blanche disparut. Les eaux du fleuve-roi venaient de l'engloutir comme elles avaient, jadis, emporté son père...

— Tas d'empotés ! s'époumona Assouari. Je vous ferai écorcher vifs...

Le coup de feu lui coupa la parole. Atteint au cœur, il vacilla un instant sur ses jambes avant de s'écrouler dans le sable. Tous les autres parurent se pétrifier. Dans leur coin, Aldo et Marie-Angéline se regardèrent. Aucun d'eux n'avait tiré...

— Par tous les saints du paradis ! s'exclama Plan-Crépin en se signant précipitamment, regardez ça !

Sortant de derrière un tas de pierres assez proche de leur sarcophage, une grande femme entièrement vêtue de noir mais portant de magnifiques bijoux d'or et de rubis s'avançait dans la lumière incertaine des torches, tenant toujours à la main le pistolet dont elle venait de se servir de façon si magistrale. La plupart des hommes s'enfuirent. Seuls demeurèrent les porteurs de torches, peut-être à cause de ces flammes dont ils devaient penser qu'elles les protégeraient des maléfices de l'apparition...

— La princesse Shakiar ! murmura Aldo. Elle vient de venger sa fille !

L'ex-souveraine se tenait à présent, droite au point d'en être rigide, près du corps de ce frère qu'elle avait sans doute trop aimé. Elle resta à le contempler sans qu'il fût possible de lire sur son visage la moindre trace d'émotion. Puis elle appela :

— Vous êtes là, prince Morosini ?

A son tour, Aldo entra dans la lumière des torches :

— Me voici à vos ordres... Votre Majesté ! répondit-il en s'inclinant avec un respect qu'il n'aurait jamais pensé éprouver un jour pour elle.

Elle eut un pâle sourire pour ces deux mots qui lui rendaient le trône :

— On tient aux traditions, dans votre famille !

— Je viens de voir une souveraine exerçant sa justice et non la princesse Shakiar abattant un criminel dangereux ! fit-il, sincère.

— Tout le monde ne pensera peut-être pas comme vous...

Elle se tournait vers l'escalier où s'inscrivait si peu de temps auparavant la lourde silhouette de Keitoun... il n'y avait plus que celle d'Adalbert. On l'entendit rire :

— Je voulais lui dire deux mots mais il a préféré battre en retraite.

Un bruit de moteur souligna la fuite du gros homme tandis qu'Adalbert revenait les rejoindre. A son tour, il s'inclina devant l'ex-souveraine :

— Je vous dois plus que la vie, Madame. Il ne m'aurait pas laissé sortir vivant de la captivité qu'il me destinait. C'est vous, je pense, qui avez prévenu Morosini du lieu du rendez-vous ?

— Vous avez raison, c'est moi. J'avais fait en sorte que l'on me croie repartie au Caire et j'ai vécu cachée ces derniers jours mais il y avait auprès d'Ali un serviteur qui m'était resté fidèle. Il m'a prévenue, et vous connaissez la suite... Vous étiez l'ultime planche de salut pour Salima. Simplement, elle l'a repoussée. Elle aimait trop ce jeune Karim pour souhaiter lui survivre... surtout après ce que ce monstre lui a fait subir ! soupira-t-elle en lançant un regard de dégoût vers le cadavre.

— Qu'allez-vous faire, à présent ? demanda Aldo.

— On va le porter au palais. Dans la nuit de demain, il recevra sa sépulture parmi les tombeaux des princes d'Eléphantine ! C'est là qu'est la place.

— Vous ne craignez pas que Keitoun s'en prenne à vous ? Il a tout vu, fit Adalbert.

— C'est sans importance ! Tel que je le connais, il doit mourir de peur puisque son maître ne peut plus lui dicter sa conduite. Il n'osera pas m'inquiéter. Monsieur, dit-elle en s'adressant à Adalbert, voulez-vous m'accompagner jusqu'à ce rocher d'où Salima s'est jetée ? Je vous ferai reconduire ensuite...

D'un sourire qui leur donnait congé, elle salua Aldo et Marie-Angéline avant de tendre la main à Adalbert pour qu'il la guide et de faire signe aux porteurs de torches de les éclairer.

Les deux autres les regardèrent s'éloigner en direction du fleuve.

— Eh bien, je crois qu'il est temps d'aller rassurer Tante Amélie, conclut Aldo.

— Attendez une minute !

Marie-Angéline s'agenouilla près du cadavre qui était tombé face contre terre. Elle sortit de sa poche le couteau suisse dont elle ne se séparait pratiquement jamais, coupa le ruban pourpre qui apparaissait sur la nuque et récupéra la croix d'orichalque, sous l'œil vaguement choqué d'Aldo.

— Vous comptez la restituer au British Museum ?

— Vous voulez rire ? Je suis persuadée qu'on pourra en faire un meilleur usage... Et ne prenez pas cet air pudibond qui ne vous sied pas ! Il l'avait fait voler, non ? Et vous ne savez pas à quel prix !

— Vous me surprendrez toujours, ma chère ! Voici néanmoins un avatar que je ne vous connaissais pas : détrousseur de cadavres !

— Je ne fais jamais que vous imiter ! Qui donc est allé, il y a quelques années, récupérer un rubis malfaisant sur le corps d'un assassin vieux de plusieurs siècles ? Alors, les leçons...

Elle n'avait que trop raison et ce souvenir-là n'était pas le plus agréable parmi ceux qu'Aldo gardait de la longue quête des pierres volées au Pectoral du Grand Prêtre. Il se contenta de la prendre par le bras quand elle eut fait disparaître le précieux objet dans une des multiples poches dont elle avait coutume de pourvoir ce qu'elle appelait ses « tenues de campagne ». En outre, il eût été cruel de la priver du plaisir qu'elle se promettait au moment où elle l'offrirait à Adalbert.

Paisiblement, ils redescendirent vers la barque où les attendait Farid qui leur sourit largement :

— Quand j'ai entendu le coup de feu, dit-il, je suis allé voir si vous n'aviez pas besoin de moi mais je ne suis pas resté. Je crois que Monsieur Henri sera content...

Pendant ce temps, debout sur le roc abrupt d'où s'était précipitée Salima, Shakiar et Adalbert scrutaient, en silence, l'eau noire qu'en cet endroit un tourbillon crêtait d'écume. Aucun d'eux n'avait envie de parler. La princesse s'était contentée de poser sa main sur le bras de son compagnon. Ils restèrent là un moment sans songer à retenir leurs larmes. Enfin, Shakiar murmura :

— C'est mieux ainsi ! Elle est à l'abri maintenant...

Et ils repartirent...

13

Le veilleur

Le petit avion qui avait survolé les ruines ramenait le colonel Sargent mais aussi Abd el-Malik Pacha, chef suprême de la Police royale égyptienne. C'était la fin de Keitoun. Arrêté sur-le-champ et mis en cellule par ses propres hommes – avec une certaine jubilation parce qu'il n'était pas aimé ! – en attendant d'être transféré au Caire pour y être jugé, Keitoun ne fit preuve d'aucune grandeur dans l'adversité, accusant Assouari et ses Nubiens de l'avoir terrorisé, jurant n'avoir jamais tué personne et s'être contenté de fermer les yeux sur les agissements du prince. Condamné à une lourde peine de prison, on apprit par la suite qu'il s'était suicidé, ne pouvant plus supporter une existence sans pistaches et sans narghilé...

Grâce au témoignage d'Adalbert, d'Aldo et de Marie-Angéline, la princesse Shakiar ne fut pas inquiétée. Tous trois déclarèrent d'une même voix devant le haut fonctionnaire qu'elle avait tiré pour tenter de sauver Salima qu'Ali Assouari avait ordonné à ses sbires de jeter au fleuve, ce que les passagers de l'avion avaient pu apercevoir ne s'inscrivant nullement à l'encontre de ce que ces trois-là affirmaient.

Auparavant, cependant, il y avait eu le retour de Sargent auprès de son épouse, retranchée dans l'appartement de Mme de Sommières pour y attendre l'issue de cette nuit cruciale, et aussi que la fatigue vienne à bout du vacarme américain.

Lady Clementine avait montré tant de douloureuse anxiété que l'on aurait pu penser qu'elle se précipiterait en pleurant dans les bras de son époux. Or, il n'en fut rien :

— D'où vient que vous n'ayez pas jugé à propos de donner de vos nouvelles, John ? dit-elle avec une dignité n'excluant pas un léger reproche. Vous m'avez habituée à plus de considération !

Devant cette belle démonstration du célèbre « self control » britannique, le coupable se contenta de sourire :

— Vous me connaissez assez, Clementine, pour savoir que rien ne saurait entamer ma considération. Simplement, il m'a été impossible de vous appeler En arrivant au consulat général où je me suis rendu en descendant du train, j'ai appris que Sir Francis Allenby était parti pour Alexandrie dont j'ai pris immédiatement le chemin... pour constater qu'il n'y était plus. Je l'ai enfin rejoint à Ismaïlia où il présidait je ne sais quelle cérémonie sur le canal avant de rentrer au Caire. Je l'ai suivi, bien entendu, et le temps de régler notre problème, il n'y avait plus que celui de prendre la voie des airs. Et comme ce n'est pas à vous que j'apprendrai la longueur des attentes téléphoniques...

Il ne restait plus qu'à aller se coucher, ce que tout le monde fit avec d'autant plus d'empressement que les gens du cinéma s'y étaient enfin résolus...

Retrouvé dans le Nil, le corps de Salima alla rejoindre ses ancêtres dans le petit sanctuaire voisin du château du Fleuve. Ainsi en avait décidé la princesse Shakiar. Qu'Ali l'ait épousée ou non, la mère se refusait à l'étendre pour l'éternité auprès de celui qui l'avait détruite avec une telle cruauté. Nul ne lui contesta son droit après qu'elle eut hautement revendiqué sa maternité.

Toute la ville, gouverneur en tête, assista derrière elle aux funérailles simples et émouvantes qu'elle avait ordonnées. Plus d'un avait les larmes aux yeux. Adalbert évidemment mais aussi Marie-Angéline. Ce qui ne manqua pas d'étonner Mme de Sommières :

— Qu'est-ce qui vous prend, Plan-Crépin ? chuchota-t-elle. J'étais persuadée que vous ne l'aimiez pas ?

— Nous pouvons même dire que je la détestais !

— Alors pourquoi ces larmes... de crocodile ?

— Je pleure sur une belle histoire d'amour ! C'est aussi bête que cela...

La marquise retint un sourire qui eût été malvenu. Elle savait qu'avec son « fidèle bedeau » il fallait s'attendre à tout. Elle-même ne pouvait se défendre d'une émotion en face de cette tragédie, mais s'avouait volontiers satisfaite de voir s'achever cette dangereuse aventure qui l'avait fait trembler plus qu'elle ne voulait l'admettre. Grâce à Dieu, on allait pouvoir rentrer chacun chez soi !

Aldo éprouvait le même soulagement mais le chagrin d'Adalbert le tourmentait parce qu'il ne soupçonnait pas qu'il fût atteint si profondément. Il est vrai que ses précédentes affaires de cœur ne s'étaient jamais terminées aussi dramatiquement. Restait à savoir si la passion de son métier serait suffisamment forte pour permettre à l'archéologue de prendre le dessus ? Il serait dommage qu'il en fût autrement puisqu'il allait être en possession des meilleures armes pour se lancer à la recherche de la Reine Inconnue. Il avait déjà l'Anneau et, ce soir, après les funérailles, Marie-Angéline lui remettrait la clef si prestement récupérée sur le cadavre d'Assouari. Ne manquait que le plan, mais il devait se cacher quelque part dans le vieux château ou dans le palais d'Eléphantine, et la princesse Shakiar lui fournirait toutes les autorisations qu'il voudrait. Elle semblait l'avoir pris en amitié, sinon en affection, depuis la nuit tragique, et avait tenu à ce qu'il soit à ses côtés pour le dernier voyage de Salima. Enfin, il y avait aussi Henri Lassalle qui ne demandait pas mieux que d'assister son élève et le soutenir dans ses recherches. En vérité, Aldo allait pouvoir rentrer à Venise sans trop se tourmenter. S'il découvrait la tombe légendaire, le triomphe guérirait Adalbert...

Or, ce soir-là, à l'issue du dîner que l'on prit avec les Sargent – ils quittaient Assouan le lendemain – dans un Cataract bienheureusement rendu à sa sérénité par le départ inopiné des gens du cinéma (mis en déroute grâce au romanesque enlèvement de la blonde vedette par un beau – et riche ! –

Egyptien dans la meilleure tradition hollywoodienne des années 20), Plan-Crépin ne remit pas la croix d'orichalque à Adalbert, se contentant de dire :

— Je voudrais auparavant vous montrer quelque chose... mais seulement à vous deux. Pas question d'inviter M. Lassalle !

Ils étaient donc partis au petit matin, équipés pour une marche en terrain accidenté avec des sacs à dos contenant des outils et des provisions pour la journée. Un bateau loué par Aldo les avait déposés sur la rive gauche du Nil, largement au-delà de l'île Isis, avec la consigne de les attendre. Le patron était un vague cousin du jeune Hakim et celui-ci l'avait choisi parce que c'était l'être le moins curieux de la terre. A entendre le gamin, il n'était même pas très intelligent : son idéal dans la vie se bornait à manger et à faire la sieste à l'ombre d'un palmier.

A présent, ils cheminaient les uns derrière les autres sur un sentier de sable et de pierrailles à peine tracé. Hakim allait devant de son allure dansante, visiblement empli de joie que sa fidèle cliente qui était devenue son amie eût réclamé sa présence pour cette excursion sans lui cacher qu'elle serait la dernière. A Aldo qui s'en étonnait :

— Depuis le temps que vous venez ici, vous avez encore besoin de lui ?

Elle lui avait répondu, avec une gravité inhabituelle :

— C'est pour moi une question d'honneur . Sans lui, je n'aurais rien su et rien ne serait possible

Il n'avait pas insisté. Hakim et ses yeux noirs qui regardaient si droit lui plaisaient et maintenant, c'était animé d'une sorte d'excitation chargée d'attente qu'il suivait les pas solides de Marie-Angéline, son casque colonial et ses lunettes noires. Cette sacrée fille était bien capable d'avoir déniché une piste vers la légende sur laquelle tant de gens se cassaient les dents tout en affectant de ne pas y croire...

Adalbert fermait la marche et ne pensait à rien, trop obnubilé par son chagrin pour voir dans cette expédition autre chose qu'une lubie de vieille fille ou plutôt l'exécution d'une de ces idées géniales comme en pondaient depuis longtemps tous les archéologues néophytes. Mais il s'y pliait de bon cœur parce qu'il lui devait bien cela...

Le soleil s'était levé derrière la ville d'Assouan. Il avait commencé l'ascension d'un ciel bleu que le zénith ferait presque blanc. La chaleur, elle aussi, allait monter. Les signes avant-coureurs de l'été torride s'annonçaient, faisant fuir vers l'Europe la plupart des touristes assez fortunés pour s'offrir un séjour en Egypte et aussi ceux de ses confrères qui n'avaient pas le cuir assez tanné pour affronter sans dommages les fureurs de Râ. Lui-même les imiterait, car il éprouvait une lassitude plus forte que de coutume. Sa mission se terminait sur un échec total aggravé d'une blessure. Aussi ressentait-il la nécessité de retrouver la France, le ciel clément de Paris, la verdure de ses arbres et de ses jardins, et son confortable appartement du quartier Monceau, plein de trésors sur lesquels veillait Théobald, son indispensable factotum qui devant un fourneau atteignait parfois au sublime ! Reviendrait-il l'an prochain ? Peut-être ou peut-être pas. Il faudrait avoir la chance de dénicher une piste vers quelque sépulture royale...

Le chemin montait en s'écartant du fleuve. On n'apercevait plus qu'à peine, sur la rive opposée, la demeure vide d'Ibrahim Bey. Qu'allait-elle devenir puisqu'il n'y avait plus personne pour l'occuper ? La ville la récupérerait-elle pour en faire, sinon un musée, du moins un lieu de rencontres, ou bien la mettrait-elle en vente ? Si c'était le cas, pourquoi ne s'en rendrait-il pas acquéreur ? Il en avait les moyens et cela lui permettrait de séjourner près de la tombe de Salima...

On progressait depuis plus d'une heure sur ce sentier qui avait l'air de ne mener nulle part sauf à une sorte de falaise, un amas de rocs roux rébarbatifs à souhait :

— C'est encore loin ? grogna Aldo qui, en digne fils de la mer, n'appréciait que modérément les charmes de la montagne.

— Nous arrivons !

On venait de franchir une bosse derrière laquelle apparut soudain une maisonnette, un cube de couleur sable abrité par un acacia centenaire, cet arbre du désert dont les racines s'enfoncent profondément dans la terre pour en tirer sa subsistance. Celui-là était si chenu, si tordu qu'il était peut-être né au temps de Saladin ou même avant. Attenant à la maison, il y avait un banc de pierre et sur ce banc un homme était assis, une longue canne au bout recourbé semblable à celle des bergers posée près de lui. Sa robe effrangée, son étroit turban mais aussi son visage étaient de la couleur même du mur auquel il s'adossait. C'était un très vieil homme dont le corps, la figure desséchée semblaient n'avoir plus de substance. Des mèches de cheveux blancs tombaient de sa coiffure Son visage recuit par le soleil n'était qu'un lacis de rides entourant une bouche privée de la majeure partie de ses dents mais ses yeux, incroyablement jeunes, incroyablement bleus, reflétaient le ciel.

En l'apercevant, Hakim courut s'agenouiller devant lui en posant à ses pieds le sac qu'il portait. Le vieil homme mit alors ses deux mains sur sa tête avec une grande douceur. Les trois autres s'arrêtèrent à quelques pas, se contentant de regarder :

— Il me semble vous avoir entendu dire que c'était son grand-père ? demanda Aldo à Marie-Angéline.

— Je l'ai cru d'abord, mais en fait il est peut-être celui de tous les orphelins du pays. Hassan – c'est son nom ! – est si âgé que personne ne se souvient de l'avoir connu jeune. Hakim prétend qu'il est là depuis très, très longtemps.

— Vous n'essayez pas de me faire croire qu'il est immortel ? émit Adalbert, caustique.

— Non mais, toujours selon Hakim, lorsqu'il mourra, son corps disparaîtra et un autre, moins vieux, prendra sa place. Il en serait ainsi depuis la nuit des temps. Inutile d'ajouter qu'il est vénéré dans toute la région...

— De quoi vit-il ? intervint Aldo. Il n'y a rien dans le coin que cet acacia.

— Là-bas, sur la rive du Nil, se trouve un village. Ce sont ses habitants qui veillent à ce qu'il ne manque de rien. D'ailleurs il y a un puits derrière ce pan de mur écroulé dont on ne sait ce que ce pouvait être... Maintenant, c'est à moi d'aller le saluer. Il m'accueille habituellement avec bonté et nous avons souvent parlé ensemble. Il dit des choses extraordinaires... Ah, j'allais oublier...

Elle tendit à Adalbert la croix d'orichalque enveloppée d'une étoffe de soie :

— Quand je vous dirai d'approcher, vous le saluerez, respectueusement, puis vous lui montrerez ceci ! En outre c'est l'occasion de passer l'Anneau à votre doigt...

Le vieil homme ayant tourné le regard vers elle en souriant, elle s'avança et s'agenouilla près de lui, offrit ses mains qu'il prit dans les siennes dans un geste plein de chaleur.

— Je me demande, chuchota Adalbert, ce que penseraient ses copines de la messe de six heures à Saint-Augustin si elles pouvaient la voir en ce moment ?

Aldo le dévisagea. L'ancien Adalbert allait-il enfin refaire surface ? C'était tellement inattendu, surtout à cet instant un rien solennel, qu'il aurait pu en pleurer de joie ! Mais déjà, on leur faisait signe d'approcher.

Ils s'inclinèrent tandis que Plan-Crépin les présentait en ajoutant qu'ils étaient ses amis les plus chers. L'aisance dont l'incroyable fille faisait preuve en maniant l'arabe – une acquisition récente pour elle ! – les sidérait. Puis Adalbert découvrit la croix ansée et la présenta à plat sur sa main au vieillard sur lequel elle eut un effet magique : ses yeux s'agrandirent et il posa dessus ses deux paumes un peu tremblantes. Après quoi, il se leva, s'inclina, saisit son bâton et se mit en marche vers les grands rochers en faisant signe aux autres de le suivre. Lentement, il gravit la pente relativement douce mais qui allait en s'accentuant. Ici, plus de sentier. Le vieillard traçait son chemin dans le sable durci mêlé de cailloux sans marquer la moindre hésitation.

On monta ainsi pendant près d'une demi-heure avant d'atteindre le pied de la muraille naturelle, mais Hassan ne s'y arrêta pas, poursuivant sa route en la contournant. Enfin se présenta une faille si étroite qu'il semblait impossible de s'y faufiler. Pourtant, il renouvela son invitation à le suivre et s'y introduisit avec d'autant moins de peine qu'elle s'élargissait presque aussitôt. Pas beaucoup il est vrai, mais suffisamment pour qu'Adalbert, le plus épais des quatre, réussisse à s'y introduire.

C'était en fait une caverne assez obscure dont le sol pierreux s'abaissait graduellement et paraissait plonger dans les entrailles de la terre. Le guide prit alors dans sa robe élimée un briquet et une chandelle qu'il alluma puis, levant le bras, il éclaira quelque chose : l'esquisse d'une croix ansée tracée en creux dans le rocher, et fit signe à Adalbert d'approcher. Déjà celui-ci l'avait sortie de son sac et allumé une torche électrique dont la vive lumière éclaira plus nettement les détails : plusieurs petits trous correspondant sans doute aux légères excroissances que présentait l'une des faces de la croix.

— C'est là, souffla le vieil homme. Du moins c'est ce que la tradition nous enseigne depuis toujours à nous qui sommes les veilleurs !

Puis s'effaçant pour laisser place à Adalbert :

— Si Celle dont on ne connaît pas le nom est là, veille à ne pas l'offenser et crains la malédiction des dieux !

La main de l'archéologue tremblait quand il approcha la croix de l'emplacement qui semblait l'attendre. Elle s'y adapta parfaitement... Les cœurs battaient lourdement dans les poitrines oppressées... D'abord il ne se produisit rien. Adalbert alors appuya plus fort et un pan de muraille large d'environ un mètre se détacha sans bruit, tournant vers l'intérieur sur d'invisibles charnières. Au-delà, un escalier s'enfonçait dans le sol...

Aldo et Adalbert se regardèrent avec une vague angoisse. Cela avait été si facile ! Comment croire que ce mécanisme étonnamment silencieux pût avoir été construit plusieurs dizaines de siècles avant eux ?

— Tu as l'Anneau, murmura le premier. C'est à toi que revient l'honneur...

— ... et le danger souffla Marie-Angéline. Qui sait si cette porte ne se refermera pas sur lui ?

— Tant que la croix est à l'intérieur, cela ne devrait pas se produire... Il vaut peut-être mieux que j'y aille seul, dit Adalbert. Si le panneau se refermait, vous pourriez ouvrir...

Il avait tiré l'Anneau d'une poche de poitrine de sa chemise kaki et le passait à son pouce pendant qu'Aldo allumait aussi une lampe électrique pour éclairer les marches. Il s'inquiéta :

— Tu ne vas jamais pouvoir respirer là-dedans ?

— C'est quelquefois plus facile qu'on ne pense. Et puis j'ai l'habitude !

Sans aucun doute, pourtant en regardant son ami disparaître dans les entrailles de la terre, son cœur se serra. Marie-Angéline devait éprouver une sensation analogue parce qu'elle se rapprocha instinctivement de lui. Pour la rassurer, il essaya la plaisanterie :

— Impressionnant, non ? Il va falloir vous y faire, si vous optez un jour pour l'archéologie active ! Il y a de la taupe et du blaireau dans la profession.

— Cela dépend quel maître on suit, riposta-t-elle avec un regard indigné.

Peu à peu, le cône lumineux diminua et disparut. Pour ceux qui restaient en surface, l'attente commençait...

Au bas de l'escalier, Adalbert trouva un couloir parfaitement taillé mais sans aucun ornement. Il progressait lentement, attentif à l'endroit où il posait les pieds, connaissant, d'expérience, les pièges – sol qui se dérobe soudain ou fosse hérissée de piques obligeant à raser les murs – que l'invention des anciens s'était plu à semer sous les pas de l'imprudent. Mais il ne rencontra rien de semblable. Tout, au contraire, paraissait incroyablement aisé. De même, il n'éprouvait aucune difficulté à respirer. Aucune odeur déplaisante non plus mais une imprécise senteur de myrrhe apaisante pour les battements désordonnés de son cœur. Pas davantage de crainte ! Il se sentait léger, heureux comme s'il allait à un rendez-vous donné par une jolie femme. Et au fond c'en était un, à cette différence près que la Reine Inconnue, s'il avait la chance inouïe de la rencontrer, ne serait certainement plus qu'un corps décharné, parcheminé, enveloppé de bandelettes de lin sous une gaine d'or à son effigie puisque, selon la vieille légende, les Egyptiens auraient hérité leur savoir de ces Atlantes qui avaient su porter leur civilisation et leurs techniques à un degré exceptionnel. Pourtant, même cette idée-là ne parvenait pas à ternir l'ivresse indéfinissable qu'il ressentait, identique à celle que procurent au plongeur les profondeurs océaniques...

La vue inopinée d'un mur surgi devant lui le ramena à la réalité. Lisse et nu, il doucha son enthousiasme : c'était trop facile, aussi ! Il allait falloir jouer de la pioche... mais il s'aperçut vite de son erreur : ce n'était qu'un décrochement au-delà duquel le couloir effectuait un coude. Soulagé, il l'emprunta en se traitant d'imbécile. C'est alors que la lumière de sa torche lui revint en pleine figure en même temps qu'une forme humaine se dessinait derrière. C'était comme si quelqu'un venait à sa rencontre...

Il lui fallut un moment pour comprendre que c'était son image et qu'il avait devant lui un miroir d'une facture inconnue dans lequel il se reflétait avec cependant des teintes différentes, dorées et rosées. Il finit par se rendre compte qu'une porte recouverte d'orichalque lui interdisait le passage. Restait à savoir comment l'ouvrir !

Calant la lampe sous son bras, Adalbert y appuya les deux mains sans obtenir aucun résultat. Elle ne bougea pas. Il pensa qu'elle était scellée et que le seul moyen était de la fracasser, mais c'était une véritable œuvre d'art contre laquelle la moindre violence était impensable... Elle était bordée sur tous les côtés d'une frise gravée représentant des oiseaux et des fleurs réalisés avec une délicatesse infinie. Jamais il ne pourrait se résoudre à la détruire !

Malheureux tout à coup, il posa la lampe à terre et passa ses mains le long de la frise dans l'espoir de trouver un point jouant le même rôle que la croix dans le rocher, mais rien ne vint...

Il s'assit sur le sol, laissant la lumière refaire le parcours de ses mains, lentement, très lentement... Il avait presque fini le tour quand il remarqua, en bas et dans un coin, une petite fleur de lotus penchée dont le pistil était composé d'une croix ansée renversée présentant un infime renflement. S'il y avait une chance, ce ne pouvait être qu'à cet endroit...

Tendant une main singulièrement nerveuse, il toucha le lotus. Sa gorge était sèche comme du papier buvard. Il appuya une fois, deux fois, déjà proche du désespoir parce que rien ne se produisait.

A la troisième cependant le pistil s'enfonça, un déclic à peine audible se fit entendre et le panneau d'orichalque se mit à descendre...

Adalbert se releva mais dut s'adosser à la paroi rocheuse. Ses jambes vacillaient, son pouls s'accélérait et son cœur battait la chamade. Il crut un instant qu'il ne pourrait faire un pas de plus. Il tendit le bras, dirigeant le jet lumineux à l'intérieur de l'ouverture obscure. Des éclairs dorés s'allumèrent à mesure que la lampe balayait le lieu. Alors il retrouva son équilibre, ce qui lui permit de pénétrer plus avant. Il se figea, stupéfait, ébloui. Jamais il n'avait imaginé contempler un jour pareil spectacle... Ce tombeau ne ressemblait à aucun de ceux qu'il avait pu rencontrer au cours de sa carrière

La salle qui se présentait à lui était ronde. Ses parois alternaient des demi-colonnes dont le style évoquait l'art dorique et de grandes plaques d'orichalque sur lesquelles étaient gravés des hiéroglyphes étranges qu'il ne pouvait déchiffrer parce que plus proches des Mayas que des Egyptiens. Adalbert ne s'y attarda pas. Et pas davantage sur la multitude d'objets – lit, coffres, objets d'art ou d'usage tous en or, émaillés ou sertis de turquoises ou d'émeraudes, tous disposés soigneusement de façon à recréer l'appartement d'une reine ou d'une jolie femme. Ils environnaient non un sarcophage mais une sorte d'autel sur lequel une forme blanche était étendue vers laquelle il dirigea le faisceau lumineux avec une crainte sacrée, et qu'il découvrit en se demandant s'il ne rêvait pas. Cela ressemblait à une châsse de verre insérée dans une armature d'or au sein de laquelle était couchée la forme blanche d'une femme, une vraie, pas une momie, aussi naturelle que si elle venait de s'étendre là pour s'endormir.

La peau légèrement ivoire, les longs cheveux noirs retenus par un diadème d'étoiles, d'émeraudes encadrant le trident de Poséidon taillé dans la même pierre. Les cils immenses, les délicates mains fines croisées sur la poitrine, la nacre des dents que laissait entrevoir l'esquisse d'un sourire, le corps enfin sobrement vêtu de lin plissé laissant deviner des formes exquises, tout était merveilleusement réel... Tout était à l'image même de Salima !

Elle faisait resurgir le conte de *La Belle au bois dormant*, à cette différence près qu'elle n'avait pas traversé un seul siècle mais plusieurs milliers !

Bouleversé, Adalbert se laissa tomber à genoux sur les marches, luttant contre l'envie d'enlever le coffre de verre pour la toucher... peut-être pour poser un baiser sur les lèvres décolorées avec l'espoir fou d'y ramener le souffle de vie mais, s'il posa les mains sur la paroi translucide, il n'osa pas s'aventurer plus loin par crainte de la voir se racornir sous ses yeux, devenir semblable à ces formes momifiées allongées sur des bancs devant chaque pilier de la salle. C'étaient sans doute les serviteurs qui s'étaient enfermés là pour accompagner leur reine dans la mort... une reine dont on ne savait toujours pas le nom. Aucune inscription sur le socle d'or qui la soutenait ! Pour quoi faire, d'ailleurs, puisque ce tombeau fabuleux devait rester à jamais ignoré ?

Il aurait aimé pouvoir lire les inscriptions des murs mais, encore qu'il discernât dans plusieurs d'entre elles des analogies avec les hiéroglyphes qui lui étaient tellement familiers, c'était insuffisant pour déchiffrer leur signification. Il aurait fallu l'équivalent de la pierre de Rosette qui avait livré à Champollion la clef de l'antique écriture. Or, à l'exception de ces plaques murales dont l'archéologue finit par penser qu'elles devaient composer un livre, il n'y avait aucun support d'écriture : pas le moindre rouleau de papyrus ni quoi que ce soit d'autre...

Adalbert pensa cependant qu'il avait dû exister un lien entre l'époque atlante et la haute Antiquité égyptienne. Quelqu'un avait survécu à la catastrophe, quelqu'un savait qui avait pu transmettre une partie des secrets, qui avait peut-être recréé une écriture. Peut-être ce Grand Prêtre Jua dans la tombe duquel Howard Carter avait trouvé l'Anneau ? A moins que celui-là aussi ne soit trop récent. Alors ?

Alors, il avait dû exister un ou plusieurs chaînons manquants et l'énigme ne serait jamais résolue... comme demeurerait à l'état de légende la tombe de la Reine Inconnue, même si Adalbert lui-même cherchait à découvrir ce chaînon.

Il resta là un long moment à la contempler. Elle était si merveilleusement belle dans sa simplicité ! Le diadème d'émeraudes était sa seule parure au milieu d'un fantastique trésor car, des pierres non montées, il y en avait partout sur les meubles d'or, dans des coffrets, dans des coupes, jusque sur les marches du sarcophage de verre. De quoi susciter toutes les cupidités, toutes les bassesses, et point n'était besoin d'une grande imagination pour prévoir leur ignoble ruée dans ce sanctuaire si le secret s'éventait...

Le temps passait sans qu'il en eût conscience, perdu qu'il était dans son rêve éveillé. Ce fut sa lampe qui, en donnant des signes de fatigue, le rappela à la réalité. Alors il posa sur le coffre de verre le baiser qu'il ne pouvait donner et, sans rien emporter, sans rien toucher, il sortit du tombeau. La dalle d'orichalque se referma d'elle-même dès qu'il l'eut franchie.

En regagnant la caverne, il vit Aldo et Marie-Angéline qui l'attendaient, assis chacun sur un rocher. Ils avaient l'air de dormir. Aldo ne fumait même pas, sans doute pour ne pas laisser l'odeur du tabac révéler leur présence. Mais le visage encore ébloui d'Adalbert les frappa.

— Alors ? demandèrent-ils avec un bel ensemble.

— Je n'aurais jamais cru qu'il me serait donné de contempler une telle splendeur ! Tu veux aller voir ? ajouta-t-il en tendant l'Anneau à son ami, mais avec un semblant de réticence qu'Aldo comprit :

— Non ! Tu sais depuis combien de temps tu es descendu ?

— Je ne l'ai pas vu passer. C'est ma lampe qui m'a rappelé à la réalité.

— Cinq heures ! Nous commencions à penser qu'il faudrait peut-être vérifier si tu avais besoin d'aide... ou au moins de piles neuves ?

— Et vous, Marie-Angéline ?

Elle refusa d'un signe de tête sans rien dire, devinant que sa curiosité choquerait Adalbert. Il donnait tellement l'impression de revenir d'ailleurs !

— Que faisons-nous ? demanda Aldo.

— D'abord, il faut remercier et saluer le vieil homme et puis nous rentrons !

Adalbert alla retirer la croix et le rocher se referma derrière lui silencieusement mais, s'il accepta l'enveloppe de soie que lui tendait Plan-Crépin, il ne la lui rendit pas. Elle ne put retenir la curiosité qui la dévorait :

— Vous avez l'intention de revenir demain et d'entreprendre...

— Rien du tout ! fit-il en souriant. Je ne reviendrai jamais... Je vous demanderai à tous les deux d'oublier que nous sommes venus ici... sauf évidemment pour Mme de Sommières. Mais rassurez-vous, je vous raconterai...

— Et... à M. Lassalle aussi ? s'inquiéta-t-elle d'un ton soupçonneux qui le fit rire.

— A lui moins qu'à tout autre ! Il deviendrait fou !

Après le dîner, ce soir-là, on se réunit dans le petit salon de Tante Amélie pour entendre le récit d'Adalbert. Son talent oratoire joint à l'émotion qu'il avait ressentie en fit un moment de pure beauté. Il omit seulement de dire que Salima avait été le portrait vivant de la belle endormie. Ce détaillà, il le réservait aux seules oreilles d'Aldo pour ne pas attrister Marie-Angéline.

— Magnifique ! applaudit la marquise quand il eut fini. J'ai retrouvé en vous écoutant mes rêves de petite fille quand ma mère me lisait un conte de fées ! Mais il est dommage que vous n'ayez pu déchiffrer l'écriture de cette fabuleuse époque. Ainsi, vous ne savez toujours pas son nom ?

— Hélas, non ! Elle est et restera la Reine Inconnue. Et je pense sincèrement que c'est aussi bien ainsi... Au fait, Marie-Angéline, je voudrais vous demander de me montrer les dessins que vous avez réalisés depuis votre arrivée... Cela ne vous ennuie pas ?

— Non, naturellement !

Elle alla les chercher. Croquis à la sanguine, dessins et aquarelles. Il y en avait une collection, représentant le temple de Khnoum, les tombeaux des princes, le vieux monastère Saint-Siméon mais aussi des portraits d'Hakim et d'autres gamins. L'un, frappant, du Veilleur, et aussi plusieurs dessins de la falaise enfermant le tombeau. Adalbert les examina longuement, ne sachant trop comment dire à l'artiste qu'il souhaitait les détruire et qu'il le regrettait car il y avait là énormément de talent...

Comme le silence se prolongeait, Aldo ouvrit la bouche pour dire quelque chose, mais Marie-Angéline le retint du geste. Puis reprenant tranquillement les aquarelles à Adalbert, elle les déchira .

— C'est bien cela que vous souhaitiez, n'est-ce pas ?

Trop touché pour répondre, il la prit aux épaules et l'embrassa...

Quand les deux hommes sortirent pour leur habituelle promenade nocturne, minuit venait de sonner à l'horloge du palais gouvernemental. Ils étaient fatigués par leur expédition mais éprouvaient le besoin d'être seuls ensemble. Cette fois, ils descendirent jusqu'au fleuve et prirent la Corniche quasi déserte à cette heure... Sauf deux fiacres qui sans doute allaient remiser.

Ils fumèrent un moment en silence, goûtant la paix intérieure et surtout l'entente absolue qui les avait désertés ces derniers temps. La nuit semée d'étoiles innombrables était belle et douce, en pleine harmonie avec leurs âmes. Ce fut quand la Corniche fut devenue route qu'Aldo s'aperçut qu'ils étaient déjà loin :

— Tu comptes m'emmener comme ça jusqu'à Kom Ombo ?

— Non, mais j'ai quelque chose à te dire. Ce soir, quand j'ai décrit le tombeau, j'ai omis, volontairement, un... détail d'une extrême importance pour moi : la ressemblance hallucinante de la Reine avec...

— ... Salima Hayoun ?

— Comment as-tu deviné ?

Aldo jeta sa cigarette et glissa son bras sous celui de son ami :

— Je te connais par cœur, tu sais ? Plus, je crois bien, que si nous étions frères de sang. En remontant du tombeau, cet après-midi, ton visage exprimait une telle béatitude que la joie de la découverte n'expliquait pas tout. Et certainement pas la description que tu as donnée de la belle endormie : une beauté systématiquement à l'opposé de la réalité. C'est le portrait de Néfertari que tu as tracé. Tu n'as pas osé la faire blonde mais c'est tout juste !

— Autrement dit, je n'ai trompé personne ?

— Oh si, parce que c'était franchement très réussi et je pense que nos dames ont tout avalé. Quoique, avec Tante Amélie, on ne sait jamais. Mais en ce qui concerne Plan-Crépin, tes paroles ont valeur d'évangile. Elle nage dans la joie depuis que tu as dit que tu ne reviendrais plus au tombeau et nous as priés de garder le secret. Comme tu vois, ton but est atteint... et ce n'était pas la peine d'infliger un effort supplémentaire à mes pauvres pieds fatigués pour me confier cela... On rentre ?

— Attends ! J'ai encore un devoir à accomplir...

Il s'écarta de quelques pas, sortit d'une poche de son smoking la croix ansée et, de toute sa force, la lança dans le Nil.

— Le fleuve est profond ici et l'endroit est désert. Personne ne pourra retrouver la clef du tombeau. Qu'elle repose en paix, Celle...

— ... à laquelle tu as donné un nom, je suppose ?

— Si ta supposition est Salima, tu te trompes. Pour moi, la Reine Inconnue est devenue... Elle !

Cette fois, Aldo ne trouva rien à dire. Quant au British qui pouvait faire le deuil de son bien, il eût été mal venu d'y faire allusion.

Le moment du départ était venu. La veille, tout le monde était invité à dîner chez un Lassalle transporté de joie et d'espoir. Il venait d'acheter le château du Fleuve au gouvernement devenu seul héritier et entendait fêter l'événement.

— Je vais en prendre grand soin mais nous allons pouvoir, toi et moi, le fouiller de fond en comble, annonça-t-il à Adalbert. Il faut absolument que nous retrouvions le fameux plan reconstitué par ce démon d'Assouari...

— Pardon de vous décevoir, mon cher Henri, mais vous chercherez sans moi. La chaleur va bientôt être étouffante et je suis vraiment fatigué.

— Toi ? Fatigué ? Bâti comme tu l'es ?

— Je n'ai plus vingt ans et j'éprouve le besoin de retrouver le parc Monceau. Comme Mme de Sommières et Marie-Angéline.

— Mais tu reviendras, j'espère ?

— Pourquoi voulez-vous que je renonce à un métier que j'adore et surtout à l'Egypte ? La Mésopotamie ne m'a jamais attiré...

— Ah, je préfère cela !

On s'était quittés amis comme autrefois...

Après toutes ces émotions, Mme de Sommières avait décidé de descendre le Nil jusqu'au Caire. Elle détestait les trains égyptiens qu'elle jugeait inconfortables. Ce serait déjà suffisant d'en prendre un pour Port-Saïd d'où les Messageries maritimes la ramèneraient à Marseille. D'habitude Plan-Crépin n'y voyait aucun inconvénient mais, ayant espéré qu'Adalbert, sinon Aldo, les accompagnerait à Paris, elle ne put cacher sa déception :

— Nous nous y retrouverons, lui dit celui-là en manière de consolation. Permettez-moi d'escorter

Aldo jusqu'au bateau. Ce serait tellement triste pour lui de repartir seul ! (Puis la prenant par le bras pour l'entraîner à l'écart, il ajouta :) D'autant plus qu'il n'a aucune nouvelle de Venise et qu'il se demande comment Lisa va le recevoir... en admettant qu'elle soit rentrée !

— Elle aurait mauvaise grâce ! Ce n'est pas la première fois, loin de là, qu'Aldo est retenu au loin par sa profession. Lisa est quelqu'un d'intelligent qui ne s'abaisserait pas à ce genre de mesquineries !

— Sans aucun doute, mais elle commence peut-être à se lasser de voir son époux filer au bout du monde toutes les trois minutes...

— N'exagérons rien ! D'abord, il ne file pas toutes les trois minutes, comme vous dites. Ensuite, ce n'est jamais pour courir la gueuse mais parce qu'il est un expert en joyaux mondialement connu. Enfin, je vous ferai remarquer qu'elle ne se prive pas, elle, de « filer » à tout bout de champ chez sa grand-mère avec sa marmaille sans s'inquiéter si lui ne trouve pas le temps long ! Et je suis persuadée que notre marquise pense comme moi !

— Quoi qu'il en soit, laissez-moi rester avec lui le plus longtemps possible ! Je vous promets qu'on se reverra !

— Il ne manquerait plus que ça ! D'autant que nous n'avons pas quitté Aldo d'une semelle, Tante Amélie et moi ! On peut en appeler à notre témoignage. Bon ! Je crois que vous avez raison ! Je me demande même si...

— Ne vous demandez rien ! La cause est entendue !

Et il l'embrassa sur le front avant d'aller finir ses valises.

Le lendemain, après avoir accompagné les deux femmes au bateau, Aldo et Adalbert s'en allèrent prendre leur train. Celui de nuit, afin d'éviter la chaleur du jour. Sans l'avouer, Aldo était heureux de ce tête-à-tête prolongé qu'allait leur offrir le voyage jusqu'à la Méditerranée. Il venait de décider, d'ailleurs, de prolonger la durée de la traversée en prenant avec son ami un paquebot français à destination de Marseille. Les liaisons maritimes entre l'Egypte et Venise n'étaient pas régulièrement établies et son retour à la maison ne serait pas retardé de beaucoup, s'il prenait le train à Marseille plutôt qu'à Gênes.

Adalbert avait raison quand il confiait à Marie-Angéline que, tout en étant heureux de rentrer chez lui dans son incomparable Venise, il redoutait le moment où il franchirait le seuil de son palais, où il savait pertinemment que Lisa ne serait pas...

En effet, les dernières nouvelles reçues – Guy Buteau ne l'aurait jamais laissé dans le noir absolu – n'étaient guère réconfortantes. Lisa, qui n'avait répondu à aucune de ses lettres, s'était clairement exprimée auprès de ce vieil et fidèle ami : elle attendrait pour rentrer que son itinérant mari aille la chercher. Quelques centaines de kilomètres de plus ne lui coûteraient guère après tous ceux qu'il venait de parcourir...

Aldo détestait les ultimatums et celui-là plus encore que tout autre. Lisa aurait dû le savoir. L'idée d'aller plier le genou devant elle à Rudolfskrone lui était intolérable. Il répondit à Guy qu'il était saturé de voyages pour le moment.

Ce retour en compagnie d'Adalbert lui fit l'effet d'agréables vacances au cours desquelles il mit en veilleuse ses soucis familiaux. Mais quand le *Ferdinand de Lesseps* accosta Marseille au quai de La Joliette, l'impression de détente s'effaça pour laisser un goût amer. Il pensa alors qu'on était mardi et que, le surlendemain jeudi, le Simplon-Orient-Express, dont une branche reliait Venise, partirait de la gare de Lyon alors que depuis Marseille la ligne n'était pas directe.

Il en référa à Adalbert, tandis que tous deux remontaient en taxi vers la gare Saint-Charles.

— Cela me permettra de rester quelques heures de plus avec toi, conclut-il avec satisfaction.

Adalbert se mit à rire :

— Tu sais à qui tu me fais penser ?

— Dis toujours !

— A la comtesse du Barry sur l'échafaud, suppliant le bourreau de lui donner « encore un petit moment ! ». Elle te fait si peur que ça, ta femme ? Une raison de plus pour moi de rester célibataire !

— Elle ne me fait pas peur mais j'ai horreur que l'on me dicte ma conduite. Même elle... ! Surtout elle !

— Je vois. Seulement moi, je ne vais pas à Paris.

— Où donc alors ?

— Mais à Venise, mon vieux ! Si toutefois tu consens à m'offrir l'hospitalité une petite quinzaine de jours. J'ai fait retenir nos places par le réceptionniste du Cataract, ajouta-t-il en les sortant de sa poche. Tu t'es donné assez de mal pour moi... et tu as largement dépassé l'âge des « mots d'excuses ».

Aldo éclata de rire. Adalbert fit chorus et tous deux riaient encore quand le taxi les déposa devant la gare.

Dieu, que c'était bon de retrouver intacte la vieille connivence d'autrefois !

Saint-Mandé, le 12 juin 2009

Un détail pour mes lecteurs

L'Anneau d'Atlantide, ou la Bague atlante, existe encore, du moins je l'espère. Howard Carter, le découvreur du tombeau de Tout-Ank-Amon, l'a en effet trouvé aux environs d'Assouan dans la tombe d'un grand prêtre nommé Jua. J'en ai conservé la forme mais je me suis permis d'en changer la matière, afin de mieux entamer le roman. Il appartenait vers les années 70 à une famille dont je ne me reconnais pas le droit de révéler le nom.

TABLE

PREMIÈRE PARTIE
UNE RUE À VENISE

1. Un cri dans la nuit 9
2. La dame du Caire 41
3. La maison sous les Palmes 78

DEUXIÈME PARTIE
LES GENS D'ASSOUAN

4. Au fil du Nil 113
5. Une histoire de fous 151
6. Où les choses se gâtent... 186
7. Un émule de Sherlock Holmes ? 216
8. Ce qu'avait vu Freddy Duckworth 245
9. Une soirée mouvementée... 278
10. L'attaque 308

TROISIÈME PARTIE
LE TOMBEAU

11. Le secret d'une femme 337
12. Le prince d'Eléphantine 368
13. Le veilleur 412

Un détail pour mes lecteurs 439

DU MÊME AUTEUR

CHEZ PLON

Dans le lit des rois, 1983.
Dans le lit des reines, 1984.
Les Loups de Lauzargues :
1 Jean de la nuit, 1985.
2. Hortense au point du jour, 1985.
3. Felicia au soleil couchant, 1987.
Le Roman des châteaux de France :
1. 1985.
2. 1986.
3. 1987.
La Florentine :
1. Fiora et le Magnifique, 1988.
2. Fiora et le Téméraire, 1989.
3. Fiora et le pape, 1989.
4. Fiora et le roi de France, 1990.
Le Boiteux de Varsovie :
1. L'Etoile bleue, 1994.
2. La Rose d'York, 1995.
3. L'Opale de Sissi, 1996.
4. Le Rubis de Jeanne la Folle, 1996.
Secret d'Etat :
1. La Chambre de la Reine, 1997.
2. Le Roi des Halles, 1998.
3. Le Prisonnier masqué, 1998.
Les Emeraudes du prophète, 1999.
Le Jeu de l'amour et de la mort :
1. Un homme pour le Roi, 1999
2. La Messe rouge, 2000.
3. La Comtesse des ténèbres, 2001.
La Perle de l'Empereur, 2001.
Les Chevaliers :
1. Thibaut ou la Croix perdue, 2002.
2. Renaud ou la Malédiction, 2003.
3. Olivier ou les Trésors templiers, 2003.
Les Joyaux de la sorcière, 2004.
Marie des intrigues, 2004.

Marie des passions, 2005.
Les « Larmes » de Marie-Antoinette, 2006.
Le Collier sacré de Montezuma, 2007.

AUX EDITIONS JULLIARD

Les Dames du Méditerranée-Express :
1. La Jeune Mariée, 1990.
2. La Fière Américaine, 1991.
3. La Princesse mandchoue, 1991.
Les Treize Vents :
1. Le Voyageur, 1992.
2. Le Réfugié, 1993.
3. L'Intrus, 1993.
4. L'Exilé, 1994.

AUX EDITIONS CHRISTIAN DE BARTILLAT

Cent ans de vie de château, 1992.
Un aussi long chemin, 1995.
De deux roses l'une, 1997.
Reines tragiques, 1998.
Tragédies impériales, 2000.
Elles ont aimé, 2001.
Des maris pas comme les autres, 2004.
Suite italienne, 2005.
Les Chemins de l'Aventure, 2006.

CHEZ PERRIN

Le Sang des Kœnigsmark :
1. Aurore, 2006.
2. Fils de l'Aurore, 2007.

Le Temps des poisons
1. *On a tué la Reine !*
2. *La Chambre du Roi*

Cet ouvrage a été imprimé en France par

CPI
Bussière

à Saint-Amand-Montrond (Cher)
en novembre 2009

Composition et mise en page

NORD COMPO
multimédia

N° d'édition : 14472. — N° d'impression : 093280/1.
Dépôt légal : septembre 2009.